MARIE GRAẞHOFF

SPICY NOODLES

DER GESCHMACK DES FEUERS

Roman

lübbe

W0252567

Dieser Titel ist auch als Hörbuch-Download und E-Book erschienen

Die Bastei Lübbe AG verfolgt eine nachhaltige Buchproduktion. Wir verwenden Papiere aus nachhaltiger Forstwirtschaft und verzichten darauf, Bücher einzeln in Folie zu verpacken. Wir stellen unsere Bücher in Deutschland und Europa (EU) her und arbeiten mit den Druckereien kontinuierlich an einer positiven Ökobilanz.

MIX
Papier | Fördert gute Waldnutzung
FSC® C014496
www.fsc.org

Originalausgabe

Dieses Buch wurde vermittelt von der
Literaturagentur erzähl:perspektive, München
(www.erzaehlperspektive.de).

Copyright © 2022 by Bastei Lübbe AG, Köln
Textredaktion: Klaudia Szabo, Leipzig
Titelillustration: Alexander Kopainski
unter Verwendung von Illustrationen von
© Shutterstock: Eduard Muzhevskyi | Nimaxs |
Aperture75 | ParinPixs | Visual Generation | Stock_Good
Satz: hanseatenSatz-bremen, Bremen
Gesetzt aus der Minion Pro
Druck und Verarbeitung: GGP Media GmbH, Pößneck
Printed in Germany
ISBN 978-3-404-18779-9

5 4 3 2 1

Sie finden uns im Internet unter: luebbe.de
Bitte beachten Sie auch: lesejury.de

Für Lily und Luna

INHALTSWARNUNG

Dieses Buch enthält explizite Darstellungen von drastischer Gewalt, Tod und Mord.

Ihr entscheidet selbst, wie ihr damit umgeht. Sind diese Themen für euch besonders emotional aufgeladen, passt auf euch auf.

TOMAS PLAYLIST

Ugly Ending – Best Frenz, Joywave, Jason Suwito
Blood – ANIMA!
SLOW DANCING IN THE DARK – Joji
なんでもないよ、 – Macaroni Empitsu
Bad Friend (End of the World Remix) – Rina Sawayama
Put Me To Work – Big Data
Lies – The Toxic Avenger, LOOK MUM NO COMPUTER
Pleasant – SebastiAn, Charlotte Gainsbourg
Hot Heavy Summer – Ben Howard, Sylvan Esso
VAPORS – KUNZITE
Bad Kingdom – Moderat
still feel. – half.alive
Busy earnin' – Jungle
Cut My Lip – Twenty One Pilots
Nervous – Magic Bronson
HOME – BTS
Unstoppable – Gizzle
Be This Way – Arms and Sleepters, Steffaloo
Last Resort & Spa – Battle Tapes
Multi-Love – Unknown mortal Orchestra
Holding on for Life – Zeds Dead Remix – Broken Bells
Meateater – ALASKALASKA

KAPITEL 1

WAS ICH IN DER NACHT SEHE

Overkill ist niemals allein. Das sagen die Leute. Overkill sieht alles. Gehörst du nicht zu seinen Anhängern, bist du sein Gegner. Und bist du sein Gegner, dann bist du sein Opfer.

Ein Kribbeln durchfährt meinen Körper vom Scheitel bis zur Sohle, als ich an der Zigarette ziehe und mich an diese Worte erinnere. Nachts ist es nicht mehr sicher auf den Straßen New Yorks. Seit Wochen schon nicht. Es ist leichtsinnig, nur draußen zu sein, weil ich nicht nach Hause will.

Trotzdem zieht es mich hinaus, wenn es zu dunkel in mir wird. Die Nacht trägt eine Schwere mit sich. So viele meiner Erinnerungen haben ihr ein Gewicht gegeben, das der Tag nicht tragen kann.

Ich knülle das Papier in meiner Hand fester zusammen. Eine Schar Krähen auf dem Gehweg vor mir flattert auf und verschwindet in eine Seitenstraße. Die frische Frühlingsbrise weht mir meine schwarzen Haare ins Gesicht. Sie trägt den Geruch eines Imbisswagens zu mir; den nach knusprigem, dunkel angebratenem Fleisch und einer Reihe nicht identifizierbarer Soßen, der verlockend in meiner Nase kitzelt.

Das Rauschen des Verkehrs auf der Zehnten in Hell's Kitchen ist überall zu hören, jetzt da der Feierabendverkehr die Straßen verstopft. Die Scheinwerfer der Wagen, die sich neben dem Bürgersteig über den gerissenen Asphalt schieben, erhellen mein Sichtfeld zusammen mit einigen Neonreklamen und Werbetafeln.

Ich nehme einen weiteren Zug von der Zigarette, dann falte ich den Brief wieder auseinander. Ich habe ihn schon hundertmal gelesen, aber irgendetwas in mir hat die kindische Hoffnung noch nicht aufgegeben, ich hätte die Worte bisher nur falsch verstanden.

Zwischen all den tätowierten Blumen, Streifen, Mustern, Sternen und Monden lächelt mich ein Smiley an meinem Unterarm an. Als wolle er mir sagen, dass alles gut wird. Dabei weiß ich, dass es das nicht ist.

»Sehr geehrter Toma Daigo,

vielen Dank für Ihre Bewerbung an unserer Einrichtung. Nach eingehender Prüfung Ihrer Unterlagen tut es uns leid, Ihnen mitteilen zu müssen, dass …«

Ich ziehe an meiner Zigarette, bleibe stehen und halte den glimmenden Überrest an das Papier. Es würde mir gefallen, wenn es lichterloh zu brennen anfinge, aber der Brief kokelt nur gemächlich vor sich hin. Als nur noch ein Schnipsel übrig ist, trägt ihn die Brise ein paar Meter weit, bis er in eine Gosse fällt.

Jetzt ist alles vorbei.

Das war die letzte Bewerbung, die ich abgeschickt hatte. Das einzig Gute ist, dass das damit auch die letzte Absage war, die ich bekomme.

Mein Vater hatte recht. Ich bin ein Versager.

Ich konnte das Ultimatum, das er mir gestellt hat, nicht erfüllen. Wenn ich nicht an einer Universität studiere, bekomme ich keinerlei Unterstützung von meinen Eltern. Das haben sie mir das erste Mal klargemacht, als ich zwölf war.

Und ich werde es ihnen sagen müssen.

Ich werde nach Hause gehen und meinem Vater sagen müssen, dass ich genau der Loser bin, für den er mich immer gehalten hat.

Oder ich gehe einfach nicht mehr nach Hause. Dann bliebe mir zumindest das erspart.

Ein Seufzen auf den Lippen, setze ich meinen Weg schwerfällig fort. Wie soll es jetzt weitergehen?

Ich könnte mich auf Ausbildungen bewerben oder aufs Community College gehen. Aber das würde Dad nicht unterstützen. Er sagte, dass er das gesparte Geld nur für die Uni ausgeben würde. Was wiederum bedeutet, er wird es mir nicht geben, damit ich endlich ausziehen kann.

Vielleicht schmeißt er mich raus. Ich denke eh nicht, dass ich es noch länger mit ihm aushalte. Aber woher soll ich das Geld zum Leben nehmen? Ich zahle zwar auch auf das Sparkonto ein, seit ich denken kann, doch mit meinem Anteil komme ich vermutlich nicht weit.

Kann ich mir davon eventuell einen Platz in einer WG leisten? Ich hätte mich früher auf diesen Ausgang vorbereiten sollen, verdammt.

Mit gesenktem Kopf trete ich in eine Seitenstraße. Soll ich mir noch eine Zigarette anzünden? Überall wird gesagt, dass man nachts nicht auf die Straßen soll, wenn man es vermeiden kann, seitdem dieser Serienmörder unterwegs ist. Doch obwohl die ganze Stadt seit vier Wochen in Panik ist, fühle ich mich sicher hier draußen. Ich fühle mich sicherer als zu Hause.

Ich suche in meiner Jackentasche nach der Zigarettenschachtel, als ich zwischen parkenden Wagen vier Gestalten erkenne, die sich um einen Mann geschart haben. Sofort drossle ich mein Tempo. Ich weiß nicht, was mir an dieser Szene eigenartig vorkommt, aber als gebürtiger New Yorker weiß man wohl intuitiv, von welchen Situationen man sich fernhalten sollte.

Die Personen treiben den Mann mittleren Alters in eine Ecke, mehrere Meter von mir entfernt. Er hebt abwehrend die Hände. Ich verstehe nicht, was er sagt.

Wie von allein tragen mich meine Beine hinter eine steinerne Treppe, die zu einem Hauseingang führt. Durch die Berichte zu Captain Wodka vor über einem Jahr – all die Hinweise, wie man sich zu verhalten hat, sollte man Zeuge von Gewaltverbrechen werden – bin ich darauf konditioniert, unverzüglich mein Handy aus der Tasche zu ziehen. Ich wische nach links, um die Kamera zu öffnen und ein Beweisfoto aufzunehmen.

Jetzt nur nicht die Ruhe verlieren.

Die Personen reden offenbar miteinander, aber nur mit gesenkten Stimmen, sodass ich sie nicht verstehe. Meine Finger zittern, als ich die App wechsle, um die Polizei zu rufen. Selbst wenn es nur ein falscher Alarm ist, gehe ich lieber auf Nummer sicher.

Doch kurz bevor ich den Anruf starte, nähert sich eine Person dem Mann und streckt die Hand nach seiner Wange aus. Es sieht so aus, als wollen sie den Kerl nur beruhigen. Vielleicht hat er einen über den Durst getrunken oder irgendetwas eingeworfen. Das hatte ich in meinem Schrecken gar nicht in Betracht gezogen.

Ich atme auf.

Also ist es nur ein Missverständnis.

Erleichtert stecke ich das Handy weg und will auf dem Absatz kehrtmachen, um zurückzugehen. Doch was ich dann sehe, lässt mich mit weit aufgerissenen Augen stehenbleiben.

Der Kopf des Mannes explodiert.

Es gibt kein weiteres Geräusch, als das Blut und die Überreste seines Schädels in alle Richtungen spritzen. Keinen Schuss. Keinen Knall. Nur ein Knacken und Platschen. Und einen dumpfen Aufschlag, als das, was von seinem Körper übrig ist, zu Boden kracht.

Erstarrt schaue ich auf die Lache aus Blut, die sich rasch auf dem Asphalt ausbreitet, als die Angreifer von der Leiche zurückweichen. Ich habe kein Gefühl mehr für meinen Körper und von einer Sekunde auf die andere wird mir so übel, dass ich befürchte, mich noch an Ort und Stelle zu übergeben.

Ist das wirklich passiert? War das eine Verarsche für ein YouTube-Video? Kommen gleich die Leute mit den versteckten Kameras?

Nein. Ich habe es zu oft in den Nachrichten gehört. Es ist so surreal, dass ich mich bisher geweigert habe, es mir vorzustellen. Aber das ist sie. Die Art, auf die Overkill seine Opfer tötet.

Das Gewicht dieser Erkenntnis kracht wie ein Gebirge auf mich herab. Die Welle aus Angst, die darauf folgt, motiviert mich, mir meine Kapuze überzuziehen und mich endlich in Bewegung zu setzen.

Ich darf hier nicht gesehen werden. Von niemandem! Die Angreifer bewegen sich zwar zum anderen Ende der Straße, aber wenn sie sich umdrehen, bin ich geliefert! Ich renne, so schnell ich kann, den Schock so tief in den Knochen, dass meine Knie weich werden. Mein Magen rebelliert. Ich muss kotzen, aber meine DNA darf nicht am Tatort sein, sonst werde ich da mit reingezogen!

War er das wirklich? Diese Person, die den Kopf des Mannes einfach hat explodieren lassen. War das Overkill? Der Killer, von dem die Medien seit Wochen berichten?

Soll ich die Polizei rufen?

Meine Lunge brennt, aber ich werde nicht langsamer.

Ich *muss* die Polizei rufen, das weiß ich. Sie sagen es immer und immer wieder. Aber der letzte Augenzeuge, von dem berichtet wurde, ist wenige Tage nach seiner Aussage selbst zum Opfer von Overkill geworden.

Nein, ich darf da nicht mit reingezogen werden.

Erst als ich ein paar Blocks weit gelaufen bin, verlangsame ich meine Schritte und senke den Kopf, sobald mir Menschen entgegenkommen.

Zum Glück würdigt mich niemand eines zweiten Blickes. Sonst sähen sie, wie totenblass ich bin.

Den Schlüssel noch in der Hand, falle ich durch die türkis gestrichene Holztür und wanke ohne ein Wort durch die Wohnung. Ich weiß nicht, ob meine Eltern im Wohnzimmer mich bemerken, aber selbst wenn sie es täten, hätte ich keine Zeit, um ihnen meinen Zustand zu erklären. Ich lasse die Jacke von meinen Schultern fallen, taumle über den alten Parkettboden ins Bad, werfe die Tür hinter mir zu, öffne den Deckel der Toilette und übergebe mich.

Es fühlt sich befreiend an, nachdem ich das flaue Gefühl in meiner Kehle so lang heruntergekämpft habe.

Als ich fertig bin, schnappe ich nach Luft und lehne

mich zurück. Mit dem feuchten Handtuch neben mir wische ich mir den Mund ab.

Dass ich es überhaupt bis hierher geschafft habe, ist ein Wunder. Und ich kann nach wie vor nicht glauben, dass das tatsächlich passiert ist. Dass ich ihn mit eigenen Augen gesehen habe. Overkill. Derjenige, von dem seit Wochen alle sprechen.

Wenn ich an das Bild zurückdenke, das sich mir geboten hat, wird mir wieder übel. Dabei habe ich mich so verdammt sicher gefühlt. Viel zu sicher.

Hat er mich gesehen? Was, wenn er mich erkannt hat? Oder die Personen, die ihn begleitet haben? Werden sie mich jetzt verfolgen? Aber hätten sie das nicht schon getan, wenn es so wäre? Warum sollten sie mich gehen lassen?

Ich atme tief durch die Nase ein und durch den Mund wieder aus, um die Gedankenspirale zu durchbrechen. Nein, das kann nicht sein. Er hat mich nicht gesehen. Ich bin sicher. Alles ist gut.

Ein Klopfen lässt mich zusammenfahren.

»Toma, Schatz, alles gut?«

Meine Mutter.

Nein. Nein, es ist nicht alles gut. »Ja«, antworte ich. »Ich muss mir den Magen verdorben haben.«

»Brauchst du was, Liebling?«

»Nein«, ächze ich. Sie soll einfach gehen. Ich muss mich ein paar Momente lang sammeln, sonst sieht sie mir sofort an, dass es nicht nur eine Lebensmittelvergiftung ist. Nicht wenn meine Finger so zittern. Wenn meine Haut schweißüberströmt und heiß ist, weil ich so schnell gerannt bin wie gefühlt noch nie in meinem Leben. Wenn mein Atem so stotternd geht, als würde meine Lunge nur schreien und weinen wollen. »Ich komm gleich.«

»Soll ich dir einen Tee machen?«

Ich beiße mir auf die Unterlippe, um nichts Unfreundliches zu erwidern. »Nein, danke.«

Endlich entfernen sich ihre Schritte. Ich lausche ihnen, während ich mich paralysiert im Badezimmer umsehe. Zwischen den mintfarbenen Fliesen, dem Staub auf dem Boden, den etlichen Produkten, die den viel zu kleinen Raum so voll erscheinen lassen. Der Wäschetrockner läuft rumorend. Irgendwie beruhigt mich das Geräusch.

Was soll ich jetzt tun? Wenn das Overkill war, muss ich es jemandem sagen, oder? Bisher gibt es so gut wie keine Augenzeugenberichte und das FBI ist verzweifelt auf der Suche nach diesem Kerl.

Wenn ich nichts sage, bin ich dann nicht mitschuldig am Tod weiterer Menschen?

Andererseits würde ich mich damit selbst zur Zielscheibe machen. Zumal ich auch noch den Fehler gemacht habe, wegzulaufen und nicht am Tatort zu bleiben, wie ein echter Feigling.

Ich fahre mir durch die Haare und schaue zum Ganzkörperspiegel hinüber. Mein eigenes Spiegelbild erschreckt mich, aber ich zwinge mich, hinzusehen, um mich zu erden. Die halblangen, schwarzen Haare kleben an meiner verschwitzten Stirn und unter meinen dunklen Augen zeichnen sich violette Ringe ab. Meine Haut – vom Gesicht bis hin zu den tätowierten Armen, Händen und Fingern – sieht noch blasser aus als sonst. Das habe ich gar nicht für möglich gehalten.

Ich atme durch und sammle endlich genügend Energie, um mich wankend aufzurichten.

Als ich die Spülung bediene und mich dann zum

Waschbecken schiebe, um meine Zähne zu putzen, beschließe ich, was ich gesehen habe, für mich zu behalten.

Wahrscheinlich finden sie Overkill bald. Das, was ich beizusteuern habe, würde vermutlich eh nicht weiterhelfen. Jetzt muss ich nur noch versuchen, diese Eindrücke aus meinem Kopf zu bekommen.

Das Geräusch, kurz bevor all das Blut durch die Luft gespritzt ist. Der kopflose Körper, der auf dem Boden aufschlägt. Die vermummten Fremden, die sich ohne Eile von der Leiche entfernen.

Dass ich meinem Vater beibringen muss, dass ich nicht zur Uni gehen werde, kommt mir plötzlich nur noch halb so schlimm vor.

KAPITEL 2

WOHIN ICH VERSCHWINDEN SOLL

Ich sitze am Kopfende des alten Holztisches in unserem kleinen Esszimmer. Mom und Dad haben rechts und links von mir Platz genommen. Die Deckenlampe über uns verbreitet warmes Licht. Vor mir steht eine Keramikschale mit schrumpeligem Obst. Ich halte meinen Blick auf sie gerichtet, während ich mich nach wie vor bemühe, mich zu beruhigen.

Die Angst in mir ist ein wenig abgeflaut, aber mein Körper scheint noch nicht begriffen zu haben, dass ich in Sicherheit bin. Mein Herz schlägt schnell und mir wird abwechselnd heiß und kalt. Ich zittere am ganzen Leib, balle aber die Hände zu Fäusten, um es zu verbergen.

Eigentlich will ich mich nur in meinem Bett verkriechen und nichts mehr tun außer Musik zu hören und zu versuchen, meinen Kopf freizubekommen. Aber um zu erklären, warum ich so durch den Wind bin, musste ich den beiden die Neuigkeit der letzten Absage natürlich sofort überbringen.

Ich kann den Druck, den ihr vorwurfsvolles Schweigen auslöst, nicht ertragen. Das kenne ich gar nicht anders.

Aber dieses Mal ist es schlimmer als sonst. Ich brauche sie jetzt. Mehr als jemals zuvor. Ich will, dass mich jemand in den Arm nimmt und mir sagt, dass alles wieder okay wird.

Aber solche Menschen sind sie für mich nicht. Ob ich das will oder nicht.

Also sitze ich nur mit gesenkten Schultern da, während sie überlegen, wie sie auf meine Offenbarung reagieren sollen. Auf die Offenbarung, dass ich ihren Ansprüchen ein weiteres Mal nicht gerecht werden konnte. Dass ich die Enttäuschung bin, für die sie mich immer gehalten haben.

Kaito schaut im Wohnzimmer nebenan Fernsehen. Die Geräusche der Kindersendung sind längst zum Hintergrundrauschen für mich geworden.

Unsere winzige Vierzimmerwohnung befindet sich direkt an der 10th Avenue in Hell's Kitchen, gleich über einem Friseur für Männer. Als ich jünger war, haben wir in der Nähe des Restaurants gewohnt, das mein Grandpa, der Vater meiner Mutter, betreibt. Doch als ich acht war, gab es einen Wohnungsbrand, und wir sind in ein anderes Viertel gezogen. Vor allem, weil Dad meinen senilen Grandpa verabscheut. Sogar noch ein bisschen mehr als mich.

Die schmalen Fenster, vor denen die Nacht zu sehen und der Verkehr auf der Straße immer zu hören ist, lassen sich nie richtig schließen. Die bunten Teppiche, Möbel und Regale bilden ein Chaos, in dem ich mich als Kind das letzte Mal zu Hause gefühlt habe.

»Tja.« Das erste Wort aus dem Mund meines Vaters. Endlich regt er sich, und als wären sie Magnete, rutscht Mom auch ein wenig auf ihrem Stuhl zurecht. »Hättest du dich in der Schule mehr angestrengt, wären deine Zukunftsaussichten rosiger.«

Er trägt wie immer seinen schwarzen Anzug. Ist er noch nicht dazu gekommen, ihn auszuziehen, oder muss er noch mal in die Kanzlei? Man sieht ihm auf den ersten Blick an, dass er gern einer dieser erfolgreichen Anwälte wäre, die Millionen verdienen. Er will sich wie sie kleiden, aber sein Anzug von der Stange verrät ihn. Entweder hat er kein Glück, oder er ist nicht gut in seinem Job. So genau haben wir uns nie darüber unterhalten.

Sein Traum, dass ich eines Tages in seine Fußstapfen trete, ist jetzt auf jeden Fall ins Wasser gefallen.

»Ich kann die Vergangenheit nicht mehr ändern«, ringe ich mir niedergeschlagen ab. Es ist nicht so, als hätte ich mich nicht angestrengt. Es war nie mein Traum, Anwalt zu werden, aber einen anderen Weg habe ich auch nie gesehen.

»Du bereust es ja gar nicht«, grummelt Dad und lehnt sich zurück. Sein schwarzes Haar ist an einigen Stellen schon grau, obwohl er gar nicht so alt ist. Die Wut, die er ständig mit sich herumträgt, macht ihn vermutlich müde.

»Ich wusste gar nicht, dass du Gedanken lesen kannst.« Ich will mich nicht streiten. Wirklich nicht. Aber wir haben seit Jahren auf keine andere Weise kommuniziert. Es ist, als würde mein Mund die Worte von selbst sprechen.

»Dein Vater hat recht«, sagt Mom sanft und legt mir beruhigend die Hand auf den Oberschenkel. »Du erweckst nicht den Eindruck, als würde dich das stören. Aber wir müssen jetzt wirklich schauen, wie wir weitermachen.«

Ich erwecke nicht den Eindruck? Dann funktionieren meine Bemühungen, nicht zu sehr neben der Spur auszusehen, wohl zu gut.

Ich sehe Mom an und hoffe, dass sie in meinem Gesicht erkennen kann, dass ich ehrlich getroffen von der letzten Absage bin. Wäre es besser, wenn ich weine? Vielleicht sollte ich es versuchen.

Vielleicht verstehen sie mich dann wenigstens.

Die Lippen zu einem schmalen Strich zusammengepresst, lehnt sie sich wieder zurück und schaut meinen Vater an. Sie trägt eine Jeans und den beigefarbenen Cardigan, den sie so liebt. Sie sieht hundert Jahre jünger aus als er, dabei sind sie gleich alt.

»Wir können dich nicht länger aushalten, Toma.« Mein Vater schürzt die Lippen zu einem herablassenden Ausdruck. »Ich hoffe, du hast einen Plan, wie es jetzt mit dir weitergehen soll.«

»Was heißt denn *aushalten?*«, platzt es aus mir heraus. Die Wut, die an meinen Nervenenden kitzelt, gibt mir die Kraft, mich aus meiner eingesunkenen Position zu lösen und mich aufrechter hinzusetzen. »Ich hab ewig gekellnert und mein eigenes Geld verdient.«

»Aber …«

»Und«, rufe ich, um ihn zu unterbrechen, »ich habe auch Geld auf das Konto eingezahlt, das du für das Studium angelegt hast. Also kannst du kaum davon sprechen, dass ihr mich *aushalten* müsst!«

Mein Vater streckt die Brust raus und lehnt sich in einer bedrohlichen Geste nach vorn. Er hat mich nie geschlagen, aber er liebt es, es so aussehen zu lassen, als wäre er bereit dazu. »Du bist achtzehn Jahre alt, Toma«, sagt er in düsterem Ton. »Diese Wohnung ist schon lang zu klein für vier Personen.«

»Und was kann *ich* dafür?«

»Was du dafür kannst?«, fährt er auf. »Selbst wenn du *nicht* derjenige wärst, der unsere vorherige Wohnung abgefackelt hat! Du …«

»Das habe ich nicht!«, unterbreche ich ihn laut. »Das hat die Feuerwehr bestätigt!«

»Du sitzt an *meinem* Tisch, isst *mein* Essen, wohnst in *meiner* Wohnung! Ich habe dir gesagt, dass wir dich nicht unterstützen werden, wenn du nicht Jura studierst. Das wusstest du von Anfang an.«

Ich gebe mir Mühe, so ausdruckslos wie möglich zu schauen, obwohl ich innerlich koche.

»Und jetzt sitzt du hier, mit deinem arroganten Blick, und verlangst, dass wir dich aus der Scheiße holen. Aber du bist ein erwachsener Mann und kannst anfangen, dich um dich selbst zu kümmern. Und ein bisschen Dankbarkeit zu zeigen für alles, was wir bisher für dich getan haben!«

Ich fahre mir mit der Zunge über die Unterlippe, bevor ich antworte. Dieses Gespräch haben wir schon zu oft geführt. Ich weiß, dass er es nicht versteht. Aber ich werde nicht nachgeben. »Wow«, säusle ich in ironischem Tonfall, ziehe die Augenbrauen zusammen und lege den Kopf schief. »Willst du eine Entschuldigung von mir, dass ich *geboren* wurde? Wofür soll ich mich bedanken? Dass ich hier aufwachsen durfte? Dass ihr mich als Baby gefüttert habt?«

»Ja, das wäre mal schön!« Sein Gesicht wird etwas röter. »Du weißt gar nicht, wie gut du es hast im Vergleich zu vielen anderen Kindern!«

Dieses scheiß Argument wieder. »Dann sollte ich wohl auch dankbar sein, dass du mich nicht verprügelst. Weil das einige andere Eltern ja machen, was?«

»Schatz«, mischt sich Mom ein, als ich mich ein Stück weiter vorlehne, und legt ihre Hand wieder auf mein Bein. Als wäre ich derjenige, der sich wie ein Idiot verhält.

»Ist doch so!«, fahre ich sie an. Nicht, weil sie mir etwas getan hätte, sondern weil sie verdammt noch mal nie was zu *ihm* sagt. »Es tut mir leid, dass ich nicht gut genug für euch bin, oder warum auch immer *er* mich so hasst.«

»Du bist gut genug für uns, Schatz«, flüstert sie.

»Nein!«, fährt Dad weiter auf. »Er muss endlich mal so richtig wegen seines Verhaltens auf die Fresse fallen. Damit er lernt, dass seine Handlungen Konsequenzen haben.«

Wegen meines Verhaltens? Alles, was ich je verbrochen habe, ist, kein Eins-Plus-Schüler gewesen zu sein, wie er es sich gewünscht hätte.

Warum regt mich das alles so wahnsinnig auf? Genau diese Gespräche hatten wir doch schon Millionen Mal. Eigentlich kann ich mich kaum daran erinnern, jemals über etwas anderes mit meinem Vater gesprochen zu haben.

Aber jetzt bin ich auf seine Hilfe angewiesen. Darauf, dass er mich nicht wirklich fallen lässt, so wie er es tausendmal angedroht hat, sondern mir zumindest den verdammten kleinen Finger reicht. Freundliche Worte erwarte ich ja nicht mal.

Aber das bringt alles nichts, also beharre ich auf das Einzige, bei dem ich noch einen Sieg davontragen kann. »Ich will das Geld zurück, das ich auf das Studienkonto eingezahlt habe.«

»Auf keinen Fall.« Mein Vater lehnt sich zurück und verschränkt die Arme vor der Brust, um seine Überlegenheit zu demonstrieren.

Ich fasse es nicht. Nicht mal das will er mir zugestehen? Ist das sein scheiß Ernst? »Das ist mein Geld!«

»Es steht mir genauso zu wie dir. Wie gesagt: Du isst unser Essen. Du wohnst in unserer Wohnung.«

Ich hole tief Luft, um dem Drang zu widerstehen, ihm das faulige Obst an den Kopf zu werfen. »Du willst echt mein Erspartes behalten?« Fassungslos sehe ich zu Mom, dann wieder zu ihm. »Das Geld, das ich über Jahre hinweg verdient habe?«

Er nickt gemächlich. Ich spüre, wie die Hitze vor Wut abermals in meine Wangen steigt.

»Ja. Ich denke nicht, dass du verantwortungsbewusst damit umgehen würdest.«

Ich weiß nicht, was ich machen oder sagen soll. Weder mit Worten, noch mit Gewalt werde ich zu ihm durchdringen können. Verzweiflung mischt sich unter die Wut. »Das sind mehrere tausend Dollar. Ich brauche das, wenn ich mir 'ne Wohnung suchen soll.«

»Dann mach dir mal Gedanken drum.«

»Du bist so ein Arschloch!« Ich erschrecke mich selbst, als das über meine Lippen kommt, obwohl ich es ihm schon so oft sagen wollte. Aber der Ausdruck, der daraufhin auf sein Gesicht tritt, zeigt mir ganz klar, dass das ein Fehler war. Ein Ausdruck so wütend, wie ich es selten gesehen habe. Und ich lehne mich zurück, weil ich befürchte, dass er mir dieses Mal wirklich eine knallt.

»Das reicht!«, schreit er aus voller Kehle. Als er die Hand hebt, zucke ich zusammen, aber er deutet nur auf die Wohnungstür. »Raus hier! Du verschwindest aus meinem Haus und kommst erst zurück, wenn du dein Leben unter Kontrolle hast!«

»Aber …«

»Raus!« Er steht auf und deutet fortwährend auf die Tür.

Unsere Blicke sind für einige Sekunden fest miteinander verhakt, als keiner von uns sich einen Millimeter bewegt. Aber als Mom sich auch dieses Mal entscheidet, sich nicht einzumischen, schiebe ich meinen Stuhl zurück, erhebe mich und trete langsam an ihm vorbei.

Erst als ich den beiden den Rücken zugewandt und meine am Boden liegende Jacke aufgehoben habe, ergreift sie das Wort. »Du kannst ihn nicht auf die Straße schicken, Schatz«, wispert sie. »Du weißt doch, was da draußen los ist.«

»Er kommt schon klar, Liebling«, sagt er sanft wie immer zu ihr.

Ich bin so wütend, dass meine Finger jetzt aus einem anderen Grund zittern als zuvor. »Ich komme ohne dich auf jeden Fall besser klar als mit dir«, sage ich laut. Dann trete ich auf den Flur und schlage die Holztür krachend hinter mir zu.

KAPITEL 3

WER FÜR MICH DA IST

»Und dann hat er dich wirklich rausgeschmissen?« Jay schüttelt schockiert den Kopf und richtet die Sporttasche auf seiner Schulter. Seine hell blondierten Haare sind noch nass von der Dusche und tropfen auf seine dunkle Haut. Er muss rausgerannt sein, ohne sie abzutrocknen, als ich ihm geschrieben hab.

»Ich … kanns auch noch nicht fassen.« Manchmal habe ich darüber nachgedacht, was wohl geschehen würde, wenn es zum Äußersten käme. Aber … »Das hätte ich nicht mal ihm zugetraut.«

»Das ist auch zu krass.«

»Hm.«

Inzwischen ist es kühler geworden. Ich verstehe gar nicht, wie es Jay in der kurzen Trainingshose und dem lockeren Shirt aushält, während ich schon in meiner dünnen Jacke friere. Aber vermutlich ist er noch warm von seinem Training.

Wir stehen vor der hell erleuchteten Trainingshalle, vor der ich auf ihn gewartet habe. Ich hatte keine Ahnung, wohin ich sonst gehen sollte.

»Und du denkst nicht, dass ihr das durch ein Gespräch wieder lösen könnt?« Der zutiefst besorgte Blick, mit dem er mich bedenkt, tut weh. Immer, wenn was mit meinem Dad ist, muss er sich stundenlang mein Gejammer anhören. Ich weiß gar nicht, wie er das erträgt.

Ich ziehe an meiner Zigarette und atme den Rauch kribbelnd ein. Die Straße ist weitgehend leer, aber aus offenen Läden rechts und links dringen Stimmen, Gelächter und Gerüche.

»Ich glaube nicht«, sage ich resigniert. »Es sei denn, ich krieche ihm in den Arsch, aber …« Das habe ich schon so oft getan. Eigentlich immer. Vielleicht hätte ich es wieder getan, wenn ich nicht so vollkommen aus der Bahn geworfen gewesen wäre.

Ich weiß gar nicht, welches Ereignis der letzten zwei Stunden mich mehr aufwühlt. Sie ringen in meinen Erinnerungen um die Vorherrschaft. Die Wut hat sich inzwischen vollends zu Verzweiflung gewandelt.

Und ich fühle mich hier draußen so nackt und unsicher. Beobachtet. Vermutlich ist der Mord schon in allen Medien. Ich habe es nicht gewagt, nachzuschauen. Auch das Foto auf meinem Handy habe ich bisher nicht angesehen. Gerade kann ich mir noch einreden, dass das alles ein Traum war. Nur eine Fantasie meiner gestressten Gedanken. Ich will nicht, dass die ganze Sache durch den einzigen Beweis, den ich habe, real wird.

Während ich gewartet habe, habe ich darüber nachgedacht, ob ich es Jay erzählen soll. Ich erzähle ihm alles, schon seit wir klein sind. Aber er wird darauf bestehen, dass ich zur Polizei gehe. Ohne Widerrede.

»Komm mit«, sagt er schließlich und setzt sich in Richtung U-Bahn in Bewegung. »Wir gehen erst mal zu mir.«

Obwohl ich ein »Danke« über meine Lippen bringe, habe ich nicht das Gefühl, dass es ausreicht. Wenn Jay mich nicht aufnehmen würde, müsste ich wohl wirklich auf der Straße übernachten.

»Ich weiß, das habe ich schon oft gefragt, aber: Sicher, dass der Arsch dein leiblicher Vater ist?« Jay bemüht sich offensichtlich um einen scherzenden Tonfall, für den ich ihm sehr dankbar bin. Daran, dass sein Zweifel an unserer Blutsverwandtschaft berechtigt ist, ändert das aber nichts.

»Ich zweifle manchmal daran.« Im Gehen lege ich den Kopf in den Nacken und sehe in den sternenlosen Himmel hinauf. »Kaito behandelt er nicht so.«

»Kaito ist auch der Vorzeigesohn, den er sich immer gewünscht hat. Weißt du noch, wie er die Polizei rufen wollte, als er uns auf der Feuertreppe beim Rauchen erwischt hat?«

Bei der Erinnerung muss ich lächeln. »Er ist eine alte Seele.«

»Da war er drei!«

Wir lachen und ich bin gleichzeitig amüsiert und fasziniert davon, wie Jay es schafft, für so gute Stimmung zu sorgen. »Übernachtest du noch bei Malik?« Wir haben bisher nur über mich geredet.

»Ja«, sagt er beschwingt. Es hätte mich auch verwundert, wenn es ihn stören würde, noch länger im supermodernen, hochwertig eingerichteten Apartment seines Bruders leben zu müssen. »Jemand muss ja auf Bruce aufpassen, während er nicht da ist.« Er mustert mich von oben bis unten. »Du kannst gern Klamotten von ihm oder mir haben, wenn du was brauchst.«

»Danke«, murmele ich erneut peinlich berührt. Ich hätte wenigstens die Weitsicht haben sollen, eine Tasche zu packen. Aber ich war zu aufgebracht, als ich rausgestürmt bin, um an so was zu denken. »Ich hab nicht vor, lang zu bleiben.«

»Na ja, ich meine …« Er sieht zu mir herüber, als überlege er, ob er seinen nächsten Gedanken aussprechen soll oder nicht.

Ich ziehe die Augenbrauen hoch, um ihn stumm dazu aufzufordern.

»Wahrscheinlich ist es gar nicht schlecht, wenn du erst mal von da weg bist.«

Ich weiß genau, was er meint, aber ich lasse ihn seinen Gedanken trotzdem zu Ende bringen.

»Dein Vater hat dich dein Leben lang kleingehalten. Das ist vielleicht eine Chance, dich endlich von ihm loszumachen.«

»Ich weiß.« Ich weiß es wirklich. Aber ich fühle mich so verloren wie ein ausgesetzter Hund. Hatte er recht und ich war doch immer abhängig von ihm?

»Du musst jetzt erst mal dein Selbstbewusstsein aufbauen«, redet Jay beschwingt weiter. »Das ging einfach nicht, solange du mit diesen toxischen Leuten unter einem Dach gewohnt hast.«

»Du meinst, dass er mich rausgeschmissen hat, ist eher eine Chance statt ein Rückschlag?« Ich stelle seine These nicht infrage. Ob sie richtig ist, wird sich erst herausstellen.

Jay fährt sich durch die blondierten Haare und lacht unangenehm berührt. »Na ja, so simpel ist das sicher nicht. Ich stehe so oder so hinter dir.«

»Danke.« Dieses Wort werde ich heute Abend noch oft sagen. Ich denke nicht, dass es ausreichen wird.

»Hast du eine Idee, was du jetzt machen willst?«

Ich weiß nicht, ob dieser Gedanke zu frisch ist, um ihn

auszusprechen, aber im Grunde ist er meine einzige Option. »Ich hab überlegt, ob ich zu Grandpa gehe.«

Er macht große Augen. »Du meinst den mit dem Restaurant?«

»Ja.«

»Der, der gesagt hat, du hättest eure Wohnung mithilfe magischer Essstäbchen abgebrannt?«

Ich verziehe den Mund, als die Erinnerung an die Flammen mich heimsucht. »Das ist mein einziger Verwandter hier.«

»Hast du mit dem überhaupt noch was zu tun?«

»Mein Dad hasst ihn, also nein.« Ich werfe ihm einen vielsagenden Blick zu.

»Gibts jemanden, den dein Dad nicht hasst?«

Ich lache schallend. Anderenfalls müsste ich weinen. »Alle außer mich und Grandpa. Aber ihn hasst er mehr.« Ich wiege den Kopf hin und her. »Er ist auch ein bisschen durchgeknallt. Er hat immer davon geredet, dass wir von so einem shintoistischen Feuergott abstammen. Und er will, dass ich sein Restaurant übernehme, seitdem ich auf der Welt bin.«

»Das wäre ja der Traum!« Jay schließt genießerisch die Augen. »Ich würde jeden Tag dort essen.«

Ich ziehe die Augenbrauen zusammen. Er kann doch viel besser kochen als ich. »Als ob ich irgendeine Voraussetzung erfülle, die es braucht, um ein Restaurant zu führen.« Abgesehen davon, dass ich keine Lust auf den Stress hätte. »Ich würde nur aushelfen, bis ich was Richtiges gefunden habe.« Sofern Grandpa mich überhaupt noch sehen will.

»Du unterschätzt dich«, witzelt er. »Aber im Ernst: Wenn dein Dad euch beide nicht ausstehen kann, passt ihr vielleicht gut zusammen.«

Da hat er recht. »Vielleicht. Er wohnt allein, also hat er eventuell ein Zimmer für mich, bis ich was gefunden habe.« Das klingt optimistischer, als ich bin. Eigentlich kommt es mir schäbig vor, nach so langer Zeit bei ihm anzutanzen und ihn um Hilfe zu bitten. Ich kenne den alten Mann nicht gut genug, um einschätzen zu können, wie er darauf reagieren wird.

»Gute Idee«, sagt Jay allerdings. Er hat deutlich mehr Hoffnung als ich.

»Vielleicht braucht er ja Hilfe im Restaurant«, überlege ich laut. »Zufällig.«

Jay lacht. »Vielleicht bekommt er dich dann auch dazu, wirklich das Restaurant zu übernehmen.«

Ich verziehe amüsiert den Mund. »Auf keinen Fall.«

Die indirekte Beleuchtung, die Jay einschaltet, als wir in die Wohnung seines Bruders eintreten, umfängt mich zusammen mit der Wärme des Appartements. Ich rieche den metallischen Geruch der U-Bahn noch in meiner Kleidung, aber in dem angenehmen Duft nach Gewürzen und Holz hier drin wird der bald verzogen sein.

Während Jay seine Sporttasche auf den Boden knallt und in eins der Schlafzimmer verschwindet, sehe ich mich noch unsicher in der Wohnung um. Ich war erst eine Handvoll Mal hier.

Das Appartement ist nicht groß, aber modern und hochwertig eingerichtet. Die offene Küche grenzt an den Wohnraum, in den ich weiter trete. Die Arbeitsflächen aus Marmor stechen zwischen den offenliegenden Backsteinwänden hervor. Hinter den gemütlichen Möbeln und den handgeknüpften Teppichen wirkt der industrielle Look des Lofts eher ironisch als ehrlich.

»Weißt du, wann Malik endlich wiederkommt?«, rufe ich Jay zu.

Sobald meine Stimme durch die Wohnung hallt, schiebt der ältere Schäferhund seinen Kopf aus einem der Zimmer, um mich interessiert zu mustern.

»Meistens schläft der direkt im Büro«, antwortet Jay. »Die haben da ja sogar Duschen.«

Ich hebe skeptisch die Augenbrauen und halte dem großen Hund meine Hand hin. »Hey, Bruce«, murmele ich lächelnd und er setzt sich endlich in Bewegung, um schwanzwedelnd auf mich zuzukommen. Seine Krallen kratzen über das polierte Parkett. Sobald er bei mir angekommen ist, streiche ich wild durch das struppige Fell. Er umrundet mich aufgeregt, und ich kann das Lächeln nicht zurückhalten.

»Ich schätze, er wird erst in ein paar Tagen mal vorbeischauen«, sagt Jay und tritt aus seinem Zimmer. Er hat sein Trainingsoutfit gegen lockere Alltagskleidung ausgetauscht. »Aber ich denke, das wird so weitergehen, bis sie Overkill endlich schnappen.«

Eine Gänsehaut überzieht meine Arme, als ich den Namen höre. Und plötzlich komme ich mir in dieser Wohnung wie ein Eindringling vor. Ich befinde mich mitten im Reich eines der Menschen, die mit der Suche nach Overkill beschäftigt sind. Ich fühle mich wie ein Verräter, weil ich nichts gesagt habe.

Jetzt ist es zu spät, oder? Ich kenne Jay. Er würde sofort versuchen, mich zu überreden, zur Polizei zu gehen. Und das kann ich nicht. Ich kann nicht zur Polizei, und ich ertrage keine weitere Diskussion an diesem Abend.

Doch obwohl meine Entscheidung getroffen ist, bleibt das schlechte Gewissen.

»Krass«, sage ich, als mir einfällt, dass ich nicht reagiert habe. Irgendwie muss ich das Thema schnell umlenken.

Ich richte mich wieder auf, gehe zu den Sitzgelegenheiten hinüber und lasse mich auf die dunkle, breite Couch fallen. Bruce springt direkt neben mir hoch und schaut zwischen uns beiden hin und her. »Bist du sicher, dass das ein Job ist, den du mal machen willst?«

Jay lacht schallend und reckt die Brust. »Klar. Kannst du dir was Cooleres vorstellen, als beim FBI zu arbeiten?«

»Ja, im *Spicy Noodles* bei meinem Grandpa zu arbeiten«, antworte ich ironisch, und er grinst vor sich hin. »Gibt's was Neues zu deiner Bewerbung?« Es interessiert mich wirklich, aber ich will auch Zeit schinden, um das bevorstehende Gespräch mit meinem Grandpa hinauszuzögern.

»In der Abteilung, in der mein Bruder arbeitet, braucht man ja 'ne besondere Ausbildung.« Jay schlendert ein wenig ziellos umher, meidet meinen Blick. »Und man kommt da wohl nur über Umwege rein. Aber er will mir Chancen verschaffen.« Er zuckt mit den Schultern. »Sobald das alles mit Overkill vorbei ist.«

»Klar.« Wieder denke ich an das Foto auf meinem Handy. Wenn Jay jemals herausfindet, was ich gesehen habe – was ich ihm verschwiegen habe – wird er so sauer auf mich sein wie vermutlich nie zuvor.

Mir wird wieder übel.

Jay deutet auf mich, als hätte er mich ertappt. »Ich mach erst mal was zu essen für uns«, sagt er allerdings nur und geht in die Küche, um im Kühlschrank nachzusehen, welche Zutaten er hat.

»Musst du nicht«, sage ich und setze mich aufrechter hin.

»Ich bestehe darauf. Du kennst mich doch.«

Mit schlechtem Gewissen schaue ich zu, wie er Töpfe und Pfannen aus den hellen Küchenschränken heraussucht. Jay liebt Essen so sehr, dass er für mich kocht, wenn es mir nicht gut geht. Das war schon immer so.

Und irgendwie hat es auch immer geholfen.

Mit einem resignierten Geräusch richte ich mich wieder auf und taste nach meinem Handy in der Tasche. »Dann führe ich mal den Anruf, der alles entscheidet.«

»Du packst das«, trällert Jay, schon ganz in seinem Element.

Kurz schaue ich seinen Rücken an. Er ist zu gut und zu fröhlich für mich. Ich muss mich bemühen, weniger düster draufzusein. Ich denke zwar nicht, dass es möglich ist, ihn mit in mein Loch herabzuziehen, aber er hat definitiv einen besseren Freund verdient, als ich es gerade bin.

Bruce schaut irritiert zu mir auf, also bedeute ich ihm in einer beruhigenden Geste, zu bleiben, wo er ist. Dann gehe ich seufzend in das Zimmer, in dem Jay übernachtet, schließe die Tür leise hinter mir und trete zum Fenster hinüber. Die orangefarbenen Lichter der Laternen erhellen die Seitenstraße unter mir. Ich sehe keine Menschen auf den Gehwegen.

Mit nur wenigen Klicks habe ich die Nummer meines Großvaters gefunden. Kurz gleitet mein Blick zu der kleinen Uhr oben links auf dem Display. Schon nach zehn. Hoffentlich wecke ich ihn nicht.

Das erste Freizeichen ertönt, als ich mir das kleine Gerät ans Ohr halte.

»Hallo?« Er hebt so schnell ab, dass ich erschrecke. Ich habe seine Stimme seit Ewigkeiten nicht mehr gehört.

»Hallo Grandpa. Ich bin es, Toma.« Ich spreche leise, weil ich ihn nicht überrumpeln will.

»Toma.« Er atmet aus. »Ich habe mir schon Sorgen gemacht, dass jemand so spät anruft. Geht es dir gut?«

Ich hätte damit rechnen sollen, dass er diese Frage stellt, aber ich bin trotzdem nicht darauf vorbereitet. Falle ich gleich mit der Tür ins Haus, oder rede ich um den heißen Brei herum? Was ist höflicher? »Ähm.« Ich schließe die Augen, weil ich mich so über mich selbst ärgere. »Ehrlich gesagt nicht. Deswegen rufe ich an.«

Schweigen am anderen Ende. Er wartet darauf, dass ich weiterspreche.

»Es tut mir leid, dass ich dich so aus heiterem Himmel anrufe. Aber Dad hat mich aus der Wohnung geschmissen und ich … weiß ehrlich gesagt nicht, was ich machen soll.«

Noch immer ist es still und ich lausche genauer, weil ich für einen Moment befürchte, er hätte aufgelegt. Doch ich höre ihn leise atmen.

Mein Vater konnte Grandpa nie leiden. Früher war ich noch zu klein, um zu verstehen, warum. Inzwischen ist mir klar, dass das auf Gegenseitigkeit basieren muss.

»Hast du einen Ort, an dem du unterkommen kannst?«

»Ja, ich kann bei einem Freund übernachten.« Ich stelle mir vor, wie er ruhig vor sich hin nickt. Das hat er früher immer gemacht.

»Was ist denn passiert?«

»Ich wurde von allen Universitäten abgelehnt, bei denen ich mich beworben habe. Jetzt sagt er, dass ich mich um mich selbst kümmern soll.« Ein schlechtes Gewissen beschleicht mich, weil es mir falsch vorkommt, meinen Vater in ein solches Licht zu rücken. Dabei ist es doch die Wahrheit.

»Was wolltest du denn studieren, Toma?« Seine Stimme klingt etwas älter, als ich sie in Erinnerung habe. Etwas brüchiger.

»Jura.«

Ein amüsiertes Lachen ist zu hören. Es irritiert mich. »Das klingt aber nicht nach dir«, sagt Grandpa schließlich.

Tatsächlich? Woher will er das wissen? Wir haben uns doch seit Ewigkeiten nicht mehr gesehen. »Ja«, pflichte ich ihm bei. »Ich weiß aber nicht, was ich anderes machen soll.«

»Möchtest du denn gern im Restaurant aushelfen?«

»Ja, ich … Deswegen rufe ich an.« Mein Blick ist nach wie vor nachdenklich aus dem Fenster gerichtet. »Aber ich will dir keine Umstände machen. Ich weiß, dass wir uns lang nicht gesehen haben.«

»Du bist immer mein Enkel, auch wenn wir uns noch länger nicht sehen.« Seine Stimme ist so warm, dass sie mein Herz schwerer werden lässt.

Ich atmete tief ein und blinzle heftig, weil ich es wirklich nicht gebrauchen kann, dass jetzt Tränen hinter meinen Lidern kribbeln. »Danke«, ringe ich mir ab. »Ich würde mich auch so nützlich wie möglich machen, bis ich etwas anderes gefunden habe.«

Wieder dieses kleine Lachen. »Unterstützung kann ich gut gebrauchen. Das Stockwerk über dem Laden ist auch frei. Erinnerst du dich daran? Du kannst dort einziehen, wenn du möchtest.«

»W-was?« Ein Stockwerk über dem Laden? Wusste ich davon? »Das ist wirklich nicht nötig! Es reicht mir auch, wenn …«

»Keine Ausrede, junger Mann.« Dieses Mal lacht

Grandpa lauter. »Ich freue mich, wenn wir uns mal wiedersehen. Und wenn ich dir helfen kann.«

Das ist viel zu nett. Viel netter, als ich erwartet habe. War er früher auch schon so? Ich erinnerte mich daran, dass er immer streng und ein wenig schrullig war. Aber er hat mich auch oft vor meinem Vater in Schutz genommen.

Ein warmes Gefühl breitet sich in mir aus. Zusammen mit Scham und Schuld. »Danke«, murmele ich wieder.

»Brauchst du Hilfe mit deinen Sachen?«

»Nein, ich hab nicht viel«, sage ich rasch. Wenn Jay morgen Zeit hat, kann er mir helfen, ein paar Kisten zu packen.

»Ich meine, ob ich dich begleiten soll, falls dein Vater da ist«, stellt er gleich klar.

Das lässt mich schwer schlucken. »Nein, er … er ist sicher bei der Arbeit.« Er ist immer bei der Arbeit. »Aber vielen Dank.«

»Na dann ist ja gut.« Der abfällige Unterton in seiner Stimme dringt sogar durch das Telefon bis zu mir. »Dann komm einfach morgen zum Restaurant. Weißt du noch, wo es ist?«

»Klar.« Ich denke zumindest, dass ich mit Google Maps hinfinden werde. »Ab wann bist du denn da?«

»Ich bin morgens immer Zutaten kaufen. Aber so ab halb sieben werde ich da sein.«

Ich mache große Augen. Wenn er ab halb sieben da ist, was bedeutet für ihn denn dann *morgens*? Alles davor ist doch Nacht.

»Ich denke, ich werde gegen Mittag kommen.« Dann kann ich vorher noch ein paar Sachen aus meinem Zimmer holen.

»Gut, gut. Ich freu mich schon, dich zu sehen, Junge.«

»Ich freu mich auch. Und danke.«

Als ich auflege, zittern meine Hände wieder, aber dieses Mal aus einem anderen Grund. Dank einer Art von Erleichterung, die ich mir noch nicht ganz erlauben will.

KAPITEL 4

WAS ICH KONTROLLIEREN MUSS

Das Licht von den Straßen dringt kaum bis in den Hinterhof. Ich bin voller Blut. Es sammelt sich auf meinem Gesicht. Der metallische Geschmack auf meinen Lippen ist mir vertraut. Oft kann ich nicht rechtzeitig ausweichen. Eigentlich versuche ich es nicht mal mehr.

Ich bin nass, als hätte es geregnet. Organe und Fleischfetzen sind über den Boden verteilt. Das Licht des Mondes spiegelt sich in der Pfütze, die aus dem Körper dringt. Oder dem, was davon übrig ist.

»Das war ein echter Overkill«, sagt einer meiner Begleiter.

»Ich hatte es nicht unter Kontrolle«, antworte ich tonlos. »Das ist schon der dritte heute.« Eigentlich habe ich genug, aber das sage ich den anderen nicht.

Ich erinnere mich daran, wie übel mir früher geworden ist, wenn ich so etwas getan habe. Das passiert mir jetzt nicht mehr. Ich darf keine Schwäche zeigen. Nicht für einen Moment.

»Eine Schande, dass sie sich uns nicht angeschlossen haben«, sagt ein anderer. »Sie hatten so viel Potenzial.«

Ich weiß nicht, ob das stimmt. Bei dem jungen Mann tat es mir leid. Bei seinem Vater und Großvater nicht so sehr. Er war missgeleitet. Die anderen beiden haben ihr Schicksal selbst bestimmt.

»Sie haben die Wahrheit nicht gesehen«, sagt ein anderer.

»Jetzt sind ihre Augen offen.«

»Gehen wir«, sage ich, bevor sie sich im Philosophieren verlieren. Wir haben keinen Zeitdruck, aber ein unnötiges Risiko sollten wir nicht eingehen.

»Habt ihr den Jungen gesehen, der uns beim zweiten Fall beobachtet hat?«, will einer wissen.

Alle murmeln bestätigend.

»Der wird es nicht wagen zur Polizei zu gehen, nachdem wir den Zeugen vor einigen Wochen getötet haben.«

»Und wenn doch?«

»Müssen wir mit dem Headhunter besprechen«, sage ich. »Der hat uns das letzte Mal schon fast den Kopf abgerissen.«

»Weil der Mord eines Zeugen nicht ins Image passt.«

»Das Image ist Schwachsinn. Wir haben ein eindeutiges Zeichen gesendet.«

»Der Kerl kam mir bekannt vor«, überlege ich laut.

»Der, der uns beobachtet hat?«

»Ja.« Wir wischen unsere Gesichter ab und entfernen uns von der Leiche. »Egal.«

KAPITEL 5

WOHIN ICH FLÜCHTE

»Guten Morgen, New York! Es ist der vierte April und hier sind Janey und Ash von der NYC Fresh Morningshow, für euch wie immer mit den freshesten Hits des Tages!«

»Du klingst wie üblich deutlich fresher als ich, Ash.«

»Ist ja auch früh. Aber ich klinge nur so. Ehrlich gesagt hab ich kaum geschlafen, seitdem die Nachricht gestern Abend kam.«

»Du meinst den Dreifachmord?«

»Genau. Falls ihr es noch nicht mitbekommen habt: Es gibt drei neue Mordfälle aus der letzten Nacht, die dem berüchtigten Serienmörder Overkill zugeordnet werden, der New York schon seit vier Wochen in Angst und Schrecken versetzt.«

»Vor gerade einmal fünf Minuten hat die Polizei auch bestätigt, dass die drei Männer, Elijah, Lucas und Benjamin Jones, miteinander verwandt waren. Es handelte sich um Sohn, Vater und Großvater. Sie wurden in Hells Kitchen, Tribeca und in den Morningside Heights aufgefunden.«

»Das bringt die Zahl der bekannten Opfer nun schon auf sechzig.«

»Ja. Und das ist das erste Mal, dass die Opfer etwas miteinander zu tun hatten. So schrecklich es auch ist: Ich hoffe, dass es dem FBI dadurch endlich gelingt, eine Spur zu finden.«

»Man sollte meinen, dass man im Laufe der Zeit abstumpft, was das angeht. Aber es schockiert mich immer wieder aufs Neue. Sechzig Menschen, die nicht mehr leben. Ich kann es gar nicht fassen.«

»Und es ist ja nicht nur die Anzahl der Opfer. Auch die drastische Brutalität der Morde und dass sowohl Polizei als auch FBI noch immer nicht wissen, wie genau sie verübt werden. Menschen mit explodierten Köpfen. Da wird einem einfach schlecht.«

»Das sehen auch unsere Zuhörer und Zuhörerinnen so. Am Anfang haben wir uns gesorgt, dass wir zu viel über dieses Thema berichten. Ihr erinnert euch vielleicht daran. Aber es ist sowieso überall. Und ich halte es für besser, wenn wir einander in dieser Zeit unterstützen.«

»Stimmt. Eine unserer Zuhörerinnen schreibt über die App: Danke, dass ihr schon so früh auf Sendung seid. So fühle ich mich auf dem Weg zur Arbeit wenigstens nicht ganz allein. Sonst würde ich mich gar nicht mehr auf die Straße trauen.«

»Wir freuen uns, dass wir für dich da sein können. Da sind wir gern ab vier im Studio. Es gibt inzwischen aber auch eigens eingerichtete Hotlines, die ihr anrufen könnt, falls ihr nachts allein unterwegs sein müsst. Dort bekommt ihr persönliche Betreuer zugeteilt, die euch über das Telefon auf eurem Weg begleiten. Die Nummern findet ihr auf unserer Website.«

»Ein anderer Zuhörer schreibt über unseren Twitter-Hashtag: Danke für eure intensive Berichterstattung zu

Overkill, Ash und Janey. Der Austausch dazu ist so wichtig, sonst verbreiten sich Fehlinformationen zu schnell. Ihr seid genau wie letztes Jahr bei Captain Wodka vollkommen zuverlässig. #machtnichtdieaugenzu Wir hängen da alle drin.«

»Solche Worte tun natürlich gut. Gerade, weil das mit den Fehlinformationen stimmt.«

»Sehe ich auch so. Der Fall ist so mysteriös und aufsehenerregend, dass etliche Leute Theorien anstellen, was oder wer dahinterstecken könnte. Von Kulten bis Magie ist alles dabei. Aber wir müssen uns an die Fakten halten, um so sicher wie möglich zu bleiben.«

»Exakt. Durch sein unübliches Opferspektrum ist Overkill Kriminalisten zufolge einer der gefährlichsten Serienmörder aller Zeiten. Die Opfer stehen in keinem Zusammenhang zueinander und es gibt nichts, was sie gemein haben. Sie sind unterschiedlichen Alters, Geschlechts, jeder Hautfarbe, Herkunft und sozialen Gruppe. Entweder der Mörder sieht eine Verbindung zwischen ihnen, von der wir bisher nichts wissen, oder er macht sich gar keine Gedanken darum, wer sein nächstes Opfer sein soll.«

»Und wo er es findet.«

»Das macht einen müde. Und wir wissen, dass ihr euch da draußen auch so fühlt. Also passt auf euch auf, Leute. Achtet auf die Anweisungen der Behörden und versucht, euch nicht von Verschwörungstheorien und den angeblichen Glaubenssätzen des Killers, die online verbreitet werden, ablenken zu lassen. Gemeinsam halten wir das aus.«

»Genau.«

»Aber wir müssen alle zusammenarbeiten.«

»Und nicht vergessen: Verlasst eure Wohnung nicht, wenn es nicht absolut notwendig ist. Und geht vor allem

niemals allein irgendwo hin. Auch nicht aufs Klo in einem Club.«

»Was hältst du eigentlich von den Gerüchten, dass das alles etwas mit Captain Wodka zu tun haben könnte, Ash?«

»Das will und kann ich noch immer nicht glauben. Captain Wodka war vor über einem Jahr das letzte Mal aktiv. Sie hat nie jemanden getötet, und auch wenn ihre Superhelden-Art einen gewissen übernatürlichen Anklang hatte, war das ganz anderer Natur. Oder?«

»Sehe ich auch so, obwohl ich nicht so ein krasses Captain-Fangirl bin wie du. Diesen Januar durften wir sie erst in einem exklusiven Interview zuschalten, in dem sie erklärt hat, dass sie inzwischen mit dem FBI zusammenarbeitet. Also wenn sie etwas tut, dann höchstwahrscheinlich dabei helfen, diesen Killer zu schnappen.«

»Als Captain-Fan will ich mich ganz klar von den Gerüchten distanzieren, dass sie etwas damit zu tun haben soll. In den Zeiten, zu denen sie aktiv war, haben wir sehr viel über sie berichtet und viele positive gesellschaftliche Änderungen dokumentieren können.«

»Obwohl ihre Handlungen bezüglich Selbstjustiz nicht in Ordnung waren.«

»Klar.«

»Aber die Mordserie, die sich derzeit abspielt, mit so etwas zu vergleichen, ist nicht nur leichtsinnig, sondern sogar gefährlich.«

»Also bitte: Informiert euch auf unserer Website.«

»Ruft uns an oder schreibt uns eine Nachricht über die kostenlose NYC Fresh App, wenn ihr noch etwas zu dem Thema zu sagen habt.«

»Wir sind zurzeit extra lang für euch auf Sendung. Im-

mer von vier Uhr morgens bis um zwölf. Also danke, dass ihr so fleißig zuschaltet.«

»Dem schließe ich mich an.«

»Und nun weiter mit unserem freshesten Hit des Tages: Die Purple Dragons mit Burn it all down!«

Im East Village auf der 9th Street, eingepfercht zwischen zwei hohen Wohnblöcken aus Ziegelsteinen, befindet sich das *Spicy Noodles*. Mit den nur zwei Stockwerken und der hölzernen, mit Glasfenstern versetzten Doppeltür sieht das Restaurant so unauffällig aus, dass Jay und ich fast daran vorbeigelaufen wären. Über der Tür weist ein altes Schild den Namen aus. Die gelben und roten Buchstaben sind kaum mehr zu erkennen.

Auf dem Dach und vor dem Eingang sitzen Krähen. Das Krächzen aus ihren Kehlen klingt wie Gelächter. Obwohl die Frühlingssonne scheint, wirkt dieser Ort alles andere als einladend.

»Sieht klasse aus«, scherzt Jay und schaut vielsagend zu mir herüber. Als würde er mich mit Blicken fragen, ob ich mir sicher bin, dass ich hier einziehen will.

»Besser als nichts.« Eigentlich ist es mir egal. Ich muss nicht auf der Straße schlafen und kann arbeiten. Das ist alles, was zählt. Ich fasse die zwei großen Pappkartons in meinen Händen neu. Jay schafft es irgendwie, doppelt so viel wie ich zu tragen.

In diesen Kisten und den zwei Taschen, die wir dabeihaben, befindet sich alles, was mir etwas bedeutet. Oder was ich gebrauchen kann.

»Bereit für dein neues Leben?«

»Ich schätze schon.«

Wir setzen uns über die mit Autos halb zugestellte

Straße in Bewegung, auf den Ort zu, der den Beginn eines neuen Lebensabschnitts für mich darstellt. Zumindest übergangsweise.

Der einzige Grund, warum es mir ein wenig besser geht als gestern, ist vermutlich, dass mein Vater wider Erwarten zu Hause war, als ich meine Sachen geholt habe. Die Entschuldigung, die er erwartet hat, habe ich ihm nicht gegeben. Ich spüre noch immer die Genugtuung über seinen Wutausbruch darüber, dass ich bei Grandpa bleiben werde.

Obwohl mir seine Worte auf dem ganzen Weg hierher durch den Kopf gehallt sind. *Irgendwann wird niemand mehr da sein, der dich für dein Versagen auffängt.*

Jay bemerkt sofort, dass ich grüble. »Dein Vater ist so krass«, grummelt er mit düsterem Blick. »Er hat nicht davor zurückgeschreckt, dich zur Schnecke zu machen, obwohl ich dabei war. Ich meine, was will er denn von dir? Dass du auf der Straße lebst oder was?«

»Wahrscheinlich würde ihm das gefallen«, sage ich und schaue das Lokal genauer an. Ich habe kaum Erinnerungen daran.

Zwei große Fenster sind rechts und links von der Tür angebracht. Durch sie kann ich in den leeren Innenraum des Restaurants schauen. Obwohl das dunkle Holz an den Rahmen abgeblättert ist, sind sie überraschend sauber.

Neben der Tür ist ein kleiner Aufsteller mit dem derzeitigen Menü zu sehen. Von Regen und Wetter ist das Papier ganz vergilbt und die Schrift kaum zu lesen. Aber die Worte »Tonkotsu-Ramen«, die darüber prangen, sind zumindest zu erkennen.

»Sieht urig aus«, kommentiert Jay erneut, als wir durch

die offene Tür in den Gastraum treten. Er trägt heute ausnahmsweise keine Sportkleidung, sondern Jeans und sogar ein Hemd. Ob er sich extra für Grandpa gut angezogen hat? Passen würde es zu ihm.

Einige verschwommene Erinnerungen habe ich an diesen Ort. Sie kommen über mich, als ich eintrete. An die alten Holztische und die ungemütlichen Stühle, auf denen ich als Kind manchmal gesessen und gemalt habe. An den roten Teppich, der noch abgetretener aussieht als vor Jahren.

Es ist höchstens Platz für dreißig Menschen, wenn man großzügig plant. Aber gerade ist niemand hier. Es sieht auch nicht aus, als wäre geöffnet. Das Licht, das durch die Fenster fällt, reicht zwar aus, um den ganzen Innenraum zu fluten, aber ist das Einzige, das den Raum erhellt. Die kleinen Lampen auf den Tischen sind nicht eingeschaltet. Und von Grandpa ist nichts zu sehen.

Wäre ich ein Gast, wäre ich wohl schon wieder gegangen.

Jay und ich bleiben in der Mitte des Gastraums stehen und sehen uns kurz um. An den Wänden hängen Schwarz-Weiß-Bilder von meinem Großvater und etlichen Menschen, die ich nicht kenne. Zwischen ihnen ist die Farbe an vielen Stellen abgesplittert.

Am Ende des länglichen Raums befindet sich ein Tresen mit einer Kasse und einer kleinen Bar dahinter. Wohin die Türen führen, die von dort aus abzweigen, weiß ich nicht mehr.

»Sieht aus wie früher«, murmele ich. Bis auf den Umstand, dass alles etwas älter und heruntergekommener aussieht. Und der Geruch. Dieser spezielle Duft nach den Gewürzen, die Grandpa verwendet, ist wie eine Zeitreise in meine Kindheit. Ich ziehe ihn tief in die Nase, und ein wohliger Schauer überkommt mich.

Gerade, als ich nach ihm rufen will, steckt Grandpa endlich seinen Kopf durch die Tür rechts vor dem Tresen.

»Toma!« Der alte Mann lächelt so breit, dass die Falten um seine Augen tief hervortreten. Sein kurzes Haar ist inzwischen ganz grau geworden. Er ist glattrasiert und einen Kopf kleiner als ich. Vermutlich auch, weil er ein wenig gebückt geht. Obwohl er für sein Alter ungewöhnlich energiegeladen wirkt und sich flink auf uns zu bewegt.

Unter seiner blütenweißen Küchenschürze trägt er ein schwarzes Hemd und eine schwarze Hose. Die Kleidung sitzt so gut, dass sie ihn erstaunlich schnittig aussehen lässt.

»Schön, dich zu sehen, Grandpa.« Ich schaue an den Kisten in meinen Händen vorbei.

»Ach!« Er winkt ab und krempelt die Ärmel hoch. »Du bist doch kein Kind mehr. Nenn mich Shiro.«

Ich schlucke, weil mir die Vorstellung falsch erscheint, aber ich unterdrücke den Drang, ihm zu widersprechen. »Na … na gut. Danke noch mal, dass du mich hier aufnimmst.«

Sein Grinsen wird breiter. Seine Zähne sind so weiß wie seine Schürze. »Wie schon gesagt: Du bist mein Enkel und daran wird sich nie etwas ändern. Wenn es nach mir gegangen wäre, hätte ich mehr Zeit mit dir verbracht.« Er zuckt mit den Schultern. Seine Bewegungen haben eine Energie, die ihn wirken lässt wie einen viel jüngeren Mann. »Wenn ich dir helfen und gleichzeitig noch deinem Vater eins auswischen kann, ist das so was wie ein Sieg auf ganzer Linie für mich.«

Jay kann ein lautes Lachen nicht zurückhalten, und

sogar ich muss lächeln. So schlagfertig hatte ich ihn gar nicht in Erinnerung.

»Jetzt kommt aber erst mal mit, Jungs«, sagt er und wendet sich um. »Ihr müsst hier nicht länger mit den Kisten herumstehen. Ich zeig euch den Weg nach oben. Danach kann ich euch eine kleine Führung durch den Laden geben, wenn ihr wollt.«

»Liebend gern!«, sagt Jay sofort und wir folgen ihm durch den Gastraum. Obwohl Shiro sich links vom Tresen hält, werfe ich einen Blick zu dem Raum, aus dem er gekommen ist. Die Küche. Ein Topf steht auf einem überraschend modernen Herd. Etwas darin muss langsam vor sich hinköcheln. Im Gegensatz zum Rest des Restaurants sieht der Raum klinisch rein aus.

»Arbeitest du hier eigentlich allein?«, will ich wissen.

Shiro richtet seine Schürze und tritt auf eine hölzerne Tür zu. »Ja. Zurzeit kommen nicht so viele Leute, und ich habe das Restaurant immer als Familienbetrieb gesehen. Deswegen möchte ich niemand anderen einstellen.«

Was? Obwohl wir seit zehn Jahren kaum Kontakt zu ihm haben, weigert er sich, jemand anderen als Verwandte einzustellen?

»Ich hatte immer die Hoffnung, dass du eines Tages mal wieder herkommen würdest, Toma.«

Mein Herz setzt einen Schlag aus. Ich kann noch nicht genau sagen, was das Gefühl ist, das mich auf seine Worte hin beschleicht. Vielleicht ein schlechtes Gewissen, weil ihm seine Familie offenbar so viel bedeutet und ich jahrelang nicht einmal die Anstrengung unternommen habe, den Kontakt zu ihm zu halten. Ein wenig aber auch die Sorge, dass er erwartet, ich würde langfristig hier arbeiten.

Obwohl ich noch nicht weiß, was ich mit meinem Leben anstellen will, ist mir recht klar, dass Koch zu werden kein Traum von mir ist.

Shiro öffnet die Tür direkt vor uns. Sie führt zu einer dunklen Holztreppe. Von dem oberen Raum sehe ich nichts als eine graue, unverkleidete Decke und einige Holzbalken.

Ich denke nicht, dass ich jemals dort oben war, aber ich muss mich zu sehr auf meine Schritte auf den knarzenden Stufen konzentrieren, um darüber nachzudenken. »Sicher, dass ich nicht lieber bei dir auf der Couch schlafen soll?«

»Ach, ein junger Mann braucht sein eigenes Reich.«

Er ist einfach zu nett.

»Gibt's 'nen Hintereingang?«, will Jay unbeschwert wissen.

»Nein, man muss immer durchs Restaurant.«

So viel zum eigenen Reich. Aber es ist besser als nichts, also schäme ich mich fast für den abfälligen Gedanken. Dieser alte Mann rettet mir gerade das Leben. Und anders als bei meinen Eltern ist es auch nicht.

»Warum wohnen Sie denn nicht über dem Laden? Wäre das nicht günstiger?«, möchte Jay wissen, der vor mir in meine zukünftige Wohnung tritt.

Shiro winkt ab. »Die Treppen sind ein bisschen zu viel für einen alten Mann wie mich.«

»Ach, Sie haben sich doch super gehalten!«, ruft Jay und Shiro lacht.

»Das liegt mir in den Genen.«

Fängt das mit der göttlichen Abstammung jetzt schon wieder an? Die Hoffnung, dass er aufgehört hätte, das zu erzählen, verfliegt schnell. Ich bin zu sehr darauf konzentriert, mich umzusehen, um ihrem Geplänkel weiter zu lauschen.

Der staubige Holzboden ist das Erste, das mir auffällt, als ich die Kisten abstelle. Die unverputzten Backsteinwände sehen hier, im Gegensatz zu Maliks Appartement, nicht ironisch, sondern ziemlich heruntergekommen aus. Die vier großen Fenster an der einen Seite des Raums sind mit Gittern verschraubt. Auf dem Glas hat sich eine Schicht aus Dreck abgesetzt und die Vorhänge, die daneben hängen, sehen aus, als hätten sie schon mehrere Jahrzehnte hinter sich.

Ein alter Holzschreibtisch ist vor einem von ihnen platziert. Und an der gegenüberliegenden Wand stehen einige leere, offene Holzregale, die sicherlich aus dem Vorratsraum stammen.

Eine nackte Glühbirne hängt in der Mitte des großen Zimmers. Ich werfe einen Blick zum Raum rechts von mir, nur um ein kleines Bad mit kitschigen rosafarbenen Fliesen zu entdecken. Inklusive Dusche, Toilette, Waschbecken und sogar Fenster.

Ich ziehe die Augenbrauen hoch, weil das deutlich heruntergekommener aber auch deutlich mehr ist, als ich erwartet habe. Wenn alles etwas sauberer wäre, könnte das Zimmer als modernes Loft durchgehen.

Diese Wohnung ist sanierungsbedürftig, ja. Aber sie bedeutet Freiheit von meiner Familie. Zum ersten Mal in meinem Leben. Während ich mich umschaue, fühlt es sich an, als würde ein Gewicht von mir genommen werden.

Als hätte ich tatsächlich mein neues Leben betreten.

»Ich hoffe, du kannst dich damit arrangieren«, sagt Shiro, verschränkt die Hände hinter dem Rücken und sieht sich um. »Ich finde es ganz gemütlich.«

Wäre ich Künstler und hätte Künstlerfreunde, käme diese Wohnung richtig gut an.

»Sieht gut aus«, sage ich. Vielleicht kann ich nach meinen Schichten im Lokal ein wenig putzen. Obwohl es eh nur für den Übergang ist. Eventuell komme ich auch schneller wieder auf die Beine als gedacht.

»Im Laufe des Tages bekommst du noch eine Matratze und Bettzeug geliefert. Um den Rest kannst du dich ja sicher selbst kümmern.«

Mein Blick wird ein wenig ungläubiger. Er hat eine Matratze für mich gekauft. »Ähm, klar!«, sage ich eilig. Würde ich ihn besser kennen, würde ich ihn umarmen, um meine Dankbarkeit auszudrücken. Aber das kommt mir noch seltsam vor. »Vielen Dank«, ringe ich mir also erneut ab und nicke ihm zu.

Shiro lächelt vor sich hin und geht bereits wieder auf die Treppe zu. »Dann lass ich euch erst mal ausräumen. Ich gehe runter, sonst verpasse ich meine Kunden noch.«

»Klar«, murmele ich und wir sehen ihm hinterher, wie er langsam die Treppe hinuntergeht.

KAPITEL 6

WIE MEIN NEUES LEBEN AUSSIEHT

Es dauert kaum eine Stunde, bis wir alle Oberflächen in der kleinen Wohnung gewischt und das Badezimmer benutzungsbereit gemacht haben. Ich bin wirklich dankbar, dass Jay geblieben ist, um mir zu helfen. Nicht, weil ich es nicht schaffen würde, sondern weil ich befürchte, wieder im Strudel zu versinken, wenn ich allein bin.

Irgendwo im Hintergrund meiner Gedanken lauert die Erinnerung an letzte Nacht darauf, mich wieder zu lähmen. Irgendwann werde ich mich ihr stellen müssen. Aber lieber später als jetzt.

Gemeinsam räumen wir die wenigen Kisten aus. Meine Kleidung ist schon in den Regalen verstaut.

»Denkst du, du wirst dich hier einleben?« Jay hebt eine der Kisten auf meinen Schreibtisch. Das ist wohl die mit den Unterlagen.

»Ich weiß nicht«, murmele ich und schaue mich um. »Es ist cool, dass ich hier sein darf. Aber es ist nichts für die Ewigkeit. Ich werde sparen und mir dann vielleicht 'ne WG suchen.« Sobald ich eine Ahnung hab, was ich von jetzt an machen will, zumindest.

Jay stöhnt. »Und du bist sicher, dass du deine Kohle nicht mehr von deinem Dad zurückbekommst?«

»Der würde niemals nachgeben.« Selbst wenn er irgendwann einsehen sollte, wie unfair sein Verhalten ist, würde er sich allein aus Stolz nie eingestehen, dass er falschliegt. Das hat er noch nie getan.

»Und deine Mom? Kann die es dir nicht besorgen?«

»Die legt sich nicht mit ihm an.« Eigentlich will ich nicht darüber reden, aber Jay kann nichts dafür, dass ich deswegen noch schlecht drauf bin. »Er ist zwar nett zu ihr, aber vermutlich will sie es nicht riskieren.«

»Würde ich bei dem Kerl auch nicht.«

Ich räume das letzte Zeug aus meiner Kiste in das kleine Badezimmer. Das Wasser in der Dusche und im Waschbecken funktioniert, was mir tatsächlich übermäßig luxuriös vorkommt. Ich hatte erwartet, auf die Kundentoilette zu müssen. Selbst die rosafarbenen Fliesen kommen mir irgendwie süß vor. Die wenigen Badezimmerartikel sind schnell eingeräumt.

»Ich wusste gar nicht, dass du ein Captain-Wodka-Fanboy bist.«

Ertappt stolpere ich wieder in das Loft und sehe, wie Jay einige Notizen und Seiten aus Magazinen studiert, die ich in einem Ordner verstaut hatte. »Ähm …«, sage ich und stelle unangenehm berührt fest, dass meine Wangen warm werden. »Ist nur ein bisschen Recherche.« Es bringt nie etwas, ihm was vorzumachen. »Aber sie ist schon cool.«

»Recherche?«

»Ja, die Sache mit ihr kam ja noch mal wegen Overkill auf.«

»Stimmt.« Er schaut die Unterlagen durch und ich widerstehe dem Drang, sie ihm aus der Hand zu reißen. Ich weiß nicht, warum ich wieder an das Foto auf meinem Handy denken muss. Ich habe es ausgeschaltet, weil ich die halbherzig bedauernden Nachrichten von Mom nicht ertragen habe.

Ich bin dankbar, als Jay den Ordner endlich wieder aus der Hand legt, ohne meine peinlichen Notizen zu lesen. Wenn er mehr darüber erfährt, wie cool ich die Superheldin finde, zieht er mich damit für den Rest meines Lebens auf.

Allerdings fährt Jay nicht mit dem Ausräumen fort, sondern sieht eine ganze Weile auf den abgegriffenen, schwarzen Ordner vor sich. Als wäre er tief in Gedanken versunken.

»Alles … gut?«, frage ich unsicher und trete einen Schritt in den Raum hinein.

»Ich … wollte dir noch was erzählen.« Seine Stimme klingt bedrückt.

Das ist ungewöhnlich für ihn, also spanne ich mich sofort an. Vor allem, weil wir in den letzten Wochen so viel Zeit miteinander verbracht haben, dass ich mir nicht ausmalen kann, was es sein könnte. Hat es etwas mit Captain Wodka zu tun, oder kommt er da jetzt durch Zufall drauf?

»Was denn …?«, hake ich gedehnt nach, als er sich nicht weiter erklärt. So kenne ich ihn gar nicht.

In dem Moment, in dem er zum Sprechen ansetzt, wird die untere Tür zur Treppe mit einem Knarzen geöffnet und Shiros Stimme schallt zu uns herauf. »Wir haben Kundschaft, Toma«, sagt er gerade laut genug, dass wir ihn hören können. »Komm am besten runter, dann kannst du gleich zusehen.«

Ich sehe Jay noch an, aber der lässt die Kiste vor sich sofort los und geht an mir vorüber, ohne mich anzusehen.

Mist. Jetzt wird er nicht mehr darüber reden wollen.

Mit einem unguten Gefühl in der Magengegend folge ich ihm die Treppe hinab. Ich habe nicht die geringste Ahnung, was er mir erzählen möchte, aber seinem bedrückten Blick nach zu urteilen wird es nichts Gutes sein.

Ob ich ihn aufhalten soll, um danach zu fragen? Aber so zwischen Tür und Angel kommt es mir auch nicht passend vor. Nicht, wenn es etwas ist, was ihm offenbar schwer auf dem Herzen liegt.

Und ich will Shiro nicht warten lassen.

Wenn ich doch nur die geringste Ahnung hätte, worum es geht.

Als ich die Tür zur Treppe hinter mir schließe, bin ich trotz der aufwühlenden Gedanken ehrlich gespannt, was mich erwartet. Jay und ich werfen einen Blick um die Ecke, um zu sehen, wer im Gastraum sitzt.

Die Frau, die an einem der Tische Platz genommen hat und sich mit einem milden Lächeln umsieht, hat weißblonde, kurze Haare, dunkle Augenbrauen und helle Augen. Irgendwie sieht sie cool aus. Ihr weißer Blazer lässt sie wie eine strenge Geschäftsfrau aussehen, obwohl sie dafür gleichzeitig zu jung und modern wirkt.

Ich bin überrascht. Solche Gäste habe ich hier nicht erwartet.

»Hallo, willkommen im Spicy Noodles«, sagt Shiro und schiebt ihr ein abgegriffenes Menü zu. Ich beobachte die beiden, um nicht gleich zu stören. »Sie waren bisher noch nicht bei uns, oder?«

Sie schüttelt den Kopf und schaut die Karte interessiert an. Dass sie dreckig ist, scheint sie gar nicht zu stören.

Viel mehr verwundert mich allerdings, dass Shiro genau zu wissen scheint, welche Personen schon hier waren.

Kommen wirklich so wenige Gäste? Oder hat er ein so gutes Gedächtnis?

»Darf ich Ihnen etwas zu trinken bringen?«

Ihre Zähne strahlen, als sie breit lächelt. Etwas Geheimnisvolles liegt in ihrem Blick, das ich nicht deuten kann. Sie sieht Shiro offen an, als sie ihn um ein Glas Wasser bittet.

Er nickt und kommt zurück, schiebt sich an Jay und mir vorbei.

»Ich geh dann erst mal«, sagt Jay. Er weicht meinem Blick nach wie vor aus, vertuscht es aber gut, indem er Interesse am Gastraum vorgibt. »Ich hab heute Training und kann Bruce nicht ewig allein lassen.«

»Voll okay«, sage ich mit diesem unguten Gefühl im Bauch. Ich bemühe mich, es mir nicht zu sehr anmerken zu lassen. Er war für mich da, als ich ihn gebraucht habe, also muss ich jetzt Verständnis für ihn zeigen, so gut ich kann. »Ich werde mich derweil einarbeiten lassen. Hast du Zeit, heute Abend was zu unternehmen?« Nach meiner Arbeit kann er mir sicher in Ruhe erzählen, was auch immer ihm auf der Seele brennt.

Nun setzt er ein entschuldigendes Lächeln auf und wirkt endlich wieder wie er selbst. »Sorry, hab schon was vor. Aber wir können ja noch mal schreiben.« Er entfernt sich einen Schritt von mir und deutet auf einige Tische. »Und ich muss das Essen auch noch probieren.«

»Damit solltest du nicht so lang warten.« Ich ringe mir ein Lächeln ab, als ich mich an den Geschmack der Gerichte meines Grandpa erinnere. Es liegt schon so lang zurück, aber als Kind dachte ich, dass er der beste Koch der Welt sei.

Als er sich abwendet und zum Abschied die Hand hebt,

schaue ich ihm hinterher. Jetzt haben wir beide etwas, das wir einander nicht gesagt haben.

Das ist noch nie vorgekommen.

Als Shiro mit dem bestellten Glas Wasser hinter der Bar hervorkommt, schließe ich mich ihm an, obwohl ich mir in meiner Alltagskleidung ein wenig fehl am Platz vorkomme.

»Soll ich gleich die Bestellung aufnehmen?«, frage ich leise.

Er winkt ab. »Du kennst das Menü ja noch gar nicht. Schau einfach zu.«

»Ist gut.« Ich bin aufgeregt, obwohl mir klar ist, dass nichts Schlimmes passieren kann. Außer, dass ich mich wie ein Trottel anstelle.

Aber es geht mir alles ein wenig zu schnell. Erst Overkill, dann der Rausschmiss und jetzt Jays Geheimnis. Ich befürchte, dass ich so keinen guten ersten Eindruck machen kann.

Shiro tritt auf die Frau zu, die ihn breit anlächelt, als er ihr das Getränk überreicht. Obwohl hier alles so alt wirkt, ist das Glas glänzend rein.

»Haben Sie sich schon entschieden, schöne Frau?«

Ich lächle breit und sie zum Glück ebenfalls. Er ist also ein Charmeur. Gut zu wissen.

»Können Sie denn etwas empfehlen?«

Shiro legt die Hände aneinander. »Wir sind bekannt für unsere Tonkotsu-Ramen«, sagte er, nur um dann wie über sich selbst zu lachen. »Also eigentlich ist das auch das Einzige, das wir anbieten.«

Wie nett, dass er »wir« sagt. Oder formuliert er das immer so?

»Was genau ist das?« Sie lächelt geheimnisvoll und schaut von ihm zu mir. »Tut mir leid, ich esse nicht sehr oft Japanisch.« Ihre Stimme trägt einen entschuldigenden Ton, aber ihr Blick ist herausfordernd auf mich gerichtet. Was hat das denn zu bedeuten?

»Vielleicht kann Ihnen das mein Enkel erklären.« Shiro tritt zur Seite und deutet auf mich. »Heute ist sein erster Tag, aber als er ein kleiner Junge war, hab ich ihm viel darüber erzählt.«

Ich fühle mich ein wenig verraten, schaffe es allerdings trotzdem, ein Lächeln aufzusetzen. Das habe ich in meinem Elternhaus mehr als zur Genüge geübt. Und zum Glück bin ich nicht unvertraut mit der japanischen Küche. Immerhin hat mein Vater mich immer genötigt, für ihn und die Familie zu kochen.

»Na klar«, bringe ich schließlich so energiegeladen wie möglich über die Lippen. »Ramen sind japanische Weizennudeln.« Noch bevor ich fortfahren kann, schaltet Shiro sich allerdings mit erhobener Hand ein.

»Genau. Und da dies unsere Spezialität ist, bereite ich die Nudeln selbstverständlich jeden Tag frisch zu.«

Die Frau zieht anerkennend ihre Augenbrauen hoch, und Shiro nickt zufrieden. Es scheint ihm sehr gut zu gefallen, darüber zu sprechen. Ich sehe es in den freudigen Falten um seine Augen.

»Dazu nutze ich ein eigenes Rezept, das ich im Laufe der Jahre und Jahrzehnte perfektioniert habe. Es sieht hier vielleicht nicht so aus, aber die Herstellung dieser Nudeln ist eine wirkliche Wissenschaft, die mit höchster Präzision durchgeführt wird.« Er wirft mir einen Blick aus den Augenwinkeln zu. »Das wirst du in der kommenden Zeit auch lernen, Toma.«

Eine Wissenschaft? Und ich soll sein Rezept lernen? Ich schlucke schwer und nicke angestrengt. Obwohl wir noch nicht darüber gesprochen haben, bin ich davon ausgegangen, ich würde nur servieren. Ich bezweifle, dass ich seinen Standards entsprechen kann. Ich kann ja nicht einmal halb so gut kochen wie Jay.

»Aber ich habe dich unterbrochen. Fahr bitte fort.«

»Ähm …« Wo hatte ich aufgehört? »Also Ramen ist gleichzeitig auch die Bezeichnung für die bekannte Nudelsuppe, die mit den Ramen-Nudeln zubereitet wird.« Ich mache eine unsichere Geste mit der Hand, weil ich hoffe, dass sie zumindest davon schon gehört hat. »Es gibt unterschiedliche Möglichkeiten, Ramen zuzubereiten. Soweit ich weiß, gibt es vier Grundtypen der Brühe, aus der man die Ramensuppe zubereiten kann. Einmal wäre da Shoyu-Ramen mit einer Brühe mit Sojasauce. Miso-Ramen mit einer Paste aus fermentierten Sojabohnen. Shio-Ramen, die meist salzig sind und aus Meeresfrüchten hergestellt werden. Und Tonkotsu-Ramen. Diese Brühe wird klassischerweise aus Schweineknochen gekocht.« War das zu viel? Eigentlich hätte ich die ganze Definition nicht herunterbeten müssen, oder? Mist, ich bin zu aufgeregt. Und die durchdringenden Blicke der Frau machen es nicht besser.

Shiro klopft mir etwas zu fest auf den Rücken und lacht abermals. »Und ich habe mich im Laufe meines Lebens auf Tonkotsu spezialisiert.« Er kratzt sich amüsiert am Hinterkopf. »Das ist einfach das, was ich persönlich am liebsten esse.«

»Klingt sehr faszinierend.«

»Es gibt nichts, was cremiger und voller im Geschmack ist als eine gute Tonkotsu-Brühe«, fährt er mit vor Stolz geschwellter Brust fort. »Sie werden es sehen, wenn Sie es selbst einmal probieren. Das vollmundige, charismatische Aroma dieser Ramen ist einfach unbeschreiblich. Sie werden noch nie etwas Vergleichbares gegessen haben.«

Ich kann nicht verhindern, dass mir bei der Vorstellung das Wasser im Mund zusammenläuft. So wie er davon schwärmt, erinnere ich mich daran, wie ich als Kind das erste Mal von einem seiner Gerichte gekostet habe. Dermaßen lecker, dass ich im ersten Moment ganz erschlagen war. Und dann konnte ich nicht aufhören, zu essen, obwohl das Aroma so herzhaft war, dass man meinen sollte, es würde zu schnell sattmachen.

Shiros Ramen waren wie eine Einladung, immer mehr zu essen.

Verdammt, jetzt habe ich wirklich Hunger.

»Ich nutze als Gemüsebasis eine Mischung aus Lauch, Frühlingszwiebeln, Knoblauch, Ingwer und Pilzen. Ich brate sie scharf an und gebe sie in die Brühe. Diese Zutaten bewirken, dass alles noch viel intensiver schmeckt. Wenn die Brühe fertig ist, kommen natürlich Sojasauce, Sesampaste, Butter und ein paar geheime Gewürze hinzu.« Er deutet auf das Menü, das vor der jungen Frau liegt. »Dazu können Sie sich ihre Toppings aussuchen. Klassisch wären hier Schweinebauch, ein wachsweich gekochtes Ei frisch vom Bauern und Frühlingszwiebelringe. Sie können aber auch andere Zutaten wählen, wenn Sie ein wenig experimentieren wollen.«

»Das klingt fantastisch.« Das Lächeln auf ihrem Gesicht ist immer breiter geworden. »Allein die Leidenschaft, mit der Sie darüber sprechen, macht Lust darauf, es zu probieren.« Sie wirft einen Blick auf ihr Menü, dann schaut sie sofort wieder zu uns auf. »Also ich würde es gern essen, wie von Ihnen vorgeschlagen. Ich bin noch nicht erfahren genug, um zu experimentieren.«

»Dann soll es so sein!« Shiro klatscht energiegeladen in die Hände. »Bitte warten Sie kurz. Ich verspreche Ihnen, dass es sich lohnt.«

In der Küche ist es so heiß, dass mir der Schweiß an den Schläfen hinabrinnt. Ich mache mir kaum mehr die Mühe, ihn fortzuwischen, weil ich so damit beschäftigt bin, jeden von Shiros Arbeitsschritten genau zu studieren. Viele der Zutaten, die ich beim Kochen fertig gekauft habe, macht er frisch. Und zu einigen, die er bereits am Morgen zubereitet hat, betet er mir die Rezepte so schnell herunter, dass ich sie mir unmöglich merken kann.

Trotz seines Alters bewegt sich Shiro zwischen seinen Pfannen, Töpfen und Arbeitsflächen flink wie ein junger Mann und geschickt wie ein Tänzer. Jede Bewegung ist überaus präzise und mehr als einmal stolpere ich ungeschickt zurück, weil ich ihm mal wieder im Weg gestanden habe.

»Soll ich die Frühlingszwiebeln schneiden?«, will ich wissen, weil er sie schon bereitgelegt hat.

»Nein, noch nicht«, sagt Shiro, ohne von seiner Arbeit aufzuschauen. »Ich möchte später erst einmal sehen, was du schon kannst.«

Verständlich, aber auch deprimierend, dass er mir nicht einmal das zutraut. Wenn ich versuchen würde, die Zutaten so schnell zu schneiden wie er, würde ich mir allerdings wirklich die Finger abhacken.

Wieder stolpere ich ihm aus dem Weg.

Obwohl ich viel koche, kann ich den Arbeitsschritten kaum folgen. Für jeden gibt es präzise Zeitangaben, die auf die Sekunde genau abgestimmt sind. Das Kochwasser für die Nudeln auf exakt derselben Temperatur halten, niemals mehr Nudeln als benötigt aus den Boxen nehmen. Die Nudeln nach dem Kochen fünfmal schütteln, das Gemüse exakt sechsmal schwenken, nicht mehr und nicht weniger.

Ich habe keine Ahnung, ob ich mir das jemals werde merken können. Vielleicht bin ich als Kellner doch besser dran.

»Macht es wirklich einen Unterschied, wenn man das Gemüse drei Sekunden länger anbrät?«, will ich wissen.

Shiro ist so in seinem Element, dass er meine Fragen entweder gar nicht oder nur einsilbig beantwortet, aber einige Male hake ich trotzdem noch nach.

»Ja«, sagt er und ich verziehe den Mund. Der Geruch, der sich nach und nach in der Küche entfaltet, lässt mir so das Wasser im Mund zusammenlaufen, dass mir der Kopf vor Hunger schwirrt. Mir wird schmerzhaft bewusst, dass ich den ganzen Tag noch nichts gegessen habe.

Während Shiro die prall gefüllte Schüssel fertig anrichtet, fragt er mich: »Hast du dir alles gemerkt?«

Ich ziehe die Augenbrauen hoch, weil ich nicht sicher bin, ob er scherzt. »Ich glaube nicht. Ich sollte mir das nächste Mal Notizen machen.«

»Das Beste wird es sein, wenn du ein paar Mal übst, solange wir gerade keine Gäste haben.«

Die Frage war also kein Scherz. Was denkt er, was ich für ein Gedächtnis habe?

»Ich werde es versuchen.« Ich weiß nicht, ob ich diese Zusicherung ganz ernst meine, denn ich bin nach wie vor überfordert. Ich habe nicht damit gerechnet, kochen zu müssen. Ich denke auch nicht, dass ich es sonderlich gut kann. Nicht besser als durchschnittlich. Wie alles andere auch.

»Diese Kundin ist etwas Besonderes«, sagt Shiro und stellt eine kleine Schüssel mit einer Sauce, die er extra abgefüllt hat, mit auf ein Holztablett. »Sie wird auf jeden Fall wiederkommen.«

»Sie ist etwas Besonderes?« Was meint er damit?

»Findest du nicht? Sie hat eine übernatürliche Aura.«

Ich runzle die Stirn und frage mich schon wieder, ob er scherzt. »Übernatürlich?«

»Na ja, nichts Göttliches. So wie du.« Er zwinkert mir zu, aber ich habe den Eindruck, dass er es vollkommen ernst meint. »Aber sie erweckt den Anschein, etwas mit dem Übernatürlichen zu tun zu haben.«

»Findest du?«, frage ich skeptisch und folge ihm verwundert aus der Küche hinaus.

Die junge Frau sieht von ihrem Handy auf, als wir den Gastraum betreten. Dieses Mal halte ich mich ein Stück hinter Shiro, um nicht wieder über etwas reden zu müssen, wovon ich eigentlich keine Ahnung habe.

»Die eine Art von Gästen von der anderen zu unterscheiden, wirst du im Laufe der Zeit lernen«, wispert Shiro.

Ich beschließe, nicht weiter nachzufragen. Mom vermutet, dass er ein wenig dement ist, und diese Dinge erzählt er schon so lang, dass es höchstwahrscheinlich eh nichts bringt, sie infrage zu stellen.

»Da sind wir«, sagt Shiro lauter an die Kundin gewandt. »Guten Appetit.« Mit sicheren Bewegungen stellt er das Tablett vor der jungen Frau ab. Ihre Augen leuchten, als sie den Geruch in ihre Nase saugt und sofort zu den Stäbchen greift.

»Danke!«

»Zu den Ramen haben wir unsere scharfe Geheimsauce, die ich Ihnen ans Herz legen will.« Shiro deutet auf die kleine Schale.

»Ah!«, ruft sie aus. »Deswegen der Name!«

Spicy Noodles. Stimmt. Als ich noch jünger war, habe ich nie darüber nachgedacht, wie kitschig dieser Name eigentlich ist.

»Genau«, sagt Shiro stolz. »Wenn ich Ihnen eine Empfehlung geben darf: Versuchen Sie das Gericht erst einmal ohne die Sauce für vier bis fünf Bissen, um den reinen Geschmack der cremigen Brühe und der frischen Nudeln auszutesten. Dann mischen Sie die Sauce nach und nach unter, je nach Wunsch. Ihre Schärfe durch Chilis und verschiedene andere Gewürze verbindet sich perfekt mit der Brühe und den übrigen Zutaten.«

Ich sehe ihr praktisch an, wie dringend sie anfangen will zu essen, während sie seinem Vortrag mit großen Augen lauscht. Angestrengt nickt sie und bedankt sich dann.

»Oh, und …«

Wir beide sehen zu Shiro, und ich werde selbst etwas ungeduldig. Wird das Gericht nicht kalt, während er redet? Oder hat er diese Zeit auch so minutiös eingeplant wie alles andere an seinem Prozess?

»Wenn Sie zur Hälfte fertig sind und bemerken, dass Sie noch großen Hunger haben, können Sie gern einen Nudelnachschub bestellen. Dann sind Ihre Nudeln fertig, sobald Sie Ihre Portion beendet haben. Auch weitere Toppings und Brühe kann ich Ihnen gern nach Belieben nachreichen.«

»Das ist fantastisch«, flüstert sie, die Stäbchen noch immer bereit zum Essen in der Hand haltend.

»Guten Appetit«, wünscht Shiro endlich und sogar ich atme auf, als er sich umwendet.

Alles, was er erklärt hat, klingt wirklich unglaublich. Warum hat er nicht mehr Gäste? Sollte der Laden sich nicht wenigstens als Geheimtipp durchsetzen, wenn das Essen so gut ist?

Shiro ist schneller als erwartet wieder in die Küche gehuscht. Ich bin auf halbem Weg, ihm zu folgen, als die junge Frau einen kleinen Laut von sich gibt und ich mich erneut zu ihr umwende.

»Sag mal«, murmelt sie und hat wieder diesen eigenartig forschenden Blick aufgesetzt. »Ich habe gehört, dass sich hier in letzter Zeit einige seltsame Leute herumgetrieben haben. Stimmt das?«

Ich sehe sie an, ohne auch nur die geringste Ahnung zu haben, worauf sie hinauswill. Seltsame Leute? Warum erinnere ich mich gerade jetzt wieder an meine Begegnung mit Overkill? Fuck, ich muss dringend dieses Foto anschauen, sonst raubt es mir noch den Verstand.

Sie muss bemerkt haben, dass ich etwas blasser geworden bin. »Geht es dir gut?«

»Ja, ich … ich wohne erst seit heute hier. Also keine Ahnung.«

»Dann ist ja gut«, sagt sie und entlässt mich mit einem überfreundlichen Lächeln.

Seltsame Leute. Meint sie hier im Viertel oder im Restaurant? Soll ich Shiro danach fragen? Und was hat sie damit zu tun? Ist sie eine Reporterin?

Mit einem unguten Gefühl im Bauch wünsche ich ihr einen guten Appetit und wende mich ab.

KAPITEL 7

WORAN ICH MICH NICHT ERINNERN WILL

Es ist später Nachmittag, als ich mit Shiro in der Küche stehe und mir versuche zu merken, wo genau er all seine Messer, Töpfe, Pfannen und Materialien verstaut. Wie schon der Herd und der Ofen sind auch die Kühlschränke und Vorratsregale klinisch rein und auf dem neusten Stand der Technik, was nach wie vor nicht zu dem Eindruck passt, den ich vom Gastraum bekommen habe.

Den ganzen Tag über waren nur fünf Kunden da. Zwei von ihnen sind stundenlang geblieben, um sich mit Shiro zu unterhalten wie alte Freunde. Ich kann noch nicht einschätzen, ob es wirklich seine Bekannten oder Stammkunden sind, die im Laufe der Zeit zu Freunden wurden. Vielleicht eine Mischung aus beidem.

Obwohl nicht viel los war, war ich den ganzen Tag auf den Beinen, um nicht faul auszusehen oder sinnlos herumzusitzen. Die Küche und der Vorratsraum waren allerdings so sauber, dass es zumindest hier wenig für mich zu tun gab.

Wenn alles in diesem Lokal so aussehen würde wie die Ordnung und Reinlichkeit hinter den Kulissen, würden sicherlich mehr Menschen zum Essen kommen.

»Ich hatte gehofft, dir alles zeigen zu können, bevor die ersten Kunden da sind.« Shiro stemmt die Hände in die Hüfte und sieht sich um. »Aber ich denke, so reicht es auch.« Dass er es überhaupt geschafft hat, den ganzen Tag zu arbeiten und zu stehen, und trotzdem noch aussieht wie frisch aufgestanden, ist eine Fähigkeit, um die ich ihn beneide. Ich bin erschöpft, dabei bin ich geschätzt hundert Jahre jünger als er. »Wenn ich mich etwas besser auskenne, bin ich hoffentlich eine größere Hilfe.« Die Brühe in dem riesigen Topf auf dem Herd, den ich heute Mittag schon gesehen habe, brodelt noch immer vor sich hin.

»Sicher, sicher«, murmelt er und streicht die Schürze glatt. Sie ist nach wie vor so sauber wie zu Beginn des Tages. »Also das Wichtigste habe ich dir noch gar nicht gesagt: Das Spicy Noodles muss jeden Tag geöffnet sein. Egal, was passiert. Egal, wie die Voraussetzungen sind. Es muss offen sein.«

Ich blinzle irritiert. Damit habe ich nicht gerechnet. »Warum?« Bedeutet das, Shiro hat keinen freien Tag in der Woche?

»Das ist einfach so«, antwortet er und nickt vor sich hin.

»Und was ist, wenn du mal krank bist?«

»Bin ich für gewöhnlich nicht.«

Ich habe noch tausend Fragen allein zu diesem einen Fakt, aber er fährt bereits fort: »Wir bedienen außerdem jeden Gast. Egal, wer er oder sie ist. Oder wie er oder sie aussieht.«

Das sind eigenartige Grundsätze, auch wenn ich den zweiten nicht ganz so seltsam finde wie den ersten. »Okay?«, stelle ich fest. Ich habe nicht das Gefühl, dass es etwas bringt, wenn ich auf diese Punkte eingehe.

Shiro ist sehr freundlich und zuvorkommend. Doch je mehr Zeit ich mit ihm verbringe, umso mehr bekomme ich das Gefühl, dass da etwas Undurchschaubares an ihm ist. Ein Teil seiner Gedanken, zu dem ich einfach nicht vordringen kann und den ich nicht verstehe.

Ist es das, was meinen Vater so in den Wahnsinn getrieben hat?

»Es gibt allerdings eine besondere Auswahl an Gästen, die hier nicht willkommen sind. Ihnen ist es nicht erlaubt, die Schwelle zu übertreten.«

Er lässt es klingen, als würde es sich um Vampire oder dergleichen handeln, aber in meinem Hinterkopf schallen die Alarmglocken. Wir bedienen jeden Gast, bis auf ausgewählte Menschen? Das ist nichts Rassistisches, oder? »Welche Menschen denn?«, hake ich vorsichtig nach.

»Das wirst du im Laufe der Zeit sehen. Richte dich da nach mir.«

»Ähm …« Ich bin mir nicht sicher, ob ich das gut finde. »Erkenne ich diese ungebetenen Leute an irgendetwas?«, will ich ihn weiter festnageln.

»Nein, nein«, winkt er ab. »Ich sage es dir dann. Und mit der Zeit erkennst du sie schon selbst.« Sein Blick intensiviert sich, als er mich anschaut. »Aber das ist ebenfalls eins der wichtigsten Dinge, die du beachten musst: Halt die Augen offen.« Er mustert mich kritisch von oben bis unten. »Deine Mom sagt, du bist ein überaus freundlicher Mensch, weil du vermeiden möchtest, wie dein Vater zu sein.«

Darüber habe ich nie mit ihr geredet. Ist das so offensichtlich? Und wann hat Shiro überhaupt mit ihr gesprochen? Daheim hat sie ihn so gut wie nie erwähnt.

»Lass dir deine Freundlichkeit aber nicht zum Nachteil werden, ja?«

Mit jedem Satz, den er sagt, steigt meine Irritation. »Ich verstehe nicht genau. Ich soll nicht freundlich sein?«

»Nicht so freundlich, dass du unvorsichtig wirst.«

Ich fahre mir mit der Zunge über die Lippen und nicke. »Okay. Ich versuch's.« Ich habe keine Ahnung, worauf er hinauswill, aber ich glaube, dass er es mir sowieso nicht sagen wird.

Shiro lacht leise und wendet sich um. »Also die Küche und den Lagerraum habe ich dir schon gezeigt. Kommen wir jetzt zum Wichtigsten hier.« Er geht auf die schwere Metalltür zu, die den ganzen Tag verschlossen geblieben ist. Der Vorratsraum befindet sich auf der anderen Seite, deswegen bin ich tatsächlich gespannt, was sich dahinter verbirgt.

Der alte Mann drückt die Tür mit einer Leichtigkeit auf, die ich ihm abermals nicht zugetraut habe. Ich werde mich mehr bemühen müssen, mein Bild von ihm geradezurücken. Sein gebrechliches, liebes Aussehen passt einfach nicht zu seiner Art.

Hinter der schweren Tür befindet sich ein kleines, fensterloses Büro, das nur durch das Licht der Küche erhellt wird. Shiro greift über einige Kassenbücher und Ordner hinweg, um eine Schreibtischlampe einzuschalten. Der einzige Stuhl im Raum sieht noch älter aus als die im Gästeraum. Das Sitzpolster ist so durchgesessen und abgenutzt, dass man die eigentliche Farbe nicht mehr erkennt.

Will er mich jetzt in die Buchhaltung einführen?

Schon im nächsten Moment steuert Shiro allerdings zielgerichtet auf einen Tresor zu, der auf einem niedrigen Tisch in der Ecke des Raumes steht. Er ist das Einzige in diesem Zimmer, das nicht mindestens fünfzig Jahre alt aussieht.

Was verbirgt sich darin? Vermutlich das Geld, das er erwirtschaftet. Oder, ganz Cartoon-mäßig, ein einzelner Zettel mit dem Geheimrezept für die scharfe Sauce.

Als er den Tresor öffnet und ich gespannt über seine Schulter schaue, sehe ich nur ein weißes Tuch, in das etwas eingewickelt ist. Sorgsam nimmt er es heraus und schlägt den Stoff zur Seite.

Kein Geld. Kein geheimes Rezeptbuch.

Es sind Essstäbchen.

Eine Gänsehaut überfährt mich von oben bis unten, als die Erinnerungen an den Wohnungsbrand mich überströmen, und ich trete einen Schritt zurück. Nein. Nicht das wieder, bitte.

Liebevoll sieht Shiro auf die Stäbchen hinab und dreht sich ein Stück zu mir. Sie sind aus einem hellen Material gefertigt, das an Knochen erinnert. Filigrane Gravierungen und glänzende, goldene Verzierungen durchziehen sie wie Adern.

Obwohl ich sie seit zehn Jahren nicht mehr gesehen habe, erinnere ich mich genau an sie. Ich erinnere mich daran, wie ich sie mit acht Jahren das erste und letzte Mal in der Hand hielt. Mom war mit Dad im Krankenhaus, weil sie Kaito zur Welt gebracht hat. Shiro hat auf mich aufgepasst und sie mir gegeben, weil er *etwas austesten* wollte. Ich weiß noch, wie verwirrt ich war, aber dass ich ihn auch nicht enttäuschen wollte. Also nahm ich sie mit auf mein Zimmer und bin, mit ihnen in den Händen, eingeschlafen.

Ich weiß noch genau, wie ich die Augen geöffnet habe und alles in Flammen stand. Wie Shiro mich aus der brennenden Wohnung gerettet hat, aber gar nicht ängstlich aussah. Als Dad ihn später schreiend fragte, was geschehen war, sagte Shiro, ich sei es gewesen. Weil diese Stäbchen irgendwelche bescheuerten Kräfte in mir geweckt hätten. Und Dad hat ihm geglaubt. Nur nicht an die angeblichen Kräfte, sondern an irgendein Ungeschick von mir.

Die Feuerwehr sagte, es sei ein Kurzschluss in einer meiner Steckdosen gewesen. Ich bin mir sicher, dass es das gewesen sein muss. Aber Dad hat mir nicht geglaubt und mir vorgeworfen, ich hätte mit irgendetwas gekokelt. Und Mom hat sich auf keine Seite gestellt. Wie immer.

Ich hatte gehofft, diese Erinnerungen erfolgreich in den hintersten Teil meines Verstandes verbannt zu haben. Aber nun, da ich diese Dinger wieder sehe, spüre ich die Hitze auf meiner Haut, das Brennen in meiner Lunge. Und Dads hasserfüllte Blicke.

Er hat mich vorher schon nicht leiden können, aber von diesem Moment an hat er mich gehasst.

Ich weiß nicht, was ich sagen soll. Shiro scheint irgendeine Reaktion von mir zu erwarten, aber ich kann mich wirklich nicht dazu durchringen, etwas Freundliches zu kommentieren. »Warum bewahrst du sie nicht in deiner Wohnung auf, wenn sie so wertvoll sind?« Das ist die erste Frage, die mir in den Sinn kommt und nicht übermäßig angriffslustig klingt. Ich möchte ihn nicht vor den Kopf stoßen, denn allein die vorsichtige Art, wie er die Stäbchen in Händen hält, zeigt, wie viel sie ihm bedeuten.

Aber ich will nichts damit zu tun haben.

»Das wäre zu gefährlich«, antwortet er schwammig. Daran sollte ich mich wohl gewöhnen. »Diese Essstäbchen werden in unserer Familie bereits seit etlichen Generationen vererbt. Sie haben die Kraft, das in den Erstgeborenen zum Vorschein zu bringen, was sich sonst nie zeigt.«

Mangels passender Worte schlucke ich schwer. Ich spüre, wie sich Schweiß auf meiner Stirn bildet, weil ich dringend hier weg möchte. Er soll mir lieber wieder etwas über Ramen erzählen.

»Erinnerst du dich? Ich habe sie dir schon mal gezeigt, als du klein warst.«

Ich erinnere mich mehr als genau daran. Aber ich will mich nicht streiten, deswegen sage ich: »Verschwommen.«

»Wenn ein Erstgeborener aus deiner Blutlinie diese Stäbchen berührt, werden Kräfte in ihr oder ihm aktiviert. Deine Mutter wollte es nie hören. Sie hat es nie versucht. Und in mir schwinden die Kräfte. Aber du …« Er schaut mit seinen dunklen Augen intensiv in mein Gesicht. »Du hast eine Macht in dir, die weder ich noch sie jemals entfesseln konnten. Eine Leidenschaft. Eine Wut. Ich spüre es in deiner Aura. Ich sehe es in deinen Augen glitzern.«

Ich will nur verschwinden. Irgendwie habe ich gedacht, dass es nicht so schlimm sein würde, diese Gespräche mit ihm führen zu müssen, weil wir in meinem Dad einen gemeinsamen Feind haben. Dass wir dadurch eine Verbindung haben.

Aber ich kann mich nicht dagegen wehren, dass ich an seinem Verstand zweifle. Wieder einmal. Schon als kleiner Junge habe ich mir Sorgen darum gemacht, dass Shiro langsam seinem Alter zum Opfer fällt. Und jetzt ist es nicht besser, egal, wie sehr ich es gehofft habe.

Was soll ich antworten?

Macht es ihn wütend, wenn ich seinen Aussagen ausweiche oder versuche, gegen ihn anzureden? Beschwichtigt es ihn, wenn ich sein Spiel einfach mitspiele, oder fördere ich damit nur seine Wahnvorstellungen?

Verdammt. Ich muss etwas sagen.

»Was für eine Kraft soll das denn sein?«, entscheide ich mich schließlich für die zweite Option. Ich will wirklich keine Diskussion vom Zaun brechen. Es soll hier nicht so werden wie zu Hause.

»Das weißt du doch.« Umsichtig wickelt er das Tuch wieder um die Stäbchen und legt sie zurück in den Tresor. »Ich habe es dir schon oft erzählt. Deine Mutter, du und ich sind direkte Erben von Kagutsuchi. Dem shintoistischen Gott des Feuers.«

Ich fahre mir mit der Zunge über die Lippen. »Ja, ich erinnere mich, dass du davon erzählt hast.« Viel zu oft. Aber ich darf mich darüber nicht aufregen. Er bietet mir eine Unterkunft und einen Job.

Es ist nur, dass … er mit diesem Zeug seine Beziehung zu meinen Eltern für immer zerstört hat. Und zu mir und Kaito. Und ich wünschte, das alles wäre anders gelaufen.

»Deine Verbindung zu Kagutsuchi ist besonders stark«, murmelt er, während er den Tresor verschließt. »Ich wusste es schon, als du geboren wurdest.« Er entfernt sich von dem Tresor, löscht das Licht der Schreibtischlampe und bewegt sich wieder auf die Küche zu. »Weißt du, warum?«

»Nein.« Ich weiß nicht, ob ich es wissen will.

»Kagutsuchi ist der Sohn der beiden Urgötter. Doch als seine Mutter Izanami ihn gebar, wurde sie dabei verbrannt und starb. Ihr Gatte war deswegen so wütend, dass er seinen Sohn mit seinem Schwert köpfte.«

Ich ziehe die Augenbrauen zusammen; nicht, weil die

Geschichte so absurd klingt, sondern weil ich genau weiß, worauf er hinauswill. Und das gefällt mir nicht.

Ich will nicht darüber reden.

Ich folge Shiro in das kühle Licht der Küche, schließe die schwere Tür hinter mir und lehne mich kurz mit dem Rücken dagegen. »Und du meinst, weil Mom bei meiner Geburt fast gestorben ist, habe ich eine Verbindung zu dieser Geschichte«, folgere ich tonlos.

Shiro wendet sich um und sieht aus seinen dunklen Augen zu mir herauf. »Ja. Und die Wut deines Vaters deswegen. Dein Leben ist wie eine moderne Version dieser Legende.«

Ich fahre mir unsicher mit der Zunge über die Lippen. »Aber Mom ist nicht gestorben.« Und Dad hat mich nicht geköpft, obwohl ich mir sicher bin, dass er es gern manchmal tun würde.

»Darauf will ich auch gar nicht hinaus.« Er wendet sich wieder ab. »Aber ich weiß schon, dass du noch nicht bereit bist, das zu hören.«

Ich bezweifle, dass ich das jemals sein werde. Ich denke nicht, dass ich mich an diese Geschichten werde gewöhnen können. Vielleicht ist es gut, dass Shiro in alldem eine Bedeutung sehen kann. Dass er denken kann, meine Beziehung zu meinem Vater würde mir irgendeine Form von Stärke verleihen, die ich nur kontrollieren lernen muss.

Aber ich kann es nicht.

»Das bin ich wohl noch nicht«, gestehe ich und versuche, mir nicht anmerken zu lassen, wie sehr mich dieses Gespräch aufwühlt. Dass ich deswegen vermutlich ätzend und kalt rüberkomme, tut mir leid, aber ich weiß nicht, wie ich das ändern kann.

Ich löse mich wieder von der Tür.

Shiros Gesicht ist von mir abgewendet, also kann ich unmöglich erkennen, wie es ihm damit geht. Dass er die Schultern ein wenig sinken lässt, bilde ich mir vielleicht nur ein.

»Na gut. Dann zeige ich dir jetzt die Liste mit den Beständen«, fährt er nach einigen Sekunden fort und ich reiße mich zusammen, um mich auf seine Erklärungen zu konzentrieren.

KAPITEL 8

WER MICH IN DER DUNKELHEIT ERWARTET

»Hallo Schatz. Ich hoffe, du bist gut bei deinem Grandpa angekommen. Ich besuche euch im Laufe der Tage mal, aber wir müssen Dad erst mal etwas Zeit zum Abkühlen lassen. Hab dich lieb.«

Die Nachricht leuchtet in die Dunkelheit meiner vorläufigen Wohnung hinein. Ich starre sie an und weiß nicht, was ich antworten soll. Ich will nicht unfreundlich zu Mom sein, weil sie eigentlich nichts dafür kann. Aber sie hätte etwas sagen können. Gerade in diesem Moment, in dem ich sie so sehr gebraucht hätte.

Aber sie hat es auch nicht verdient, dass ich sie weiter ignoriere. Oder? Vielleicht tut sie gerade alles, um zwischen ihm und mir zu vermitteln. Und ich möchte es ihr nicht noch schwerer machen. Also schreibe ich: *»Hey Mom, mir geht es gut. Ich hab heute mit Shiro gekocht, aber es waren nur fünf Kunden da. Ist ziemlich ruhig im Restaurant. Hoffe, bei dir ist auch alles okay.«*

Eigentlich würde ich ihr gern sagen, dass sie mir einfach mein Erspartes überweisen soll. Aber das lasse ich lieber. Vielleicht hat sie recht. Vielleicht muss Dad erst mal abkühlen. Vielleicht überweist er mir mein Geld dann, wenn ich dreißig bin.

Ich höre auf, das Handy anzustarren, lege es zur Seite und wende mich meinem Laptop zu. Das Leuchten des Bildschirms ist die einzige Lichtquelle in der Dunkelheit. Die nackte Glühbirne an der Decke ist einfach zu ungemütlich, aber allein dieser Gedanke fühlt sich undankbar an.

Die Matratze und das Bettzeug kamen im Laufe des Tages an und liegen bereit auf dem Boden. Shiro hat darauf bestanden, sie zu bezahlen und nicht von meinem Gehalt abzuziehen. Und obwohl das nicht mein Einfall war, fühle ich mich, als würde ich ihn ausnutzen.

Nervös reibe ich meine Finger aneinander, während mein Handy sich nach und nach mit dem Laptop synchronisiert.

Ich sollte das lieber nicht in der Nacht machen. Vermutlich kann ich nicht schlafen, wenn ich mich jetzt damit beschäftige. Aber das Foto lässt mich einfach nicht los. Ich spüre, wie die Angst vor dem, was ich aufgenommen habe, schon den ganzen Tag im Hintergrund meiner Gedanken lauert.

Ich werde mich nicht ewig davor drücken können.

Während ich den Ladebalken ansehe, fühle ich mich schlecht über die Begeisterung, mit der ich mir immer True-Crime-Dokus auf Netflix angesehen habe. Das kam mir so aufregend und weit weg vor, dass es mich fasziniert hat.

Jetzt will ich nur, dass es endet.

Das Foto lädt endlich und meine Handflächen schwitzen, als ich das Touchpad betätige, um es anzuklicken. Auf dem Handy hab ich schon einen knappen Blick darauf geworfen, als ich es an mich selbst gesendet habe.

Als es groß auf dem Bildschirm zu sehen ist, macht sich allerdings eine eigenartige Enttäuschung in mir breit.

Es ist total verschwommen.

In der Nacht muss ich mein altes Handy total ruhig halten, damit die Bilder nicht verwackeln. Ich muss zu aufgeregt gewesen sein. Die Gesichter der Angreifer sind vollkommen in den Schatten verborgen und überhaupt nicht zu erkennen. Obwohl das vermutlich besser ist, weil ich so weniger zu verbergen habe, habe ich darauf gehofft, ein paar Infos aus diesem Foto ziehen zu können. Und sei es nur, um meine Neugier zu befriedigen.

Doch alles, was ich ausmachen kann, ist die verwaschene Bewegung einer Hand. Die Hand, die Overkill an die Wange seines Opfers gelegt hat, um ihn zu töten. Mit welcher Methode oder welcher Waffe auch immer.

Das verdammte Foto gibt keinen weiteren Aufschluss. Und darüber habe ich mir den kompletten Tag den Kopf zerbrochen?

Warum schnürt es mir dann trotzdem die Kehle so zu?

Dieses Foto bringt mich zurück an diesen Abend. Zurück in diese Straße, diese dunkle Ecke, an der ich nichts tun konnte, als danebenzustehen, während jemand nur wenige Meter von mir entfernt gestorben ist.

Mir wird wieder übel, dabei bin ich doch in Sicherheit. Warum begreift mein Körper das nicht? Mein Herz pocht viel zu schnell und viel zu aufgeregt in meiner Brust. Für einige Momente bin ich erstarrt, unfähig, mich zu regen, genau wie gestern Nacht.

Diese Menschen. Vielleicht haben sie mich doch gesehen. Vielleicht kommen sie heute oder morgen oder übermorgen, um mich ebenfalls auszuschalten. Es hat immerhin niemand eine Ahnung, über welche Mittel sie verfügen.

Endlich gelingt es mir, mich zu regen. Mit zitternden Fingern schließe ich das Foto und starre den Desktop an. Ein Foto von einer Katze an einer Straßenecke bei Nacht, das ich einmal aufgenommen habe. Es hilft nicht wirklich, mich zu beruhigen, also greife ich nach meinem Handy, suche Jays Kontakt heraus und wähle seine Nummer. Trotz seines aktiven Lebensstils schläft er immer bis mittags, also sollte er noch wach sein.

Das Freizeichen und die Hoffnung darauf, gleich seine Stimme zu hören, entspannen mich ein wenig.

Wie albern. Jetzt fürchte ich mich schon davor, allein im Dunkeln zu sitzen. Vielleicht hat mein Dad doch recht und ich muss mich einfach mal zusammenreißen.

»Toma!« Jays Stimme ist so laut, dass ich ein wenig zusammenzucke. Ich kneife mir mit der freien Hand in den Oberschenkel, um mich wieder auf den Boden zu bringen. »Was gibt's?«

»Tut mir leid, dass ich so spät anrufe.« Ich bemühe mich, meine Stimme nicht so abgehackt klingen zu lassen. Ich glaube, es gelingt mir nicht ganz, weil ich noch immer so schwer atme.

»Hey, geht's dir gut?«, fragt Jay sofort leiser. Ich höre Geräusche und Stimmen bei ihm im Hintergrund. Ist er um diese Uhrzeit noch beim Training?

»Ja, ich … Hast du vielleicht doch noch Zeit, dich zu treffen?«

Kurzes Schweigen am anderen Ende. »Ich muss leider heute Nacht meinem Bruder bei was helfen.«

Ich würde gern fragen, was genau, aber meine Zunge fühlt sich wie gelähmt an. »Okay, klar …« Will ich es ihm überhaupt sagen? Wäre das klug? Wahrscheinlich würde er mich nur dazu drängen, zur Polizei zu gehen. Aber das würde mich noch nervöser machen nach allem, was mit dem letzten öffentlich bekannten Zeugen passiert ist.

Mir auf die Innenseiten meiner Wangen beißend, spüre ich, wie mein Puls sich nach und nach beruhigt und die Panik etwas abflacht.

»Ist was?«, fragt Jay, nachdem ich eine Weile geschwiegen habe. »Brauchst du Hilfe?«

»Nein, alles gut.« Ich konzentriere mich darauf, tief durchzuatmen. Wenn ich im Hinterhof eine rauche, geht's mir bestimmt wieder besser. Und dann kann ich morgen in Ruhe darüber nachdenken, ob ich ihn in die Sache einweihe. »Ich wollte nur reden, aber nichts Dringendes.«

»Soll ich morgen mal vorbeikommen?«

»Wir können auch telefonieren, dann musst du nicht raus.«

»Ach.« Er lacht locker. »Ich nehm Bruce mit, dann traut sich keiner an mich ran.«

Das sollte er nicht so einfach dahersagen. Ich glaube, den Leuten gestern Nacht wäre ein Hund auch egal gewesen. »Na gut«, antworte ich trotzdem. »Dann will ich dich nicht länger aufhalten.«

»Kein Problem. Und sag wirklich, wenn was ist, ja?«

»Klar. Mach's gut.«

Jay verabschiedet sich und ich lege auf, sitze für einige Momente im Licht meines Bildschirms. Die Uhr an der unteren Ecke zeigt kurz nach zwei an. Shiro will morgen schon um sechs Uhr Einkäufe tätigen. Ich muss wenigstens versuchen, ein paar Stunden Schlaf zu bekommen, wenn ich mich an meinem ersten vollen Tag nicht blamieren will.

Mein Blick schweift zu meiner dünnen Jacke über dem Stuhl. Ich beschieße, wirklich noch eine zu rauchen, und mich dann endlich hinzulegen. Meine Finger in den Stoff gekrallt, richte ich mich auf und stolpere im Dunklen die alte Holztreppe hinab.

Der Gastraum ist nur mit dem warmen Licht erfüllt, das von der Laterne an der gegenüberliegenden Straßenseite durch die großen Fenster dringt. Die tiefen Schatten, die es wirft, lassen den Raum verzerrt aussehen.

Ich erstarre, als ich einen Blick in Richtung Ausgang werfe.

Vor den großen Fenstern stehen vier Menschen. Zwei vor jedem. Wie Statuen. Die Gesichter im Schatten verborgen, durch das Licht hinter ihnen nichts als Silhouetten, starren sie regungslos in den Gastraum hinein.

Bilde ich mir das ein? Schauen sie wirklich in das Restaurant?

Wie ein Reh im Scheinwerferlicht stehe ich hier, mit heftig pochendem Herzen, die Finger fest in den Stoff meiner Jacke gekrallt. Was soll ich tun? Soll ich zurück in mein Zimmer stürzen, mein Handy holen und die Polizei rufen? Bin ich schnell genug? Ist das Glas dick genug, um sie davon abzuhalten, reinzukommen, wenn sie wollen?

Sind das die Menschen, die ich gestern in der Gasse beobachtet habe? Sind sie gekommen, um mich zu holen?

Ich erkenne nicht genug von ihnen, um es sagen zu können. Genau wie letzte Nacht.

Wenn mein Herz noch schneller schlägt, falle ich sicher in Ohnmacht.

Doch irgendwann wenden sich die vier Gestalten gemächlich ab. Und sie gehen einfach. Locker, als wäre nichts geschehen. Ich kann keines ihrer Gesichter erkennen, aber ich höre leise Stimmen, als sie sich vom Restaurant entfernen, bis sie außer Sichtweite sind.

Was zum Teufel war das? Waren das ... Waren das nur ein paar Leute, die da abhingen? Aber ich war mir so sicher, dass sie hereingestarrt haben.

Erst jetzt bemerke ich, dass ich am ganzen Körper zittere. Ich gebe mir einen Ruck, gehe zurück durch die Treppentür und schließe sie fest hinter mir, um meinen Rücken dagegen zu pressen.

Spielt mein Gehirn mir Streiche? Waren das Betrunkene, die mir Angst einjagen wollten? Oder Anwohner, die das Licht des Laptops in den oberen Fenstern gesehen haben?

Als ich mich endlich wieder regen kann, überwinde ich die Treppe zwei Stufen auf einmal nehmend und klappe den Laptop zu. Bis auf das Licht der Straßenlaterne ist es nun finster in meinem Zimmer.

Ich wage es nicht, an das Fenster zu treten, um hinauszuschauen.

Das kann nicht ... Das kann nicht sein.

Das können nicht die Leute von dem Foto gewesen sein. Haben sie mich doch gesehen? Haben sie mich gefunden? Und warum sollten sie dann einfach wieder gehen? Bilde ich mir das alles nur ein, weil ich langsam den Verstand verliere?

Was soll ich jetzt tun?

KAPITEL 9

WIE IHRE STIMME KLINGT

»Guten Morgen, New York! Es ist der fünfte April und hier sind Ash und Janey von der NYC Fresh Morningshow, zurzeit extrafrüh ab vier für euch am Start.«

»Jetzt, da das Wetter schöner wird, bekomm ich richtig Lust, öfter durch die Straßen zu bummeln und durch Pubs zu ziehen.«

»Ich auch, Ash. Der Winter war zwar nicht so hart wie letztes Jahr, aber kalt genug.«

»Aber das entspannte Rausgehen wird uns ja leider schwer gemacht. Laut den neusten Ermittlungen gibt es nach wie vor keine Spur zu dem Serienmörder namens Overkill, der nachts Menschen auf den Straßen unserer schönen Stadt tötet.«

»Dass ich das in meinem Leben mal mitmachen würde, hätte ich nie gedacht.«

»Hätte niemand von uns. Vor allem nicht die Angehörigen der bisher sechzig Ermordeten. Unsere Herzen sind bei ihnen.«

»Das sind sie.«

»Die Polizei hat inzwischen eine Sammelstelle für an-

onyme Hinweise eingerichtet. Also wenn ihr denkt, etwas gesehen zu haben, meldet euch bitte bei den entsprechenden Behörden. Links und Infos findet ihr wie immer auf unserer Website.«

»Man hört ja einiges Unheimliches über Overkill im Internet. Die ganze Welt verfolgt die Ermittlungen. Und da kommen richtig gruselige Urban Legends ans Licht.«

»Stimmt. Die Fantasie der Leute wird vor allem dadurch angeregt, dass bisher schon zwei Augenzeugen berichtet haben, Schwärme von Krähen von den Tatorten wegfliegen gesehen zu haben. Meist oft Sekunden, nachdem die Morde offenbar begangen worden waren.«

»Da ist wie immer von Übernatürlichem die Rede. Wie vor anderthalb Jahren bei Captain Wodka.«

»Die Leute wünschen sich wirklich Helden und Schurken in ihren Leben, wie es aussieht.«

»Online verbreiten sich die angeblichen Legenden und Glaubenssätze um Overkill wie ein Lauffeuer. Man kennt die Verfasser nicht, aber bei Twitter wurden sie schon Zehntausende Male retweetet.«

»Ich hab's schon so oft gelesen, dass ich es auswendig kann.«

»Man sieht's ja auch ständig in Headlines.«

»Overkill ist niemals allein. Overkill sieht alles. Gehörst du nicht zu seinen Anhängern, bist du sein Gegner. Und bist du sein Gegner, bist du sein Opfer.«

»Overkill sorgt nicht für Gerechtigkeit. Overkill sorgt für Gleichgewicht. Genau.«

»Ich bekomm jedes Mal 'ne Gänsehaut. Und keine Gute.«

»Das klingt, als würde er sich einen Kult aufbauen. Obwohl das natürlich auch von Trollen verfasst worden sein kann.«

»Nichtsdestotrotz gibt es viele Menschen, die eine krankhafte Faszination mit diesem Mörder und den Legenden, die sich um ihn spinnen, entwickeln. Dabei finde ich diejenigen, die sich in Facebook-Gruppen zusammenrotten, um seine Morde zu glorifizieren, genauso gefährlich wie die Menschen, die selbst versuchen, zu ermitteln.«

»Ja, es kommt inzwischen immer häufiger vor, dass sich Gaffer in solchen Massen an Tatorten sammeln, dass damit die Arbeit der Einsatzkräfte extrem behindert wird.«

»Richtig schlimm. Also auch an dieser Stelle noch einmal unsere Bitte an euch, liebe Zuhörer und Zuhörerinnen: Lasst euch nicht von irgendwelchen Gerüchten in falscher Sicherheit wiegen. Und versucht nicht, auf eigene Faust zu ermitteln. Die Polizei und das FBI tun, was sie können, auch wenn uns das sehr langsam vorkommt. Die ganze Welt hat ihre Augen auf New York gerichtet, und die Arbeit der Ermittler ist bereits schwer genug.«

»Haltet euch an die Anweisungen der Behörden und meldet euch umgehend, wenn ihr etwas Verdächtiges auf den Straßen seht.«

»Es wird gerade auch versucht, höhere Strafen gegen Gaffer und jene, die die Ermittlungen behindern, durchzusetzen.«

»Die zuständigen Behörden möchten außerdem darauf hinweisen, dass kein Anlass zur Sorge besteht, was Zeugenmeldungen angeht. Der Fall eines Zeugen, der wenige Tage später selbst zum Opfer wurde, war sehr tragisch, aber es wird garantiert, dass sich so etwas nie wiederholen wird.«

»Alle Infos bekommt ihr wie immer auf unserer Website.«

»Wie auch schon bei unserer Berichterstattung zu Captain Wodka bemühen wir uns, so viele Hilfestellungen wie

möglich für euch zusammenzutragen. Also halt die Ohren steif, New York.«

»Wir versüßen euch jetzt erst mal weiter den Morgen mit den freshesten Hits des Tages!«

Die Morgensonne spiegelt sich in den Fenstern an der gegenüberliegenden Straßenseite, sodass ihr Licht blendend in den Gastraum fällt. Es ist noch frisch draußen, aber die kühle Brise, die durch die offene Tür streicht, tut meinem müden Körper und meinem schmerzenden Kopf gut. Zumindest hilft sie dabei, mich wachzuhalten, solange noch keine Gäste im Restaurant sind.

Nach unserem morgendlichen Einkauf in den nahegelegenen Läden hat Shiro mir gezeigt, wie er die Nudeln herstellt, und mich danach mehrere Versuche unternehmen lassen, sein Rezept zuzubereiten. Mit mäßigem Erfolg. Meiner Meinung nach schmeckte es okay, aber längst nicht so gut wie sein Essen.

Seiner Meinung nach war es widerlich. Also habe ich die sechs Portionen in den großen Kühler gestellt, um sie im Laufe der nächsten Tage selbst zu essen.

Um nicht alle frischen Zutaten für den Tag zu verbrauchen, haben wir eine Pause eingelegt und Shiro hat mir erlaubt, meinen Laptop zu holen, um ein bisschen zu recherchieren.

Einen Kaffee neben mir stehend, klicke ich mich durch Websites und schaue mir Bewertungen des Restaurants an. Alle lobpreisen das Essen. Die Rezensionen lesen sich durchschnittlich gut. Obwohl es nicht viele sind.

Brauchen wir einfach mehr Aufmerksamkeit? Ich bin kein Profi, aber eine simple Website und ein Instagram-Profil würde ich sicherlich hinbekommen.

Wenn auch wahrscheinlich nicht in meinem Zustand. Ich bin so müde, dass es mir kaum gelingt, die Augen offenzuhalten. Diese Nacht habe ich gar nicht geschlafen, sondern nur mit schnell schlagendem Herzen und Schweiß auf der Stirn die Decke angestarrt. Die Beobachtung des Mordes und das Foto auf meinem Laptop waren schon genug, um mich unter Druck zu setzen. Aber diese Leute vor dem Laden letzte Nacht …

»Und du bist sicher, dass das nur Betrunkene waren?« Ich habe Shiro von meiner nächtlichen Begegnung berichtet, weil ich darauf gehofft habe, eine beruhigende Erklärung zu hören. Eine, die mir den Gedanken mit der Verbindung zu Overkill aus dem Kopf treibt.

Shiro sitzt mit einem dampfenden Tee neben mir und hält sein Gesicht in die Sonne. Wie kann er so ausgeglichen wirken? Wir sind schon lang auf den Beinen, obwohl es noch so früh ist. Ich weiß nicht, ob ich mich daran gewöhnen kann. »Ja, hier treiben sich manchmal seltsame Gestalten herum. Mach dir darüber keine Gedanken.«

Ich denke an die Frau mit den weißen Haaren, die gestern nach genau so etwas gefragt hat. Was für seltsame Gestalten treiben sich denn hier herum, dass Shiro so gelassen darauf reagiert?

»Mach dir keine Sorgen«, beharrt er ruhig und schließt genießend die Augen. Ihm kann wohl gar nichts etwas anhaben. »Die Zutaten, die wir heute bekommen haben, waren fabelhaft. Es wird ein guter Tag.«

Ich würde auch gern Prognosen anhand von Frühlingszwiebeln stellen können. Eine ganze Weile sehe ich in sein faltiges Gesicht mit dem Ausdruck der absoluten Entspannung. Macht er sich keine Sorgen darum, dass das Restaurant nicht läuft? Gestern waren nur fünf Kunden hier. Jeder war sehr zufrieden, aber das ist zu wenig, um die Kosten zu decken.

»Wie viele Gäste kommen eigentlich für gewöhnlich jeden Tag?«, frage ich ihn. Vielleicht war gestern ja die Ausnahme.

»Durchschnittlich drei«, sagt er locker, ohne die Augen zu öffnen.

Was? Also *war* gestern die Ausnahme. Nur anders, als ich gedacht habe. Das ist nicht gut.

»An sehr guten Tagen aber auch mal sieben bis zehn.«

An sehr guten Tagen? Der Preis für die Ramen ist nicht hoch und mit Nachfüllungen wird es noch günstiger. Kann er die Materialkosten mit durchschnittlich drei Gästen am Tag überhaupt decken? Hat er irgendwo gewaltige Rücklagen oder ist es ihm wirklich egal?

»Vielleicht würden mehr Leute kommen, wenn du etwas Vegetarisches oder Veganes anbieten würdest«, überlege ich mit einem Blick auf das abgegriffene Menü neben mir.

»Was?« Jetzt öffnet er die Augen wieder und sieht mich mit einem Ausdruck kompletter Verwunderung an. »Warum denn? Du hast es doch selbst gesagt: Tonkotsu-Ramen basieren auf Schweinefleisch-Brühe. Die nicht zu verwenden, würde es zu einem ganz anderen Gericht machen.«

»Aber vielleicht könntest du eine vegetarische Miso-Ramen-Variante anbieten. Das würde sicher noch ein paar Gäste anlocken.«

Shiro schürzt die Lippen und verengt die Augen zu einem forschenden Ausdruck. Als müsste er herausfinden, worauf ich hinauswill. »Das Essen hier ist sehr gut«, sagt er. »Ich werde nichts daran ändern.«

Wie soll ich ihm klarmachen, dass er das vielleicht muss, ohne angreifend zu wirken? Er ist ein alter Mann, er wird schon wissen, was er tut, aber … ich will mich nützlich machen. »Es gibt so viele japanische Restaurants und Läden hier«, erkläre ich deswegen ruhig. »Irgendwie müssen wir doch hervorstechen. Dann können noch mehr Leute von dir bedient werden.« Ich wiege den Kopf hin und her und beschließe, meinen zweiten Gedanken ebenfalls zu äußern. »Vielleicht solltest du auch mal über eine Umbenennung des Ladens nachdenken. *Spicy Noodles* klingt irgendwie abgedroschen.«

Shiro schüttelt den Kopf und bedenkt mich mit einem Blick, als zweifelte er an meinem Verstand. »Was meinst du?«, will er vollkommen unschuldig wissen. »Ich habe das damals ausgewählt, damit die Leute gleich wissen, was sie erwartet.«

Zugegeben, das Ziel hat er wohl erreicht. »Aber wenn du nicht bereit bist, irgendetwas zu ändern, wirst du niemals mehr Kundschaft haben.«

»Ach!« Shiro wedelt mit der schrumpeligen Hand und geht davon. »Die Leute kommen, wenn sie kommen.«

»Ich meine es ernst, Grandpa!«, rufe ich ihm hinterher. »Ich hab letztens erst alle Folgen dieser Show mit Gordon Ramsay gesehen, in der er Restaurants beurteilt. Der sagt das auch immer.«

Ein grummeliger Laut kommt als Antwort aus der Küche. Ich erhebe mich und folge ihm.

»Warum willst du denn unbedingt etwas ändern?«, fragt Shiro, als ich hinter ihm in den Raum trete. Er trocknet ein paar Schüsseln ab, die auf dem Abtropfgestell standen. »Gefällt es dir nicht?« Er klingt ehrlich getroffen.

»Das wollte ich gar nicht sagen!«, erwidere ich eilig

und hebe beschwichtigend die Hände. »Ich will nur helfen.«

Shiro lächelt mich an. »Dein Vater will dir auch nur helfen. Aber wie du sicher aus eigener Erfahrung weißt, ist das nicht immer das, was man braucht.«

Dass das so schnell zurückfeuern würde, habe ich nicht erwartet. »Na ja«, grummele ich. »Ich glaube, mein Vater will mich fertigmachen.«

»Ich bin zufrieden mit meinem Geschäft«, fährt Shiro ruhig fort. »Genauso, wie du ohne Studium mit deinem Leben zufrieden bist.«

Ich lehne mich in den Türrahmen und verschränke die Arme vor der Brust. Das ist ein sehr weit gespannter Bogen, aber ich lasse mich mal darauf ein. »Ist das so?« Bin ich zufrieden? Zum ersten Mal in meinem Leben habe ich kein Ziel, auf das ich hinarbeite. Ich habe so lang versucht, den Träumen meines verdammten Vaters nachzujagen, dass ich jetzt nicht die geringste Ahnung habe, wie es weitergehen soll.

»Ich kenne dich doch, Toma. Wenn du dich wirklich für etwas begeisterst, dann hält dich nichts.«

Ich bemühe mich, die Augen nicht zu verengen. Woher will er das wissen? Wir haben uns doch seit Ewigkeiten nicht mehr gesehen. »Was meinst du?«

Shiro grinst. »Na, als kleiner Junge hast du von nichts anderem erzählt als von der Feuerwehr. Du wusstest alles darüber und jedes Mal, wenn du hier warst, hast du vier oder fünf von diesen Spielzeugwagen mitgebracht und darauf bestanden, mir jedes kleine Detail an ihnen zu erklären.«

Als die verdrängte Erinnerung zurückkehrt, überkommt mich ein Anflug von Nostalgie. Ich hab es immer gemocht, das Restaurant mit Mom zu besuchen. Damals waren noch viel mehr Leute hier. Ein kleines Radio stand auf dem Tresen und spielte Popmusik.

Das war vor dem Wohnungsbrand. Danach wollte ich mit Feuer nichts mehr zu tun haben.

»Du hattest einfach lang nichts mehr, für das du eine Leidenschaft entwickelt hast, oder?«, fährt Shiro fort und legt die Hände aneinander.

Ich denke ehrlich darüber nach, zucke aber schließlich mit den Schultern. »Ich schätze schon.« Ich habe mich seit damals wohl nicht mehr getraut, meine eigenen Träume zu verfolgen.

»Wenn du dazu bestimmt wärst, zu studieren, würdest du studieren. Aber du bist für etwas bestimmt, das dich begeistert und erfüllt.«

Ich lächle schief, weil er deutlich überzeugter davon zu sein scheint, als ich es bin. »Zum Beispiel?«

Nun hebt er die Schultern. »Zum Beispiel dazu, das Restaurant zu übernehmen.«

Ich lache und schüttle den Kopf. Bevor ich mir eine gute Erwiderung überlegt habe, klingelt das Telefon auf dem Tresen und Shiro bedeutet mir mit einem Nicken, dass ich rangehen soll. Ich folge seinem Wunsch und eile um den Tresen herum zu dem alten Gerät. Obwohl ich unsicher bin, ob ich schon alle Fragen beantworten kann.

»Spicy Noodles, was kann ich für Sie tun?« War das richtig?

Die Stimme, die mich am anderen Ende begrüßt, überrascht mich. Weiblich, jugendlich und … fast lieblich.

»Shiro?«, fragt sie vorsichtig. »Bist du das?«

»Ähm … Nein. Ich bin Toma, die neue Aushilfe im Laden.«

»Eine Aushilfe!« Die Frau klingt jung, wenn ich meinem Gehör vertrauen kann. »Wie schön, dass Shiro endlich Unterstützung hat.«

»Ja, das finde ich auch.« Warum werden meine Wangen plötzlich wärmer? Ich bin wohl zu lange Single, wenn schon eine süße Mädchenstimme reicht, um mich aus der Fassung zu bringen. »Was kann ich für Sie tun?«

»Also ich kann heute leider nicht in den Laden kommen, weil ich zu viel Arbeit habe. Und weil ich gestern schon nicht da war, wollte ich fragen, ob ich mein Essen vielleicht geliefert bekommen könnte?«

Ich ziehe die Augenbrauen hoch. Sie ist Stammkundin? Die Gäste, die gestern hier waren, waren bis auf die Frau mit den weißen Haaren alle älter.

Unsicher sehe ich mich im Laden um, weil ich nicht weiß, ob Shiro liefert und ob das überhaupt seinen Qualitätsrichtlinien entspricht. Aber etwas in mir bewegt mich dazu zu sagen: »Ja, das sollte möglich sein. Ich spreche mal mit Shiro, dann kann ich es sicher vorbeibringen.«

»Klasse. Ich bekomme das Übliche.«

Ich lächle und suche einen Stift und einen Zettel heraus. »Und was ist das?«

»Shiro weiß es schon.«

»Darf ich ihm auch Ihren Namen mitteilen?«

»Du kannst ruhig du zu mir sagen. Und ich bin Akari.«

Akari? Eine Japanerin? Sicherlich nicht verwunderlich bei dem guten, traditionellen Essen hier. Ich schreibe den Namen auf und sehe ihn kurz an. »Klasse. Und wohin darf ich liefern?«

»Shiro weiß, wo ich arbeite. Frag am Empfang nach mir.«

Wie geheimnisvoll. Am Empfang? Was arbeitet sie wohl?

Und warum frage ich mich das überhaupt, Himmel? Ich bin es vielleicht einfach nicht mehr gewöhnt, dass Leute nett zu mir sind.

»Gut. Dann machen wir alles bereit. Bis gleich.«

»Danke! Ich freu mich schon drauf, dich kennenzulernen, Toma.« Mit diesen Worten legt sie auf. Ich halte den Hörer kurz in der Hand und sehe die Notiz auf dem Tresen vor mir an. Nur ihr Name steht darauf.

Erst als Shiro seinen Kopf aus der Küche steckt, lege ich endlich auf. »Jemand namens Akari hat darum gebeten, dass wir ihr *das Übliche* zur Arbeit liefern.«

Er nickt verstehend und reibt sich die Hände. »Dann bereite ich mal alles vor.«

Ich folge ihm in die Küche. »Ich wusste gar nicht, dass du lieferst.«

»Eigentlich nur innerhalb des Viertels und nur, wenn Freunde hier sind, um solange den Laden zu hüten. Aber du kannst sicher mit der U-Bahn fahren.« Er hält kurz in seinen Bewegungen inne und sieht mich an. »Aber nur, sofern das kein Problem für dich ist. Wenn ich es genauer betrachte, fühle ich mich nicht wohl dabei, dich allein loszuschicken.«

Ich fahre mir mit der Zunge über die Lippen und erinnere mich schmerzvoll an die letzte Nacht. Und an die davor. »Ist ja Vormittag«, überwinde ich mich trotzdem. »Ich glaube, tagsüber ist bisher noch nie was passiert.« Ich kann mich nicht für immer drinnen einsperren. Außerdem will ich nützlich sein und das ist einer der besten Wege, das zu erreichen.

Er nickt und mustert mich von oben bis unten, so intensiv, dass ich selbst an mir hinabschaue. Schwarze Turnschuhe, schwarze Jeans und ein lockerer, nicht zu dicker schwarzer Pulli. Nicht mein bestes Outfit, aber wenigstens nicht auffällig. Ich weiß, dass Shiro auch die Tattoos auf meinen Armen beäugt, die unter den hochgekrempelten Ärmeln zu sehen sind.

Und nachdem er mich eine ganze Weile angesehen hat, sagt er: »Du wirst sie aber nicht beeindrucken, wenn du weiter so herumläufst.« Damit wendet er sich ab.

Perplex starre ich seinen Rücken an, als er seine Zutaten zusammensucht.

KAPITEL 10

WO DIE SONNE AUFGEHT

Shiro hatte recht. Ich bin zu schlecht angezogen für diesen Ort. Wie ich im Fahrstuhl des Hochhauses darauf warte, dass all die Anzugträger ein- und aussteigen, bis ich eins der obersten Stockwerke erreiche, fühle ich mich in meinen abgenutzten Turnschuhen und der geblümten Frühlingsjacke total fehl am Platz.

Vor allem mit der Tasche voll duftendem Essen, mit diesem kitschigen rot-gelben Logo, das auch über dem Lokal prangt. Ich weiß nicht, vor wie vielen Jahrzehnten es entworfen wurde, aber die Nudelschüssel mit den Stäbchen, zusammen mit dem fetten Schriftzug, sieht alles andere als hochwertig aus.

Allein der Eingangsbereich vor den Fahrstühlen war schon der Luxuriöseste, den ich je betreten habe. Wer auch immer hier arbeitet, muss ein Vermögen verdienen.

Wie bin ich überhaupt an diesen Punkt gekommen? Wenn es nach meinem Vater ginge, würde ich wohl schon am anderen Ende der Lieferkette stehen. Obwohl ich mich selbst ein wenig für diesen Gedanken verabscheue.

Mit einem leisen Glockengeräusch erreicht der Fahrstuhl endlich mein Stockwerk. In dem Wissen, dass der ganze Innenraum bald nach der Brühe des Spicy Noodles' riechen wird, trete ich in die lichtdurchflutete Lobby, an die einige Flure und Büros grenzen.

Der Boden ist mit hellem Parkett und beigefarbenen Läufern ausgestattet. Ich sollte lieber nicht darauf treten. Im Gegensatz zu den meisten anderen hier sind die Sohlen meiner Schuhe nicht blankpoliert.

Durch die verglaste Fassade kann ich einen Blick über ganz Manhattan werfen, das im Schein der Mittagssonne glitzert. Nur weil ich weiß, dass das Essen kalt wird, wenn ich mich nicht beeile, wende ich mich rasch zu dem großen, hölzernen Empfangstresen um. Ein junger Mann mit blasser Haut und kurzen, blonden Haaren sieht mir interessiert entgegen, während ich den Firmennamen inspiziere, der in goldenen Lettern hinter ihm prangt: *Sun Corporate*. Keine weitere Erklärung, um was für eine Firma es sich handelt.

»Guten Tag«, grüßt der Mann zuvorkommend und legt seine Hände auf die Unterlagen vor ihm. »Wie kann ich Ihnen helfen?«

Ich halte die Isoliertasche mit dem billigen Logo hoch, sodass er sie sehen kann. »Ich habe eine Lieferung für Akari.« Erst jetzt wird mir klar, dass sie mir ihren Nachnamen gar nicht genannt hat. Hoffentlich weiß er trotzdem, von wem ich rede.

»Natürlich. Dort entlang, bitte.«

Zu meiner Überraschung deutet er direkt auf das Büro vor mir, das lediglich durch eine Glaswand von diesem Raum getrennt wird. Ein Whiteboard versperrt den Blick auf den dahinterliegenden Schreibtisch, doch ich erkenne trotzdem, dass es eins der größten Büros ist, die ich je gesehen habe. Ebenfalls vor einer großen Fensterwand liegend, der Ausblick auf die umliegenden Wolkenkratzer gerichtet, und ich mache ein dunkles Bücherregal aus, einen hellgrauen Teppich und etliche Aktenschränke mit diversen Unterlagen.

Dankend nicke ich und trete auf die Tür zu, während der junge Mann seine Chefin darauf hinweist, dass ich komme. Sobald ich eintrete, sieht sie von ihren Unterlagen auf und empfängt mich mit einem breiten Grinsen.

Himmel, sie ist auf keinen Fall älter, aber so viel erfolgreicher als ich.

Und so schön.

Ihre Haare sind glatt und hellgrau gefärbt. Ich habe noch nie gesehen, dass diese Haarfarbe jemandem so gut gestanden hätte. Wie ein Schleier fallen sie über ihre Schultern und die weiße Bluse, bis hinab zum hohen Bund ihrer Hose, die ihre Figur genau an den richtigen Stellen betont. Ihre Haut ist blass und ihre Lippen von einem blumigen Rosaton.

Mit den Absatzschuhen ist sie fast so groß wie ich, als sie um ihren massiven Holzschreibtisch herumtritt.

Ja, Shiro hat recht gehabt. Ich hätte mich ordentlicher kleiden sollen. So vor ihr zu stehen, mit meiner bescheuerten Tasche in der Hand, fühlt sich an, wie nackt durch die Fußgängerzone zu laufen.

Unsicher trete ich auf sie zu, hole den Papierbeutel mit dem Gericht hervor und stelle ihn auf dem Schreibtisch ab, während sie ein Bonbon aus einer Schale nimmt, es sich lächelnd in den Mund schiebt. »Du bist also die neue Aushilfe bei Shiro.«

Ich bin zu aufgeregt. Sie sieht einfach zu süß aus, verdammt. »Ähm, ja, sozusagen«, ringe ich um Selbstbeherrschung. »Ich bin sein Enkel.«

Sie macht große Augen. »Was? Ich wusste gar nicht, dass Shiro Enkel hat!« Trotz der Süßigkeit, auf der sie herumkaut, lehnt sie sich über die Tüte und zieht den Duft des Gerichts in ihre Nase. Ein zufriedener Laut entweicht ihren Lippen. »Es muss himmlisch sein, direkt an der Quelle zu arbeiten.«

Ich lache. »An der Quelle?«

»An der Quelle des besten Essens in New York!« Sie tritt leider schon zurück hinter ihren Schreibtisch. »So cool, dass du deinem Grandpa hilfst.«

»Na ja … er hilft eher mir«, gestehe ich, ohne weiter ins Detail zu gehen. Ich will mich noch nicht verabschieden, also lenke ich das Thema sofort um. »Du scheinst ebenfalls einen spannenden Job zu haben. Was machst du denn?«

»Ach …« Sie verzieht den Mund ein bisschen, als würde sie lieber nicht darüber reden. »Ich arbeite für meinen Onkel, Hinata Ito. Er hat den Zweig einer Finanzfirma aus Japan hier eröffnet. Ich lebe schon den Großteil meines Lebens in New York, also erledige ich einen Assistenzjob für ihn.«

Ich räuspere mich und schiebe die Hände peinlich berührt in die Taschen meiner Jeans. Einen Assistenzjob?

Ob sie mit ihren Eltern hierhergezogen ist? Ich will nicht neugierig wirken, deswegen sage ich lieber: »Ziemlich krasses Büro für eine Assistentin.«

»Ziemlich krasse Arbeitszeiten auch«, erwidert sie mit einem Zwinkern und zieht die Tüte zu sich heran.

»Bist du eine von diesen Geschäftsleuten, die bis Mitternacht im Büro sitzen?« Viele Lichter in den Bürogebäuden sieht man die ganze Nacht über brennen.

»Eigentlich ja«, sagt sie und legt ihren Kopf schief.

»Aber nicht, weil so viel zu tun ist.« Sie zuckt mit den Schultern. »Ich hab ehrlich gesagt nichts Besseres zu tun.«

Das ist meine Chance! Ich muss etwas sagen, das ist praktisch eine Steilvorlage. Aber ich warte so lang, dass sie mir zuvorkommt: »Und du so?«

Mist! Ich darf mir meine Frustration nicht anmerken lassen. »Ich wohne seit gestern auf dem Dachboden über dem Restaurant. Also wird das Nachtleben sicher spannend.« Abgesehen von Overkill, aber das Thema schneide ich lieber nicht an.

»Du wohnst über dem Spicy Noodles?« Sie lacht, dann späht sie wieder in ihre Tüte. »Von morgens bis abends nur dort essen. Du lebst den Traum.«

»Wir haben sehr unterschiedliche Vorstellungen davon, wie *der Traum* aussieht.« Ich sehe mich demonstrativ in ihrem Büro um und sie lacht abermals. Fuck, sie ist echt süß. Ich rucke mit dem Kopf zu dem Beutel auf ihrem Schreibtisch. »Kommst du jeden Tag?«

»Ja. Seit über einem Jahr schon.«

Wahnsinn. Ich habe nicht damit gerechnet, dass Shiro einen so treuen Kundenstamm hat. Und ich habe nach wie vor noch nichts von dem Essen bekommen, von dem alle schwärmen.

»Kannst du auch so gut kochen wie dein Grandpa?« Ein Funkeln tritt in ihre Augen und ich bin mir sicher, dass es mir Pluspunkte einbringen wird, wenn ich *Ja* sage.

Ich halte mich allerdings an die Wahrheit. »Ich hab schon immer viel für meine Familie gekocht.« Amüsiert wiege ich den Kopf hin und her. »Und für meinen verfressenen besten Freund. Aber Shiro ist so was wie ein Meister, glaube ich.«

»Er kann dir sicher vieles beibringen.« Warum sagt sie

das, als wäre das auch in ihrem Sinne? Ich bilde mir das ein, oder?

»Vielleicht kann ich ihm zumindest helfen, das Restaurant etwas bekannter zu machen«, überlege ich laut. »Es ist ja leider nicht sehr gut besucht.«

Sie hebt die Schultern. »Ich finde es immer schön. Man fühlt sich besonders, wenn man die einzige Kundin ist, die bedient wird.« Sie lächelt breit. »Aber er muss natürlich auch seine Rechnungen bezahlen. Ich hab meinen Onkel schon gefragt, ob wir ihn als privaten Koch anstellen können, aber noch hab ich ihn nicht geknackt.«

Wir lachen und ich stelle mir vor, wie es Shiro wohl gefallen würde, der private Koch von irgendeinem reichen Finanzmenschen zu sein. Sicherlich würde er das hassen.

»Vielleicht bin ich ja irgendwann verfügbar«, scherze ich und trete einen Schritt zurück. Ich will dieses Gespräch nicht überstrapazieren.

»Auf jeden Fall werden wir uns von jetzt an öfter sehen«, sagt sie und ich kann mein breites Lächeln nicht verbergen. Ich gebe mir auch keine Mühe.

»Ich freu mich schon drauf.« Wenn sie wirklich jeden Tag ins Restaurant kommt, habe ich einen Lichtblick. Ich trete weiter rückwärts auf die Tür zu und neige den Kopf ein Stück. »Dann guten Appetit.«

KAPITEL 11

WO ICH SICHER BIN

Die Straßen um Maliks Wohnblock herum sind nachts durch viele orangefarbene Laternen hell erleuchtet. Motten sammeln sich an den Glühbirnen, obwohl es um diese Uhrzeit noch kühl ist.

Den Blick in jede dunkle Ecke werfend, die Hände in den Taschen meiner Jacke verborgen, gehe ich, so schnell ich kann, auf das Haus zu, in dem Jay schon auf mich wartet. Ich klammere mich an das Handy, über das ich durch meine Kopfhörer mit ihm verbunden bin.

Wir reden nicht miteinander. Ich höre, wie bei ihm im Hintergrund Pfannen klirren und etwas brutzelt. Mit jemandem zu telefonieren, um nicht ganz allein unterwegs zu sein, ist das, was die Behörden empfehlen.

Und tatsächlich hilft es, mich ein wenig von der Angst abzulenken, die mich auf den Straßen beschleicht. Hier draußen fühle ich mich so verwundbar wie noch nie in meinem Leben. Als hätte jemand bereits eine Waffe auf mich gerichtet und warte nur darauf, den Abzug zu betätigen.

Aber hier ist niemand.

Nur ich und ein paar Krähen.

Vielleicht wird es mir helfen, Jay endlich von meiner Begegnung mit Overkill zu erzählen. Vielleicht kann ich dann die wirren Gedanken in meinem Kopf besser sortieren. Ich muss es einfach jemandem sagen. Wenn jemand besser auf diese Neuigkeiten reagiert als alle anderen, dann er. Obwohl er Gerechtigkeit über alles stellt: Wir kennen uns schon so lang und er weiß, wie ich bin. Dafür hat er mich nie verurteilt. Ich muss darauf vertrauen, dass er es auch dieses Mal nicht tut.

Und wenn ich endlich von dieser Last befreit bin, werde ich mich zusammenreißen und ihn nach der Sache fragen, die er mir gestern erzählen wollte. So geheimnistuerisch, wie er sich in der Wohnung über dem Lokal gegeben hat, kenne ich ihn gar nicht.

Erleichterung macht sich in mir breit, als ich auf die Haustür zutrete. Bevor ich die wenigen Stufen hinaufgehe, werfe ich einen Blick über die ruhige Straße und überzeuge mich davon, dass niemand mich verfolgt. Aber alles ist still.

»Ich bin vor der Tür«, murmele ich in das Mikrofon neben meinem Mund. Ich atme auf, als ich ein »Mhm« vernehme und das Geräusch des Buzzers durch die stille Straße hallt. Rasch drücke ich die Tür auf und husche in den dunklen Hausflur.

Als ich einige Stockwerke weiter oben in Maliks Wohnung eintrete, hebt Bruce seinen Kopf und schaut mir mit wedelndem Schwanz entgegen. Zwischen dem warmen Licht der Lampen, der leisen Musik und dem Geruch nach gutem Essen fühle ich mich sofort willkommen. Noch nicht sicher, aber das Gefühl habe ich nirgendwo so richtig.

»Hey«, rufe ich in Richtung der Küche, während ich

die Tür umsichtig hinter mir schließe und meine Kopfhörer in meine Tasche schiebe. Als Jay ins Wohnzimmer getänzelt kommt, schiebe ich die dünne Jacke von meinen Schultern.

»Ich hoffe, du hast Hunger.« Jay trägt eine dunkle Jogginghose und ein lockeres Shirt mit dem Logo der New York Giants. Mehr als Kochen und Gassigehen hat er heute wohl nicht vor.

»Kurioserweise ja«, sage ich, während ich mich zu Bruce bücke, um ihm über den Kopf zu streicheln. Obwohl im Spicy Noodles nicht viel los war, waren einzelne Gäste über so lange Zeit dort, dass ich eigentlich keine Pause hatte. Meine Beine sind müde vom Stehen.

Ich gehe auf den kleinen Esstisch vor der Küche zu, lasse meine Tasche auf einen Stuhl fallen und setze mich auf den daneben.

»Bekommst du im Laden nichts?«

»Eigentlich kann ich mich bedienen«, sage ich und schaue zu Bruce, der müde zu mir getrottet kommt, um seinen Kopf auf meinen Oberschenkel zu legen. Ich streiche gedankenverloren durch sein Fell. »Die Küche des Ladens ist im Grunde auch meine. Solange ich sie sauber zurücklasse.« Darauf hat Shiro bei seiner Führung gestern mehrmals hingewiesen.

»Luxus!« Wie seltsam, dass er heute schon die zweite Person ist, die das von meiner Situation behauptet.

Weil ich das nicht ganz so sehe, aber nicht undankbar klingen will, wechsle ich das Thema. »Danke, dass ich noch mal hier schlafen darf.« Ich hab ihn nur für heute angefragt, weil ich seine Gastfreundschaft nicht überstrapazieren will. Aber vielleicht reicht eine Nacht hier, um mich wieder zu beruhigen.

»Ich sag ja: Kein Problem.« Jay geht beschwingt zurück in die Küche und widmet sich mit flinken Fingern wieder seinen Zwiebeln. Was auch immer in der Pfanne brutzelt, verströmt einen herzhaften, scharfen Geruch, der mir das Wasser im Mund zusammenlaufen lässt.

»Wie war denn der erste Tag im Spicy?«, will er wissen, während er mehr Zutaten in seine Pfanne gibt. Noch kann ich nicht ausmachen, welches Gericht das wird.

»Eigentlich ruhig. Bis auf den superfrühen Ausflug auf den Markt. *Und* ich habe eine der Stammkundinnen kennengelernt.« Zumindest dieses Thema fühlt sich nach Entspannung an.

Jay dreht sich um und zieht die Augenbrauen erwartungsvoll in die Höhe. »Und das ist bemerkenswert, weil …?«

Ich grinse, weil ich genau weiß, was er denkt. »Weil sie so alt ist wie wir, vermutlich reich, und richtig gut aussieht.«

Wie erwartet lacht er, wendet sich wieder seinem Essen zu und fragt: »Und? Verliebt?«

»Jap«, scherze ich und stütze mein Kinn auf die Handfläche. »Ihr Name ist Akari. Wenn ich Glück habe, kommt sie jeden Tag in den Laden und ich kann sie kennenlernen.«

»Denkst du, da könnte was draus werden?«

»Ach.« Ich zucke mit den Schultern. »Ich hab kaum zehn Sätze mit ihr gesprochen. Aber sie war nett. War zumindest das Highlight meines Tages.« Das Highlight der letzten Wochen sogar, was eigentlich ziemlich traurig ist. »Ich weiß ja nicht mal, ob sie Single ist.«

»Das lässt sich zum Glück schnell herausfinden!«

»Danke, Love-Guru.«

»Immer gern!« Er schwenkt das Gemüse in der Pfanne einige Male. »Und was war mit dieser unheimlichen Begegnung heute Nacht?« Sein Tonfall ist plötzlich etwas vorsichtiger, als wolle er mich damit nicht überfallen.

Ich betrachte seinen Rücken, während ich überlege, was ich dazu sagen soll. Shiros Reaktion hat mich verunsichert. »Keine Ahnung«, murmele ich also, kraule noch immer das Fell auf Bruces Kopf, der genießend die Augen geschlossen hat. Es tut gut, meinen Fingern etwas zu tun zu geben. »War total unheimlich, wie diese Leute einfach dastanden.«

»Vielleicht waren sie nur besoffen.«

»Und dann stellen sie sich der Reihe nach vor die Fenster eines Nudel-Restaurants?«

Jay zuckt mit den Schultern und scheint die Sache ebenso locker zu sehen wie Shiro. Zumindest seiner Körpersprache nach zu urteilen.

Hat er recht? Habe ich daraus eine zu große Sache gemacht? Aber wenn ich an diesen Moment denke, breitet sich wieder eine Gänsehaut auf meinen Armen aus. Verdammt.

Vielleicht hat es mich nur so schockiert, weil ich noch mitten in meinen Überlegungen zu Overkill gesteckt habe. Wahrscheinlich sollte ich das einfach ansprechen. Ich weiß auch gar nicht, worüber ich sonst reden soll. Und seitdem ich die Entscheidung getroffen habe, Jay von meinem nächtlichen Erlebnis zu erzählen, brennt es mir nahezu auf der Seele.

»Ich muss dir noch was sagen«, setze ich also an. Jay hält sofort in seinen Bewegungen inne und wendet sich abermals zu mir um. Als unsere Blicke einander treffen, nimmt er die Pfanne von der Herdplatte, dreht die Hitze ab und kommt einen Schritt auf mich zu. Er muss an meinem Ausdruck sehen, wie ernst es ist.

Ich kann nicht einmal so tun, als wäre es keine große Sache. »Ich habe gesehen, wie Overkill jemanden umgebracht hat«, platzt es aus mir heraus, bevor ich mir nähere Gedanken um meine Wortwahl machen kann.

Jay fällt alles aus dem Gesicht. Er tritt einen Schritt näher. »*Was?* Du meinst … persönlich? Auf der Straße?«

»Ja. Ich …«

»Wann?« Seine Reaktion ist so intensiv, dass ich über meine eigenen Gedanken stolpere und tatsächlich kurz darüber nachdenken muss. In den letzten Tagen ist mehr passiert als sonst in meinem Leben.

»An dem Tag, an dem Dad mich rausgeworfen hat.« Das war vorgestern. Warum kommt es mir vor, als sei es eine Ewigkeit her?

»Und du hast *nichts* gesagt?« Jay hebt die Hände, dann schüttelt er den Kopf. »*Deswegen* standest du so neben dir.«

Er hat es also doch bemerkt. Obwohl ich so sehr gehofft habe, dass der Rauswurf eine gute Ausrede für mein Verhalten war. »Du wusstest, dass was nicht stimmt?« Ich presse die Lippen zu einem unangenehm berührten Ausdruck zusammen. »Also abgesehen von meinem Dad.«

Jay kommt endlich ganz zu mir herüber, lässt sich auf dem Stuhl mir gegenüber nieder, lehnt sich ein Stück zu mir nach vorn und sagt: »Ja, aber darum geht es jetzt nicht.« Wieder schüttelt er den Kopf, wie um sich selbst zur Ruhe zu rufen. »Aber … ich meine … was hast du gesehen?«

Für meinen Geschmack ist er ein wenig zu aufgeregt über die Information. Obwohl seine Reaktion wohl gerechtfertigt ist. »Ich war draußen, um eine zu rauchen und meinen Unibrief zu öffnen«, erkläre ich trotzdem so ruhig wie möglich. Ich richte den Blick auf die Tattoos an meinen Händen. »Ich wollte das nicht in der Wohnung machen. Und dann hab ich es gesehen. Es waren mehrere Leute, die einen Mann in die Ecke gedrängt haben.«

»Das war … dieser Mann mittleren Alters, nicht wahr?«, erinnert sich Jay. Es war am nächsten Tag in sämtlichen Medien. »Und ich habe mir noch Sorgen gemacht, weil ich weiß, dass du in der Nähe wohnst!«

»Ja.«

»Und es waren mehrere Leute?«

»Ja. Ich hab … ich hab ein Foto gemacht.« Ich ziehe mein Handy aus der Hosentasche. Wenn ich ihm das schon erzähle, dann alles. »Aber es ist total verschwommen.« Ich öffne das Foto in meiner Galerie. Es ist das Letzte, das ich aufgenommen habe.

Vorsichtig schiebe ich das Handy auf dem Tisch zu ihm hinüber, damit er sich auch die verschwommenen Gestalten ansehen kann. Konzentriert lehnt er sich nach vorn und betrachtet das Bild eine Weile. »Warum hast du ein Foto gemacht?«, will er tonlos wissen.

Als ich wieder in sein Gesicht schaue, ist Jays Ausdruck ganz anders als zuvor. Forschend und nahezu streng.

Was denkt er? Geht er davon aus, dass ich irgendetwas im Schilde führe? Warum sonst sollte er die Frage so stellen?

»Ich wollte die Polizei rufen und dachte, ein Beweis kann nicht schaden«, antworte ich unsicher und lehne mich ein Stück von ihm weg. »Ich dachte, das wäre nur ein normaler Überfall. Ich wusste nicht, dass das Overkill ist.«

Jay sieht nach wie vor skeptisch von dem Foto zu mir. »Und hast du es der Polizei gemeldet?« Seine Stimme ist noch immer seltsam tonlos.

»Nein«, antworte ich ehrlich.

»*Was?*«, fährt er erneut auf.

Das läuft ganz anders, als ich gehofft habe. Ein Teil von mir wusste, er würde es nicht gut finden, dass ich mich bisher bedeckt gehalten habe, aber seine Reaktion ist so viel wütender, als ich gedacht habe.

»Du hast das doch mitbekommen«, verteidige ich mich. »Mit dem Zeugen, dessen Identität an die Öffentlichkeit gelangt ist.«

»Ja, aber …«

»Und zwei Tage später wurde er selbst von Overkill umgebracht!«

»Aber das ist ein wichtiger Hinweis!«, fährt Jay auf und Bruce nimmt seinen Kopf von meinem Schoß, um ihn aufmerksam anzusehen. »Je länger sie brauchen, um ihn zu finden, umso mehr Menschen müssen sterben! Du musst dich als Zeuge melden und das Foto der Polizei zeigen!«

Frustriert fahre ich mir mit den Fingern durch die Haare. »Denkst du echt, dass ich nicht weiß, wie scheiße das ist? Denkst du, dass ich nicht darüber nachgedacht habe?«

»Wenn du das wirklich getan hast, hast du die falsche Entscheidung getroffen.« Er deutet auf das Foto. »Mein Bruder ist Tag und Nacht auf der Suche nach dem Typen und du hast ein verdammtes Foto von ihm gemacht und es *niemandem* gesagt? Du musst sofort bei der Polizei anrufen und sie darüber informieren.«

Ich schürze die Lippen, weil ich das Gefühl habe, dass

es nichts mehr bringt, wenn ich etwas erwidere. Ich nehme mein Handy vom Tisch, schiebe es in meine Hosentasche und balle die Hände zu Fäusten, um Jay nicht zu zeigen, dass meine Finger schon wieder zittern.

Ich will das alles nicht. Das ist mir zu viel, ich will doch nur ruhig mit jemanden darüber reden, ohne mir Vorwürfe anhören zu müssen. Es gibt kein Universum, in dem ich es meinen Eltern hätte sagen können, aber ich habe so gehofft, Jay würde mich unterstützen.

Fuck. Als ich spüre, wie sich Tränen in meinen Augen bilden, richte ich mich auf, schnappe mir meine Tasche und gehe auf die Tür zu. Ich will nicht, dass er sie sieht.

»Hey«, ruft er mir hinterher, die Stimme plötzlich wieder etwas weicher. »Warum hast du es *mir* nicht gesagt? Mir hättest du es doch erzählen können!«

Die Hand schon auf der Klinke zum Hausflur, sage ich: »Weil ich befürchtet habe, dass du so reagieren würdest.«

»Toma!«, ruft er mir hinterher, aber ich bin schon auf dem Flur und schließe die Tür hinter mir.

Ich weiß, dass es dumm ist, also warum wühlt mich das so auf? Erst die Universitäten, dann Overkill, dann mein Vater und nun das.

Ich bin nirgendwo mehr sicher.

KAPITEL 12

WIE BLUT NÄCHTLICHE FLURE BENETZT

Overkill ist niemals allein, sagen sie.

Aber das stimmt nicht.

Allein bin ich am liebsten. Allein bin ich frei.

Es ist mir nur nicht vergönnt, es jemals zu sein.

Ich bewege mich einen langen Hausflur entlang. Der dunkle Teppich ist dreckig und durchgetreten, aber er reicht aus, um das Geräusch meiner Schritte zu dämpfen. Die anliegenden Türen besitzen keine Spione, was das Risiko, gesehen zu werden, mindert. Ich habe es bei meinen vielen Besuchen hier überprüft. Obwohl es natürlich nach wie vor ein Wagnis ist.

Ich muss es eingehen, um dieses Projekt zu beenden.

Die Frau läuft einige Meter vor mir. Noch hat sie mich nicht bemerkt. Ihr schlanker Körper ist in einen Mantel gehüllt, der fast etwas zu dick für diese Jahreszeit ist. Ihre blonden, lockigen Haare fallen über ihre Schultern.

»Hast du dich entschieden?«, frage ich laut, kurz bevor sie ihre Wohnungstür erreicht.

Sie erstarrt und dreht sich langsam zu mir um. Kann sie sich denken, wer oder was ich bin?

Ohne zu zögern, trete ich näher, bis uns nur noch eine Armlänge voneinander trennt. Zumindest unternimmt sie keine Anstalten, vor mir zurückzuweichen. Sie hat zu große Angst.

Ein bedauernder Ausdruck tritt auf ihr Gesicht, als sie mich ansieht. »Du hast mich erschreckt«, sagt sie.

»Ich brauche jetzt deine Antwort.«

Das verwirrt sie, ich sehe es in ihren Augen. Also weiß sie noch nicht, was ihr droht. Man sollte meinen, ihre Leute würden sich genug um sie scheren, um sie zu warnen.

»Ich habe wirklich darüber nachgedacht«, sagt sie zögerlich. »Aber das alles ist mir zu riskant.«

Ich trete einen weiteren Schritt näher und streife einen Handschuh über meine linke Hand. Noch immer weicht sie nicht zurück. »Lügnerin«, sage ich ruhig. Ich wäre lauter, würden wir uns nicht in diesem schmalen Flur befinden. »Wir wissen, dass du zum Kult gehörst. Warum hast du mich angelogen?«

Ohne zu antworten, greift sie in ihre Jackentasche, aber ich bin schneller. In der flüssigen Bewegung, die ich schon so oft ausgeführt habe, strecke ich meine Hand aus und lege sie an ihre Wange. Ihre Haut unter meinen Fingern ist weich, als sie aufbricht und das Fleisch, die Sehnen, die Muskeln, Knochen und Zähne freilegt. Alles reißt und fällt auseinander. Obwohl es sich für mich wie eine Ewigkeit anfühlt, ist ihr Kopf im nächsten Wimpernschlag nur noch ein großer Fleck, der sich an den umliegenden Wänden abzeichnet.

Ich strecke meine linke Hand aus und greife ihren Körper, bevor er nach hinten fällt, damit der Aufschlag die Nachbarn nicht alarmiert. Angestrengt lasse ich ihn zu

Boden sinken. Dann blicke ich einige Momente darauf hinab.

Blut rinnt aus dem, was von ihrem Hals übrig ist, auf den billigen Teppich. Ich erinnere mich daran, wie oft ich mich bei diesem Anblick schon übergeben musste. Inzwischen spüre ich nicht einmal mehr das Kribbeln in meiner Kehle, das vor vier Wochen noch da war.

Ich werde kälter.

Oder werde ich nur besser darin, tagsüber so zu tun, als wären diese Nächte ein Traum?

Mein Herzschlag beschleunigt sich. Ich weiß, dass ich das herunterkämpfen muss, damit die anderen nichts bemerken, also steige ich ruhig über den toten Körper hinweg und gehe auf eine der dunklen Ecken des Flurs zu, an die nur die Tür zum Treppenhaus grenzt.

Aus meiner Tasche ziehe ich ein paar Feuchttücher, um mir das Gesicht und die Hände abzuwischen. Der metallische Geschmack wird mir trotzdem noch eine Weile auf der Zunge liegen. Auf meiner dunklen Jacke wird niemand das Blut sehen.

Darauf bedacht, nichts mit meiner freien Hand zu berühren, öffne ich die Tür zum Treppenhaus. Auf dem Weg hinab ziehe ich mein Handy heraus und wähle die einzige Nummer in der Favoritenliste. Noch bevor das erste Freizeichen ertönt, meldet der Headhunter sich.

»Erledigt?«

»Erledigt.«

KAPITEL 13

WARUM ICH FEUER HASSE

»Guten Morgen, New York! Es ist der siebte April und hier sind Ash und Janey von der NYC Fresh Morningshow! Wir sind wie immer früher als alle anderen auf den Beinen, um euch die freshesten Hits des Tages zu bescheren.«

»Und heute auch einige Tipps und Tricks von offiziellen Behörden, um zu den aktuellen Zeiten so sicher wie möglich auf den Straßen New Yorks zu sein.«

»Wir haben gleich zu Beginn der Show über den neusten Mord berichtet, der Overkill zugeschrieben wird. Eine junge Frau wurde im Flur ihres Wohnhauses ermordet. Nur wenige Schritte von ihrer Wohnungstür entfernt.«

»Ich war so schockiert, als ich diese Nachricht heute früh gelesen habe. Mir ist ganz schlecht geworden.«

»Mir auch, Ash. Dieser Mord erinnert an die ersten Fälle vor einigen Wochen. Menschen, die in ihren Wohnungen umgebracht wurden. Nur dass dieses Opfer nicht erst Tage später gefunden wurde, sondern schon nach einigen Stunden von einer Nachbarin, die zu frühen Morgenstunden zu ihrer Arbeit aufbrechen wollte.«

»Dieser Mord scheint die Menschen mehr zu schockieren

als die meisten anderen. Schattige Straßen, dunkle Winkel und Gassen – die kann man vermeiden. Aber wenn Overkill nicht einmal davor zurückschreckt, seine Opfer in einem gut beleuchteten Flur voller Türspione umzubringen … wie soll man sich da überhaupt noch sicher fühlen?«

»Die Frage, die sich die Behörden und auch die Menschen online stellen, ist: Kannte die Frau ihren Mörder? Eine Twitter-Userin namens Nina schreibt: Ich kenne mich in den Wohnblöcken in der Gegend aus. Man braucht einen Schlüssel, um überhaupt hineinzukommen. Entweder war Overkill schon im Haus, oder das Opfer hat ihn hineingelassen.«

»Das wirft mal wieder nur weitere Fragen auf.«

»Ja. Dabei ist die größte von allen noch immer nicht geklärt: Wie tötet Overkill seine Opfer? Bei einer großkalibrigen Waffe würde Schrot oder Ähnliches in den Überresten zu finden sein. Ebenso wie bei sonstigen Explosivwaffen.«

»Bisher gab es noch keine Theorie, die Überprüfungen standgehalten hat. Und langsam werde ich genauso unruhig wie die Leute da draußen.«

»Aber gerade deswegen müssen wir zusammenhalten und schauen, dass wir einander helfen, diese Zeit so sicher wie möglich zu überstehen. Auf unserer Website haben wir schon einige Tipps zusammengetragen, wie ihr mit der aktuellen Situation umgehen könnt. Janey, worauf achtest du im Alltag besonders?«

»Ich kann ja leider nicht im Home Office arbeiten, sondern darf jeden Tag in unser wundervolles Studio kommen.«

»Obwohl wir darüber heute noch mal beraten.«

»Die Regel, an die ich mich immer zuerst erinnere, ist Aufmerksamkeit. Wenn ich unterwegs bin, muss ich mir

meiner Umgebung sehr bewusst sein. Verzichtet darauf, euch durch Musik oder andere Medien abzulenken. Seid euch immer im Klaren darüber, wo sich die nächsten Polizei- und Feuerwehrstationen befinden. Informiert euch sowohl in Gebäuden als auch auf der Straße über eure Fluchtmöglichkeiten. Also Feuertreppen, Notausgänge, Menschenansammlungen, in denen ihr euch verbergen könnt, und so weiter.«

»Das klingt sehr intuitiv. Und wenn man sich in einer Gegend aufhalten muss, in der man sich nicht gut auskennt, kann man sich all diese Dinge vorher über Google Maps ansehen.«

»Und wichtig ist auch: Nur weil ihr eine Umgebung gut kennt, bedeutet das nicht, dass ihr sicher seid. Auch auf unserem Studio-Parkplatz bin ich besonders vorsichtig, obwohl ich jeden Tag hier bin. Die meisten Opfer von Overkill wurden an Orten umgebracht, an denen sie sich regelmäßig aufgehalten haben.«.

»Das stimmt. Wenn ihr könnt, seid bitte auch nicht allein unterwegs, vor allem nachts. Egal, wohin ihr geht und ob es nur ein kurzer Weg ist: Nehmt, wenn möglich, immer jemanden mit, den ihr kennt. Das gilt auch für die Männer.«

»Gut, dass du das sagst, Ash.«

»Ja, ich denke, dass das wichtig zu erwähnen ist. Männer sind genauso Opfer von Overkill wie alle anderen Personen, also ist jetzt nicht die Zeit, um den Helden zu spielen und allein draußen herumzustreifen, weil ihr denkt, ihr müsstet mutig sein. Und wenn ihr allein irgendwohin müsst, geht sicher, dass ihr jemandem, der euch nahesteht, sagt, wohin und wann. Selbst, wenn ihr allein lebt.«

»Das empfiehlt auch die Polizei. Ich verstehe zwar, warum man in diesem Punkt zurückhaltend ist, weil man nie-

mandem Angst machen möchte, dem man nahesteht, aber wir müssen jetzt alle aufeinander Acht geben, bis diese Sache durchgestanden ist.«

»Sehr gut gesagt, Janey.«

»Das gibt's natürlich auch alles zum Nachlesen auf unserer Website. Aber ich denke, es ist wichtig, das ganz klar zu formulieren.«

»Wenn ihr dazu etwas zu sagen oder weitere Tipps habt, dann ruft uns gern an oder schreibt uns über die kostenlose NYC Fresh App!«

»Und es schadet nicht, euch noch mal die Tipps durchzulesen, die wir zur Selbstverteidigung und zum Verhalten in gefährlichen Situationen gepostet haben. Ihr findet sie auf der Captain-Wodka-Seite auf unserer Website.«

»Glaubt uns, wir freuen uns auch, wenn wir wieder über etwas anderes reden können.«

»Und nun erst mal weiter zu den freshesten Hits des Tages.«

Der erste Kunde, den wir direkt nach meinen Kochübungen am Morgen empfangen haben, ist ein seltsamer Kerl. Ein weißer Amerikaner mit heftigem Südstaaten-Akzent, sonnengegerbter Haut, graublondem Haar und dichtem, blondem Bart. Mein Großvater sitzt mit ihm am Tisch und sie unterhalten sich seit Stunden, während ein scharfer Wind durch die Straßen weht und an der Eingangstür rüttelt. Die Krähen vor dem Lokal vertreibt er trotzdem nicht.

Der Mann ist schätzungsweise älter als meine Eltern, trägt schludrige, schmutzige Kleidung am Leib und wirkt trotz Shiros gelassener Stimmung und der lockeren Gesprächsthemen durch und durch griesgrämig. Ich glaube sogar, dass vorhin zwei junge Frauen in den Laden kommen wollten, ihn gesehen haben und sofort wieder gegangen sind. Aber vielleicht habe ich mir das auch nur eingebildet.

Meine Augen sind noch müde von der letzten Nacht, die ich trotz aller Hoffnungen wieder über dem Laden verbracht habe. Die Erinnerung an den Streit mit Jay sitzt mir tief in den Knochen. Es vergeht keine Minute, in der ich nicht darüber nachdenke, ihm zu schreiben und mich für meine Überreaktion gestern Abend zu entschuldigen.

Doch obwohl ich das will, kann ich ihm noch immer nicht richtig verzeihen, dass er mir so zugesetzt hat. Dafür habe ich zu sehr darauf gehofft, dass er mir zur Seite stehen würde.

Habe ich zu hohe Erwartungen?

Ich seufze und nehme einen weiteren Schluck von meinem Kaffee. Shiro hat mir erlaubt, mich mit dem Laptop in den Gastraum zu setzen und zu frühstücken, obwohl schon ein Kunde da ist. Er hat wohl auch gesehen, wie müde ich bin, obwohl ich mir so fest vorgenommen hatte, ein gutes Bild abzugeben.

Die ganzen Neuigkeiten zu Overkill ignorierend, um mich nicht wieder in Panik zu versetzen, beschäftige ich mich damit, eine Website für das Restaurant anzulegen. So mache ich mich zumindest ein wenig nützlich, wenn es sonst nichts zu tun gibt.

»Und Tomas Hilfe ist eine richtige Erleichterung«, sagt Shiro gerade und ich schaue auf, als ich meinen Namen höre.

Ein unsicheres Lächeln tritt auf meine Lippen, weil ich nicht das Gefühl habe, bisher eine Hilfe gewesen zu sein. Aber es ist schön, dass er das offenbar so sieht.

Shiros Freund wendet sich nun auch zu mir um und mustert mich grimmig von oben bis unten. »Das ist also der Erbe?«

»Ja, mein Enkel. Der Erstgeborene meiner Tochter.«

Ich presse die Lippen unangenehm berührt zusammen, während die Männer mich mustern.

»Sieht ja ganz kräftig aus«, kommentiert der Fremde, was mich irritiert. Ich sehe eigentlich gar nicht kräftig aus. Vor allem nicht neben Leuten wie Jay oder seinem Bruder.

»Ist er.« Shiro nickt versonnen. »Aber er ist noch nicht ganz bereit.«

Bereit? Geht es ums Kochen?

»Früher haben Shiro und ich in den Straßen von New York gemeinsam für Sicherheit gesorgt«, sagt der Fremde.

Für Sicherheit gesorgt? So wie Captain Wodka? Die Vorstellung kommt mir unfreiwillig komisch vor. Vielleicht, weil ich mir nicht ausmalen kann, wie die beiden wohl als junge Männer aussahen, und sich vor meinem inneren Auge das Bild von zwei Greisen aufbaut, die in dunklen Gassen irgendwelche Gangster vermöbeln. Ich verkneife mir ein Lächeln.

Der Kerl lacht wieder. »Im Gegensatz zu ihm habe ich nur nie den Fehler gemacht, Kinder zu bekommen. Weißt du eigentlich, was für eine Macht dir da vererbt wurde, Junge?«

Ich muss mich zusammenreißen, meine Gesichtszüge nicht entgleisen zu lassen. Ist das derselbe Unsinn, den Shiro immer erzählt? Glauben seine Freunde auch daran? Gehören sie irgendeinem Kult an oder so?

»Was meinen Sie?«, frage ich unschuldig und versuche mich an einem leeren Service-Lächeln, um nicht unfreundlich rüberzukommen.

»Als dein Großvater in deinem Alter war, war er ein richtiger Dämon«, sagt der Kerl mit einem rauen Lachen, das in einen trockenen Husten übergeht. »Wie Kagutsuchi, von dem ihr abstammt. Kennst du die Geschichten über diesen Gott?«

Ich schüttle langsam den Kopf, auch wenn ich für meinen Geschmack schon viel zu viele Geschichten über ihn kenne. Er will mir offenbar mehr erzählen.

»Er soll eine erschreckende Gestalt gewesen sein«, ächzt er. »Ein Wesen gänzlich aus Feuer bestehend. Nur wenige sollen in der Lage gewesen sein, ihn überhaupt anzusehen, geschweige denn, ihn zu berühren, ohne zu verbrennen. Eine pure, wütende Energie, die alles verschlingt. Einer der mächtigsten Götter der Welt.«

Langsam verstehe ich, warum Shiro und er auf einer Wellenlänge sind. Sie teilen wirklich eine Faszination für dieselben Geschichten. Ich wünschte nur, sie würden mich da rauslassen.

»Aber«, wendet Shiro ein, »das Feuer, das ihn umgibt, ist auch ein Symbol für Kreativität. Die Kreativität, die aus der Geburt selbst entfacht wird.« Er hebt die Schultern. »Immerhin wäre ohne Feuer Kochen nur schwerlich möglich.«

Sein Freund lacht abermals rau. »Und Kochen ist pure Kreativität«, spottet er, woraufhin Shiro einen trotzigen Blick aufsetzt.

»Ja.«

In was für eine Unterhaltung bin ich da hineingeraten?

»Hast du die Essstäbchen schon einmal in der Hand gehalten, Junge?«

Ich sehe von dem Kerl zu Shiro und schüttle abermals langsam den Kopf. Eigentlich würde ich jetzt gern gehen.

Ich bin zwar zu müde, um mich von diesen Worten so aufregen zu lassen wie an meinem ersten Tag hier, aber sie nerven mich trotzdem. Kann ich mich einfach auf die Toilette verabschieden?

»Natürlich!«, ruft Shiro und schaut mich irritiert an. »Du weißt doch noch, damals. Als du mit ihrer Kraft eure Wohnung in Flammen hast aufgehen lassen.«

Okay, jetzt werde ich doch wütend. Die Erinnerung löst einen überraschend heftigen Schmerz in meinem Inneren aus. Ich habe nicht damit gerechnet, so schnell noch mal damit konfrontiert zu werden.

»Ja, die Geschichte erzählt er wieder und wieder«, sagt Shiros Freund lachend. »In dir scheint wirklich viel Potenzial zu stecken.«

Das Potenzial, Dinge in Brand zu setzen. Wenn es das ist, was diese imaginären Fähigkeiten in mir auslösen, will ich sie gar nicht haben.

»Ich habe die Wohnung nicht in Brand gesetzt«, korrigiere ich die beiden ruhig und strenge mich an, nicht wieder auf meinen Laptop zu schauen, um nicht rüberzukommen wie ein sturer Teenager. Obwohl mir das gerade sehr schwerfällt. »Ich habe geschlafen. Die Feuerwehr hat gesagt, es muss ein Kurzschluss an einer Steckdose gewesen sein.«

»Natürlich sagen sie das«, wendet Shiro ein. Sein Blick ist so durchdringend auf mich gerichtet, dass mir ganz anders wird. »Aber wahr ist es nicht.«

Dass er noch immer meint, ich sei an diesem Unglück schuld gewesen, macht mich wütender, als ich sein möchte. Das habe ich mir von meinem Vater schon mein Leben lang anhören müssen. Und Mom hat ihm nie widersprochen, also stand ich daheim immer auf verlorenem Posten.

Ich sehe die beiden noch eine Weile an und bemühe mich, zu verbergen, wie sehr mich das Gesagte aufregt. Dann senke ich meinen Blick endlich wieder auf meinen Laptop und bin erleichtert, als sie über irgendetwas reden, das nichts mit mir zu tun hat.

Verdammt. Ich muss mir aus dem Kopf schlagen, dass Shiro aufhören wird, solches Zeug zu erzählen. Es bleibt mir nur zu hoffen, dass es mir irgendwann gelingen wird, seine wirren Geschichten über sich und unsere Familie zu ignorieren.

In dem Moment, in dem ich das denke, fällt mein Blick auf die »Über uns«-Kategorie auf der Website, die ich vor einigen Minuten angelegt habe.

Ich schürze die Lippen und öffne die Editor-Einstellungen.

Warum eigentlich nicht? Wenn ich mir diese Erzählungen anhören muss, kann ich sie zumindest zu unserem Vorteil nutzen.

KAPITEL 14

WO WIR ALLE ZUSAMMENKOMMEN

Sobald Shiros eigenartiger Freund das Restaurant verlassen hatte, verdunkelte sich der Himmel weiter und es begann in Strömen zu regnen. Inzwischen ist der Abend hereingebrochen und während sich die Straße vor den großen Fenstern nach und nach in einen kleinen Flusslauf verwandelt, sitzen mein Großvater und ich nach wie vor allein im Restaurant.

Im Licht der Lampen, die auf den Tischen stehen, ist es eigentlich ganz gemütlich. Und ich komme gut mit der Website voran. Sie ist nicht unbedingt die schönste, aber sie lenkt mich von all den Gedanken ab, die am Horizont auf mich lauern. Das fortwährende Klicken und das Zusammenfassen all der Geschichten, die Shiro erzählt, geben mir eine gewisse Ruhe. Eine Aufgabe, die in ihrer Monotonie nahezu meditativ ist.

Die Mystik, die Shiro und diesen Laden umgibt, nervt zwar, wird sich aber gut vermarkten lassen. Vor allem an Menschen, die nicht persönlich von seinen Geschichten betroffen sind.

Die Arbeit lenkt mich allerdings nicht genug ab, um

nicht immer wieder aufzuschauen, zum Eingang zu sehen und still darauf zu hoffen, Akari dort auszumachen.

Kommt sie heute wieder nicht? Bei dem Regen ist sie vielleicht gar nicht unterwegs oder sie hat noch viel zu tun. Vermutlich würde ich mich sogar trotz des Wetters dazu bereiterklären, ihr das Essen zu liefern, falls das Telefon klingelt.

An diesem Punkt ist mir alles, das mich von den letzten Tagen ablenkt, willkommen.

Als die Tür zur Straße geöffnet wird und das Geräusch des Regens wie ein Schwall in den Gastraum dringt, ist es allerdings nicht Akaris Gesicht, in das ich schaue.

Sondern das von Jay.

Mit Bruce an der Leine, eine dunkle Regenjacke über den Schultern, tritt er rasch ein und streift die Kapuze ab. Trotz des Schutzes glänzt sein Gesicht feucht.

»Ah, der junge Mann, der beim Umzug geholfen hat«, sagt Shiro und kommt, die Arme hinter dem Rücken verschränkt, aus der Küche. Vermutlich war er im Büro, um Papierkram zu erledigen.

»Hallo!«, grüßt Jay ihn noch vor mir. »Ist es in Ordnung, wenn ich meinen Hund mit reinbringe?« Er deutet auf Bruce, der sofort Sitz macht, sobald Jay es ihm mit einem Fingerzeig bedeutet. »Er ist wirklich gut erzogen.«

»Natürlich«, sagt Shiro warm und lächelt das Tier an. »Bei so einem Wetter muss niemand draußen bleiben.« Wie selbstverständlich weist er auf den Platz mir gegenüber. Ich bin noch unsicher, ob ich aufstehen und Jay bedienen soll. Oder was ich sonst tun kann, um die Stille zwischen uns zu überbrücken, als dieser seine tropfende Jacke über die Stuhllehne hängt und sich niederlässt.

»Kann ich dir was bringen?«, will Shiro wissen. Ich schaue zwischen den beiden hin und her.

»Eine Coke, bitte.«

»Kommt sofort.«

Sobald Shiro sich umgedreht hat, wende ich mich Jay zu. Sein Kopf ruckt im selben Moment zu mir herüber. Unsere Blicke bleiben eine ganze Weile ineinander verhakt, bis sich endlich der Knoten in meinem Inneren löst und ich mich entspanne.

»Es tut mir so leid, dass ich einfach rausgestürmt bin«, spreche ich die Worte aus, die ich ihm schon den ganzen Tag über habe schreiben wollen, und lasse die Schultern sinken.

»Nein«, fährt Jay sofort dazwischen. »Mir tut's leid, dass ich so scheiße reagiert habe. Ich hätte dir erst mal richtig zuhören sollen, anstatt dich sofort so unter Druck zu setzen.«

Ich weiß nicht genau, wie ich es ihm zeigen soll, aber seine Worte tun so gut. »Schon okay, ich …« Ich fahre mir mit den Fingern durch die Haare und klappe den Laptop zu. »Ich hätte es dir ja auch gleich sagen sollen, aber …«

Jay lacht herzlich und schlägt die Hände vors Gesicht. »Oh Mann, wir sind echt bescheuert.«

»Ja.« Ich kann das amüsierte Lächeln nicht unterdrücken und ärgere mich schlagartig darüber, dass ich überhaupt so einen Groll gegen ihn gehegt habe. Ich weiß doch, dass wir über alles reden können. Das war nie anders, aber … vielleicht hatte ich zu große Angst, ihn auch noch zu verlieren.

»Ich wollte dir eigentlich schreiben«, murmele ich, als Shiro mit einer Cola hinter der Bar hervortritt und Jay die Flasche hinstellt.

Dieser bedankt sich und Grandpa sieht uns beide an, die Hände in die Hüfte gestemmt. »Ich denke nicht, dass heute noch jemand kommt«, sagt er. »Was meint ihr: Soll ich uns allen Ramen zum Abendessen machen?«

Ich ziehe die Augenbrauen hoch. Jay scheint meinen erfreuten Blick nicht ganz zu verstehen, nickt aber ebenso heftig wie ich.

»Soll ich dir helfen?«

»Nein, nein«, winkt er ab und wendet sich schon wieder um. »Du kannst ja eh noch nichts.«

Eigentlich sollte es mich ärgern, das aus seinem Mund zu hören, aber irgendwie freue ich mich wie ein Kind darüber, dass er uns bekochen möchte. Und dass ich endlich von diesem Gericht kosten kann, das ich bisher nur aus der Ferne bewundert habe.

»Danke«, rufe ich ihm hinterher und Jay schließt sich an. Dann reibt er sich die kalten Hände und sieht mich wieder ernster an, die Arme auf den kleinen Tisch zwischen uns gestützt.

»Also, was ich eigentlich gleich hätte fragen sollen: Wie geht's dir denn?«

Ich ziehe die Augenbrauen hoch.

»Ich meine mit der Sache, die du da beobachtet hast«, spezifiziert er. »Das muss ein Schock gewesen sein.«

Unsicher sehe ich auf meine Hände hinab. »Ja, ich …« Keine Ahnung. Im Gegensatz zu dem Mann, den es getroffen hat, geht es mir ja gut. »Ich glaub nicht, dass ich das so schnell vergessen werde«, sage ich also. »Und ich weiß, dass ich mich bei der Polizei melden sollte. Aber seitdem diese Sache mit dem Zeugen war …«

»Verstehe ich total«, sagt er.

Hat er seine Meinung wirklich so drastisch geändert?

»Ich hab viel darüber nachgedacht«, bestätigt er meine Vermutung in der nächsten Sekunde. »Ich verstehe, dass du wegen des Leaks nicht zur Polizei gehen willst. Aber ich habe überlegt, ob du vielleicht erst mal unter der Hand mit meinem Bruder sprechen könntest.«

Ich ziehe die Augenbrauen zusammen. »Ist er denn in einer Position, dass er solche Informationen einfach weitertragen kann?« Ich weiß, dass Malik an dem Fall dran ist, aber er ist erst siebenundzwanzig. Zumindest in meinem Kopf ist er zwischen den ganzen Ermittlern und Profilern beim FBI ein kleines Licht.

Jay zuckt mit den Schultern. »Ich wollte ihm noch nicht davon erzählen, weil ich nicht wusste, ob du einverstanden wärst. Aber wenn's okay für dich ist, kann ich ihn fragen. Dann kann er vielleicht sicherstellen, dass du direkt vom FBI befragt wirst, ohne dass die Polizei involviert ist.« Er breitet seine Hände leicht aus. »Das sollte zumindest deutlich sicherer sein.«

Kurz denke ich darüber nach, dann seufze ich. »Es wäre sicher 'ne Erleichterung, drüber reden zu können.« Dann müsste ich das nicht mehr mit mir herumtragen, sondern könnte die Verantwortung an jemand anderen abgeben. An jemanden, der vielleicht sogar etwas damit anfangen kann.

»Ich werde …« Das Öffnen der Eingangstür lenkt mich mitten im Satz ab. Mein Gemüt hellt sich sofort auf, als ich sehe, wer eintritt. Akari!

Rasch erhebe ich mich, um auf sie zuzusetzen und ihr die Tür aufzuhalten, während sie eilig damit beschäftigt ist, ihren Regenschirm zusammenzufalten. »Oh«, macht sie mit einem breiten Lächeln und schiebt sich an mir vorbei in den Gastraum hinein. Ebenso wie Jay ist sie trotz des Schirms klatschnass. Die hellen Haare kleben ihr im Gesicht und Tropfen fallen aus den Spitzen auf den Boden. Das scheint sie allerdings nicht zu stören.

»Puh«, sagt sie, stellt ihren Schirm wie selbstverständlich in einen Eimer um die Ecke und sieht sich um. »Geschafft!«, stößt sie aus.

»Ich hab nicht gedacht, dass du bei dem Wetter überhaupt vorbeikommst«, sage ich, woraufhin sie mit einem Grinsen zu mir aufschaut.

»So ein bisschen Wasser hält mich bestimmt nicht davon ab, meine Ramen zu bekommen.«

Ich trete hinter ihr in den Gastraum, als Shiro seinen Kopf wie üblich aus der geöffneten Küchentür streckt. Er nimmt Akari nur mit einem Wink seiner Hand wahr. »Ah, eine Portion mehr«, ruft er und verschwindet wieder.

»Das Übliche, bitte«, ruft sie und er lacht, weil er vermutlich schon wusste, was sie will. Und was nicht.

Ich drücke mich an ihr vorbei, während sie ihre Jacke an den Kleiderständer hängt und ihre Haare rasch zu einem lockeren Zopf zusammenfasst. So sicher und zielgerichtet, wie sie sich bewegt, wirkt es fast, als wäre sie hier zu Hause. Vermutlich zieht sie gleich noch ihre Schuhe aus.

»Ähm … das ist Jay, mein bester Freund aus Schulzeiten«, sage ich rasch, als ich meinen Platz ihm gegenüber wieder einnehme. »Shiro wollte uns allen Essen machen, weil er dachte, dass niemand mehr kommt.«

»Cool«, sagt sie und krempelt die Ärmel ihrer Bluse hoch. Ihr Kostüm sitzt genauso gut wie gestern. »Darf ich mich dazugesellen?«

Jay rutscht auf und ich nehme meinen Laptop vom Tisch, um ihn auf dem Boden neben mir abzustellen. Den werde ich jetzt nicht mehr brauchen. Bruce bleibt zwar liegen, hat aber seinen Kopf gehoben, um interessiert an Akari zu schnuppern. Sie betrachtet ihn ebenfalls neugierig.

»Jay, das ist Akari, eine unserer Stammkundinnen«, fahre ich rasch mit meiner Vorstellung fort. Ich hätte das Gespräch mit ihm zwar gern fortgesetzt, aber das können wir später auch noch tun.

»Stammkundin?«, fragt dieser nach und stemmt seine Schläfe auf dem Handballen ab, um sie anzuschauen. »Ist das Essen hier so gut?«

»Das Beste.« Aus ihrer schwarzen Handtasche zieht sie ein Karamellbonbon heraus, um es mit flinken Fingern auszuwickeln und sich zwischen die Lippen zu schieben. Ich bin ein bisschen zu fasziniert von diesem Anblick.

»Du könntest die Gerichte sicher besser kochen als ich«, meine ich, woraufhin sie den Kopf schüttelt.

»Nein, ich hab's mal versucht.« Sie schaut theatralisch düster drein. »Und es war okay, aber längst nicht so gut.« Sie wendet sich an Jay. »Außerdem dauert es mindestens zwölf Stunden, bis allein die Brühe fertig ist. Das ist ziemlich viel Aufwand für eine einzelne Person.«

Eine einzelne Person? Also lebt sie allein? »Ja, das ist echt krass«, stimme ich ihr zu. Ich habe viele verschiedene Gerichte für meinen Vater kochen müssen. Unter anderem auch Ramen. Nicht unbedingt, weil er traditionell Japanisch essen wollte, sondern weil er darauf bestand, dass ich so viele Rezepte wie möglich kochen kann. »Das lohnt sich in einem Restaurant schon mehr.«

Akari sieht Jay kurz an, dann stützt sie ihr Kinn auf die Handflächen und mustert mich. »Also«, setzt sie an und mein Herz macht einen kleinen Sprung. Was kommt jetzt? »Hast du vor, den Laden mal zu übernehmen?«

Wenn sie bis ans Ende meines Lebens Stammkundin bleibt, vielleicht, denke ich, reiße den Witz aber nicht, um nicht unheimlich rüberzukommen. »Eigentlich helfe ich nur zur Überbrückung hier aus.« Ich glaube nicht, dass ich jemals bereit wäre, die Energie aufzubringen, ein Restaurant zu leiten, aber ich will sie nicht mit meinem Geschwafel nerven, wenn sie vielleicht nur Smalltalk führen will.

»Überbrückung?«, hakt sie allerdings nach.

Sie will also doch die ganze Geschichte. »Na ja, ich wollte eigentlich Jura studieren«, sage ich und Jay zieht die Augenbrauen herausfordernd hoch. Er weiß genau, dass das nicht ganz wahr ist. »Mein Vater wollte das«, korrigiere ich mich sofort. »Aber meine Noten haben wohl nicht ganz ausgereicht, um zugelassen zu werden, also …«

»Also suchst du erst mal nach etwas, das dich wirklich begeistert«, vervollständigt sie meinen Satz versonnen lächelnd.

»Also hat mein Vater mich rausgeschmissen«, korrigiere ich sie. »Und ich wusste nicht, wohin ich sonst sollte.«

Akaris Ausdruck ändert sich innerhalb einer Sekunde zu einer Miene, die gleichzeitig von Schreck und Mitgefühl geprägt ist. Das wollte ich gar nicht erreichen.

»Ich bin aber besser ohne ihn dran«, stelle ich sofort klar. »Ich hab mich nie gut mit ihm verstanden.«

Irgendetwas tritt in ihren Ausdruck, das ich noch nicht genau verstehe. Eine Art Interesse oder Faszination.

»Und was ist mit dir?«, will ich wissen, bevor ich weiter über die kaputte Beziehung zu meiner toxischen Familie sprechen muss. »Willst du dauerhaft für deinen Onkel arbeiten oder ist das nur eine vorläufige Sache?«

Das Glitzern aus ihren Augen schwindet, auch wenn sich sonst nicht viel an ihrem Ausdruck verändert. Als wolle sie verbergen, was sie wirklich denkt.

Interpretiere ich zu viel hinein? Das, was sie gestern von ihrem Leben berichtet hat, klingt schon alles andere als spaßig. Nur Arbeit, keine Freizeit.

»Ich habe erst mal nichts anderes vor«, sagt sie ein wenig leiser.

Sie muss unzufrieden sein, anders kann ich mir den Umschwung in ihrer Stimmung nicht erklären.

»Was genau ist denn dein Job?«, mischt Jay sich ein und Akari lehnt sich ein Stück zurück, um uns beide abwechselnd anzusehen, während sie nach wie vor ihr Bonbon lutscht. »Projektmanagement vor allem. Also Organisatorisches.«

»Klingt langweilig«, sagt Jay, woraufhin Akari lacht und die Arme vor der Brust verschränkt.

»Und was machst *du* Spannendes?«

»Ich bin mitten in der Bewerbungsphase fürs FBI.« Er zieht die Schultern hoch und sein Gesicht nimmt einen theatralisch überlegenen Ausdruck an. Eine Geste, die Akari allerdings mit einer wegwerfenden Handbewegung vom Tisch wischt.

»Also noch nichts.« Sie deutet auf mich, bevor Jay sich gespielt aufregen kann. »Toma hat gewonnen.«

»Fühlt sich irgendwie nicht so an«, sage ich grinsend. Aber wenn sie meinen Job dermaßen cool findet, will ich mich auch nicht dagegen wehren. Es muntert mich sogar ein wenig auf.

Als Shiro aus der Küche tritt, schauen die beiden hoffnungsvoll auf, aber ich weiß, dass er mit dem Essen noch nicht fertig sein kann. Stattdessen bringt er eine kleine, dampfende Kanne mit einem Becher auf einem Tablett, das er vor Akari abstellt. Ich rieche, was es ist: heißer Sake.

Sie bedankt sich und schenkt sich das erste kleine Glas voll, während ich neidisch zuschaue. Ich würde auch einen bestellen, wenn ich nicht offiziell noch in meiner Arbeitszeit wäre.

»Ich hab noch eine Frage«, sagt sie, nachdem sie genießend den ersten Schluck genommen hat, und sieht zwischen mir und Shiro hin und her. »Ich darf morgen Abend eine Party ausrichten. Also … na ja, eher eine Zusammenkunft von Kolleginnen und Kollegen.« Ihr Lächeln sagt, dass sie das nicht sehr aufregend findet. »Und ich wollte fragen, ob ich eine Art Großbestellung aufgeben könnte.«

Ich drehe mich ebenfalls interessiert zu Shiro um, weil das eigentlich ein Angebot ist, das er nicht ablehnen kann.

»Wie viele Portionen brauchst du denn?«

»Etwa fünfzehn.« Sie wiegt den Kopf hin und her. »Vielleicht auch sechzehn, dann hab ich noch eine für später.«

»Passt das in unsere Liefertasche, Toma?«

Ich ziehe die Augenbrauen hoch, weil ich nicht sicher bin, ob ich es schaffe, sechzehn Portionen Ramen zu tragen, selbst wenn sie in die Tasche passen sollten. »Sollte passen«, sage ich trotzdem. Wo ein Wille ist, ist auch ein Weg.

»Wäre es denn in Ordnung für dich, etwas am Abend auszuliefern?«

Da war ja was. Für einen wundervollen, kurzen Moment hatte ich es fast vergessen. Aber an mir kann dieser große Auftrag nicht scheitern, oder?

Ich bin unsicher, ob ich die Frage wirklich mit »Ja«

beantworten kann, weil ich bereits jetzt weiß, dass ich wieder Panik bekommen werde. Andererseits ist gestern Nacht auch nichts passiert. »Ich denke schon«, sage ich also und Shiro nickt ruhig.

»Dann kann ich gern etwas vorbereiten.«

Ich werde versuchen, mich an den Plätzen zu orientieren, an denen sich viele Menschen befinden, und die U-Bahn nehmen. Dann sollte es in Ordnung sein.

»Dann werden wir heute Nacht neue Brühe aufsetzen müssen«, sagt er ernst. »Du müsstest den Topf jede Stunde umrühren und hin und wieder Wasser nachfüllen. Ist das okay?«

Kann ich Nein sagen? Ich denke nicht, dass das eine Option ist. »Zeigst du mir nachher noch mal, worauf ich achten muss?«

Er wendet sich nickend ab und huscht wieder in die Küche, aus der der herzhafte Geruch nach und nach intensiver wird.

»Klingt nach 'ner harten Nacht«, kommentiert Jay und ich fahre mir mit den Fingern über die Lider.

»Tut mir echt leid«, flüstert Akari, aber ihr Blick ist eher amüsiert als mitleidig.

»Du bist mir was schuldig«, sage ich, woraufhin sie überrascht die Augenbrauen hebt und einen weiteren Schluck von ihrem Sake nimmt, ohne den Blickkontakt zu mir abzubrechen.

»Okay«, sagt sie unschuldig und grinst ihre Hände an.

KAPITEL 15

WANN RATLOSIGKEIT WÄCHST

»Guten Morgen New York! Es ist der achte April und hier sind Janey und Ash von der NYC Fresh Morningshow für euch.«

»Heute, auf Anweisung unserer fabelhaften Geschäftsleitung, aus dem Home Office zugeschaltet. Danke an das NYC-Fresh-Team an dieser Stelle, dass ihr die Sicherheit eurer Mitarbeiter so wertschätzt.«

»Dem schließe ich mich an, obwohl ich mich ziemlich einsam ohne dich am Tisch gegenüber fühle, Ash.«

»Geht mir genauso. Aber Videochat regelt. Und so kann ich deine Katzen im Hintergrund beobachten.«

»Die freuen sich natürlich, dass ich den ganzen Tag zu Hause bin, und haben es sich schon gemütlich gemacht. Aber ich fühle mich tatsächlich sicherer.«

»Ich mich auch. Und so viele von euch haben unsere letzten Hinweise und Tipps geliebt, um euch auf den Straßen sicherer zu fühlen.«

»Und nicht alle haben immer die Zeit, sich alles auf unserer Website durchzulesen.«

»Deswegen haben wir heute weitere Hinweise von den

Behörden für euch, um euch so sicher wie möglich vor Overkill zu fühlen.«

»Keine dieser Vorschläge und Richtlinien garantieren, dass ihr sicher seid. Also bitte vergesst nicht, nur das Haus zu verlassen, wenn es absolut notwendig ist, bis das alles ausgestanden ist.«

»Und fragt euren Arbeitgeber, ob ihr im Home Office arbeiten könnt, um weitere Risiken zu vermeiden.«

»Einer der Tipps, die man immer wieder von Menschen aus dem Sicherheitssektor hört, ist einer, der für mich am Anfang etwas seltsam klang, aber sehr viel Sinn ergibt: Gebt euch zielgerichtet, wenn ihr unterwegs seid. Bewegt euch selbstsicher, schaut nach vorn und nicht auf den Boden und erschafft ein Bild, das Außenstehenden sofort zeigt, dass ihr genau wisst, wohin ihr wollt.«

»Am besten ist es natürlich, wenn ihr dieses Bild nicht nur vermittelt, sondern auch verkörpert. Und wenn ihr wirklich mal nicht weiterwisst oder euch in Vierteln befindet, in denen ihr euch nicht auskennt, fragt keine Leute auf der Straße nach dem Weg. Geht immer in Shops oder zu Behörden, um dort um Hilfe zu bitten.«

»Das klingt zwar selbstverständlich, aber es ist gut, sich diese Dinge noch einmal sehr bewusst zu machen.«

»Wenn ihr nachts im Auto unterwegs seid, parkt immer in der Nähe von Laternen oder anderen hellen Orten. So befindet ihr euch nicht nur an einem gut beleuchteten Ort, sondern es ist auch leichter, euch daran zu erinnern, wo euer Auto steht.«

»Dann lauft ihr auch nicht ziellos in der Gegend herum.«

»Genau.«

»Diese und weitere Tipps findet ihr wie immer auf unserer Website, Leute.«

»Diese Ratschläge sind natürlich sehr weit gefasst, das wissen wir.«

»Immerhin haben wir ja noch nicht einmal Informationen darüber, ob Overkill eine persönliche Verbindung zu allen Opfern hat oder sich wirklich zufällige Menschen von der Straße aussucht.«

»Und solange wir das nicht wissen, müssen wir jede unserer Handlungen im öffentlichen Raum genau überdenken.«

»Ich hoffe, dass das bald ein Ende hat und wir alle wieder zum Alltag übergehen können.«

»Das kannst du laut sagen. Die Berichterstattung zu Captain Wodka letztes Jahr hat im Gegensatz dazu wirklich Spaß gemacht.«

»Allerdings. Aber da war man ja auch nicht in Gefahr, wenn man sich friedlich verhalten hat.«

»Wohl wahr.«

»Wie immer: Wenn ihr Fragen, Anmerkungen oder Gedanken habt, die ihr mit uns teilen wollt, dann ruft bei unserer kostenlosen Hotline an oder schreibt uns über die NYC Fresh App.«

»Und nun weiter mit den freshesten Hits des Tages!«

Mit flatterndem Herzen sitze ich in Maliks Wohnung, reibe meine Handflächen aneinander und bin nicht einmal müde. Dabei weiß ich gar nicht, wann ich das letzte Mal durchgeschlafen habe. Das Adrenalin hält mich wach.

Vielleicht ein bisschen zu wach. Ich kann gar nicht stillsitzen.

»Keine Sorge.« Jay hat sich mit Bruce zu mir auf die Couch gesetzt und redet mir schon seit fünfzehn Minuten gut zu. »Das geht ganz formlos über die Bühne, okay?«

Ich nicke unsicher. Vor den Fenstern regnet es noch, aber die Lampen haben wir trotzdem nicht eingeschaltet, wodurch die ganze Wohnung ungewohnt kalt wirkt.

Ich sollte im Restaurant sein und Shiro helfen. Es hat sich falsch angefühlt, ihm zu sagen, dass ich Jay dringend bei etwas helfen muss, weil ich ihm nicht sagen wollte, dass ich mit dem FBI spreche.

Alles, worauf ich hoffe, ist, dass ich mich besser auf meine Arbeit im Restaurant konzentrieren kann, wenn das geregelt ist. Wenn ich diese Last endlich losgeworden bin.

»Mach dir keine Sorgen.« Jay setzt sich auf und stützt die Ellenbogen auf die Oberschenkel. »Das wird ganz entspannt werden, ja?«

Ich verziehe den Mund, weil ich nicht lügen will. Ich bin verdammt aufgeregt. Und ich habe Angst, dass das ganz anders laufen wird als gedacht. Dass Malik und seine Kollegen mich festnehmen oder meine Identität doch an die Öffentlichkeit dringt. Ich bin vollkommen darauf angewiesen, Jay und seinem Bruder zu vertrauen.

Ein Schlüssel in der Wohnungstür ist zu hören, und sofort setze ich mich gerade hin, um zur Tür zu schauen.

Malik voran treten mehrere Leute in ordentlicher, schwarz-weißer Kleidung ein und steuern zielgerichtet auf das Wohnzimmer zu. Drei Männer und zwei Frauen. Eine von ihnen kommt mir bekannt vor. Weiße Haut, helle Haare und blaue Augen, schwarze Anzughose, weiße Bluse.

Während ich sie anstarre, fällt es mir wie Schuppen von den Augen. Sie ist die Kundin, die vorgestern im Spicy Noodles war!

Sofort überschlagen sich meine Gedanken. Sie arbeitet beim FBI? War es ein Zufall, dass sie im Spicy Noodles war? Wie stehen die Chancen, dass das nichts zu bedeuten hat?

Nein, das kann gar nicht sein. Sie hat mich direkt nach seltsamen Menschen gefragt, die sich im Restaurant herumgetrieben haben. Vermuten sie, dass das Restaurant etwas mit Overkill zu tun hat?

Schweiß tritt mir auf die Stirn, als ich die anderen mustere.

Begleitet werden die Frau aus dem Restaurant und Malik von einer Frau mit dunkler Haut, langem rotem Haar und durchtrainierten Armen, die sich unter ihrer Bluse abzeichnen. Neben ihr ein großer, bulliger Kerl mit wirklich beeindruckender Statur und hellbraunem Militärhaarschnitt. Und hinter ihnen, etwas kleiner als die anderen, ein junger Mann offenbar asiatischer Abstammung mit heller Haut, schwarzem Haar und dunklen, grimmigen Augen.

Irgendwie habe ich mir Leute vom FBI anders vorgestellt. Deutlich älter vor allem. Bei den Kollegen von Jays Bruder hatte ich wohl immer die Leute von *Criminal Minds* im Hinterkopf.

Ich erhebe mich, aber Malik bittet mich mit einem freundlichen Lächeln, sitzen zu bleiben, also lasse ich mich wieder auf den Polstern nieder. Es verwundert mich jedes Mal, wie ähnlich er und Jay einander sehen. Bis auf Jays blondierte Haare und dass Malik ein paar Zentimeter größer ist als er, könnten sie genauso gut Zwillinge sein.

Die anderen bewegen sich in der Wohnung, als wären sie schon viele Male hier gewesen. Locker gehen sie alle zum Esstisch hinüber, schnappen sich jeweils einen Stuhl und stellen sie zur Couch, wo Jay und ich nach wie vor angespannt sitzen.

Ich werfe meinem Freund einen hilfesuchenden Blick zu. Wird er hierbleiben können oder schicken sie ihn fort? Kennt er diese Leute vielleicht sogar schon durch seinen Bruder? Allerdings schenkt niemand ihm weitere Beachtung, als sie ihren Stuhlkreis um den niedrigen Couchtisch herum aufbauen.

»Wir finden es klasse, dass du dich entschieden hast, mit uns zu reden«, setzt Malik an, nachdem er sich auf seinen Stuhl gesetzt hat. »Das war sicher keine einfache Entscheidung nach dem Vorfall mit dem Zeugen vor ein paar Wochen.«

Ich atme tief ein und schaue in die Runde. Jede dieser Personen sieht mich so intensiv an, dass ich mich gern in Luft auflösen würde. »Ja, das … war auch der einzige Grund, aus dem ich mich nicht sofort gemeldet habe«, stelle ich klar und schaue flüchtig meine Hände an. Einem Impuls folgend, beschließe ich, die Sache mit der weißhaarigen Frau nicht im Raum stehen zu lassen. »Wussten Sie, dass ich etwas gesehen habe?«, wende ich mich sofort an sie.

Ein unterdrücktes Lächeln nimmt ihre Lippen ein. Heute wirkt sie weitaus weniger herausfordernd und freundlich als im Restaurant. War das nur eine Tarnung?

»Nein, ich war nur zufällig da.«

Ich glaube ihr nicht. Das wäre ein zu großer Zufall.

»Ich war auch überrascht, dass du ein Zeuge in einem Mordfall bist, den ich untersuche.«

Sie muss doch selbst hören, wie abwegig das klingt.

Und ich erinnere mich an Shiros Worte. Daran, dass er sagte, sie hätte etwas Besonderes an sich. War das nur sein übliches Gerede oder steckt hinter dieser ganzen Sache doch mehr, als ich ahne?

Ich kann ihr nicht widersprechen, immerhin habe ich keine Beweise für meine wirren Vermutungen. Also nicke ich frustriert.

»Mein Name ist übrigens Hunt«, stellt sie sich vor und schaut zu den anderen. Sie weist auf die rothaarige Frau. »Das ist Alivia.« Dann auf den Muskelprotz. »Das ist Tate.« Zuletzt deutet sie mit dem Daumen auf den eher schlechtgelaunten Kerl neben ihr. »Und das ist Haruo. Wir sind bei Weitem nicht die Einzigen, die sich mit den Morden rund um Overkill befassen, aber wir sind eine Art Sondereinsatztruppe. Jede Information, die du uns mitteilst, könnte von äußerster Wichtigkeit sein, egal wie unbedeutend sie dir erscheint. Und du musst dir keine Sorgen machen: Die Informationen zu deiner Person werden den Kreis an Personen, die den Fall beim FBI bearbeiten, nicht verlassen.«

Das beruhigt mich zumindest ein wenig, obwohl ich weiß, dass ich mich nicht ganz darauf verlassen kann. Der Kerl, der jetzt tot ist, hatte sicher auch Vertrauen.

»Wir werden das Gespräch aufzeichnen«, erklärt Malik, holt sein Handy raus und legt es auf den Tisch zwischen uns. »In Ordnung?«

Ich habe ja keine andere Wahl, also nicke ich.

»Du hast ein Foto gemacht«, setzt er dann an. »Das hat mir mein Bruder schon erzählt. Ein Foto vom Opfer und dem Angreifer, kurz bevor der Mord geschehen ist. Nicht wahr?«

»Ja.« Ich habe mein Handy schon bereit und das Foto aufgerufen, um es ihm zu reichen. »Es war dunkel«, erkläre ich. »Deswegen ist es sehr verschwommen.«

Er sieht sich das Bild eine ganze Weile intensiv an, dann reicht er das Handy weiter. »Ja, das ist eindeutig der

Tatort«, sagt er. Zumindest das erkennt man in den verschwommenen Pixeln.

»Wie viel Zeit lag zwischen der Aufnahme des Fotos und dem Mord?«, will der Kerl namens Tate wissen. Irgendwie erinnert er mich an eine deutlich muskulösere Version von Captain America.

»Nur wenige Sekunden.« Ich versuche, mich so genau wie möglich an diesen Moment zu erinnern. Obwohl ich in den letzten Tagen alles getan habe, um ihn zu vergessen. »Ich habe nur den Tumult gesehen. Diese Personen haben den Mann über den Gehweg gedrängt. Sie sind nicht wirklich gerannt, aber ich habe gespürt, dass da irgendetwas nicht stimmt. Also wollte ich ein Beweisfoto machen und dann die Polizei rufen.« Ich schlucke schwer und spanne meine Hände an. »Ich habe das Foto gemacht, aber dann hat diese Person ganz vorn, die etwas kleiner ist als die anderen … Sie hat ihre Hand so vorsichtig nach ihm ausgestreckt. Und ich dachte, vielleicht ist der Kerl nur betrunken oder high und die anderen wollen ihn beruhigen. Oder es gab einen Streit. Also habe ich einen Augenblick gezögert.«

Mein Handy ist inzwischen bei diesem Haruo angekommen, der ganz außen sitzt. Er sieht sich das Bild ein wenig intensiver an als die anderen.

»Und dann?«, will Malik wissen.

Ich fahre mir mit der Zunge über die Lippen und weiche kurz seinem Blick aus, weil ich weiß, dass das eigentlich zu abwegig ist, um es auszusprechen. Das habe ich so genau nicht mal Jay erzählt.

Aber es bringt nichts, drumherum zu reden. Vielleicht haben diese Leute eine schlüssigere Erklärung für meine Beobachtung als ich.

Gestresst fahre ich mir mit den Fingern über die Augenlider, dann schaue ich das Team der Reihe nach an. »Ich weiß, dass das klingt, als wäre ich verrückt. Oder als hätte ich nicht richtig gesehen, was passiert, oder … als sei ich ein zu großer Fan von diesen ganzen Urban Legends, aber …« Die Finger aneinandergelegt, setze ich mich etwas aufrechter hin. »Aber ich bin mir sicher, dass Overkill einfach nur die Wange des Opfers berührt hat. Ich habe keine Waffe gesehen. Und dann ist sein Kopf explodiert.«

Die Teammitglieder sehen einander ernst an. Jay ist der Einzige, der ein überraschtes Keuchen hervorbringt und mich mit ungläubig erhobenen Augenbrauen anstarrt. »Was?« Er schüttelt den Kopf. »Das hast du gar nicht gesagt!«

»Weils einfach zu bescheuert klingt! Ich wollte nicht, dass du mich für ’nen Spinner hältst.«

Sein Blick sagt deutlich, dass er das nie tun würde, aber Malik bedeutet ihm mit erhobener Hand, sich rauszuhalten. »Und du bist sicher, dass du keine Waffe gesehen hast?«

»Ja«, sage ich entschlossen. »Es war dunkel, aber ich bin mir sicher.«

»Was ist dann passiert?«, will die blonde Frau namens Hunt wissen. Sie hat die Arme vor der Brust verschränkt. »Ich meine, nach dem Mord.«

»Der Mörder und seine Begleiter sind sofort verschwunden. Sie haben sich umgedreht und sind den Gehweg hinunter.«

»Sind sie gerannt?«

»Nein, aber sie sind sehr eilig gegangen.«

»Hast du die Gesichter der Angreifer erkennen können?«, fragt Tate, woraufhin ich entschuldigend den Kopf schüttele.

»Nein, leider gar nicht.«

»Auch nicht, welchen Geschlechts die Personen vermutlich waren?«, will er weiter wissen. »Hautfarbe? Irgendetwas?«

Ich gehe in mich, weil ich nicht vorschnell antworten will. Obwohl es da nicht viel gibt, worüber ich nachdenken kann. »Nein«, sage ich schließlich. »Der Angreifer … also die Person, die die Hand ausgestreckt hat, war etwas kleiner als die anderen. Und ich glaube, er hatte weiße Haut. Aber mehr kann ich nicht sagen.«

Er nickt verstehend.

»Und bist du dir sicher, dass sie dich nicht gesehen haben?«, meldet sich Haruo zum ersten Mal zu Wort. Er schaut das Foto noch immer an, während er spricht.

Ich brauche kurz Zeit für meine Antwort, weil mir sofort der Moment nachts im Restaurant in den Sinn kommt. Ich habe keinen Beweis dafür, dass die Personen, die dort standen und hineingesehen haben, irgendetwas mit dem Mord oder Overkill zu tun hatten. Und vielleicht haben Jay und Shiro recht und das waren nur ein paar Junkies oder Jugendliche, die mich erschrecken wollten.

Wenn ich diesen Vorfall erwähne, führe ich die Behörde eventuell auf eine falsche Spur. Und klinge unzurechnungsfähiger, als ich mich fühle. Also sage ich: »Ich bin mir nicht ganz sicher. Aber wenn sie mich gesehen haben, haben sie mir zumindest keinerlei Beachtung geschenkt.«

»Hm«, macht Malik gedehnt und sieht die anderen fragend an.

»Ich meine, wenn sie mich gesehen hätten, hätten sie

mich ja nicht einfach so davonkommen lassen, oder?«, spreche ich meine Überlegungen laut aus. »Und selbst wenn, können sie nicht wissen, wer ich bin.«

»Das stimmt schon«, sagt Malik beruhigend. »Hast du sonst noch irgendetwas beobachtet, das erwähnenswert wäre?«

Ich gehe die Szene wieder und wieder in meinem Kopf durch, aber es erscheint mir nichts weiter außergewöhnlich. »Es herrschte Feierabendverkehr«, sage ich. »Aber die Seitenstraße, in der das stattgefunden hat, war ganz leer. Niemand war da.« Ich runzle die Stirn. »Bis auf ein paar Krähen, die vorher vor mir aufgeflattert sind.« Ich weiß ja, dass viele Zeugen davon berichten, obwohl niemand weiß, ob es etwas zu bedeuten hat. »Es war sonst alles normal.«

»In Ordnung.« Malik setzt ein warmes Lächeln auf. Er verströmt noch immer diese ruhige Aura, die er schon hatte, als Jay und ich noch klein waren.

Haruo nimmt endlich mein Handy runter, aber er reicht es mir noch nicht. Kurz herrscht Stille, während sie mich alle ansehen. »Also, wir würden dein Handy als Beweisstück sichern«, sagt er und wedelt mit dem kleinen Gerät.

Überrascht hebe ich die Augenbrauen. »Aber … warum?«

»Wir müssen die Daten genau überprüfen.«

»Aber ich hab …«

»Ich hab noch ein altes«, mischt Jay sich ein, bevor ich meine Bedenken äußern kann. »Das kannst du ja erst mal haben.«

Gut. Damit habe ich nicht gerechnet, aber eigentlich hätte es mir wohl klar sein sollen. »In Ordnung«, sage ich kleinlaut. Solange es nur das ist.

»Wir werden uns besprechen und sowohl die Informationen als auch das Foto untersuchen und auswerten«, fährt Haruo in kühlem Tonfall fort. »Wir werden uns bei dir melden, wenn wir oder unser Team noch Fragen haben. Deswegen solltest du die Stadt nicht verlassen.«

Ich schlucke angestrengt. »Habe ich nicht vor.« Es kostet mich Energie, sie nicht darum zu bitten, mich auf dem Laufenden zu halten. Sie nicht zu bitten, mir zu sagen, wenn sie durch das Foto ein paar Schritte weiterkommen. Sie würden sowieso ablehnen und es geht mich auch nichts an. Nur ist die Neugier in mir einfach so groß.

»Wir bitten dich außerdem, dich ruhig zu verhalten und nichts auf eigene Faust zu unternehmen«, fügt Malik an. »Ich will dich nicht beunruhigen, aber da wir bisher nicht wissen, was Overkills Ziele sind, solltest du dich bedeckt halten und am besten nie allein sein. Wenn du etwas siehst, das mit dem Fall zu tun haben könnte, ruf mich sofort an.«

Ich nicke bedrückt. Nicht gerade beruhigend, aber damit habe ich auch nicht gerechnet. »Geht klar.«

»Gibt es sonst noch etwas, das du loswerden möchtest?«

Ich spüre die intensiven Blicke von allen auf mir ruhen. Noch einmal überlege ich für einen Moment, den Vorfall am Restaurant anzusprechen. Hunt zu sagen, dass sich dort doch eigenartige Gestalten herumtreiben.

Aber solange ich nicht weiß, wie das Spicy Noodles in dieser ganzen Sache drinhängt, will ich keine zu wilden Spekulationen verbreiten. Vielleicht kann ich noch mehr Beobachtungen anstellen. Shiro das ein oder andere Korn hinwerfen, um zu schauen, wie er reagiert.

»Nein«, sage ich also und die Teammitglieder nicken.

Als Malik nach seinem Handy greift und sich alle nach und nach regen und aufstehen, um ihre Stühle fortzuräumen, sitze ich unbewegt da.

Je länger ich diese Frau namens Hunt ansehe, umso seltsamer kommt mir ihre Anwesenheit in unserem Restaurant vor. Ich kann mir einfach nicht vorstellen, dass das nichts zu bedeuten hatte. Irgendetwas wollte sie dort. Vielleicht wollte sie zu mir. Vielleicht zu Shiro oder zu einem seiner Gäste.

Seltsame Gestalten …

Ich muss mehr darüber herausfinden.

Aber wie?

Ich habe gehofft, mit diesem Gespräch endlich eine Last loszuwerden. Und das habe ich wohl auch, aber all die Fragen, die sich nun in mir sammeln, werden mein Leben wohl nicht leichter machen.

Da sind all diese Puzzle-Teile in meinem Kopf und ich weiß nicht, wie ich sie zusammensetzen soll. Ob sie überhaupt Teile desselben Bildes sind, oder ob ich nur versuche, Muster zu sehen, wo gar keine sind.

KAPITEL 16

WIE REICHTUM AUSSIEHT

Als ich aus dem protzigen Fahrstuhl in den Flur eines offenbar privaten Stockwerkes trete, fühle ich mich sofort fehl am Platz. Weil ich die Adresse gesehen habe – und da ich ihr Büro schon kenne –, habe ich mir denken können, dass Akari nicht gerade in einer Bruchbude wohnt. Spätestens als ich am Fuße des Hochhauses stand und durch die gläserne Front in die prunkvolle Lobby geschaut habe, musste ich dieses Bild korrigieren.

Ihr Penthouse liegt offenbar direkt über einem Hotel. Vor ihrer Eingangstür steht ein Bediensteter, der mir eine Seite einer schweren Doppeltür öffnet und mir den Blick auf ein Appartement mit mindestens sechs Meter hohen Wänden, Glas- und Marmortreppen und einem endlosen Blick auf New York freigibt. Ich sehe sogar den Central Park.

Die Hände fest in die Gurte der Isoliertaschen gekrallt, um ein wenig Gewicht von ihnen zu nehmen, sehe ich mich kurz um. Ich kann die Größe dieser Wohnung gar nicht einschätzen, aber allein das Stück der Terrasse, das ich sehe, muss größer sein als meine jetzige Wohnung. Vom hell erleuchteten Eingangsbereich aus erkenne ich

Zugänge zu einem Wohnzimmer, einem formellen Esszimmer und einer Bibliothek.

Bevor ich weiterspähen kann, entdeckt mich allerdings ein ebenfalls herumstöbernder Businessmann in feinem Anzug und schenkt mir ein überraschend fröhliches Lächeln. Er sieht nicht viel älter aus als ich und seine kurzen, glatten Haare sind pink gefärbt.

Wie cool.

»Willkommen«, sagt er und streckt die Hand nach mir aus. »Wir haben dich schon erwartet.«

Ich ringe mir ebenfalls ein Lächeln ab, obwohl ich dafür eigentlich noch zu überwältigt bin. Er ruft in der Zwischenzeit nach Akari, die wenige Sekunden später um die Ecke kommt.

Ihr Lächeln wirkt ehrlich, im Gegensatz zu seinem.

»Toma!«, ruft sie aus. Ihre hochhackigen Schuhe klickern auf dem Boden. Mit ihnen ist sie fast so groß wie ich. Sacht legt sie ihre Hand an meinen Unterarm und bedeutet mir, ihr zu folgen. Ich weiß nicht, ob ich zuerst sie oder ihr Penthouse ansehen soll.

Ihr Make-up ist stärker als sonst und die dunkelrote Farbe ihrer Lippen passt perfekt zu ihrem asymmetrischen Kleid.

»Endlich können wir auch mal von diesem Essen kosten, von dem Akari immer schwärmt!«, ruft der junge Mann uns hinterher.

Sie winkt ihn weg. »Geh wieder zu den anderen«, ruft sie ihm lachend zu und wendet sich dann an mich. »Tut mir leid«, kichert sie. »Der ist schon betrunken.«

»Dagegen hilft das Essen hoffentlich«, murmele ich verträumt, während mein Blick wieder auf meine Umgebung umschwenkt.

Die Inneneinrichtung muss definitiv von einem Star-Designer stammen. Die ebenholzfarbenen Böden, die Designerstücke, die eher aussehen wie Kunstwerke als wie Möbel. Die Gemälde.

Aber meine Augen werden erst richtig groß, als ich Akari in eine halb offene Küche folge. Schränke aus dunklem Holz und ausgestattet mit so vielen teuren Geräten, wie ich sie noch nie gesehen habe. Allein der Kühlschrank hat vermutlich mehr gekostet als alles summiert, was ich je in meinem Leben besessen habe.

Ich sollte mich im Angesicht von so viel Prunk und teuren Sachen eingeschüchtert von Akari fühlen, aber ich bin wohl noch zu überwältigt. Und die Gespräche mit ihr, Jay und Shiro gestern Abend waren zu normal.

»Stell es gern hier ab«, sagt sie und deutet auf die Kücheninsel. Ich tue sofort wie geheißen, und sobald das Gewicht von meinen Schultern weicht, fühle ich mich hundert Kilo leichter.

Sofort eilen zwei Bedienstete auf uns zu und beginnen, das Essen auszupacken. Einer hat teuer aussehende Schüsseln bereitgestellt, aber ich strecke rasch meine Hand nach ihm aus.

»Oh, bitte nicht umfüllen«, sage ich und irritiert sieht der Mann mittleren Alters zu mir auf. »Mein Großvater sagte, das Essen soll auf keinen Fall umgefüllt, sondern aus den Bechern gegessen werden, in denen es sich befindet.« Ich sehe Akari entschuldigend an. »Es hat durch das Liefern schon nicht die Qualität, die er eigentlich anstrebt. Er sagt, das Umfüllen würde die Temperatur …« Ich fuchtle unsicher mit der Hand, weil ich mich nicht mehr an den ganzen Vortrag erinnere, den er mir darüber gehalten hat. »Es soll nicht umgefüllt werden.«

Akari lächelt breit. »Na gut, dann essen wir sie so.«

Ich fahre mir mit der Zunge über die Lippen, während ich zusehe, wie die Kellner die Isolierschalen mit dem furchtbaren Spicy-Noodles-Logo aus der Tasche holen, sie auf mehrere Tabletts stapeln und davontragen. Es hat etwas Lustiges, wie wenig sie hier reinpassen. Ich würde ja gern zusehen, wie die ganzen Geschäftsmänner in ihrer teuren Kleidung in dieser unglaublichen Wohnung stehen und ihre Ramen schlürfen.

Akari tritt näher an mich heran. »Normalerweise habe ich kein Personal hier«, sagt sie in einem nahezu entschuldigenden Ton.

Ich mustere sie forschend und verkneife mir ein Lachen. Macht sie sich wirklich Sorgen, dass ich sie abgehoben finde? Und sie denkt, das würde am Personal liegen? »Schöne Wohnung«, sage ich stattdessen und sehe mich demonstrativ um.

»Danke.« Sie drückt ihre Hände an ihre Beine, als würde sie sich noch immer dafür schämen. »Und auch noch mal danke für den tollen Abend gestern. Ich hatte lang nicht mehr so viel Spaß.«

Ihr Lächeln ist einfach zu ansteckend. Ich versuche, nicht zu erröten, was wohl den gegenteiligen Effekt hat. »Fand ich auch.«

»Es war so toll, Jay kennenzulernen und mit euch und Shiro zu plaudern.«

»Na ja.« Ich lege den Kopf schief. »Es hat ja vor allem Shiro geredet.« Zum Glück hat er sich an diesem Abend mit den übernatürlichen Geschichten zurückgehalten.

Sie lacht leise und reibt die Hände aneinander. »Ich hoffe, du hattest heute Nacht nicht zu großen Stress mit der Vorbereitung.«

»Wenn ich Shiro glauben darf, wird das noch mehrere Male auf mich zukommen.« Ich fahre mir durch die Haare, um sie ein wenig zu ordnen. »Wenn ich mich nachts um die Brühe kümmere, haben wir tagsüber mehr Kochfelder frei. Und lieber ich, als dass Shiro sich nachts hinstellen muss.«

»Du magst deinen Grandpa echt, oder?« Sie kommt noch einen Schritt näher und ich frage mich, worauf sie hinauswill. Möchte sie sich wirklich länger mit mir unterhalten, anstatt zu ihrer Party zurückzugehen?

»Er ist schon cool«, sage ich und schließe die Isoliertasche. Vielleicht steht sie hier auch nur, weil ich keine Anstalten mache, zu verschwinden.

»Also …«, setzt sie an und sieht sich um. »Ich wollte gestern nicht fragen, weil dein Freund dabei war. Aber bist du eigentlich zufrieden mit deiner Arbeit?«

Ich halte inne. »Was?« Wie kommt sie darauf?

»Na ja, ich …« Sie wirft einen Blick ins Wohnzimmer. »Du hast gestern so traurig gewirkt. Ich find's total cool, was du machst und dass du deinem Grandpa hilfst. Aber wenn du darüber redest, siehst du nicht sehr glücklich aus.«

Ich schlucke hart. Ist das nicht zu persönlich? Nicht, dass ich ein Problem damit hätte, mit ihr darüber zu reden, aber es wundert mich, dass sie das bemerkt hat. Und dass es sie interessiert.

»Das liegt nicht an dem Job«, stelle ich klar. »Shiro ist toll und bei ihm Kochen zu lernen auch. Ich will mir irgendwann was anderes suchen, aber für den Übergang geht es.«

Sie nickt langsam. »Also …« Sie presst die Lippen aufeinander, als wüsste sie noch nicht ganz, ob sie ihren Gedanken äußern soll oder nicht. »Ich will dich Shiro nicht wegnehmen. Aber wenn du wirklich auf der Suche bist, kann ich dir vielleicht bei der Vermittlung helfen.«

Ich ziehe die Augenbrauen hoch, vollkommen überrumpelt von diesem Angebot.

»Ich habe durch meine Position im Projektmanagement Kontakte in viele Abteilungen und zu vielen Firmen. Wenn du möchtest, könnten wir ja mal zusammen deine Qualifikationen durchgehen und …« Sie zuckt mit den Schultern und fängt meinen Blick wieder ein. Bilde ich es mir ein, oder werden ihre Wangen ein wenig rosiger, als sie grinst? »Du sagtest ja, dass ich dir noch was schulde.«

Erst jetzt fällt mir auf, dass ich seit einer kleinen Ewigkeit nichts mehr gesagt habe. »Ähm … klar!«, ringe ich mir sofort ab. »Ich meine, ich hab nur keine Ahnung, was ich eigentlich machen will. Oder wozu ich qualifiziert bin.« Ich hatte mich so darauf versteift, irgendwann Jura zu studieren, dass ich mir nie Gedanken um etwas anderes gemacht habe.

Auch, weil ich immer das Gefühl hatte, eigentlich zu nichts gut genug zu sein.

»Dann können wir uns ja mal treffen.« Sie sieht mich so intensiv an, während sie das sagt. Erst jetzt kommt mir in den Sinn, dass sie mir eventuell gar nicht nur bei der Jobsuche helfen will. Als wir uns kennengelernt haben, klang es nicht so, als hätte sie viele Freunde.

Irgendwie hellt der Gedanke mein Gemüt auf. Die Vorstellung, dass sie vielleicht auch nur ein paar neue Leute kennenlernen möchte. »Wir können ja einen Termin ausmachen. Ich richte mich nach dir, du hast vermutlich mehr zu tun.«

»Akari!«, klingt ein Ruf aus dem Wohnzimmer, als hätten die Gäste gehört, was ich gesagt habe. Sie denkt wohl dasselbe, denn wir beide lächeln amüsiert. Dann zieht sie eine Karte aus ihrer Tasche und reicht sie mir.

Goldenes Papier mit eingravierten, goldenen Buchstaben und einer Sonne am oberen Teil verziert. Die Karte allein sieht aus, als sei sie ein Vermögen wert.

Vermutlich kann Akari mir wirklich weiterhelfen.

»Das ist meine private Nummer«, sagt sie und deutet auf die Handynummer ganz unten. »Schreib mir, dann machen wir was aus.«

Frauen-Handynummern. Ich muss verbergen, wie aufregend ich das finde. »Gern!«, bringe ich so selbstsicher wie möglich über die Lippen. »Das ist echt cool.«

»Ich hoffe auf Rabatt bei euch im Laden, wenn ich mich beliebt bei dir mache«, scherzt sie und ich lache.

Rabatt würde sie von mir auch so bekommen. Auf alles.

Ihr Name wird noch einmal aus dem Wohnzimmer gerufen und ich trete rasch einen Schritt zurück, um sie nicht weiter aufzuhalten. »Dann geh lieber schnell, bevor das Essen kalt wird.«

»Das wollen wir ja nicht riskieren.«

»Wir sehen uns dann.«

Sie entfernt sich ein paar Schritte und wendet sich noch einmal lächelnd zu mir um. »Schreib mir.«

Ich weiß, dass das warme Gefühl, das sich in meiner Magengegend konzentriert, als ich ihr hinterhersehe, noch lang anhalten wird.

KAPITEL 17

WAS ICH NICHT VERSTEHEN KANN

Mit gesenktem Kopf eile ich auf das Spicy Noodles zu, dessen Lichter bereits gedimmt sind. Es regnet zwar nicht mehr, aber eine scharfe Brise weht durch die Straßen, also ziehe ich meine Jacke ein letztes Mal enger um meinen Körper, bevor ich eilig die Eingangstür aufstoße.

Das Geräusch klimpernden Geschirrs und Wassers, das in die Spüle rinnt, dringt durch den Laden. »Ich bin wieder da!«, rufe ich und lasse die Liefertasche von meinen Schultern gleiten. »Du musst nicht alles abspülen«, sage ich und will gerade anbieten, dass ich das mache, da kommt Shiro aus der Küche gestürmt und eilt schneller, als ich ihm zugetraut hätte, auf mich zu.

»Toma! Ich habe dich auf deinem Handy nicht erreicht«, sagt er laut.

Sein Tonfall ist so ernst, dass ich in der Bewegung erstarre. Was ist los?

»Ich hab eine neue Nummer, weil …«

»Ein Freund hat mir gesagt, dass du auf die Website für das Restaurant unsere Familiengeschichte geschrieben hast!«

Ich spüre, wie sich von selbst eine Falte zwischen meinen Augenbrauen bildet. »Ja«, sage ich gedehnt. »Warum?«

»Du musst das sofort löschen!« Sein Gesicht ist ganz rot und ich glaube nicht, dass ich ihn jemals so wütend gesehen habe. »Jetzt!«

»Ähm …« Ich bin vor den Kopf gestoßen. Nicht unbedingt wegen seiner Bitte, sondern wegen der Dringlichkeit in seiner Stimme. Für einen Moment habe ich wirklich befürchtet, etwas Schlimmes wäre passiert. »Okay? Klar.« Ich schiebe mich an ihm vorbei und gehe hinter den Tresen, wo ich meinen Laptop abgestellt habe.

»Schnell!«, sagt Shiro und tritt von einem Fuß auf den anderen.

Ich verstehe es nicht. »Warum?«, frage ich also, während das Gerät hochfährt. »Ich wollte nur helfen. Und du erzählst den Mist doch eh jedem, ob man will oder nicht.« Heute Morgen hat er gesagt, dass ich sie veröffentlichen kann, ohne dass er noch mal draufschaut. Dass ich schon wüsste, was ich tue.

Shiro stöhnt, als er zu mir herumkommt, um mir über die Schulter zu schauen und jeden meiner Klicks genau zu verfolgen. »Ich habe dich aber nicht um deine Hilfe gebeten!«, sagt er mit Nachdruck. »Ich erzähle diese Sachen nicht jedem, du bist nur zu verblendet, um den Unterschied zu sehen.«

Oh Himmel. Na klar, ich bin verblendet. Es fällt mir so schwer, nichts zu erwidern.

»Und ich freue mich, dass du motiviert bist, mehr Leute in den Laden zu bringen. Aber gerade bin ich zufrieden, wie es ist.«

Ich würde mich gern zurückhalten, aber fuck. Ich bin

dermaßen erschöpft von diesem Tag – von all diesen letzten Tagen –, dass ich einfach nicht an mich halten kann. Was auch immer ihn daran stört, rechtfertigt nicht, dass er mich anfährt. »Wenn das so weitergeht, kannst du die Miete bald nicht mehr bezahlen. Wie kannst du da zufrieden sein?« Ich rufe die Adminseite für die Website auf.

»Es geht einiges in der Stadt vor, das du nicht verstehst«, sagt er, noch immer eindringlich, aber etwas leiser. »Nur so sind wir sicher.«

»Was meinst du?« Ich klicke mich durch den Adminbereich zu dem Text mit der Familiengeschichte, um ihn zu löschen. All die Arbeit umsonst.

»Vielleicht ist es schon zu spät«, murmelt Shiro. Aus dem Augenwinkel sehe ich, wie er die Hände zu Fäusten ballt, als er hinter dem Tresen hervortritt, nachdem ich das Update gespeichert habe.

»Wofür zu spät?« Sind das seine Wahnvorstellungen oder ist da wirklich irgendetwas, das ich noch nicht verstehe? Ich versuche eine andere Herangehensweise. »Diese Frau mit den weißen Haaren, die letztens hier war. Die hat mich nach seltsamen Gestalten gefragt, die sich hier manchmal herumtreiben. Und dann diese Leute, die in der Nacht vor den Ladenfenstern standen.« Ich beuge mich über den Tresen zu ihm. »Was hat das alles zu bedeuten?« Soll ich ihm auch von meiner Begegnung mit Overkill erzählen? Und vom FBI? Oder regt ihn das nur noch mehr auf?

Es ist so schwer einzuschätzen, wie tief er sich vielleicht noch in seine absonderlichen Hirngespinste flüchtet, wenn ich mit solchen Geschichten zu ihm komme. Vielleicht setzt ihn die ganze Sache mit Overkill zu sehr unter Druck.

»Als Erben von Kagutsuchi sind wir ein gefundenes Fressen für Overkill«, sagt Shiro mit ernstem Blick.

Ich atme tief ein und versuche, mir meine Frustration nicht anmerken zu lassen. Das kann doch nicht alles sein.

»Du denkst, Overkill kommt uns holen, weil wir von einem shintoistischen Feuergott abstammen«, schlussfolgere ich, in der Hoffnung, mehr aus ihm herauszubekommen.

Shiro rümpft die Nase. »Natürlich. Denkst du etwa, Overkill ist ein Mensch?«

Ich setze bereits an, das zu bestätigen, aber … etwas in mir lässt mich innehalten.

Es stimmt. Ich habe es selbst gesehen. Ich habe gesehen, dass dieser Kerl die Hand ausgestreckt hat und daraufhin der Kopf seines Opfers explodiert ist.

Ich war so schockiert und paralysiert von diesem Moment, dass ich darüber gar nicht genau nachgedacht habe. Irgendwie habe ich einfach angenommen, es sei eine neue Art von Technologie. »Was denkst du, was er ist?«, frage ich tonlos.

Shiro sieht mich trotzig an. Als wäre es ihm zuwider, mit mir darüber sprechen zu müssen, weil er weiß, dass ich ihm sowieso nicht glaube. »Ein Erbe der Götter«, sagt er. »Genau wie du und ich. Ich muss nur noch herausfinden, von wem. Und was er will.« Bevor ich reagieren kann, winkt er allerdings ab. »Ich weiß, dass du mir sowieso nicht glaubst. Aber mach wenigstens das, was ich dir sage, ja?«

Ich weiß nicht, was ich denken soll.

Es ist bescheuert, aber … ohne es verhindern zu können, sehe ich wieder die Bilder dieser Nacht vor meinem inneren Auge ablaufen.

Da war keine Waffe. Ich bin mir sicher.

Aber vielleicht haben meine Augen mich auch getäuscht. Oder es gibt irgendeine andere Erklärung. Eine, die einleuchtender ist als Göttererben.

Ich will Shiro trotzdem nicht aufregen. Deswegen sage ich »Na gut« und klappe den Laptop wieder zu. »Ich wasch den Rest an Geschirr ab, ja?«

»Das kann ich schon machen«, sagt er, noch immer offensichtlich angespannt. Ich weiß nicht, ob ich mich bei ihm entschuldigen soll oder ob ihn das nur noch mehr bestärkt.

»Ich bestehe darauf«, erwidere ich und lege eine Hand auf seine Schulter. »Geh nach Hause und ruh dich aus, ja? Heute war ein anstrengender Tag.« Für uns beide, wie es aussieht.

»Na gut«, grummelt er und wendet sich ab.

»Wenn ich irgendetwas tun kann, um dir zu helfen, sag Bescheid.« Jetzt tut es mir leid, dass ich ihn so angegangen bin.

Er atmet schwer und nickt, dann wendet er mir den Rücken zu.

Meine Matratze kommt mir vor wie der weichste und beste Ort der Welt, als ich mich auf sie fallen lasse. Beim Geschirrspülen habe ich versucht, diesen Tag Revue passieren zu lassen, aber es ist einfach zu viel. Alles, was mich beruhigt, ist die tiefe Müdigkeit, die mich nach und nach umschließt. Eine Schwere, gegen die ich nur unter Anstrengung aufbegehren kann, um nach meiner Hose auf dem Stuhl zu greifen und die Visitenkarte herauszuziehen, die Akari mir gegeben hat.

Selbst im schummrigen Licht der Straßenlaternen, das

durch die vergitterten Fenster fällt, schimmert die Karte golden. Ich fahre mit den Fingern über die teure Prägung. Goldene Buchstaben auf goldenem Grund.

Ich grinse, weil diese Protzigkeit so übertrieben ist. Gleichzeitig vermute ich, dass jeder aus dieser Firma diese Visitenkarten bekommen hat und Akari sich das Design nicht ausgesucht hat. Zumindest in meinem bisherigen Bild von ihr legt sie nicht so viel Wert auf so was.

Ich nehme das Handy in die Hand, das Jay mir geliehen hat. Es ist sogar ein neueres Modell als meins, also war das ein Upgrade. Mit müden Fingern tippe ich Akaris Nummer ein, speichere den Kontakt und wechsle zu WhatsApp. Bevor ich ihr schreibe, schaue ich mir das Foto an, das sie dort als Profilbild eingestellt hat.

Sie in einem knielangen, weißen Kleid vor einem Sonnenuntergang. Sieht aus wie von einer Influencerin. Oder von einem richtigen Fotoshooting. Ich zoome ein wenig hinein, um ihr Gesicht anzusehen, dann klicke ich in den Chat, um meine erste Nachricht an sie zu schreiben.

Toma: Hey! Hier ist Toma, aus dem Restaurant.

Zu meiner Überraschung wird der Haken sofort blau und sie beginnt zu tippen. So schnell habe ich nicht mit einer Antwort gerechnet, also starre ich den Bildschirm an, bis ihre Nachricht auftaucht.

Akari: Heeey. Nummer ist sofort gespeichert :)

Sie macht Smileys. Wie süß.

Toma: Klasse. Ist aber nur vorläufig. Hab mein eigentliches Handy verloren.

Das klingt zwar uncooler als »Ich musste es dem FBI als Beweismittel geben«, aber das behalte ich lieber auch ihr gegenüber für mich.

Akari: Okay, dann sag einfach, wenn du die Nummer wieder wechselst.

Akari: Was machst du gerade?

Toma: Ich hab noch Geschirr abgewaschen und lieg jetzt im Bett. Shiro geht immer schon bei Sonnenaufgang auf den Markt, da muss ich total früh raus.

Allein beim Gedanken daran werde ich müde. Ich war nie ein Frühaufsteher. Mein Vater hat mich zwar mein Leben lang gezwungen, vor allen anderen aufzustehen, um Frühstück vorzubereiten, aber ich hab mich trotzdem nie auf diesen Rhythmus einstellen können.

Akari: Oh nein, du Armer. Ich muss auch immer pünktlich im Büro sein, aber nicht so früh :)

Toma: Dafür bist du wahrscheinlich deutlich länger wach als ich.

Toma: Ist dein Meeting schon vorbei?

Akari: Nein, aber es ist langweilig. Keiner hier ist in meinem Alter! :D

Der Kerl mit den pinken Haaren sah eigentlich gar nicht so viel älter aus als wir.

Akari: Zumindest das Essen war gut.

Toma: Das ist das Wichtigste.

Soll ich sie gleich fragen oder lieber ein bisschen warten, um nicht zu aufdringlich zu wirken? Allerdings ist sie diejenige gewesen, die es vorgeschlagen hat. Jetzt *muss* ich vielleicht sogar den nächsten Schritt machen.

Ich sehe unsere Nachrichten an und beschließe, es durchzuziehen.

Toma: Wann würde dir denn ein Treffen passen? Hast du diese Woche Zeit?

Warum bin ich aufgeregt wie ein kleiner Junge, wenn man ihm ein Eis verspricht? Ist ja nicht so, als hätte ich noch nie eine Beziehung gehabt oder noch nie Aufmerksamkeit von einem Mädchen bekommen. Ich muss mich echt anstrengen, mich ein bisschen cooler zu verhalten.

Akari: Wie wäre es denn gleich morgen Abend?

So früh schon?

»Klar«, tippe ich und sende es ab, bevor ich über etwas anderes nachdenken kann.

Akari: Klasse, dann sehen wir uns. Kannst einfach herkommen, wenn du magst. Ich muss jetzt wohl erst mal wieder am sozialen Leben teilnehmen.

Toma: Na dann, viel Spaß! Lass uns noch mal wegen der Uhrzeit schreiben.

Akari: Gern. Wir sehen uns. Gute Nacht :)

Ich wünsche ihr auch eine gute Nacht, dann lasse ich das Handy auf meine Brust sinken und schaue in die Dunkelheit des Raums um mich herum.

Und es fühlt sich an, als hätte ich mir gerade wieder einen Lichtblick in all diesem Chaos erarbeitet.

KAPITEL 18

WIE SICH WIND UNTER MEINEN FLÜGELN ANFÜHLT

Ein scharfer Wind zerrt an meinen Haaren.

»Wir stagnieren«, ruft einer meiner Begleiter.

»Weil wir mehr Informationen brauchen«, antwortet ein anderer. »Solange wir nicht mehr von ihnen identifiziert haben, können wir nicht weitermachen.«

»Sind wir nicht genug?«, will ich wissen.

»Wir sind niemals genug.« Einer von ihnen tritt hinter mich. »Was macht der Auftrag?«

»Bin dran.«

»Wo suchen wir, bis das geklärt ist?«

»Wir haben keine Spur. Sehen wir uns einfach um.«

»Sollten wir den Headhunter nicht mitnehmen?«

»Wir schaffen das auch ohne ihn«, sage ich. »Gehen wir.«

Sobald ich gesprochen habe, breitet sich eine kribbelnde Wärme auf meiner Haut aus, dringt in mich und konzentriert sich in meinem Bauchraum. Alles verschiebt sich. Rauch am Rande meines Blickfeldes.

Ich flattere mit den Flügeln und rucke mit dem Kopf zu den anderen hinüber. Es dauert jedes Mal ein wenig, bis ich mich an den neuen Körper gewöhnt habe, aber ich weiß, wie es sein wird, wenn ich erst einmal die Flügel ausbreite und auf den Winden gleite.

Ein Moment der Freiheit.

Einer der anderen fliegt los und ich schließe mich an. Die nächtlichen Straßen New Yorks glitzern unter meinen Schwingen. Ich fliege mit dem Schwarm, ohne zu wissen, wohin es geht oder wie diese Nacht endet.

Wie leicht es wäre, mich von den anderen zu trennen. Sie hinter mir zu lassen und einfach fortzufliegen.

Niemand würde mich jemals finden.

Es wäre meine Freiheit.

Aber es wäre gleichzeitig mein Tod.

KAPITEL 19

WAS UNS MITEINANDER VERBINDET

Die Sonne ist untergegangen und die Lichter in den Straßen weit unter mir glitzern hinter meiner Reflexion im Fenster.

Von Akaris Wohnzimmer aus kann ich über den Central Park bis zur George Washington Bridge sehen.

Ob sie sich schon an diesen Anblick gewöhnt hat? Kann man das jemals?

»Willst du was trinken?«, reißt Akari mich aus meinen Gedanken. Ich sehe sie kurz in der Spiegelung vor mir an, bevor ich mich zu ihr umwende. Sie trägt ein knappes, schwarzes Kleid, das eng am Körper anliegt. Ihre Haare hat sie heute zu einem Pferdeschwanz gebunden, was sie etwas strenger aussehen lässt. Obwohl sie mit ihren rosafarbenen Wangen wohl immer süß aussieht.

»Gern«, sage ich und richte meinen Blick auf ihre nackten Füße auf dem weichen Teppich unter uns.

»Wein?«, will sie mit schiefgelegtem Kopf wissen und ich nicke rasch.

Irgendwie fühlt sich das alles sehr wie ein Date an. Nicht *zu* sehr, aber mehr, als ich erwartet habe. Das gedimmte Licht, der frische Duft, die leise Musik, der Wein.

Ich fahre mir mit der Zunge über die Lippen und wünsche mir schon zum zweiten Mal, ich hätte mich besser angezogen. Oder ich würde überhaupt bessere Klamotten besitzen.

Akari schnappt sich ein Bonbon aus einer Schale an der offenen Küche und tänzelt zum Weinregal.

»Wenn du immer so viele Süßigkeiten isst, bekommst du Karies«, rufe ich ihr zu und trete ziellos weiter ins Wohnzimmer hinein. Sie quittiert meine Bemerkung mit einem Lachen, während ich einen Blick durch die offene Doppeltür in ihr Schlafzimmer werfe.

Das Zimmer ist so groß, dass ich ihr Bett von hier aus nicht sehe. Aber ich mache Kommoden aus, Spiegel, einen Kamin mit kunstvollem Teppich davor und eine weitere Tür, die offenbar in ein eigenes Badezimmer führt.

»Wie viel bezahlt man eigentlich, um so königlich zu wohnen?«, will ich laut wissen und trete von der Doppeltür weg, um nicht weiter in ihre Privatsphäre einzudringen.

Vielleicht ist das der Unterklässler in mir, aber irgendetwas an dieser Wohnung – so schön sie auch ist – fühlt sich kalt an. Man sieht gar nicht richtig, dass hier jemand wohnt.

»Mein Onkel bezahlt das«, antwortet sie in dem Moment, in dem ich eine schwarze Katze entdecke, die auf einem Designersessel liegt. Meine Augen werden groß, als ich mich vorsichtig auf das grazile Wesen zubewege, mich bücke und sie streichle. Sie öffnet ihre Augen nicht einmal, während ich durch ihr kurzes, glänzendes Fell streiche.

»Ah, du hast Kobe gefunden.« Akaris Stimme ist jetzt viel näher bei mir und ich schaue auf. Mit zwei Weingläsern in der Hand tritt sie auf mich zu und stellt sich neben mich.

»Kobe«, wiederhole ich. »Männlich oder weiblich?«

»Männlich.« Sie reicht mir das kühle Glas und ich richte mich auf.

»Ist er nicht allein, wenn du den ganzen Tag im Büro bist?«

Akari verzieht den Mund zu einem schuldbewussten Ausdruck. »Ja, ich hab auch ein schlechtes Gewissen deswegen«, murmelt sie. »Die Putzkraft füttert ihn natürlich dreimal am Tag, aber …« Sie sieht zu mir auf und lächelt mit einer gewissen Traurigkeit in den Augen. »Ich dachte nicht, dass ich so viel zu tun hätte. Vielleicht hole ich ihm einen Fulltime-Katzensitter.«

Ich schürze die Lippen und hebe die Augenbrauen. »Also das ist sicherlich eine Aufgabe, die ich bewältigen könnte.« Ich hätte auch kein Problem damit, den ganzen Tag in dieser Wohnung zu verbringen.

Sie lacht herzhaft und setzt sich in Richtung der Sitzecke in Bewegung. »Ist das eine Bewerbung?«

»Professionell mit Tieren zu spielen, wäre schon ein Traumjob.«

»Finde ich auch.« Bevor wir uns auf die dunklen Polster setzen, hält sie mir ihr Glas entgegen und sieht mir mit einem Schmunzeln in die Augen, während wir anstoßen.

Der erste Schluck von dem Getränk ist süß und angenehm auf der Zunge. Und die Couch ist überraschend gemütlich dafür, dass sie aussieht wie ein viel zu teures Designerstück, das gar nicht dazu gemacht ist, dass man darauf sitzt.

»Wie lang lebst du eigentlich schon in New York?«, will ich wissen. Falls es hier wirklich nur um eine Berufsberatung oder etwas dergleichen gehen soll, will ich wenigstens noch ein wenig mit ihr reden, bevor es losgeht.

»Ich lebe bei meinem Onkel, seit ich acht bin«, sagt sie mit einem nachdenklichen Ausdruck. »Er hat mich praktisch großgezogen. Meine Eltern sind in Japan geblieben.«

»Verstehe«, sage ich, obwohl ich es eigentlich nicht tue. Waren ihre Eltern nicht gut zu ihr, dass sie als Kind in ein anderes Land reisen musste?

»Und du?«

»Ich bin hier geboren. Meine Eltern auch. Grandpa und Grandma kamen schon vor Ewigkeiten nach New York.«

Sie grinst. »Deswegen sieht das Spicy Noodles so alt aus.«

»Ja, ich glaube, sie haben es noch vor der Geburt meiner Mom zusammen gegründet.« Was natürlich einer der Gründe ist, warum Shiro so sehr daran hängt.

»Und wie läuft es so mit ihm?« Ihr Blick liegt ganz fasziniert auf mir. Als wäre ich der interessanteste Mensch der Welt, dabei könnte ich uninteressanter gar nicht sein.

»Ganz gut.« Das ist nicht gelogen. Ich habe nur Sorge, weil er in letzter Zeit so gestresst wirkt. »Er lässt mich inzwischen sogar beim Kochen helfen.«

»Aber?«

Ich lege den Kopf schief.

»Du wirkst nicht so, als wäre alles toll«, erklärt sie sich.

»Irgendwie …« Ich verziehe den Mund. »Irgendwie wirkt er in letzter Zeit sehr, als stünde er unter Druck.« Ich winke ab. »Ich glaube, diese Sache mit Overkill setzt ihm ganz schön zu. Aber dass das Restaurant nicht so gut besucht ist, könnte auch ein Grund sein. Er sagt zwar, dass er so zufrieden ist, aber … Keine Ahnung.«

Akari zieht ihre Beine auf die Couch und ihr Kleid zurecht. »Ja, das mit Overkill geht uns wohl allen so«, murmelt sie und sieht mich nicht an. »Hoffentlich stresst ihn das alles nicht zu sehr.«

»Wenn ich ihm ein bisschen mehr Arbeit abnehmen kann, wird's vielleicht schon besser«, überlege ich laut. Zumindest hoffe ich darauf. »Dann kann er sich vielleicht ein bisschen mehr auf sich konzentrieren.« Obwohl ich nicht glaube, dass dieser Fall so schnell eintreten wird. Vor allem nicht, wenn er weiterhin an seinen seltsamen Grundsätzen festhält.

Während ich spreche, nimmt ein Lächeln Akaris Züge ein. »Ich finde es echt toll, wie du dich um ihn kümmerst.«

Ich zucke mit den Schultern, weil ich unsicher bin, was ich sagen soll. Was ich selbst darüber denke. »Er ist der einzige Verwandte, der noch was mit mir zu tun haben will. Und er hat mich bei sich aufgenommen, ohne etwas von mir zu verlangen oder mich damit zu nerven, dass ich mich mit meinen Eltern versöhnen soll. Das ist das Mindeste, das ich tun kann.«

Eine ganze Weile sieht sie mich an, nippt noch einmal an ihrem Getränk und fragt dann: »Du suchst gar nicht aktiv nach einem anderen Job, oder?«

Wow. Genau ins Schwarze getroffen.

»Ich weiß nicht, was ich will«, korrigiere ich und nehme ebenfalls einen Schluck. In diesem riesigen Penthouse zu sitzen, Wein zu trinken und über mein Leben nachzudenken, hat irgendetwas. Wenn ich dasselbe in meiner heruntergekommenen Wohnung tue, ist es im Gegensatz dazu einfach nur traurig.

»Gibt es nichts, was du magst?«

Ich zucke mit den Schultern. »Tiere. Kochen ist okay, aber ein Restaurant zu leiten wäre mir zu viel.« Ein Restaurant, das dringend jeden Tag offen haben muss, warum auch immer. Und das ist, was Shiro wohl auf lange Sicht von mir erwartet, wenn ich im Spicy Noodles bleibe. Ich seufze. »Ich weiß nicht, ob ich Interessen habe, mit denen ich mein Leben verbringen will. Ich kann mir ehrlich gesagt nichts vorstellen.«

»Wenn du so lang nur nach dem gestrebt hast, was dein Vater von dir wollte, ist das ja auch klar«, sagt sie. »Ich meine, woher sollst du es auch wissen?«

»Hm.« Das klingt in meinen Ohren nur nach einer Ausflucht.

»Warum ist es dir denn so wichtig, etwas Neues zu finden, wenn du gar nicht weißt, was?«

Verwundert sehe ich sie an. Irgendwie neckisch schaut sie zurück. Ganz durchschaut habe ich sie wohl noch nicht. »Warum hast du mir angeboten, mit mir zu suchen, wenn du dir denken konntest, dass ich noch mitten in der Selbstfindungsphase stecke?«, erwidere ich herausfordernd.

Daraufhin grinst sie nur und nimmt unschuldig einen weiteren Schluck Wein.

Erwischt. Ich habe nicht gedacht, dass wir so schnell zu dieser Schlussfolgerung kommen, aber die Jobsuche war vielleicht für uns beide nur eine Ausrede, um ein bisschen mehr Zeit miteinander zu verbringen.

»Ich finde dich interessant«, murmelt sie, einen weichen Blick auf den Zügen. »Du bist nett. Und ich dachte, es wäre ein guter Vorwand, um dich einzuladen.«

Dass sie das so offen ausspricht, trifft mich wie ein Schlag. Ich habe damit gerechnet, dass wir noch ein wenig mehr um den heißen Brei herumreden würden, also weiß ich im ersten Moment nicht, wie ich mit dieser Offenheit umgehen soll.

Sie findet mich interessant? Mist, das macht mich aufgeregter, als ich sein möchte. Ein Teil von mir befürchtet, dass sie etwas in mir sieht, das gar nicht da ist. Dass sie schnell bemerken wird, dass nicht so viel unter der Oberfläche wartet, wie sie denkt oder hofft.

Aber ich schiebe das von mir. Ich spiele ihr nichts vor und das ist alles, was zählt.

»Ja, ich … dachte auch, jemand, der so gutes Essen wertschätzt, muss ein guter Mensch sein«, nuschle ich in mein Glas und sie lacht.

Ich denke darüber nach, wie es von hier aus weitergehen soll, und mein Blick streift über ihre Beine, als ich mir ausmale, welche Verläufe dieser Abend wohl nehmen könnte.

Das Zufallen einer Tür lässt uns beide aufschrecken.

»Ist noch jemand hier?« Ich setze mich aufrechter hin, während Akari aufspringt und in die Mitte des Raumes huscht, um zum Eingang zu schauen.

»Hinata«, sagt sie leise und ich erhebe mich ebenfalls, als ich Schritte vernehme, die sich uns rasch nähern. Ein Mann im Anzug bewegt sich auf uns zu. Das muss ihr Onkel sein, sie hat den Namen einmal erwähnt.

Er trägt eine sauber sitzende Anzughose und ein Hemd mit einer schwarzen Weste darüber. Die Krawatte hat einige goldene Verzierungen.

Er bleibt vor ihr stehen und wirft mir einen langen Blick zu, den ich nicht ganz deuten kann. Er ist viel jünger, als ich angenommen habe. Immer, wenn Akari von ihm sprach, bin ich davon ausgegangen, er wäre ein typischer alter Geschäftsmann mit schütterem Haar und faltigem Gesicht.

Aber vor uns steht ein schlanker, gut gebauter Mann, vermutlich in seinen späten Dreißigern, und mustert uns streng aus seinen dunklen Augen. Seine schwarzen Haare liegen so sauber, als käme er direkt vom Friseur.

Endlich wendet er seinen Blick von mir ab und sieht Akari wieder an. »Hab ich dir nicht gesagt, du sollst aufhören, deine Zeit zu verschwenden, und deine verdammte Arbeit erledigen?« Seine Stimme ist so tief, dass sie bedrohlich klingt.

Sie verschränkt die Hände vor dem Körper und neigt ihren Kopf. »Entschuldige. Ich war in letzter Zeit unkonzentriert.«

»So kenne ich dich gar nicht«, faucht er. »Du weißt genau, dass noch viele Projekte anstehen und du nicht herumtrödeln sollst.«

»Ja, ich …«

»Ich will keine Ausreden hören«, unterbricht er sie laut.

Ich schaue verwundert zwischen den beiden hin und her. Was ist das denn für ein Kerl? Hat der nichts Besseres zu tun, als mitten am Abend in ihre Wohnung einzubrechen und sie vor meinen Augen zurechtzustutzen?

»Ich brauche dich, verstehst du?«, fährt er eindringlich fort. »Wenn wir in Verzug geraten, weiß ich nicht, wie ich das der Mutterfirma erklären soll.«

»Ich entschuldige mich«, sagt sie, den Blick noch immer gesenkt.

Ich spüre, wie etwas in mir sich aufbäumt und direkt zwischen die beiden springen will. Hat sie gar nicht vor, etwas dazu zu sagen? Will sie ihn wirklich so mit sich umspringen lassen? Der Kerl hat sich nicht mal die Mühe gemacht, seine blankpolierten Schuhe auszuziehen.

»Ich brauche keine Entschuldigungen, ich brauche Ergebnisse.« Wieder sieht er kurz mich an, dann zu ihr.

»Gib mir noch ein paar Tage, ja?« Sie wagt es gar nicht, ihn anzusehen.

»Ich werde dir nicht …«

Ich halte es nicht mehr aus und gehe einige Schritte auf die beiden zu. So wie er mit ihr umspringt, erinnert dieser Arsch mich zu sehr an meinen Vater.

»Hey«, sage ich und trete neben Akari. »Entschuldigen Sie. Platzen Sie immer so in ihre Privatsphäre?« Mein Herz schlägt wütend ein wenig schneller, als er sich mit einem Lächeln mir zuwendet.

»Und was geht dich das an, Kleiner?«

Kleiner? Geht's noch?

»Es geht mich was an, weil wir gerade mitten in einem Gespräch waren.«

Der Kerl sieht mich von oben bis unten an, einen abschätzigen Zug um den Mund.

Damit schüchtert er mich nicht ein, also setze ich einen trotzigen Ausdruck auf und erwidere seinen Blick. »Akari kann sich sicherlich auch noch während ihrer offiziellen Arbeitszeit um dieses Projekt kümmern, oder?«

Hinata schürzt die Lippen und tritt einen Schritt zurück. »Schlagfertig«, stellt er fest. »Wie süß.«

Nicht aufregen, nicht aufregen, nicht aufregen!

Der Kerl schaut Akari an, die ihren eingeschüchtert gesenkten Blick gerade erst wieder gehoben hat. »Wir sehen uns morgen pünktlich im Büro.«

»Ja, Hinata«, antwortet sie leise, als er sich bereits abwendet und durch die große Tür in den Flur verschwindet.

Wir schauen ihm hinterher, bis er nicht mehr zu sehen ist. Sobald die Wohnungstür hinter ihm ins Schloss geflogen ist, löst Akari ihre angespannte Haltung, um die Hände vor das Gesicht zu schlagen. »Tut mir leid«, nuschelt sie in ihre Handflächen.

»Sorry, das hätte ich lassen sollen.« Mein Herz pocht noch immer wütend.

Sie geht auf den großen Esstisch neben uns zu und lässt sich auf einen der hellen Stühle fallen.

»Bekommst du deswegen Ärger?«, will ich wissen. Das war absolut nicht meine Angelegenheit und es war dumm, mich einzumischen, aber … Ich hab das gar nicht gemacht, weil ich gedacht habe, dass sie sich nicht verteidigen kann. Irgendetwas an dem Kerl hat etwas in mir angekratzt.

»Alles gut.« Sie seufzt, fährt sich mit den Händen noch einmal über das Gesicht, dann sieht sie wieder zu mir auf. »Er hat wohl einen schlechten Tag. Da reicht's manchmal, das einfach auszusitzen.«

»Der ist also nicht immer so?« Nicht, dass das eine Entschuldigung wäre. Ich ziehe den Stuhl neben mir zurecht und setze mich darauf.

»Ich …« Sie schüttelt den Kopf, aber ich sehe ihrem ausweichenden Blick an, dass sie eigentlich *Ja* sagen will.

»Ich kann bei so was einfach nicht an mich halten«, grummle ich.

Sie sieht mich mit einem Funkeln in den Augen an, das ich nicht ganz deuten kann. »Du hast vor gar nichts Angst, oder?«

Ich lache leise, verwundert über die Frage. »Doch, eigentlich schon.« Ich deute mit dem Daumen auf die Eingangstür, durch die ihr Onkel verschwunden ist. »Aber aufgeblasene Typen in Anzügen sind ziemlich weit unten auf der Liste der Dinge, die ich fürchte. Mein Vater ist auch so, seit ich mich erinnern kann. Aber der ist auch nur ein arroganter Arsch.«

Sie kichert amüsiert, dann springt sie deutlich energetischer wieder auf, um zum Wohnzimmer zu laufen und unsere Weingläser zu holen.

Also sitzen wir jetzt hier? Soll mir auch recht sein, hier bin ich ihr ein bisschen näher.

Langsam beruhige ich mich wieder.

»Ist das wirklich ein Job, den du machen willst?«, frage ich sie, als sie wiederkommt. »Oder machst du das nur, weil er zu deiner Familie gehört?« Erst, als ich das ausspreche, wird mir klar, wie viele Parallelen es zwischen unseren Leben gibt. Unsere Leben, die höchstwahrscheinlich unterschiedlicher nicht sein könnten.

Sie lässt sich wieder nieder. Unsere Finger berühren sich sacht, als sie mir mein Glas reicht. »Ist wohl wie bei dir«, murmelt sie. »Ich mache es eigentlich nur, weil ich weiß, dass meine Familie das erwartet.« Sie zuckt mit den schmalen Schultern. »Klar, ich verdiene echt gut Geld.«

Demonstrativ sehe ich mich zwischen der Designer-Einrichtung und den hohen Decken um. »Sieht man gar nicht.«

»Aber meine Leidenschaft ist es nicht.«

»Du könntest dir ja auch was anderes suchen.«

Mit noch immer ausweichendem Blick lächelt sie traurig. »So einfach ist das nicht. Wenn ich mit meiner Familie breche, habe ich niemanden mehr.«

Das war auch ein Gefühl, das ich lang hatte. Ich habe zwar Jay, aber ihm wollte ich nie zur Last fallen. »Das fühlt sich an, als hätte man kein Sicherheitsnetz mehr«, bestätige ich ihre Überlegung. »Ich kenne das.«

»Und als wäre man undankbar«, ergänzt sie.

»Aber es ist okay. Ich habe … auf die harte Tour gelernt, dass es immer einen Ausweg gibt.«

»Meinst du, Shiro stellt mich auch ein?«, fragt sie grinsend. Wir lachen ausgelassen und nippen an unseren Getränken, vermutlich, weil keiner von uns genau weiß, was er sagen soll. »Vor ein paar Tagen kam er mitten in der Nacht in mein Zimmer, weil er noch eine Unterschrift brauchte«, bricht es dann aus ihr hervor. »Da hab ich schon geschlafen!«

Ich verziehe irritiert das Gesicht. »Schläft *er* denn nicht?«

Sie lacht und schüttelt den Kopf, fährt sich über die Schläfen. »Er ist echt ein Arsch«, murmelt sie. »Er würde sein Leben für die Firma opfern und erwartet von mir, dass ich mich auch so verhalte.«

»Hast du mal mit ihm darüber geredet? Dass das nichts für dich ist?«

»Hab ich.« Sie weicht meinem Blick aus. »Aber irgendwie ist das gar nicht bis zu ihm vorgedrungen, glaube ich.«

»Kenne ich.« Dass wir über solche Sachen sprechen würden, habe ich nicht erwartet, aber es fühlt sich auf eine gewisse Weise befreiend an. »Ging mir mit meinem Dad genauso.«

Sie presst die Lippen aufeinander. Ich wünschte, ich wüsste, was sie denkt.

»Das Schlimmste ist, dass …« Ich schlucke schwer. »… dass ich das Gefühl habe, ich müsste endlich damit abschließen. Ich müsste ihm verzeihen und Frieden mit ihm schließen, aber …« Ich weiß nicht, wie ich weiterreden soll.

»Aber manchmal will man einfach nur wütend sein«, ergänzt sie, als hätte sie meine Gedanken gelesen.

Ich nicke langsam und unsere Blicke verfangen sich für einen Moment ineinander. »Und man will, dass jemand sieht, wie ungerecht das alles ist. Ohne Ratschläge zu geben, was man besser machen könnte. Oder zu sagen, dass man selbst der bessere Mensch sein soll.« Himmel, warum fühlt es sich so gut an, das zu sagen? Das ist ein Gedanke, den ich bisher ganz für mich selbst behalten habe.

»Ja«, murmelt sie in ihr Glas, bevor sie noch einen Schluck nimmt. »Weil man ja auch niemanden nur vollheulen will. Aber manchmal … möchte man irgendwie.«

»Ja.« Ich stütze mein Kinn auf die Hand. Die Sorgen und die Anspannung der letzten Tage fallen von mir ab und es ist definitiv nicht dem Wein zu verdanken. »Wie lang arbeitest du eigentlich schon für den Kerl?«

Als sie beginnt zu erzählen, hänge ich an ihren Lippen. Nicht, weil sie so schön sind, sondern weil ich das erste Mal das Gefühl habe, dass mich jemand richtig versteht.

KAPITEL 20

WAS VERTRAUEN BEDEUTET

»Guten Morgen, New York! Es ist der zehnte April und hier sind Janey und Ash von der NYC Fresh Morningshow für euch!«

»Die letzten Sendungen waren ziemlich düster.«

»Genau wie die Stimmung auf den Straßen.«

»In den letzten Tagen war es allerdings überraschend ruhig um Overkill. Der letzte Mord fand in der Nacht vom sechsten zum siebten April statt.«

»Ziemlich ungewöhnlich, immerhin hat er in den letzten vier Wochen fast täglich gemordet. Meist sogar mehr als eine Person pro Nacht.«

»Ein Kriminalwissenschaftler bei Twitter hat sich schon dazu geäußert. Er schreibt: Es ist durchaus denkbar, dass Overkill sich wegen seiner medienwirksamen Tötungen erst einmal zurückzieht, um die erhöhten Sicherheitsmaßnahmen wieder abklingen zu lassen.«

»Andere spekulieren, dass New York dem Serienmörder eventuell zu vorsichtig geworden ist und er deswegen zu anderen Städten weiterzieht. Aber die Behörden warnen davor, sich zu schnell in falscher Sicherheit zu wiegen.«

»Heute Morgen hatten wir den Kriminalpsychologen Dr. Freeman zu Gast bei uns in der Show, der einige eurer Fragen beantwortet hat. Hier ein kleiner Ausschnitt aus dem Interview.«

»Eine unserer Zuschauerinnen möchte wissen: Wenn Overkill sich erst mal zurückzieht, würde das nicht bedeuten, dass er sehr berechnend ist und anders als andere Serienmörder sein Bedürfnis zu töten unter Kontrolle hat?«

»Das kann man so nicht sagen, da wir ja noch gar nichts über diese Person wissen. Sowohl seine Beweggründe für die Tötungen als auch der Grund, aus dem er jetzt aufgehört hat, sind ausschließlich Spekulationen. Zumal wir ebenfalls nicht mit Sicherheit sagen können, ob er wirklich drei Tage lang nicht gemordet hat oder ob es weitere Vorfälle gab, bei denen die Leichen nur noch nicht gefunden wurden.«

»Was raten Sie den Leuten, Mr Freeman?«

»Sich weiterhin an die Sicherheitsmaßnahmen zu halten. Auch, wenn es frustriert. Es ist zu Ihrer eigenen Sicherheit.«

»Darauf wollen wir heute noch einmal verschärft hinweisen. Alle aktuellen Sicherheitsmaßnahmen, Erkenntnisse und Tipps vom Team könnt ihr wie immer auf der Overkill-Seite auf unserer NYC-Fresh-Website aufrufen.«

»Wenn ihr auch etwas zu Overkill loswerden wollt, ruft uns an oder schreibt uns über die kostenlose NYC-Fresh-App.«

»Und nun weiter mit den freshesten Hits des Tages!«

Laute Stimmen aus dem Laden unter mir lassen mich aus dem Schlaf aufschrecken, als hinter den vergitterten Fenstern gerade einmal der erste, rosafarbene Schein der Sonne zu sehen ist.

Schlaftrunken richte ich mich auf, schiebe meine Decke von mir und lausche mit noch halb geschlossenen Augen, was vor sich geht. Heute waren keine Einkäufe zu erledigen, also konnte ich ausschlafen. Shiro ist nur schon so früh hier, um den Bestand zu checken und zu lüften.

Aber da sind weitere Stimmen zu hören.

Frühe Gäste? Um diese Uhrzeit? Oder vielleicht einer seiner Freunde?

Ich richte mich schwerfällig auf und beschließe, dass ich nachsehen sollte, falls er Hilfe braucht. Ich muss nicht einmal auf die Uhr schauen, um zu wissen, dass ich nur wenige Stunden geschlafen habe. All der Wein, den Akari und ich über unsere Gespräche hinweg getrunken haben, trägt wohl sein Übriges zu meinem Zustand bei.

Trotzdem fühle ich mich eigenartig beschwingt, als ich mir rasch eine Hose und ein Shirt überstreife und die dunkle Treppe hinabsteige. Der Abend gestern war der Beste, den ich seit Wochen hatte. Seit Monaten.

Als wir uns verabschiedet haben, habe ich überlegt, sie zu küssen, aber irgendwie hat es sich nicht richtig angefühlt. Nicht nach allem, was wir einander anvertraut haben.

Aber das ist mir egal. Ich kann es nicht erwarten, sie wiederzusehen.

Ich öffne die untere Tür, trete barfuß auf den schmutzigen Teppich des Gastraums und werfe einen Blick um die Ecke, um zu sehen, wer so laut spricht.

»Wir haben kein Interesse daran, Sie unter Druck zu setzen.« Zwei große, muskulöse Männer in Anzügen stehen Shiro gegenüber. »Aber wir möchten Sie trotzdem ermutigen, die richtige Entscheidung zu treffen.«

Ich sehe nur Shiros Gesicht. Er schaut entschlossen zu den Kerlen auf, die deutlich größer sind als er. »Sie müssen mich nicht ermutigen«, sagt er mit klarer Stimme.

»Meine Entscheidung steht fest. Ich werde …« Mitten im Satz scheint er zu bemerken, dass ich da bin. Ein Wunder, dass ihm die knarzende Tür zuvor nicht aufgefallen ist.

Als er mich ansieht und innehält, wenden auch die beiden Fremden sich um und schauen mich an. Was ist hier los? Was wollen sie von Shiro? Er lässt es sich kaum anmerken, aber an seiner angespannten Haltung erkenne ich eindeutig, dass er unter Stress steht.

»Alles in Ordnung?«, frage ich laut, wenn auch ein wenig erschrocken darüber, dass ich ertappt wurde.

»Alles in bester Ordnung«, antwortet einer der Kerle.

Beide sind Japaner, sicherlich in ihren Fünfzigern. Kurz schauen sie mich an, dann schieben sie sich an Shiro vorbei und verlassen den Laden, ohne ein weiteres Wort zu sagen.

Shiro steht wie angewurzelt da und schaut ihnen hinterher, während ich zu ihm aufschließe.

»Wer waren die?« Ich neige den Kopf ein Stück zur Seite, um seinen Blick einzufangen. »Was wollten die von dir?«

»Ach, schon gut.« Endlich löst er sich aus seiner Starre und geht an mir vorbei, durch den Gastraum auf die Küche zu.

Nein, so schnell lasse ich mich nicht abwimmeln. »Was ist das für eine Entscheidung, die du treffen sollst?«, frage ich und folge ihm eilig. Geht es um das Restaurant? »Hast du Schulden oder so?« So, wie der Laden läuft, wäre das nicht verwunderlich. Hat er sich Geld von den falschen Leuten geliehen?

»Das klang ernster, als es war«, sagt er, sehr darum bemüht, locker zu klingen. Zu bemüht. »Es geht nur um das Menü.«

Skeptisch ziehe ich die Augenbrauen in die Höhe. »Um das Menü«, wiederhole ich und verkneife mir ein ironisches Lachen. »Klar.«

Von der Küche geht Shiro in den Vorratsraum, holt sein Klemmbrett hervor und aktualisiert die Liste mit den Beständen, die noch verfügbar sind und die wir morgen nachkaufen müssen. Ich stelle mich in den Türrahmen und verschränke die Arme vor der Brust. »Bist du in Schwierigkeiten? Brauchst du Geld?«

»Nein.«

»Die sahen nicht so aus, als sollte man es sich mit ihnen verscherzen.«

»Das ist nichts Schlimmes, Toma. Das waren Freunde von mir.«

Warum lügt er? Will er mich vor etwas schützen? Steckt er in krummen Sachen drin? »Hat das was damit zu tun, dass du wolltest, dass ich unsere Familiengeschichte von der Website lösche?«, rate ich einfach ins Blaue hinein.

Aber es bringt nichts. Er schaut gar nicht zu mir auf. Als würde ich mit einer Wand reden.

»Erzähl du lieber, wie dein Date gestern war.«

Angestrengt schlucke ich und lehne mich in den Türrahmen. Wenn er wirklich nicht darüber sprechen will, gibt es keinen Weg für mich, herauszufinden, was da los ist. Meine Eltern wissen sicher nichts darüber.

Was soll ich machen?

»Das war kein richtiges Date«, antworte ich resigniert. Obwohl es sich wirklich angefühlt hat, als sei es eins gewesen. »Ich durfte sogar ihren Arsch von Onkel kennenlernen.«

»Das ist der, der sie beschäftigt, oder?«

Auf einmal scheint er sehr viel Interesse an Akari und

meinem Privatleben zu haben. Bisher hat er noch nicht viele Fragen dazu gestellt.

Er will nur ablenken.

Ich antworte trotzdem. »Genau. Er ist mitten in der Nacht reingeplatzt und wollte, dass sie noch mal ins Büro kommt. Ein richtiger Tyrann.«

»Da kenne ich noch so jemanden.« Sein verschmitzter Blick macht mehr als deutlich klar, dass er meinen Vater meint. »Da habt ihr sicherlich viel zu reden, was?«

Das hat er aber schnell durchschaut. »Ja«, antworte ich nachdenklich. Aber das ist nicht das, worüber ich eigentlich reden will, und das weiß er. »Wenn du echt in finanziellen Schwierigkeiten bist, kann Akari dir sicher aushelfen«, überlege ich laut. »Sie ist superreich und sie würde sicher nicht zulassen, dass du den Laden schließen musst.«

Shiro winkt ab, bevor er sich bückt, um die Zutaten in den unteren Regalen zu überprüfen und seine Häkchen zu setzen. »Ich bin nicht in finanziellen Schwierigkeiten.«

»Aber …«

»Hey.« Endlich schaut er wieder zu mir auf und bedenkt mich mit einem strengen Blick. Obwohl er sich gerade erst hingehockt hat, steht er langsam wieder auf und sieht mich an. »Wenn du mir wirklich helfen möchtest, dann bitte ich dich um einen Gefallen.«

Was kommt jetzt? Wieder eine seiner Geschichten? Eine Aufgabe? Oder versucht er nur, mich loszuwerden? »Klar.« Ich schlucke schwer. Egal, was es ist, ich werde es tun.

Es sei denn, er bittet mich darum, ihn mit der Sache in Ruhe zu lassen.

»Aber du darfst dazu keine weiteren Fragen stellen.«

Ich überlege, ob ich sage, dass ich ihm das nicht versprechen kann, aber dann sagt er vielleicht gar nichts. Also nicke ich.

Shiro sieht sich um und reibt die Hände aneinander. »Es käme mir sehr gelegen, wenn ich einen Tag freinehmen könnte, um einige Erledigungen zu tätigen.« Nun schaut er mich direkt an. So durchdringend wie noch nie zuvor. »Ich würde dich bitten, das Restaurant heute für einen Tag zu übernehmen.«

Verwirrung macht sich in mir breit. »W-was?«

»Du darfst das Spicy Noodles auf gar keinen Fall schließen, verstehst du? Jeder Kunde, der hierherkommt, muss bedient werden.«

»Aber … du sagtest doch, ich bin noch lang nicht so weit, dein Rezept selbst zu kochen.«

Forschend mustert er mich, als wolle er anhand meiner Reaktion ablesen, was er darauf sagen soll. »Also denkst du, dass du das nicht schaffst?«

So einfach ist das nicht! Ich weiß es einfach nicht. Wir hatten schon Tage, an denen nur ein oder zwei Gäste hier waren, das würde ich bestimmt hinbekommen. Auch wenns bei mir nicht ganz so gut schmecken wird wie bei ihm. Aber wenn es mehr sind? Und wenn ich sein Rezept ganz verhaue? »Ich … will dir wirklich helfen, aber ich weiß noch nicht, ob ich das schaffe«, gestehe ich ein.

Shiro drückt sich an mir vorbei. Ich löse mich aus dem Türrahmen und folge ihm in die Küche.

»Ich meine, kann der Laden nicht mal für *einen* Tag zumachen? Ich kann auch auf den Markt gehen und Besorgungen erledigen, aber kochen …«

»Nein«, unterbricht er mich, ohne mich anzusehen. »Das Spicy Noodles darf auf keinen Fall geschlossen werden.«

Warum? Ist das seine persönliche Mission oder steckt mehr dahinter?

»Ähm …« Ich runzle die Stirn. »Wenn der Laden nicht an einem einzigen Tag geschlossen sein darf, hattest du dann in den letzten Jahren überhaupt einen Tag Pause?«

»Ich brauche doch keine Pause«, antwortet Shiro, dann seufzt er. »Aber wenn du es dir noch nicht zutraust …«

»Ich mache es.« Der Satz kommt wie von allein über meine Lippen, als ich noch zu verarbeiten versuche, wie lang der alte Mann Tag für Tag gearbeitet haben muss. Wenn ich ihm einen Tag Pause von diesem Job verschaffen kann, muss ich es versuchen. »Ich kann nicht versprechen, dass mein Essen so gut sein wird wie deins, aber …«

»Wird es nicht«, murrt er. »Wie auch? Ich koche seit Jahren nichts anderes.«

Ich beobachte ihn genau, um herauszufinden, worauf er hinauswill.

»Es wäre sogar eine Beleidigung für mich, wenn du schon nach ein paar Tagen so gut kochen könntest wie ich.« Da hat er wohl recht. »Aber das ist nicht das, worauf es ankommt.«

»Worauf denn dann?«

»Wenn du kein Vertrauen in deine Fähigkeiten und in diesen Ort hast …« Er schüttelt den Kopf. »Dann ist es keine gute Idee.«

»Doch, doch, ich schaffe das!«, sage ich sofort. Wenn ich allein im Laden bin, kann ich vielleicht mit einem von Shiros Freunden sprechen. Womöglich sagen die mir mehr darüber, was mit ihm los ist. »Vielleicht kann ich Jay und Akari bitten, mir zu helfen.« Ich trete ein paar Schritte weiter auf ihn zu, um ihn anzusehen. »Bitte nimm dir einen Tag frei, ja? Ich schaffe das.«

Shiro schürzt die Lippen, dann holt er tief Luft und nickt schließlich. »Na gut. Aber bitte verhalte dich ordentlich.«

»N-na klar.« Was meint er genau damit?

»Du hast keine Ahnung, was ich alles auf mich genommen habe, um dieses Restaurant am Leben zu erhalten. Ich muss mich auf dich verlassen können.«

Ich habe nicht die geringste Ahnung, welche Anforderungen er an mich stellt, aber das zeige oder sage ich ihm lieber nicht. »Du kannst dich auf mich verlassen.«

KAPITEL 21

WAS SICH ANBAHNT

»Bist du sicher, dass das klargeht?«

Akari legt ihre geblümte Jacke ab und hängt sie rasch an den Kleiderständer, dann schiebt sie sich an mir vorbei und krempelt die Ärmel ihrer schwarzen Bluse hoch. Das Licht der einfallenden Morgensonne fängt sich in ihrem hellen Haar.

»Wenn es nicht okay wäre, wäre ich nicht hier.« Sie lächelt mich breit an und legt ihre Hand an meinen Unterarm.

Die unerwartete Berührung schickt einen kleinen Schock durch meinen Körper und mein Gesicht wird schon wieder warm.

»Ich hab noch mal mit Hinata gesprochen, und er hat sich entschuldigt. Und mir als Wiedergutmachung heute freigegeben.«

Das klingt nicht nach dem Kerl, den ich gestern Abend kennenlernen konnte. Und nach allem, was sie über ihn erzählt hat, denke ich auch nicht, dass ich ihn nur an einem schlechten Tag erwischt habe. »Eigentlich dachte ich eher, dass du nach deiner Arbeit vorbeikommst.« Hätte ich gewusst, dass sie sofort alles stehen und liegen lassen würde, um in den Laden zu kommen, hätte ich es mir eventuell anders überlegt. »Ich hoffe, das hat kein Nachspiel. Ich will wirklich nicht, dass du meinetwegen in Schwierigkeiten gerätst.« Dabei ist es so ein gutes Gefühl, sie wiederzusehen! Allein ihre Anwesenheit gibt mir schon das Gefühl, dass ich diesen Tag bewältigen kann.

Akaris Gesichtszüge werden etwas weicher. »Du bist lieb«, sagt sie und lässt meinen Arm leider wieder los. »Aber es ist wirklich alles gut.« Sie breitet ihre Arme aus. »Und wo könnte ich meinen Tag besser verbringen als hier?« Ich sehe ihr nach, als sie durch den lichtdurchfluteten Gastraum geht wie durch ihr Zuhause, um hinter den Tresen zu treten und die Tür zum Hinterhof zu öffnen.

Die Brise, die durch den Laden weht, ist angenehm frisch und trägt den Geruch vom Regen der letzten Nacht mit sich. Es tut gut, sie so ausgelassen zu sehen, aber ich muss aufpassen, sie nicht zu sehr anzustarren.

»Was steht denn heute an?« Sie reibt ihre Hände aneinander und sieht sich gespannt um.

»Ich habe die Nudeln für den Tag schon vorbereitet«, sage ich unsicher. »Genügend Brühe haben wir auch noch. Also eigentlich nicht so viel.« Ich zucke mit den Schultern.

»Bist du gestern noch gut nach Hause gekommen?«

»Mit der privaten Limo konnte mir ja nicht viel passieren«, erwidere ich verschmitzt. Es fühlt sich fast falsch an, dass ich die Fahrt so genossen habe. Wäre da draußen kein Serienmörder unterwegs, hätte ich sicherlich abgelehnt.

Akari sieht sich im Gastraum um und tritt langsam

wieder auf mich zu. »Also ich …« Sie reibt die Hände aneinander. »Ich wollte dich noch fragen, ob …«

»Morgeeen!«

Ich wirble herum, als Jays Ruf mich zusammenzucken lässt.

»Alter«, sage ich, um meinen Schreck zu überspielen.

»Was?« Er lacht und zieht an Bruces Leine, der ungewöhnlich aufgeregt versucht, die Krähen auf dem Gehweg vor dem Laden zu vertreiben. Jay erstarrt und schaut zwischen uns hin und her. »Hab ich hier etwa einen Moment zerstört?«

Ich glaube, dass sowohl Akari als auch ich etwas zu nervös lachen. »Ach was«, sage ich und bemühe mich, nicht zu Akari zu schauen. Was wollte sie fragen?

»Sorry!« Jay zieht Bruce mit einiger Kraft von den Krähen weg und in den Laden, bis dieser sich seinem Schicksal ergibt. Dann überreicht er mir die Leine, legt seine Jacke ab und offenbart ein Outfit, das deutlich passender als meins ist.

Sowohl er als auch Akari tragen schwarze Hosen und ein schwarzes Hemd. Wie Shiro immer. Dagegen sehe ich mit meiner dunklen Jeans und dem blauen Shirt mit dem Vogelprint wie ein echter Amateur aus.

»Ich bin bereit!« Er ist heute sogar noch energiegeladener als sonst. »Wird jetzt gekocht?«

»Noch ist niemand da«, stelle ich das Offensichtliche fest, richte mich wieder auf und stemme die Hände in die Hüften. »Aber die Nudeln sind schon fertig, also müssen wir nichts mehr vorbereiten.«

Jay schaut sich zwischen den leeren Stühlen um. »Also warten wir?« Er wirkt tatsächlich ein wenig enttäuscht darüber.

Entschuldigend sehe ich ihn an. Wenn heute niemand mehr kommt, haben sich beide ganz umsonst einen Tag Zeit genommen. »Schätze schon«, sage ich gedehnt. »Aber wir sind sicher ein ganz gutes Team, oder?«

»Kochst du auch gern?«, will Akari von Jay wissen, der einen fast beleidigten Ausdruck aufsetzt.

»Hallo? Ich bin ein Meisterkoch!«

»Er kocht immer, wenn er traurig ist«, murmele ich, woraufhin er eine wegwerfende Handbewegung macht.

»Ich koche auch, wenn *du* traurig bist, also beschwer dich nicht.«

»Das stimmt.«

Akari lacht amüsiert.

Ich wende mich zu ihr um. »Aber ganz ehrlich: Wir sind ein tolles Team. Jay kocht extrem gut, Akari ist besser vertraut mit den Gerichten hier als jeder andere und ich kenne Shiros Geheimnisse.«

Akari legt die Hände aneinander und schaut sich um. »Solange wir nichts zu tun haben, könnten wir ja ein bisschen putzen, oder?«

Ich schaue sie mit großen Augen an, weil ich mich eigentlich darauf eingestellt habe, wieder ein wenig an der Website zu arbeiten. Die ist zwar schon grob fertig, aber schöner bekomme ich sie bestimmt noch hin.

Zumal ich mir jetzt ein paar neue Texte einfallen lassen muss.

Sie streckt allerdings wieder ihre Hände aus, um mich am Arm zu berühren. »Komm schon! Shiro würde sich sicher total drüber freuen, wenn er wiederkommt.«

Von dem, was ich bisher über ihn erfahren habe, bin ich mir nicht sicher, ob er sich freuen würde. Aber es ist vermutlich spannender für die beiden, als nur herumzusitzen. »Na gut«, sage ich also und schaue Jay fragend an, der nur mit den Schultern zuckt.

»Dann legen wir mal los!«

Als kurz vor zwölf Uhr unser erster Gast ins Spicy Noodles kommt, ist mein erster Reflex, mich in der Küche an die geflieste Wand zu pressen und meine Hände zu Fäusten zu ballen, um mich zu beruhigen. »Es geht los, Leute«, murmele ich Akari und Jay zu, die damit beschäftigt sind, jeden Zentimeter des sowieso schon sauberen Lagerraums auszuwischen.

Akari richtet sich auf, schaut mich verwundert an und bricht in schnaubendes Lachen aus. Dass sie mir in einer ironischen Geste über den Arm streicht, als sie an mir vorübergeht, um in den Gastraum zu treten, macht es nicht wirklich besser. Ich löse mich trotzdem aus meiner angespannten Haltung.

»Immer mit der Ruhe«, sagt Jay und wäscht sich rasch die Hände über der Spüle. Ich versuche, das Geräusch des Wassers auszublenden und darauf zu lauschen, was Akari mit unserem Gast bespricht.

»Herzlich willkommen im Spicy Noodles«, sagt sie freundlich. Durch ihre Berufserfahrung ist sie von uns vermutlich diejenige, die am besten mit Gästen umgehen kann. »Shiro ist heute leider nicht da, aber wir freuen uns, Sie trotzdem bedienen zu können.«

Ich ziehe die Augenbrauen in die Höhe und tausche einen anerkennenden Blick mit Jay aus.

»Das freut mich.« Die Stimme einer Frau. Irgendwie kommt sie mir bekannt vor.

»Waren Sie denn schon einmal hier?«

»Ja, einmal bisher.«

Ich schiebe mich auf die Tür zu, spähe um die Ecke und bewundere Akaris Rücken und wie höflich sie die Hände vor dem Körper gefaltet hat. Vielleicht sollten wir sie alle Gäste bedienen lassen.

Erst dann sehe ich die Frau, mit der sie gerade spricht. Mein Puls rauscht etwas lauter durch meine Ohren.

Die vom FBI. Wie war ihr Name noch mal? Hunt. Ich erinnere mich. Ist sie meinetwegen hier oder will sie wirklich nur etwas essen?

Akari weist ihr einen Tisch zu und sie setzt sich.

Ich ziehe mich in die Küche zurück, bevor Hunt mich bemerkt, und nehme Blickkontakt zu Akari auf, als sie ebenfalls eintritt. »Was will sie?«, flüstere ich.

Sie schüttelt leicht den Kopf, wahrscheinlich, weil sie meine Reaktion nicht ganz versteht. »Sie meinte, eine gekühlte Coke und dasselbe wie letztes Mal. Ich habe gehofft, das würdest du wissen.«

Also wirklich nur Essen. »Ähm … klar.« Darauf war ich nicht eingestellt. Jetzt bin ich aus zwei Gründen aufgeregt; einerseits, weil ich unsicher bin, ob sie wegen irgendwelcher Informationen hier ist, andererseits, weil wir etwas zubereiten müssen. »Ich bring ihr das Getränk«, sage ich rasch.

Vielleicht kann ich gleich mehr herausfinden, wenn ich mit ihr rede. Wenn sie nur Informationen von mir will, geht sie vielleicht doch gleich wieder.

Jay schaut zwischen uns beiden hin und her, dann drückt er sich in unsere Mitte, um ebenfalls einen kurzen Blick in den Gastraum zu werfen. »Aaah«, macht er und schaut mich wissend an.

Akari, als Einzige hier, die nicht weiß, dass diese Frau dem FBI angehört, quittiert unsere Reaktion mit irritierten Blicken. »Ich bereite dann mal alles vor«, sagt sie und stößt Jay an, damit er ihr hilft. Die beiden springen schon miteinander um wie Geschwister. Bei unserem gemeinsamen Abend im Restaurant haben sie sich gut verstanden, aber das Putzen hat sie richtig zusammengeschweißt.

»Womit müssen wir noch mal genau anfangen?«

»Hier drüben. Wir suchen erst mal die Zutaten zusammen.«

Ich konzentriere mich auf eine ruhige Atmung, als ich ein Glas aus dem Schrank und eine Flasche Coke aus dem Kühlschrank hole, um beides rasch an Hunts Tisch zu bringen. Wenn ich zu aufgeregt wirke, schöpft sie noch Verdacht.

Sie will sicher nur essen.

»Guten Tag und herzlich willkommen«, sage ich und beobachte gespannt ihre Reaktion, als sie aufsieht.

Eigentlich wirkt sie ganz entspannt, als sie sich für das Getränk bedankt.

»Ist alles in Ordnung?«, will ich wissen, um gleich zum Punkt zu kommen.

»Ja.« Sie lächelt wieder mit diesem blöden, wissenden Ausdruck. »Mir ging nur das Essen hier nicht aus dem Kopf.« Demonstrativ sieht sie sich hinter mir um. »Ist dein Großvater gar nicht da?«

»Nein, er nimmt sich heute einen Tag frei. Ich werde kochen.«

Sie bemüht sich wohl, nicht skeptisch dreinzublicken. »Da bin ich ja gespannt.«

»Gibt es schon neue Infos zu meinem Handy?« Ich drehe mich schnell um, um zu lauschen, ob Akari sich noch immer mit Jay abspricht.

»Darüber darf ich leider keine Aussagen treffen.« Sie

stützt ihr Kinn auf den zusammengefalteten Händen ab. »Ich bin nur privat hier.«

Klar. Erzähl das jemand anderem.

»Na dann«, sage ich laut und trete zurück. »Bitte hab etwas Geduld. Wir bereiten gerade alles vor.«

»Gern.«

Angespannter als ich sein will, wende ich mich ab.

»Also die Brühe und das Chashu hat Shiro schon vorbereitet«, sage ich den anderen, um mich selbst zur Konzentration zu rufen. »Die Nudeln habe ich heute Morgen frisch gemacht.« Ich presse die Lippen überlegend aufeinander. »Aber ich weiß nicht, ob sie gut genug sind.«

»Gut, dass ihr schon Vorarbeit geleistet habt«, sagt Jay, während er damit beschäftigt ist, den grünen Teil von Frühlingszwiebeln mit geschickten Fingern dünn zu schneiden. Er ist fast so schnell wie Shiro.

Meine Bedenken übergeht er komplett. Wahrscheinlich hat er recht damit. Selbst, wenn sie nicht so gut sind, müssen wir jetzt damit arbeiten.

Ich sehe kurz zu Akari, die sich mit der Brühe und den Shiitake beschäftigt. Ich muss mich auch bewegen! An der großen Arbeitsfläche ist für uns alle Platz.

Ich beginne mit der Tare und suche ein paar Stücke Kombu zusammen, um sie in einen Saucentopf zu geben. Ich füge Wasser hinzu und stelle den Herd auf eine mittlere Stufe. Das muss erst mal warm werden und zehn Minuten ziehen, bevor ich die Bonitoflocken hinzuschütte, also widme ich mich gleich der nächsten Zutat.

»Ich kümmere mich um das Ei«, verkünde ich den beiden, die schweigend und unheimlich konzentriert ihren Aufgaben nachgehen.

Wir stehen einander nicht mal im Weg, obwohl jeder

von uns sich immer wieder von seiner Arbeitsfläche löst, um alles zusammenzusuchen. Nur hin und wieder muss ich den beiden sagen, was als Nächstes ansteht oder wo sie etwas finden. Die nahezu professionelle Stille in dieser Küche sät mir ein freudig aufgeregtes Gefühl in den Bauch.

Während der Geruch des wärmer werdenden Chashu und der köchelnden Tonkotsu-Brühe langsam in der Küche aufgeht, koche ich das Ei für die Portion und starre auf den Timer daneben, um es ja nicht zu lang oder zu kurz im Wasser zu lassen, damit das Eigelb die perfekte Cremigkeit bekommt.

Ich bin so konzentriert, dass ich mich fast erschrecke, als ich ein »Hallo?« aus dem Gastraum höre. Dieses Mal von einem Mann.

»Ich gehe«, sage ich sofort und reiche Akari meine Uhr. »Sobald es fertig ist, sofort rausnehmen und in das Eisbad geben, ja?«

»In Ordnung!«

»Und wenn der Timer für die Tare klingelt, alles durch ein feines Sieb in eine mittelgroße Schüssel geben, ja?«

»Geht klar.«

»Gleich wieder da.« Rasch greife ich nach einem Handtuch und wische meine Hände ab, als ich wieder in den Gastraum trete. Erst als ich die Küche verlasse, fällt mir auf, wie heiß es dort schon geworden ist. Die dünne Schweißschicht, die sich auf meiner Stirn gesammelt hat, kühlt sofort ab.

»Willkommen«, sage ich zu dem Mann, der sich bereits an einen der Tische gesetzt hat. Ich kenne ihn. Es ist der Kerl mit dem Husten und den schmuddeligen Klamotten, der mir von meinem großen Potenzial erzählt hat.

Wie er dort sitzt, mit gesenkten Schultern, bietet er einen starken Kontrast zu Hunt, die mit ihrem Anzug, den Blick auf das Handy gerichtet, wie aus dem Ei gepellt aussieht.

Er mustert mich von oben bis unten. Sein blonder Bart ist seit dem letzten Mal noch etwas voller geworden. Ich erinnere mich wieder daran, wie er mir von Kagutsuchi erzählt hat. Und davon, dass er und Shiro für Sicherheit in New York gesorgt haben.

»Shiro ist heute leider nicht da. Aber ich nehme gern Ihre Bestellung auf.«

»Du kannst mich Henry nennen, Junge.« Seine Stimme ist so rau, als würde er zwei Päckchen Zigaretten am Tag rauchen. Aber er riecht gar nicht danach.

»Ähm … in Ordnung.«

»Und dass Shiro nicht da ist, weiß ich. Er hat mich gebeten, hier auf alles achtzugeben.«

Er hat seinen Freund gebeten, auf den Laden aufzupassen? Also vertraut er mir doch nicht.

Nicht, dass das unberechtigt wäre.

Ich wittere allerdings meine Chance, trete einen Schritt näher an den Kerl heran und senke meine Stimme, damit Hunt uns nicht hört. »Weißt du, wo Shiro ist? Er hat mir nicht gesagt, was er so dringend zu tun hatte.«

»Ein paar Freunde zusammentrommeln«, sagt Henry und lehnt sich weit in seinen Stuhl zurück. »Es bahnt sich wohl was an.«

Obwohl wir leise gesprochen haben, scheint Hunt mitgehört zu haben und wendet ruckartig ihren Kopf zu uns um.

Sie und Henry sehen einander einen Moment lang an. Als wollten sie einschätzen, ob sie eine Gefahr füreinander darstellen. Dann steht sie auf, tritt auf seinen Tisch zu und setzt sich neben ihn. »Was bahnt sich denn an?«, will sie mit einem süßen Lächeln wissen.

Ich mache wieder einen Schritt zurück. Was geht hier vor sich?

Henry antwortet nicht gleich, sondern mustert die Frau mit den weißen Haaren und dem kalten Blick noch eine ganze Weile. Dann verdreht er die Augen und schüttelt den Kopf. »Die Behörde, hm?«, will er wissen.

Behörde? Weiß er, dass sie vom FBI ist? Sie trägt doch gar keine Marke bei sich.

»Sieht so aus«, erwidert sie schwammig, während ich mich so wenig wie möglich bewege, damit die beiden vergessen, dass ich da bin.

Ein Plan, der sofort nach hinten losgeht, als Henry die Arme verschränkt, mich ansieht und sagt: »Bring mir das, was sie bekommt.«

»Okay«, sage ich, trete aber nur einen Schritt zurück. Sein erwartungsvoller Blick verrät mir, dass er nicht weitersprechen wird, solange ich dabeistehe, also drehe ich mich um und wende mich grummelig ab. Was für ein Mist.

Sie schweigen, bis ich wieder in der heißen Küche bin und sie aufgrund der Geräusche all der Pfannen nicht mehr hören kann.

Jay dreht sich zu mir um, und ich mache große Augen und deute mit dem Daumen nach draußen, um ihm zu zeigen, dass da etwas Seltsames vor sich geht. Er löst sich sofort von seiner Arbeitsfläche und stellt sich zu mir an die Tür. Akari bemerkt es auch, und obwohl sie keine Ahnung davon haben sollte, wer die beiden Personen da draußen sind, stecken wir alle drei übereinander die Köpfe durch den Türrahmen, um hinauszuspähen.

Sie unterhalten sich noch immer, aber man versteht kein Wort.

Hunt scheint etwas zu vermuten und dreht sich zu uns um, woraufhin wir uns alle zurückziehen, zusammenstoßen und in unterdrücktes Gelächter ausbrechen.

»Wer sind diese Leute?«, will Akari wissen.

Ich winke grinsend ab, auch wenn es mich eigentlich stört, dass ich nicht weiß, was hier los ist. »Wir brauchen eine zweite Portion«, sage ich und wir machen uns amüsiert an die Arbeit.

KAPITEL 22

WER UNS HILFE ANBIETET

»Das klingt alles ganz wunderbar.« Shiro tritt auf die Küche zu, und ich folge ihm langsam. In seiner schwarzen Kleidung sieht er wie immer fitter und jünger aus, als er eigentlich ist. Nach diesem Tag geht er allerdings ein wenig gebückter als sonst.

Auf meinem Weg lösche ich die Lampen auf den Tischen und muss mich zusammenreißen, nicht den Song mitzusingen, den ich im Ohr habe.

Mit immerhin sieben Gästen, die uns über den Tag verteilt besucht haben, hatten wir mehr zu tun als an den bisherigen Tagen. Zumal wir uns noch in den Prozessen in der Küche einspielen und absprechen mussten.

Aber niemand hat sich über das Essen oder den Service beschwert. Sogar dieser grummelige Henry schien ganz zufrieden gewesen zu sein.

Und ich habe mich selten so stolz gefühlt. Meine Hände kribbeln, und ich fühle mich ganz leicht. Ich habe die Hilfe meiner Freunde gebraucht und hätte das nie allein geschafft, aber … gemeinsam haben wir es geschafft. Und es hat sogar Spaß gemacht.

Ich habe das Gefühl, Berge versetzen zu können.

»Henry hat nur das Beste von euch berichtet«, sagt Shiro.

Jay und Akari sind damit beschäftigt, das letzte Geschirr zu spülen und den Kühlschrank aufzuräumen, um alles blitzsauber zu hinterlassen.

Ich lege das Tuch weg, mit dem ich die Tische abgewischt habe, und frage mich, wie Shiro mit diesem Henry kommuniziert hat. Ich habe ihn noch nie mit einem Handy gesehen. Und ich frage mich, ob der Kerl ihm auch von seiner überaus langen Unterhaltung mit Hunt erzählt hat.

Aber ich stelle diese Fragen nicht, weil ich im Moment denke, dass sie unwichtig sind. Ich will nur zufrieden sein und mir nicht so viele Gedanken machen.

»Wie war denn dein Tag?«, frage ich ihn stattdessen, ehrlich interessiert. Obwohl Henry meinte, dass Shiro Freunde besuchen wollte, hoffe ich darauf, dass er auch etwas zur Ruhe gekommen ist.

»Ich habe einige Vorkehrungen getroffen«, sagt er und sieht mich an. Seinem Blick entnehme ich schon, dass er das nicht weiter erläutern wird. »Ich bin auf jeden Fall froh, dass ihr so gute Arbeit geleistet habt. Ehrlich gesagt hat es mich überrascht.«

Seine Aussage trifft mich nicht mal. Ich bin selbst überrascht.

Er wendet sich an Jay und Akari. »Euch möchte ich natürlich auch für eure Arbeit entlohnen.«

Gleichzeitig heben sie ihre Hände und schütteln die Köpfe, was ich mit einem Lachen quittiere. Das war klar.

»Sicher?«, frage ich an Akari gerichtet. »Willst du dich nicht mal in kostenlosem Essen bezahlen lassen?«

Sofort beginnen ihre Augen zu glitzern, aber sie bleibt standhaft. »Das war ein toller Tag«, sagt sie, als müsse sie streng zu sich selbst sein. »Das ist Bezahlung genug.«

Jay hebt die Augenbrauen und verzieht die Lippen zu einem anerkennenden Ausdruck, dann zuckt er mit den Schultern. »Also ich nehme das kostenlose Essen.«

Shiro nickt zufrieden, dann geht er zu Jay, der noch dabei ist, das Geschirr zu verstauen. Akari bewegt sich währenddessen vorsichtig auf mich zu. Ich will ihr schon den Weg zur Tür freimachen, als sie vor mir stehen bleibt und an meinem Shirt zupft. Vermutlich werde ich schneller rot, als ich denken kann. Trotzdem beuge ich mich ein Stück zu ihr hinab, damit sie mir etwas zuflüstern kann.

»Unternehmen wir morgen Abend wieder was?«, fragt sie leise.

Verwundert lächelnd schaue sie an. Warum so geheimnistuerisch? »Klar«, murmele ich.

»Bei mir?«

»Warum nicht? Ich könnte ja …«

»Hallo?« Ein Ruf vom Gastraum her erregt unser aller Aufmerksamkeit und ich trete einen Schritt hinaus, um zu sehen, wer dort steht.

Im Licht der Lampen auf den Tischen, die noch brennen, ist sie deutlich zu erkennen: Eine junge, weiße Frau mit schlanker Figur, die braunen Haare zu einem lockeren Zopf gebunden. Sie ist total hübsch. Vermutlich nicht viel älter als ich, mit einem herausfordernden Ausdruck auf den weichen Zügen. Das Fahrrad, auf dem sie gekommen sein muss, ist an eins der Fenster gelehnt.

»Hallo«, säuselt sie und mustert mich und Akari neugierig, dann richtet sie den Blick ihrer hellen Augen auf Shiro, der sich hinter mir aus der Küche schiebt.

Mein Blick bleibt an ihrem Hoodie hängen. Leuchtendes Violett mit der Outline eines neongelben Smileys darauf, der frech zwinkert. Darunter steht, ebenfalls in Neongelb, *VERY HAPPY MEAT*.

»Was willst du?«, fragt Shiro in so harschem Tonfall, dass sofort meine Alarmglocken klingeln. Kennen die beiden sich?

»Ich habe gehört, du …« Sie sieht uns drei an, dann wieder ihn. »… rekrutierst.«

Rekrutieren? Was soll das denn bedeuten?

Sie kommt gar nicht in den Gastraum herein, sondern bleibt vor der Türschwelle stehen. Traut sie sich nicht rein?

Shiro schürzt die Lippen und sieht sie regungslos an. »Verschwinde von hier. Du bist nicht willkommen.«

Sie breitet die Arme aus. »Ich will nur …«

»Nein!«, bellt Shiro so laut, wie ich es noch nie gehört habe. »Mit Abschaum wie euch will ich nichts zu tun haben, also spar dir den Atem. Ich habe zu seiner Zeit schon deine Großeltern gebeten, nicht hierherzukommen, und das gilt genauso für dich und deinesgleichen.«

Deinesgleichen? Ist sie eine der Personen, die ich nicht bedienen soll?

Die junge Frau scheint ehrlich vor den Kopf gestoßen zu sein. Aus ihrer etwas überheblichen Rolle fällt sie trotzdem nicht.

Aber die Art, wie Shiro mit ihr umgeht, weckt etwas in mir und ich wende mich zu ihm um. »Hör dir doch wenigstens an, was sie zu sagen hat.«

»Du musst nicht immer jeden verteidigen, Toma«, antwortet Shiro übermäßig gereizt. »Ich habe dir schon gesagt: Irgendwann wird dich das ins Verderben führen.«

Die Frau legt den Kopf schief und setzt ein Lächeln auf, das gleichzeitig süß und falsch wirkt. »Ich soll von meinem Vater ausrichten, dass wir dich gern unterstützen.«

Shiro mustert sie abschätzig von oben bis unten. »Ihr könnt doch gar nichts.«

Der Satz scheint sie so unvermittelt zu treffen, dass sie in schallendes Gelächter ausbricht. »Das schaffen wir schon noch.«

»Warum?«

Was ist mit Shiro los? So abweisend habe ich ihn noch nie erlebt. Er war selbst höflicher, als ich mir den Fauxpas mit der Website erlaubt habe.

»Kein Grund«, antwortet sie etwas ernster. »Wir wollen nur das New Yorker Restaurant-Business am Laufen halten.«

Shiro schürzt die Lippen. »Was verlangt ihr dafür, meine ich?«

»Das können wir später besprechen.«

»Nein, danke.«

Shiro will sich abwenden, aber ich gebe mich nicht so schnell zufrieden. »Wie erreichen wir dich denn?«, will ich einem Impuls folgend wissen. Ich habe keine Ahnung, wer sie ist oder welche Form von Hilfe sie anbietet, aber es kann nie schaden, ein Ass im Ärmel zu haben.

Sie lächelt, als zweifele sie an meinen Verstand, und deutet mit ihren Zeigefingern auf das Logo auf ihrem Shirt. »Du bist nicht der Hellste, hm?« Sie ruckt mit dem Kinn zu mir. »Bist du der sagenumwobene Enkel? Wir dachten alle, du würdest niemals auftauchen.«

»Antworte ihr nicht!«, faucht Shiro und bedeutet ihr mit einem Handwedeln, dass sie verschwinden soll.

Interessiert sehe ich zu, wie sie sich mit einem Schulterzucken umwendet, auf ihr Fahrrad steigt und uns noch ein letztes Zwinkern zuwirft, bevor sie losfährt.

»Was war das denn?«, fragt Jay.

Ich schüttle den Kopf und wir drei drehen uns zu Shiro um, der sich schon wieder mit dem Geschirr beschäftigt.

Als sei überhaupt nichts passiert.

KAPITEL 23

WORAUF WIR HOFFEN

Aus den Spitzen meiner Haare perlen die letzten Wassertropfen der heißen Dusche, als ich über mein rosafarbenes Waschbecken gelehnt dastehe und meine Zähne putze. Heute ist der erste Morgen seit einer Ewigkeit, an dem ich aufgewacht bin, ohne mir einen Wecker zu stellen. Oder acht. Und ich fühle mich verdammt frisch. So als hätte diese Nacht der Energie, die ich gestern gesammelt habe, nur noch mehr hinzugefügt.

Heute kommen mir selbst die rosafarbenen Fliesen in meinem Bad witzig vor. Und ich habe das Gefühl, dass alles gut werden kann. Wenn ich hier noch mehr Tage erlebe wie den gestrigen, kann ich den ganzen Scheiß mit den Morden und meinem Vater irgendwann hinter mir lassen und ein neues Leben beginnen.

Und vielleicht ist es sogar ganz egal, wie dieses Leben aussieht. Vielleicht kommt es nur darauf an, wer Teil davon ist. Und wer nicht.

Nachdem ich fertig bin, streife ich mir ein schwarzes Shirt über, suche meine Sachen zusammen und mache mich beschwingt auf den Weg die Treppe hinab. Etwa auf der Hälfte höre ich Stimmen und erstarre kurz. Als ich sie jedoch als die Stimmen identifiziere, die ich gestern vernommen habe, nehme ich zwei Stufen auf einmal, um schneller unten zu sein.

Ich stolpere durch die Tür und eile direkt in den Gastraum, wo Shiro, wie erwartet, wieder den zwei Kerlen in ihren Anzügen gegenübersteht. Dieses Mal wirkt ihre Körpersprache wütender. Sie sind ihm schon ziemlich dicht aufgerückt.

»Wenn Sie sich nicht bis …«

»Hey!«, rufe ich und steuere ungebremst auf sie zu. Ich weiß nicht, was mir den Mut verleiht, mich zwischen Shiro und die Kerle zu drängen, die deutlich größer und muskulöser sind als ich. Ob es noch meine Energie von gestern ist, oder meine Wut darüber, dass sie meinen Großvater einfach nicht in Ruhe lassen. Aber ich bin bereit, die Polizei zu rufen, wenn sie nicht sofort verschwinden. »Lassen Sie ihn in Ruhe!«

Sie machen keine Anstalten, zurückzuweichen. Warum auch? Ich bin ja nicht wirklich eine Bedrohung für sie.

»Wenn Sie nicht verschwinden, rufe ich die Polizei.« Ich bin selbst überrascht, wie klar ich das über meine Lippen bekomme. Meine Stimme zittert gar nicht.

Einer lehnt sich ein Stück nach vorn und ich spanne mich weiter an, darauf vorbereitet, dass es jede Sekunde zu einem Kampf kommen könnte. Aber er sieht an mir vorbei, direkt zu Shiro und murmelt: »Entscheiden Sie sich.« Nach einem langen Blick, den er mit ihm austauscht, lehnt er sich endlich wieder zurück. Dann wendet er sich quälend langsam zum Gehen um, gefolgt von seinem Begleiter.

Ich bleibe regungslos stehen, während die beiden sich gemächlich durch den Gastraum auf die Tür zubewegen. Der hintere streicht mit dem Finger eins der Menüs von einem Tisch. Mein Herz pocht noch aufgeregt, aber ich entspanne mich schlagartig, als sie endlich aus unserem Blickfeld verschwunden sind.

»Fuck.« Ich löse mich aus meiner starren Haltung und gehe auf das Menü zu, um es wieder an seinen Platz zu legen. »Soll ich die Polizei rufen?«

»Nein.« Als ich mich zu Shiro umwende, hat er sich noch nicht vom Fleck bewegt. »Die können uns nicht helfen.«

»Shiro, du musst mir sagen, wer die sind. Und was hier vor sich geht.«

Zumindest bewegt er sich endlich. Wenn auch, um abzuwinken und sich zur Küche umzudrehen.

Aber dieses Mal lasse ich mich nicht so einfach abwimmeln. Mit wenigen Schritten hole ich zu ihm auf und stelle mich ihm in den Weg. »*Rede mit mir*. Nur so kann ich dir helfen!« Das klang wirklich dringend. Und wirklich ernst. Wenn er nicht mit mir reden will, werde ich die Polizei mit oder ohne seine Zustimmung rufen.

»Du würdest mir das sowieso nicht glauben, Toma.« Er weicht meinem Blick aus und will mich umrunden, aber ich lasse ihn nicht.

»Hör auf, okay?« Ich beuge mich nach vorn, um seinen Blick einzufangen, und lege meine Hände aneinander, um keinen zu aggressiven Eindruck zu erwecken. »Ich weiß, dass ich vielleicht nicht immer gut auf das reagiert habe, was du mir erzählt hast. Aber nach all dem seltsamen Zeug, das hier vor sich geht, mit diesen Typen von der Yakuza oder was weiß ich, und gestern Abend diesem

Mädchen mit dem Pulli von der Fleisch-Lieferkette?!« Ich schüttle den Kopf. »Bitte, *bitte*, gib mir eine Erklärung. Ich höre dir zu, okay? Jede Erklärung für das alles ist besser als keine.« Und was auch immer er sagt, vielleicht finde ich irgendeinen Weg, um ihm zu helfen. Selbst wenn das die Mafia oder Yakuza oder sonst wer sind. Irgendetwas muss ich tun können.

Shiro schürzt die Lippen und seufzt, dann setzt er sich an einen der Tische und wartet darauf, dass ich ihm gegenüber Platz nehme. Mein Puls schlägt vor Aufregung und Wut noch immer höher.

Vielleicht auch vor Erleichterung darüber, dass er endlich mit mir reden will.

Die Unterarme auf den Tisch zwischen uns gestützt, die Hände flach auf den Tisch gelegt, beuge ich mich ein Stück nach vorn. Ich sage absichtlich nichts, um Shiro Raum zu geben, sich zu sammeln und seine Gedanken zu ordnen.

»Geh …« Er atmet schwer aus. »Geh einfach mal davon aus, dass es wahr ist, dass wir die Nachfahren des Gottes Kagutsuchi sind. Und dass die Essstäbchen in unserem Tresor tatsächlich der Trigger für mächtige Fähigkeiten sind, die in dir schlummern.«

Ich versuche, mich so wenig wie möglich zu bewegen, um ihm keinen Hinweis darauf zu geben, wie schwer mir das fällt. Dann ringe ich mir ein »Okay« ab.

Ich will einfach, dass er redet.

»Wir sind natürlich nicht die einzigen Erben der Götter. Auf der ganzen Welt gibt es Zehntausende von ihnen. Nachkommen aus allen Kulturen.« Er sieht zu mir hoch. Der Blick seiner dunklen Augen durchbohrt mich regelrecht. »Allein in New York gibt es Unzählige. Doch das Gleichgewicht zwischen ihnen wurde zerstört.«

Ich schlucke schwer und presse die Lippen aufeinander, während ich zuhöre. Und obwohl ich diese ganze Sache nicht glaube und vermutlich nie glauben werde, huschen meine Gedanken für einen winzigen Moment zu Overkill. Wie er diesen Mann scheinbar ohne eine Waffe getötet hat.

»Bis Januar letzten Jahres wurde das Leben der Göttererben in New York von einer Vereinigung namens Universal Heritage bestimmt. Einem Kult, der der Öffentlichkeit nicht bekannt ist. Etwas mehr als zwei Jahrzehnte haben sie die komplette Umgebung für sich beansprucht. Sie waren mächtig genug, dass niemand es gewagt hätte, sich mit ihnen anzulegen.« Er wiegt den Kopf hin und her. »Diese Menschen waren … zu einem gewissen Grad fanatisch. Und in jeder Generation haben sie sich ein Opfer ausgesucht, das sie in ihren Kult eingliedern wollten. Aber sie waren darüber hinaus für die meisten Erben nicht gefährlich. Viele meiner Bekannten haben sogar mit ihren Ideen sympathisiert. Und selbst wenn man nicht mit den Vorstellungen von Universal Heritage konform ging, war das selten ein Problem. Es war ihnen in den meisten Fällen egal.«

Ich lausche mit wachsender Spannung. Diese Geschichte hat schon jetzt deutlich mehr Details, als ich erwartet habe. Mehr, als ich einem Mann mit Wahnvorstellungen zutrauen würde.

»Du hast sicherlich die ganze Sache mit Captain Wodka mitbekommen.«

Ich hebe die Augenbrauen. »Ähm … ja.« Wie Jay letztens festgestellt hat, bin ich wohl so was wie ein *Fanboy* der unbekannten Rächerin.

Er sieht auf seine Hände hinab, als er fortfährt. »Sie war auch eine Erbin. Und sie war in dieser Generation das geplante *Opfer* von Universal Heritage. Viele von uns wussten es, aber es gab natürlich keinen Weg, sich mit dem Kult anzulegen. Dafür war diese Vereinigung einfach zu mächtig. Aber irgendwie – und ich habe nie genau erfahren, wie – ist es ihr gelungen, den Kult zu schwächen. Der Schlange den Kopf abzuschlagen, sozusagen.«

»Ist das der Grund, warum sie aufgehört hat, nachts zu kämpfen?«

»Vielleicht«, murmelt er. Ich habe das Gefühl, dass er im Laufe dieses Gesprächs immer müder aussieht. »Auf jeden Fall hat die Zerstörung von Universal Heritage für Aufregung gesorgt. Es ist ein regelrechtes Macht-Vakuum in der Stadt entstanden und einige Organisationen versuchen nun, territoriale Ansprüche zu stellen.«

»Warum?« Ich schüttle den Kopf und wundere mich für einen Moment selbst darüber, wie gefangen ich in seiner Geschichte bin.

»Sie wollen die Göttererben dazu zwingen, sich ihnen anzuschließen oder unterzuordnen. Aus welchen Gründen auch immer. Macht, meistens. Oder Ideologien. Die Erben, die nicht einknicken wollen, werden umgebracht oder aus der Stadt vertrieben, damit sie ihren Plänen nicht in die Quere kommen.« Er fährt sich mit den Händen über das Gesicht. »Die Identitäten der Erben sind meistens nur anderen Erben bekannt. Wir leben gewöhnliche Leben und prahlen nicht mit unseren Abstammungen. Die meisten zumindest nicht. Aber ich befürchte, dass …«

Ich schlucke schwer, weil ich weiß, was er sagen will, als er stockt. »Dass jemand auf uns aufmerksam geworden ist, als ich den Text auf die Website gestellt habe«, vervollständige ich seinen Gedanken.

Warum bereitet mir die Vorstellung ein so verdammt

flaues Gefühl im Magen? Das ist so ein Schwachsinn. Es gibt kein Universum, in dem dieses Götterzeug Realität sein kann. Trotzdem habe ich das Gefühl, einen gewaltigen Fehler begangen zu haben.

Was, wenn es doch stimmt? Zumindest ein Teil davon. Dann habe ich Shiro in große Gefahr gebracht. »Hat das alles was mit Overkill zu tun?«

Der alte Mann nickt bedrückt. Seine Schultern sinken ein Stück weiter ein. »Ja, ich denke schon. Aber meine Freunde und ich haben keine Ahnung, welcher Vereinigung er angehört oder was sein Ziel ist.«

»Und … was sollen wir tun?« In diesem Moment ist es egal, ob ich ihm glaube oder nicht. Die Frage ist, wie es jetzt weitergeht.

Shiro legt die Hände auf dem Tisch übereinander. »Ich habe versucht, meine Freunde zu kontaktieren. Wenn sich genug Erben zusammenfinden, können wir es vielleicht mit ihnen aufnehmen.« Er wiegt den Kopf hin und her und sieht mich nach wie vor nicht an. »Früher hätte ich es mit solchen Leuten aufnehmen können. Aber …« Er presst die Lippen zusammen und senkt den Kopf. »Aber die meisten meiner Freunde sind alt. Wie ich. Haben Kinder bekommen und beherrschen ihre Fähigkeiten gar nicht mehr.«

Ich erinnere mich an das, was dieser Henry gesagt hat. Dass Shiro ein richtiger Dämon war, als er noch jung war, aber den Fehler gemacht hat, Kinder zu bekommen. »Alte Menschen haben keine Fähigkeiten?«

»Immer weniger. Sobald sie vererbt wurden, schwinden sie beim ursprünglichen Träger.« Er deutet auf mich. »Und du kannst damit nicht umgehen.«

Nicht, dass ich hätte anbieten wollen, für ihn in den

Kampf gegen irgendeine Götterorganisation zu ziehen. Aber dass er so von mir denkt, tut trotzdem etwas weh. »Mit was denn?«

»Mit dem Feuer.«

Natürlich. Warum frage ich überhaupt. »Aber wenn wir nichts tun können, um uns gegen diese Leute zu wehren … Wäre es dann nicht das Klügste, uns ihnen anzuschließen, wenn sie uns konfrontieren?«

»Auf keinen Fall!« Überraschend laut fährt er hoch. »Willst du dich wirklich auf die Seite von Mördern und Dieben stellen?«

Ich weiß, dass mir auch Jay für diese Ansicht eine Rede halten würde, aber wenn mich den Bösen anzuschließen bedeutet, dass ich dem Tod entkomme, würde ich zumindest so tun. »Was denn sonst?«, sage ich, anstatt diesen fragwürdigen Gedankengang zu äußern.

Shiro atmet tief ein und schüttelt den Kopf. »Ich brauche einfach noch Zeit. Ich werde sie noch ein paar Tage hinhalten, dann bekomme ich vielleicht genügend Leute zusammen. Zumindest genug, um sie auf Abstand zu halten.«

Ich fahre mir über den Mund, weil ich nicht weiß, ob das ausreicht. »Jays Bruder arbeitet beim FBI«, sage ich. »Weißt du, wer diese Leute sind? Wie sie heißen? Vielleicht können die Behörden etwas gegen sie tun.«

»Nein, ich … ich kenne ihre Identitäten nicht. Auch niemand, den ich gefragt habe.« Resigniert schüttelt er den Kopf. »Die, die sie kennen, wagen es bestimmt nicht, die Vereinigung zu hintergehen, wenn die Mitglieder zu so drastischen Mitteln greifen. Sofern es denn eine Vereinigung ist.«

Das klingt alles ziemlich beschissen.

»Und wenn wir die Behörden benachrichtigen, bevor sie direkt eingreifen können, und die Vereinigung das herausfindet, sind wir sofort tot.« Frustriert fährt er sich mit den Fingerkuppen über die Augenlider. »Früher wäre das anders gelaufen. Dann hätte ich mich ihnen in den Weg gestellt und die Menschen beschützt, die in den Laden kommen. Aber jetzt …« Wieder seufzt er schwer. Noch immer weicht er meinem Blick aus.

Und ich spüre, wie tiefes Mitgefühl mich beschleicht. Das scheint ihm mehr zuzusetzen, als ich begreifen kann.

Glaube ich diese Geschichte jetzt wirklich? Ich spüre Angst in mir kribbeln, obwohl sich das alles in meinem Kopf noch total bescheuert anhört. »Was ist mit dieser jungen Frau gestern Abend? Die hat doch ihre Hilfe angeboten.« Und sie hat wie jemand gewirkt, der in der Lage ist, einen Kampf zu führen.

Shiro verzieht angewidert den Mund. »Sie und ihre Familie sind keine Hilfe. Die sind die Hyänen, die aufräumen, wenn alles vorbei ist.«

Ich frage besser gar nicht. »Kann ich *irgendetwas* tun?«, will ich stattdessen wissen. Irgendetwas muss es doch geben.

Zu meiner Enttäuschung verneint Shiro abermals. »Nein. Es ist das Beste, wenn du dich da nicht einmischst, Toma. Stell keine Fragen. Du bist zu freundlich für diese ganze Sache.«

»Aber …«

Shiro klatscht in die Hände und richtet sich langsam auf. »Aber das darf uns nicht davon abhalten, unsere Arbeit zu verrichten. Wir müssen die Nudeln für den Tag vorbereiten.«

Kurz bleibe ich sitzen und sehe ihm hinterher, dann

richte ich mich auch auf, um ihm zu folgen. Wie kann er so einfach weitermachen?

Wie lang bedrohen ihn diese Männer schon? Macht er das vielleicht sogar seit Wochen mit?

»Und du denkst, deine anderen Freunde melden sich noch bei dir, um dir zu helfen?«

»Ich hoffe darauf«, murmelt er nachdenklich. »Ich hoffe es.«

KAPITEL 24

WIE ZIGARETTEN IN BADEZIMMERN SCHMECKEN

In Akaris Wohnung riecht es wie immer nach teurem Parfüm und neuen Möbeln. Obwohl ich mir das vielleicht einbilde. Während ich an ihre Küchenzeile gelehnt warte, dass sie in gemütliche Kleidung schlüpft, denke ich über meinen Tag nach. Versuche, das ungute Gefühl loszuwerden, das ich seit dem Gespräch mit Shiro mit mir herumtrage.

Er war danach wieder ganz der Alte, während ich noch immer mit der Angst zu kämpfen habe, dass jederzeit etwas Unvorhergesehenes passiert. Dass diese Kerle zurückkehren und Ernst machen, egal, ob es etwas mit seinen Göttern zu tun hat oder nicht.

Es geht ihm nicht am Arsch vorbei, so viel steht fest. Es muss immer noch Dinge geben, die er mir nicht sagt, weil er mir nicht vertraut. Oder weil er denkt, dass ich ihm nicht glaube. Ich habe bisher auch nicht viel getan, um ihm das Gegenteil zu beweisen.

Aber ich *muss* irgendetwas tun, um ihm zu helfen. Was? Ich habe keine Ahnung, was ich tun soll, egal, wie sehr ich darüber nachdenke.

Die Arme vor der Brust verschränkt, seufze ich. Das Muster des Marmorbodens fängt meinen Blick ein. In der indirekten Beleuchtung sieht alles ganz warm aus. Beruhigend und gemütlich.

Ich sollte versuchen, abzuschalten. Jetzt bin ich hier und nicht mehr im Laden. Um diese Sachen kann ich mich auch morgen noch kümmern.

»Du wirkst heute besorgt.«

Rasch schaue ich auf. Ich habe gar nicht bemerkt, dass Akari sich wieder genähert hat, so tief war ich in meinen Gedanken versunken. Forschend gleitet mein Blick an ihr hinauf.

Wie beim letzten Mal ist sie barfuß, aber der schwarze Rock und die dünne Bluse sehen nicht wirklich lockerer aus als die Kleidung, die sie vorher getragen hat. Ist das ihr Outfit zum Entspannen? Ich hätte kein Problem damit, herauszufinden, wie sie in einem verwaschenen Shirt und Jogginghose aussieht.

Sicher genauso fantastisch wie immer. Aber vermutlich besitzt sie so etwas gar nicht.

»Du kannst mich lesen wie ein Buch, oder?«, will ich wissen, um nicht zu starren. »Dabei kennen wir uns noch gar nicht so lang.« Oder interessiert es sie einfach mehr, wie es mir geht, als andere Menschen?

Sie lächelt mild, tritt um die Kücheninsel herum und lehnt sich mir gegenüber dagegen. »Es interessiert mich einfach«, bestätigt sie meine Gedanken.

Es tut gut, sie zu sehen. Ich entspanne sofort ein wenig, dabei war ich zu Beginn in ihrer Anwesenheit noch so aufgeregt.

»Na ja, ich …« Ich weiß nicht, ob ich ihr von meinem Tag erzählen soll, weil ich nicht will, dass sie Shiro für durchgeknallt hält. Oder mich, weil ich tatsächlich in Erwägung ziehe, dass er recht haben könnte. »Es war nichts weiter«, tue ich es deswegen mit einem Lächeln ab. Sie würde mir sowieso nicht helfen können und ich möchte sie nicht damit belasten. »Wie war dein Tag? Hat Hinata dich wieder herumgescheucht?«

»Ach, zurzeit ist er eigentlich ganz nett.« Sie streicht sich die glatten, silbergrauen Haare hinter das Ohr und lächelt noch immer. Aber ihre Augen erreicht die Geste nicht mehr.

Sie lügt. Wahrscheinlich möchte sie auch nicht darüber reden, also dränge ich sie nicht. Sie hat mir schon viel mehr über ihre Kollegen und Familienmitglieder anvertraut als jedem anderen, also strapaziere ich das nicht über.

Ich hoffe nur, dass sie weiß, dass sie immer mit mir über diese Dinge reden kann, wenn sie möchte.

Erst jetzt wird mir bewusst, dass wir beide seit einigen Sekunden nichts mehr gesagt haben. Das elektrische Surren des Kühlschranks hinter mir kommt mir plötzlich so laut vor.

»Weißt du, es ist eigenartig«, sagt sie und schaut mich mit weichem Blick an. »Alle, die ich hierher einlade, schauen sich die ganze Zeit meine Wohnung an.« Sie lächelt. »Die meisten wollen eine Führung.«

Ich lächele amüsiert. »Das dauert sicher 'ne Weile.«

»Aber du machst das gar nicht.«

Das verwundert mich. »Ich hab mich schon ziemlich genau umgesehen, als ich das erste Mal hier war«, gestehe ich. Mir ist nicht ganz klar, worauf sie hinauswill, aber ich will nicht, dass sie ein falsches Bild von mir hat.

»Als ich reinkam, hast du den Boden angestarrt!«

Wir lachen, aber ihr Ausdruck wird schnell wieder weicher; ihre Wangen etwas röter. »Du schaust dich um, aber eigentlich … siehst du meistens nur mich an.«

Fällt das so sehr auf? Soll ich es abstreiten?

Aber eigentlich will ich nicht. Eigentlich will ich, dass sie es bemerkt.

Bevor ich mich entschieden habe, wie ich reagieren soll, legt Akari ihre Finger aneinander und tritt einen Schritt weiter auf mich zu. »Ich mag dich, weißt du?« Sie sieht mich nicht an, als sie das sagt. »Ich hab das Gefühl, dass ich mich bei dir gar nicht verstellen muss. Dass ich mit dir über alles reden kann und … du nicht von mir erwartest, dass ich irgendjemand sein müsste, der zu dem Bild in deinem Kopf passt.«

Meine Fingerspitzen kribbeln aufgeregt, als sie einen weiteren Schritt auf mich zukommt und ich versuche, darüber nachzudenken, was sie gesagt hat. Hat sie recht? Ich kann mich nicht richtig konzentrieren, wenn sie so nah ist. »Ich …« Ich schlucke hart. »Das ist auch kein Gefühl, das ich jemandem vermitteln möchte.« Ich hab das zu lang von meinem Vater ertragen müssen.

Akari ist mir so nah, dass ich ihr teures Parfüm rieche.

Soll ich sie küssen? Wenn ich das tue, gibt es keinen Weg zurück mehr. Dann ist das Anhimmeln vorbei, das Schwärmen, die wirren Gedanken. Dann manifestiert sich das alles. Kennen wir uns überhaupt gut genug?

Shit, warum denke ich darüber nach?

Bevor ich mich sammeln kann, überwindet Akari den letzten Schritt zwischen uns, legt ihre Hände in meinen Nacken und zieht mich zu sich hinab, um mich zu küssen.

Ein warmer Schauer überfährt mich vom Scheitel an.

Mein Körper fühlt sich wie betäubt an, so viel Adrenalin durchströmt mich von einer Sekunde auf die andere.

Ich reiße mich aus meiner Starre, lege meine Hände an ihre Hüfte, ziehe sie enger an mich heran und erwidere ihren Kuss.

Ihre Lippen sind so weich. Sie schmeckt nach Karamell. Ich hätte nicht gedacht, dass das heute Abend passiert.

Als Akari sich nach einigen Sekunden von mir löst, entfernt sie ihr Gesicht nur wenige Zentimeter von meinem und schaut schelmisch zu mir auf. Eine Hand gleitet hinab zu meiner Brust, während sie mit den Fingern der anderen über ihre Lippen streift. Als würde sie die Berührung festhalten wollen.

»Ich hab dich auch gern«, murmele ich, obwohl es mir in dem Moment ziemlich kitschig vorkommt. Jetzt ist es wohl an mir, den nächsten Schritt zu machen. Ich beuge mich ein Stück hinab, um sie abermals zu küssen. Dieses Mal etwas forscher, um zu testen, wohin das führen soll. Ihr warmer Atem auf meinem Gesicht fühlt sich so vertraut an.

Ihre Reaktion ist überraschend schnell und überraschend eindeutig. Sie fährt mit ihren Fingern über meinen Bauch, dann lässt sie sie vorsichtig, forschend unter mein Shirt gleiten. Ich spüre die Spuren, die ihre kühlen Finger auf meiner Haut hinterlassen. Nach und nach bewegt sie sie auf meinen Hosenbund zu.

Das geht ganz schön schnell. Ich unterbreche den Kuss, um Akari so zu drehen, dass wir die Positionen tauschen, und sie gegen die Küchenzeile in ihrem Rücken zu drücken, mich noch enger an sie zu schieben. »Machen wir das wirklich?«, frage ich und kann nicht verhindern zu lächeln. Noch kann ich es nicht fassen.

»Geht dir das zu schnell?«, will sie wissen, ihr Gesicht nur wenige Zentimeter von meinem entfernt. Ihr Blick ist forschend und gleichzeitig so voller Euphorie, dass ich vermutlich nicht einmal »Ja« sagen könnte, wenn ich wollte.

»Gar nicht«, murmele ich also, woraufhin sie mein Gesicht wieder in ihre Hände schließt und einen weiteren, sanfteren Kuss auf meine Lippen drückt. Dann sieht sie mir in die Augen, während sie mein Shirt am Bund packt und es mir mit meiner Hilfe über den Kopf zieht.

Ein überraschter Laut kommt über ihre Lippen, als sie meinen tätowierten Oberkörper sieht.

Stimmt. Die Tattoos kennt sie ja noch gar nicht.

»Wow«, flüstert sie und fährt an den vielen kleinen Motiven entlang. »Was bedeuten die?«

Während ihre Finger fasziniert über die schwarzen Bilder gleiten, schiebe ich ihren Rock ein Stück hinauf, streiche an ihrem Oberschenkel entlang.

»Nichts Besonderes«, flüstere ich zwischen zwei Küssen und beginne vorsichtig, ihre Bluse aufzuknöpfen. Eigentlich würde ich gern schneller machen, aber das Teil ist sicher ein Vermögen wert. »Kann ich dir später erklären.« Während ich einen Knopf nach dem anderen öffne, frage ich mich, warum sie sich überhaupt die Mühe gemacht hat, sie zuzumachen, wenn sie offenbar genau das hier vorhatte.

Nicht nur meine Wangen werden wärmer, als ich ihren hellen BH und die weiche Haut ihres Bauches hervorblitzen sehe.

Akari macht sich wieder an meiner Hose zu schaffen und öffnet den obersten Knopf.

Fuck, das ist alles so surreal. Ich darf mich nicht zu sehr

in diesem Rausch fangen lassen, sonst werde ich unkonzentriert.

Ich schiebe Akaris Hände für einen Moment fort, damit ich ihr die Bluse abstreifen kann. Kurz betrachte ich sie, dann greife ich ihre Hüfte sanft, um sie umzudrehen, mich von hinten an sie zu drücken und nach dem Verschluss ihres BHs Ausschau zu halten.

»Der geht vorn auf«, sagt sie sofort lachend, öffnet ihn selbst und schiebt ihn von ihren Armen.

»Oh.« Peinlich berührt umschließe ich sie wieder mit meinen Armen. »So was gibt's?« Ich küsse ihre Halsbeuge und fahre mit den Fingern über die warme Haut ihres Bauches, hinauf bis zu ihren Brüsten. Ich streife sie zunächst wie beiläufig, dann nach und nach mit sicheren, festeren Bewegungen, während Akari sich immer enger an mich presst.

Es fühlt sich eigenartig an. Ich bin dermaßen durch den Wind, dass ich mir gar nicht so viele Gedanken um alles mache wie für gewöhnlich. Ich weiß nicht, ob das etwas Gutes ist.

Vielleicht liegt es daran, wie sie sich an mich schmiegt. Wie diese kleinen genießerischen Laute über ihre Lippen kommen. Wie sie nach hinten greift, um meinen Schritt durch meine Jeans zu betasten. Wie sie ihren Kopf in den Nacken legt, als hätte sie nie etwas Besseres gespürt.

Das motiviert mich.

Ich seufze leise, nur um sie wissen zu lassen, dass ich genauso genieße, was sie tut. Langsam bildet sich eine Schweißschicht auf meiner Haut, als ich mich mehr und mehr danach verzehre, die Sache einen Schritt weiterzutreiben.

Ihre Schultern und ihren Hals küssend, ziehe ich ihren

Rock ein Stück hinauf, um dann sacht über ihren Slip zu streifen. Akari umfasst meine Hände mit ihren, als würde sie sich an ihnen festhalten wollen.

»Hast du keine Angst, dass Hinata wieder reinplatzt?«, murmele ich an ihrem Ohr.

Sie kichert. »Wenn er das tut, ist er selbst schuld.«

Jetzt fühlt es sich noch ein bisschen verbotener an. Der Kerl findet es bestimmt nicht gut, dass seine Nichte mit dem Lieferboten eines Billigrestaurants rummacht.

Als der Druck in meinem Inneren sich genügend aufgebaut hat, schiebe ich mit ihrer Hilfe den Slip von ihren Beinen. Dann drehe ich sie um, hebe sie hoch und setze sie auf die Küchenzeile. Sie ist noch leichter, als ich dachte.

Ich drücke ihre Beine sacht auseinander und sie zieht an meinem Hosenbund, damit ich mich weiter zwischen sie schiebe, bis ihr Schritt an meiner offenen Jeans reibt. Ihr kleines Lachen erwidere ich mit einem amüsierten Blick, der gemächlich weiter an ihr hinabgleitet.

Zum ersten Mal habe ich freie Sicht auf ihren Körper, während sie so sorglos vor mir sitzt. Ihre Brüste heben und senken sich rasch im Takt ihres schweren Atems. »Gott, du bist perfekt«, flüstere ich und küsse sie, meine Hände noch immer fest an ihrer Hüfte.

»Quatsch.« Sie schaut mich wieder mit diesem schelmischen Blick an. »Du bist viel zu cool für mich.«

Ich will ihr sagen, dass ich nicht automatisch cool bin, weil ich Tattoos habe, aber sie küsst mich schon wieder und fährt fort, meine Hose zu öffnen und meine Erektion sacht daraus zu befreien. Ich winde eilig das Kondom aus meiner hinteren Hosentasche und danke dem Universum, dass ich es eingepackt habe.

»Du hast ja an alles gedacht«, murmelt Akari schelmisch, nimmt es mir aus den Fingern, öffnet die kleine Plastikverpackung und streift es mir über.

Ihre vorsichtigen Berührungen fühlen sich so gut an. »Na, zum Glück.« Ich ziehe sie ein weiteres Stück nach vorn und positioniere mich zwischen ihren Beinen. Sie gräbt ihre Finger in meine Haare.

Als ich mich in sie schiebe, spüre ich die Hitze und den Druck, der mich umfängt. Und die Feuchtigkeit, die mir zeigt, dass ich bisher zumindest keine allzu schlechte Arbeit geleistet habe.

Akari legt ihre Arme wieder in meinen Nacken und spreizt die Beine noch etwas weiter, um mich tiefer hineinzulassen.

»Fuck«, wispere ich, als die Realisation, was wir tun, final bei mir ankommt.

Wir sehen einander an, als ich beginne, mich rhythmisch in ihr zu bewegen. Das Schelmische aus ihrem Blick ist verschwunden, als sie leise im Takt zu atmen beginnt. Aber ihre dunklen Augen funkeln noch, als ich erst langsam, dann mit immer selbstsicheren Bewegungen in sie stoße.

Sie mit einer Hand haltend, hebe ich meine freie zu ihrer Brust, um ihren Nippel sacht zu massieren. Währenddessen schiebt sie ihre Hand zwischen ihre Beine und massiert sich selbst, während sie unseren Blickkontakt nur hin und wieder löst.

Ich spüre jeden Zentimeter von ihr. Und verdammt, da ist dieses Gefühl zu ihr, das ich noch nicht ganz beschreiben kann.

»Ich dachte wirklich nicht, dass ich dich so schnell überzeugen könnte«, ächzt sie und schaut zu mir auf. Ihre

Wangen sind gerötet und sie sieht so scheiße perfekt aus. »Ich mochte dich von Anfang an.«

»Und ich hab mich nicht getraut, mich an dich ranzumachen«, keuche ich unter Anstrengung. »Weil ich Angst hatte, dich als Stammkundin zu verscheuchen.«

Sie lacht, aber es geht in ein süßes Geräusch über. Sie schließt die Augen und senkt den Kopf ein bisschen. »Nicht aufhören.« Ihr Körper glänzt vor Schweiß, und ich halte mich an ihren Wunsch. Ihr Atem wird immer lauter, als sie dem Höhepunkt offenbar näherkommt, was mich anspornt, mein Tempo noch zu beschleunigen.

Als sie kommt, spannt sich jeder Muskel in ihrem Körper an, und für einige Sekunden wird sie ganz leise. Ich spüre ein Drücken und Pulsieren in ihrem Inneren.

Und obwohl es mir schwerfällt, halte ich inne, als sie aufhört, sich zu bewegen, und mich ein Stück von sich schiebt. Erschöpft lehnt sie ihre Stirn an meine Brust, ihr Körper zitternd. »Ich hab's noch nie in der Küche gemacht«, flüstert sie nach einer Weile. Außer Atem funkelt sie zu mir auf. »Langsam wird's ungemütlich hier oben.«

Sie muss nicht mehr sagen.

Vorsichtig ziehe ich mich aus ihr zurück und helfe ihr hinab. Ich winde mich aus meiner Jeans und meiner Unterhose, während ich ihr durch die Wohnung folge, und lasse alles am Eingang des Schlafzimmers fallen, in das sie mich führt.

Mein Atem geht noch schwer, also bin ich ihr nicht böse um diese kleine Pause. Wenn ich so viel trainieren würde wie Jay, würde mir das nicht passieren.

Obwohl ich weiß, dass niemand durch die hohen Fenster hereinschauen kann, fühle ich mich ein wenig beobachtet. Akari scheint das gar nicht zu stören. Sie schaltet den Kamin mit einer Fernbedienung ein, während ich meinen Blick noch immer nicht von ihrem Körper abwenden kann.

Bevor sie sich auf ihrem riesigen Bett mit der dunklen Bettwäsche niederlässt, streift sie sich den Rock von der Hüfte. Das Licht des Feuers fängt sich auf der Schweißschicht auf ihrem Körper, als sie sich in den weichen Laken vergräbt.

Ich lege mich neben sie und sie richtet sich schon wieder halb auf und fährt mit ihren Fingerkuppen langsam an meinem Oberschenkel hinauf.

»Hast du das für heute Abend geplant?«, will ich wissen und versuche, meine Aufregung im Zaum zu halten. Ich weiß, dass ich etwas tun sollte. Ich hab mich bisher nicht besonders angestrengt, verdammt. Ich war zu nervös. Aber ich zittere vor Aufregung, und gerade als ich mich entschuldigen will, verschließt sie meinen Mund mit ihrem, um mich langsam zu küssen, bevor ich ihre Finger an meinem Penis spüre.

Sie unterbricht unseren Kuss kurz, um zu flüstern: »Ich habe es gehofft.« Dann küsst sie meine Wange, meinen Hals und weiter hinunter.

»Oh, verdammt«, murmele ich. Ich sollte nicht nur rumliegen und sie die Arbeit machen lassen, aber es fühlt sich so gut an, wie sie mit ihren vollen Lippen meine Brustwarzen umschließt, eine Hand noch immer mit meinem Glied beschäftigt.

»War das ein gutes *Verdammt?*«, will sie schelmisch zwischen zwei Küssen auf meinem Bauch wissen, schiebt sich weiter über mich und ihre Zunge bewegt sich hinab, bis sie ihr Ziel erreicht hat.

»Ja«, schnaufe ich und schaue zu ihr hinab. Sie schwebt

über mir, ihre Zunge verlockend nah an meiner Erektion. Schließlich nimmt sie mich in ihren Mund. Ich fühle sie warm und feucht, als sie sich langsam zu bewegen beginnt. Wenn sie so weitermacht, werde ich nicht mehr lang durchhalten.

Nein, das darf nicht passieren! Ich hab mich überhaupt nicht gut angestellt.

Rasch richte ich mich auf und schiebe sie von mir. »Warte«, ächze ich.

Sofort nimmt Akari die Hände von mir. »Hab ich was falsch gemacht?«

»Nein«, murmele ich, schiebe mich zu ihr, über sie, bis sie sich in die weichen Decken zurücklegt und mich verwundert ansieht. Ich stütze mich über ihr ab und mustere sie einen Moment. Sie sieht anders aus als sonst. Ich weiß nicht einmal genau, was es ist. Es fühlt sich an, als würde ich sie zum ersten Mal ansehen.

»Tut mir leid, ich …« Ich schlucke schwer. »Ich stell mich an wie ein Trottel.«

Ihr irritierter Gesichtsausdruck intensiviert sich nur, bevor sie grinst. »Finde ich nicht«, murmelt sie und zieht mich wieder enger an sich, presst ihre Schenkel an mich und drückt mir einen Kuss auf die Lippen.

Ihre Euphorie gibt mir neue Motivation. Ich positioniere mich über ihr und sie lässt ein süßes Seufzen von ihren Lippen, als ich wieder in sie eindringe. Ich habe kaum meinen Rhythmus gefunden, als ein unterdrücktes Klingeln meine Aufmerksamkeit erweckt.

Akaris Handy. Es muss in einer Tasche in ihrem Rock sein, so nah klingt es.

Zu meiner Überraschung greift sie danach. Ich sehe den Namen des Anrufers: Hinata.

»Da gehst du jetzt aber nicht ran«, sage ich halb im Spaß.

Der traurige Ausdruck kehrt auf ihre Züge zurück, aber eine Sekunde später greift sie mit ihrer freien Hand nach meiner Hüfte und bedeutet mir, weiterzumachen.

Ich schüttle irritiert den Kopf, folge ihrem Wunsch aber, als sie abnimmt.

»Hinata«, sagt sie leise und grinst mich vorsichtig an. »Ich kann jetzt nicht.«

Ich höre nicht auf, mich zu bewegen, und obwohl es mir erst eigenartig vorkommt, scheint Akari sich ehrlich zusammenreißen zu müssen, keine Geräusche von sich zu geben, während Hinata irgendeinen Monolog hält.

Na gut, wenn sie dieses Spiel so spielen will …

Ich verlagere mein Gewicht auf einen Arm und bewege meine freie Hand zwischen ihre Beine, um sie zu massieren. Dann beuge ich mich zu ihr hinab und küsse ihre Halsbeuge. So verstehe ich sogar ein wenig von dem, was ihr Onkel erzählt. Irgendetwas über dringende Projekte. Während sie kaum mehr an sich halten kann. Ich spüre, wie sie die Fingernägel in die Haut meines Rückens gräbt.

»Ich kann gerade wirklich nicht«, wiederholt sie. »Mir …« Sie beißt sich auf die Unterlippe und schließt die Augen. »Mir geht's nicht so gut. Ich will noch ein Bad nehmen.«

»Brauchst du was?«, fragt er rasch.

Ich beschleunige die Bewegungen meiner Finger und stoße etwas kräftiger zu.

»Nein, geht schon«, wimmert sie unterdrückt und atmet einige Male leise ein und aus. »Nur Kopfschmerzen. Ich komme, wenns mir wieder gut geht.«

»Na gut. Dann bis später.«

»Bis später.«

»Und sag mir, wenn du was brauchst.«

»Ja.«

Eilig legt sie auf und wirft das Handy auf die andere Ecke des Bettes. Ich will über die Absurdität dieser Situation lachen, aber sie greift in meine Haare, zerrt mich zu sich und küsst mich so leidenschaftlich wie noch nie an diesem Abend. »Du bist böse«, haucht sie dann mit einem kleinen Lachen an meinem Mund.

Ihr heißer Atem benetzt mein Gesicht, aber ich verlangsame meine Bewegungen nicht, weil es ihr genauso zu gefallen scheint. Ich habe eine zweite Chance bekommen, mich zu beweisen, und die werde ich auf keinen Fall verstreichen lassen.

»*Du* bist rangegangen«, hauche ich angestrengt. Unsere Nasen berühren sich im Takt meiner Bewegungen und sie schließt die Augen wieder, ihre Hände noch immer in mein Haar gekrallt. »Hast du jemals frei?«

»Nein«, keucht sie mit deutlich mehr Druck in der Stimme als zuvor. Ihre Lippen treffen wieder auf meine, als ich erneut spüre, dass sie kommt. Ich bewege meine Finger, bis sie mir bedeutet, dass ich aufhören soll, sie ein tiefes Seufzen hören lässt und sich schließlich entspannt.

Nur ihre Hände lässt sie langsam zu meinen Wangen hinabgleiten, als sie mich ansieht. »Ich hab dich so gern«, murmelt sie.

Und ich weiß nicht, was an ihren Worten dieses Kribbeln in meinem Bauch auslöst, aber es bringt das Fass zum Überlaufen. Mein Herz schlägt schneller und schneller, bis alles aus meinem Kopf gefegt wird, um einer Explosion aus eklektischer Euphorie zu weichen.

Ich habe das Gefühl, dass eine Ewigkeit vergangen ist, als meine Muskeln sich entspannen und Akari mich in ihre Arme zieht.

Ich weiß nicht, wie lang wir in Akaris Bett liegen, in Schweiß gebadet, die Decken chaotisch halb über und halb unter uns. Ich atme noch schwer, aber nach und nach wird es besser. Während ich die hohe Decke anstarre, ist mein Kopf eine ganze Weile leer, bis ich endlich wieder einen klaren Gedanken zustande bringe.

»Tut mir so leid«, ringe ich mir ab. »Ich war so nervös.« Dabei hat es sich noch nie so aufregend und neu angefühlt. So ... richtig. Aber ich hätte mich mehr anstrengen müssen. Wenn ich nur nicht so überwältigt gewesen wäre ...

Akari regt sich, stützt sich auf einem Arm ab und ich schaue in ihr besorgtes Gesicht.

Mist, das wollte ich nicht verursachen. Sie ist so perfekt. Ich könnte sie ewig ansehen. Wie ihre hellen, langen Haare an ihrer schweißnassen Haut kleben. Ich will diese Wohnung nie wieder verlassen.

»Was?«, haucht sie und schiebt sich zu mir, um sich an mich zu schmiegen und ihre Wange an meinen Arm zu pressen. »Ich fand dich sehr virtuos.«

Ich lache leise und sofort fällt das schlechte Gewissen von mir ab. Wie macht sie das? »Virtuos?«

Sacht fährt sie mit ihren Fingern über die Tattoos an meinem Arm. »Wie du mich auf die Küchenzeile gehoben hast. Das war echt cool.« Sie küsst meine Schulter. »Außerdem musst du niemandem etwas beweisen.« Ihr weicher Körper fühlt sich gut an meinem an. Kann das ab jetzt mein Leben sein?

»Total krass, dass du drangegangen bist, als dein Onkel angerufen hat«, sage ich einem Impuls folgend, und sie bricht in Gelächter aus, setzt sich auf und presst die Hände auf den Mund. Fast, als könne sie es selbst nicht fassen.

»So was hab ich noch nie gemacht«, flüstert sie und jetzt lache ich auch, vor allem, weil sie plötzlich so viel Scham darüber zu empfinden scheint. Sie fährt sich durch die Haare und schüttelt den Kopf. »Ich war total im Rausch.«

Grinsend wackle ich mit den Augenbrauen, dann spüre ich, wie der Druck, der sich im Laufe der Zeit in mir aufgebaut hat, von mir abfällt. Sie fand es wirklich gut.

Und wenn das nicht das letzte Mal war, bekomme ich noch ein paar Chancen.

»Darf ich rauchen?« Ich schiele zur Terrasse hinüber. Es regnet in Strömen, aber das ist mir egal.

Sie folgt meinem Blick nachdenklich, dann deutet sie auf eine Tür in der Ecke des großen Raumes. »Geh ins Bad und mach die Lüftung an.« Sie schaut sich um.

»Danke!« Ich richte mich auf, ziehe meine Unterhose über, falls Hinata doch noch in die Wohnung platzt, durchwühle den Klamottenhaufen am Boden nach meiner Jacke und suche die Schachtel hervor. Meine Beine sind noch zittrig, aber das fühlt sich irgendwie sogar gut an.

Ich schlendere zum Bad und werfe Akari einen Blick zu, wie sie zufrieden auf dem Bett sitzt und zum Feuer sieht. Verdammt, ich will noch nicht gehen.

Erst als ich mich wieder umdrehe und die Tür hinter mir schließe, wird mir wieder bewusst, dass wir uns in diesem Traum-Penthouse befinden, das ich zwischenzeitlich ganz ausgeblendet hatte. Selbst das kleine Bad direkt an ihrem Schlafzimmer sieht unbezahlbar aus. Geschliffene Böden, Wände aus weißem Marmor und eine Badewanne, die sich direkt vor der verglasten Wand befindet. Das Waschbecken ist sicherlich handgefertigt, und unter meinen Füßen spüre ich die Fußbodenheizung.

Es gibt einige Pflegeprodukte, aber alles sieht ein bisschen zu perfekt aus, wie auch der Rest der Wohnung. Nicht ein Tropfen Wasser ist am Spiegel zu erkennen, oder ein Korn Staub auf dem Boden. Als würde hier niemand leben.

Ich betätige den Schalter für die Lüftung und zünde mir eine Zigarette an. Der erste Zug kribbelt so verdammt gut in meiner Kehle. Ich fahre mit den Fingern durch meine Haare und atme durch.

Irgendwie kann ich noch immer nicht fassen, dass das gerade passiert ist. Dass sie sich auch für mich interessiert. Ich habe damit gerechnet, dass es noch so viel länger dauern würde, bis wir uns näher kommen.

Vielleicht war das ein bisschen zu schnell, aber … Nein, es war gut. Es hat sich richtig angefühlt.

Ich gehe zur Badewanne hinüber, setze mich auf den Rand, öffne die Toilette daneben und asche hinein. Das kühle Material fühlt sich so gut auf meiner heißen Haut an, dass ich beschließe, mich ganz in die Wanne zu setzen und für einen Moment die Augen zu schließen.

Wie das alles wohl enden wird? Muss ich darüber nachdenken? Vielleicht mache ich es nur kaputt, wenn ich diese Sache zu viel hinterfrage.

Als ich ein weiteres Mal in die Toilette asche, höre ich Schritte vor der Tür und Akari kommt nach einem zögerlichen Klopfen herein. »Echt ’ne seltsame Angewohnheit«, kommentiert sie, nachdem sie sich versichert hat, dass sie eintreten kann, und schließt die Tür rasch hinter sich, als Kobe sich auf leisen Pfoten nähert.

Ich ziehe die Augenbrauen zusammen. »Die Zigarette danach?«

»Ja. Hab ich nie verstanden.«

Sie hat sich mein Shirt übergezogen, das ihr bis zu den Oberschenkeln reicht. »Steht dir gut.« Ich meine es ernst. Ich wünschte, sie würde es immer tragen. »Ich muss aber was anziehen, wenn ich nach Hause gehe.«

Sie zuckt mit den Schultern und kommt auf mich zu. »Ich hab meinen Assistenten gebeten, dir ein neues Oberteil zu holen.« Sie sieht an sich hinab. »Das lag ja schon auf dem Boden.«

Ich kneife die Augen ein Stück zusammen. »Auf … dem Boden, der vermutlich noch nie ein Staubkorn gesehen hat?«

Sie lacht und fährt sich mit der Zunge über die Lippen. Vermutlich will sie es einfach nur behalten. Ich wehre mich nicht dagegen.

»Willst du ein Bad zusammen nehmen?«, fragt sie mit funkelnden Augen.

Ich setze mich sofort aufrechter hin, damit auch für sie Platz ist, und grinse sie an wie ein Welpe. »Ja, bitte.« Jede weitere Minute, die ich noch hierbleiben kann – und in der sie nicht zu ihrem furchtbaren Onkel muss – ist eine gute. »Musst du nicht zu Hinata?«, will ich trotzdem wissen. Nur, um zu erfahren, wie viel Zeit wir haben.

»Der wird warten können.« Sie zuckt mit den Schultern. »Und wenn ich wirklich baden gehe, habe ich ihn vorhin nicht mal belogen.«

»Bestechende Logik.«

Ich ziehe noch mal an meiner Zigarette, und sie dreht

das Wasser am anderen Ende der Wanne auf. Dann steigt sie samt Shirt zu mir und setzt sich mir gegenüber. Ich kann einfach nicht aufhören, sie anzusehen.

Langsam füllt die Wanne sich mit warmem Wasser, während sie mich wieder mit diesem verschmitzten Ausdruck bedenkt. »Wollen wir das irgendwann noch mal machen?«, fragt sie. Ich weiß nicht mal, ob sie schüchtern ist oder nur Spielchen spielt.

»Gern so bald wie möglich«, sage ich und sie rutscht ein Stück auf. »Und gern auch mehr als nur einmal«, füge ich etwas leiser an.

Sie lehnt sich nach vorn. Ihre Haare fallen ihr über die Schultern, als sie mich küsst.

KAPITEL 25

WIE SICH VERZWEIFLUNG ANFÜHLT

Der Regen ist so stark, dass meine Jacke und das Hemd, das Akari mir hat bringen lassen, vollkommen durchweicht sind, als ich von der U-Bahn in Richtung des Spicy Noodles schlendere. Es stört mich kein bisschen. Ich ziehe nicht einmal den Kopf ein, weil der Regen und einfach alles mir gerade willkommen sind.

Sie hatte mir zwar wieder einen Chauffeur angeboten, aber zu laufen fühlt sich einfach so gut an. Und es liegt nicht daran, dass ich ein Hemd trage, das vermutlich teurer ist als mein gesamter restlicher Kleiderschrank. Sondern daran, dass das warme Kribbeln in meinem Inneren sich anfühlt, als würde es nie wieder verschwinden. Als wäre es tief in meine Basis gehämmert.

Das Einzige, das mir einen kleinen Stich versetzt, ist, dass Akari jetzt bei ihrem bescheuerten Onkel ist, anstatt neben mir im Bett zu liegen und ihre weiche Haut an meine zu schmiegen.

Hoffentlich sehe ich sie morgen wieder.

Leichtfüßig biege ich in die Neunte ein, um auf das Spicy Noodles zuzusteuern. Vielleicht ist Shiro sogar noch da, noch ist es nicht allzu spät. Aber hinter den Fenstern brennt kein Licht und …

Ich erstarre.

Da sind gar keine Fenster mehr.

Der Regen hat es zunächst verschleiert, aber die Fenster sind zerstört. Das Licht der Straßenlaterne sammelt sich in den Pfützen und den Glasscherben am Boden. Das Logo über dem Laden wurde mit weißer Farbe übermalt.

Von einer Sekunde auf die andere erstarre ich. Als würde eine unsichtbare Kraft mich am Fortbewegen hindern. Mir wird heiß und kalt gleichzeitig, als ich nur dastehe und starre. Als es sich anfühlt, als würde jemand in meinen Gedärmen herumwühlen.

Das müssen diese Kerle gewesen sein. Sie sind früher gekommen als gedacht.

Shiro!

Meine Sorge um ihn reißt mich endlich aus meiner Starre und treibt mich voran. War er hier, als das geschehen ist? Das muss noch ganz frisch sein, sonst hätte doch schon jemand die Polizei gerufen.

Ich bleibe vor den Holzresten und Glasscherben stehen, die einmal die Eingangstür waren. Der Gastraum ist verwüstet. Kein Stuhl und kein Tisch stehen mehr auf den Beinen, viele sind zerstört. Aber es regt sich nichts, soweit ich erkennen kann.

Soll ich jemanden anrufen? Ich muss, aber … erst mal muss ich sichergehen, dass es Shiro gutgeht.

»Hallo?«, rufe ich also hinein.

Jeder Muskel ist angespannt, als ich vorsichtig eintrete. Vor Aufregung wird meine Haut wärmer, obwohl ich klatschnass vom kühlen Regenwasser bin.

Wenn Shiro etwas zugestoßen ist, während ich mich

vergnügt habe … Nein, darüber darf ich nicht nachdenken. Vielleicht ist er schon nach Hause gegangen und alles ist gut.

Während ich mich umsehe, fällt mein Blick auf eine schwarze Feder am Boden. Gerade als ich mich bücken will, ertönt ein lautes Klingeln, das mich zusammenzucken lässt. Mein Handy.

Ich winde es eilig aus meiner Tasche und hoffe, es ist Shiro, der mir sagt, dass er schon gesehen hat, was passiert ist. Dass er auf dem Polizeirevier ist und es ihm gutgeht.

Aber das Display zeigt Akaris Namen an.

Ich denke zwar darüber nach, ranzugehen – aber gerade muss ich mich auf das konzentrieren, was vor sich geht, also drücke ich sie weg. Ich werde sie zurückrufen, wenn ich weiß, wo Shiro ist.

Ein Gedanke schießt durch meinen Kopf und ich setze mich in Richtung Küche in Bewegung, steige über die Trümmer der Möbel. Ich darf mich jetzt nicht in Panik versetzen lassen. Aber meine Finger zittern so sehr, dass ich einige Anläufe brauche, um mein Handy zu bedienen und Shiros Nummer zu wählen.

Nicht nur die Tür zur Küche hängt in den Angeln, die schwere Metalltür, die in das fensterlose Büro führt, liegt einige Meter vom Rahmen entfernt auf dem Boden. Eine Gänsehaut, die nichts mit der kalten Nässe zu tun hat, breitet sich auf meinen Armen aus.

Mit welcher Macht haben sie das Ding angegriffen, um es so aus dem Rahmen zu sprengen?

Endlich erklingt das Freizeichen an meinem Ohr.

Der Lichtschalter funktioniert nicht, also stelle ich mein Handy auf Lautsprecher und schalte die Taschenlampe ein. Das Büro sieht nahezu unberührt aus.

Bis auf den Tresor. Er wurde nicht nur geöffnet, sondern in Stücke gesprengt.

Die Härchen in meinem Nacken richten sich auf.

Haben sie gewusst, wonach sie suchen? Haben sie gewusst, dass sich darin nur Shiros bescheuerte Essstäbchen befinden?

Ich sehe mich um und … ja, sie müssen es gewusst haben. Hätten sie Geld oder etwas anderes gesucht, wäre der Raum stärker verwüstet. Dann hätten sie weitergesucht, nachdem sie im Tresor nur die Essstäbchen gefunden haben.

Aber offenbar müssen sie das gewesen sein, was sie wollen.

Das Geräusch des Freizeichens aus dem Lautsprecher ertönt abermals in der Stille. Selbst wenn Shiro geschlafen hätte, wäre er schon drangegangen.

Trotzdem lege ich noch nicht auf, als ich wie in Trance zurück in den Gastraum trete. Ich kann die Hoffnung darauf, seine Stimme zu hören, noch nicht aufgeben.

Was soll ich machen? Ich muss die Polizei anrufen, aber … was soll ich ihnen erzählen? Shiro meinte, sie können nicht helfen.

Ich überlege, ob ich Jay anrufen soll, damit er Malik Bescheid geben kann, als ich aufsehe und eine Gestalt sich vor dem Eingang bewegt. Das Freizeichen von Shiros Telefon ertönt noch immer in der regnerischen Stille.

Akari. Der Ausdruck auf ihrem Gesicht sagt mir sofort, dass etwas nicht stimmt. Dass sie …

Nein.

Warum sieht sie mich so mitleidvoll an? So schuldbewusst? Warum sagt sie nichts? »Was ist hier los?«

Dass sie nicht sofort antwortet, um zu bestreiten, dass

sie etwas hierüber weiß, sagt mir mehr als alles andere. Sie tritt einen Schritt auf mich zu. Ihr Gesicht erscheint besorgt, aber ich weiß noch nicht, ob ich das glauben kann.

»Bist du mir gefolgt?«

»Ich hab mich fahren lassen«, sagt sie. Ihre Stimme klingt tiefer. Ernster. Sie blinzelt einige Male. »Ich wusste davon nichts. Das musst du mir glauben.«

Alles in mir wird heiß und kalt gleichzeitig, als ich darum ringe, die Fragen zu ordnen, die meine Gedanken fluten. Ich rege mich nicht ein Stück. »Diese Leute, die meinen Großvater bedroht haben … Haben die was mit euch zu tun?« Es tut weh, das auszusprechen. Aber ich muss die Frage stellen.

Sie tritt einen weiteren Schritt auf mich zu. »Mein Onkel hat sie geschickt.«

Ihre Worte fühlen sich an wie ein Schlag in den Magen. Mir wird schlecht. »Warum?« Ich will fragen, ob sie da mit drinsteckt, aber meine persönliche Beziehung zu ihr ist nicht wichtiger, als zu verstehen, was hier los ist.

»Hat Shiro dir von eurer Abstammung erzählt?«

»Du meinst diese Göttersache?«

»Du hast es nicht geglaubt, oder?«

Dann muss es wahr sein. Es gibt kein Szenario mehr, in dem ich abstreiten kann, dass es wahr ist. An diesem Punkt wäre das Dummheit. »Wer seid ihr?«

»Wir sind Amaterasu.« Die Art, wie sie es betont, klingt, als würde sie diesen Umstand bedauern.

Amaterasu. Die japanische Sonnengöttin.

»Mein Onkel ist der Kopf der Organisation und will seine Macht in den Staaten ausweiten.«

»Wo ist Shiro?«

»Hinata hat ihn in die Firma bringen lassen.«

»Geht es ihm gut?«

»Ich weiß es nicht.«

Ich muss einige Male tief ein- und ausatmen, um nicht zu schreien. Ich muss sie einfach fragen. »Wusstest du es?«

»Kommt darauf an, was du meinst.« Ihre Stimme ist vorsichtig, aber auf ihrem Gesicht liegt derselbe Schrecken, den ich auch spüre. Wenn sie keine verdammt gute Schauspielerin ist, setzt ihr das hier auch zu.

Ich verstehe es nur noch nicht.

Ich verstehe nicht, warum. Warum ist das alles passiert?

»Wusstest du, dass dein Onkel meinen Großvater bedrohen lässt?«

»Ja«, flüstert sie. »Deswegen war ich so oft hier. Um zu beobachten, wie er sich verhält.« Sie fährt sich mit der Zunge über die Lippen. »Und auch, um dich kennenzulernen. Um einschätzen zu können, ob du eventuell bereit bist, dich uns anzuschließen.«

Das tut so weh, dass ich den Schmerz physisch in meinem Bauch spüre, in meinen Händen, meinem Kopf. »Und wusstest du, dass sie das heute Abend geplant haben?« Meine Hand ballt sich so fest zur Faust, dass es schmerzt. Das Freizeichen, das in regelmäßigen Abständen ertönt, klingt wie das Ticken einer Uhr zwischen uns.

»Nein!« Sie spricht mit Nachdruck, aber noch immer nicht laut. »Ich hatte keine Ahnung. Das war die Sache, die mir Hinata am Telefon erzählen wollte.«

Ich schließe die Augen für einen Moment, um mich zu sammeln. »Also war es nicht dein Plan, mich abzulenken, damit die anderen in Ruhe meinen Grandpa entführen können?«

»Traust du mir echt zu, dass ich mit dir schlafe, nur um

dich abzulenken?«, fährt sie auf und tritt einen Schritt näher heran.

An diesem Punkt lautet die Antwort ja, aber ich lasse sie lieber weitersprechen.

»Ich weiß, dass ich gelogen habe, aber ich habe dich nicht über alles belogen!« Ihr Ausdruck wird verzweifelter, als sie ihre Hand auf ihre Brust legt. »Ich mag dich wirklich und …« Sie senkt den Kopf ein Stück, ohne den Blickkontakt zu mir abbrechen zu lassen. »Ich wollte das alles nicht. Ich sollte dich schon viel früher in die ganze Sache einweihen und dich zu einer Entscheidung drängen, aber … ich konnte einfach nicht. Ich mag dich und Shiro viel zu sehr. Das ist die Wahrheit.«

Ihre Worte sollten sich gut anführen, aber ich weiß nicht, ob ich ihr und meinem Bauchgefühl Glauben schenken kann. Ich weiß überhaupt nichts mehr. »War ich das Projekt, mit dem dein Onkel dich so bedrängt hat?«

»Ja.«

Ich komme mir so naiv vor. Sie haben sogar in meiner Anwesenheit darüber geredet und ich habe nicht die geringste Verbindung gezogen. Ich hatte keine Ahnung!

Hätte ich es wissen sollen? Shiro hat es bis zuletzt auch nicht durchschaut, aber hätte ich es mir zusammenreimen können, wenn ich meinem Großvater besser zugehört hätte? Wenn ich seine Geschichten nicht immer vom Tisch gewischt hätte?

Ich schaffe es endlich, den Anruf abzubrechen. »Warum bist du hier?«, will ich schließlich wissen. Soll sie mich holen?

Jetzt senkt sie ihren Kopf. Ich sehe, wie ihre zu Fäusten geballten Hände zittern. »Das ist alles meine Schuld«, flüstert sie. »Das ist meine Schuld, aber ich …« Sie steigt über einen zerstörten Stuhl und tritt auf mich zu, bis uns nur noch ein Schritt voneinander trennt. »Ich konnte es nicht übers Herz bringen. Du bist der netteste Mensch, den ich kenne, Toma.«

Ich verziehe den Mund. »Dann hast du offenbar noch nicht sehr viele nette Menschen kennengelernt.«

Sie weicht meinem Blick aus. »Ich hab ja gesagt, ich … hab eigentlich nicht viele soziale Kontakte außerhalb meiner Familie.«

Zumindest das war also nicht gelogen? Mir ist bewusst, dass das alles eine Falle sein könnte, aber … ich brauche noch mehr Infos.

»Wie du über deinen Vater und alles geredet hast«, murmelt sie. »Das fand ich so … beeindruckend. Wie frei du bist, meine ich.«

»Hast du Hinata gesagt, dass du mich nicht anwerben willst?«

Sie schüttelt den Kopf und sieht aus, als würde sie mich gleich umarmen wollen. Ich weiß nicht, ob ich sie lassen soll, wenn sie es versucht.

»Ich habe ihn hingehalten, weil ich nicht wusste, was ich tun soll.« Sie fährt sich über den Oberarm und schaut sich ein weiteres Mal im zerstörten Innenraum um. »Aber jetzt hat er selbst eingegriffen. Das ist alles meine Schuld.«

»Ich …« Nein, ich kann dazu nichts sagen. Ich stimme ihr zu.

Akari senkt ihren Kopf. »Ich hätte ihm nicht widersprechen können!«, sagt sie lauter, wie zu sich selbst. »Sie hätten mich sofort aus der Familie verbannt.«

»Wäre das so schlimm gewesen?« Klingt nicht gerade nach einer tollen Familie. Ich kenne das.

Und ich weiß, dass ich ihr nicht vertrauen darf, aber was hätte sie für einen Grund, jetzt zu lügen? Wenn sie mich hätten entführen oder töten wollen, wäre es ihr offenbar ein Leichtes gewesen.

»Aus der Familie verbannt zu werden, bedeutet bei uns den Tod.« Endlich sieht sie mich wieder an. Ich glaube, Tränen auf ihrem Gesicht zu erkennen, aber vielleicht ist es auch nur der Regen.

»Habt ihr mit Overkill zu tun?«, frage ich.

»Ja.« Sie atmet schwer. »Die meisten Opfer waren Erben, die anderen Vereinigungen angehört haben. Sie waren gefährlich für Amaterasu.«

Ich bin so ein Idiot. Warum habe ich Shiro nicht geglaubt, als er davon erzählt hat? Ich habe nicht mal infrage gestellt, dass er offenbar den Verstand verloren haben muss, wie meine Eltern immer gesagt haben.

Hätte ich ihn nur ernst genommen. Dann wäre es nie so weit gekommen.

Ich fahre mir durch die nassen Haare und kann mich endlich aus meiner Starre befreien. »Warum bist du hier?« Diese Frage hat sie noch gar nicht richtig beantwortet.

»Weil ich nicht weiß, wo ich sonst hin soll«, sagt sie langsam. »Und weil ich dir alles erklären wollte.«

Sie klingt wirklich nicht, als würde sie lügen.

»Wir müssen die Polizei informieren. Oder das FBI.«

»Ich weiß nicht, ob die etwas tun können.«

Das hat Shiro auch gesagt. Aber etwas müssen sie doch unternehmen! Wenn Hinata der Kopf dieser Organisation ist … Ist er Overkill? Dann ist seine Identität doch bestätigt. Irgendwie müssen sie ihn festnehmen können!

»Was sollen wir denn machen?« Ich schüttle den Kopf. »Was *will* dein Onkel von mir?«

»Er will dich erpressen, sich ihm anzuschließen.«

»Ist er jemand, mit dem man verhandeln kann?«

Ruckartig überwindet sie den letzten Meter zwischen uns und vergräbt ihre Hände in dem Hemd, das sie mir gegeben hat. »Auf keinen Fall«, flüstert sie. »Du darfst auf keinen Fall zu ihm gehen. Das ist genau das, was er erreichen will.«

Ich spüre, wie mein Atem vor der aufkommenden Verzweiflung in mir schwerer wird. »Aber ich muss Shiro helfen.«

»Wie willst du das denn anstellen?«

»Keine Ahnung.«

»Kennst du deine Kräfte?«

»Nein.« Ein Gedanke streift meinen Verstand und ich hebe das Handy wieder an. Es ist eine beschissene Idee, aber auch die einzige, die ich habe.

Ich öffne den Browser, gebe *Very Happy Meat* ein und klicke die erste Website an, die in der Suche erscheint. Eine amerikanische Lieferkette für Premiumfleisch. Das Logo ist dasselbe wie auf dem Pullover der jungen Frau, die gestern vor der Tür stand.

Ich scrolle hinunter, suche nach einer Telefonnummer und klicke die erste an, die ich finde.

»Was machst du?«, fragt Akari. Sie hat mein Hemd wieder losgelassen.

Shiro kann die Leute dieser Lieferkette offenbar nicht leiden, aber wer auch immer sie sind: Sie haben ihm ihre Hilfe angeboten. Und sie sind sicherlich in diese ganze Sache eingeweiht, also werde ich ihnen keine blöden Ausreden auftischen müssen.

»Willkommen bei Very Happy Meat, Ihrer Lieferkette für das beste und frischeste amerikanische Fleisch«, meldet sich eine Frauenstimme im Service-Tonfall. Akari kommt ein Stück näher, um mitzuhören. »Was kann ich für Sie tun?«

»Mein Name ist Toma Daigo«, sage ich hart. »Ich bin der Enkel von Shiro aus dem Spicy Noodles.«

»Ah!«, macht sie. Diese Leute kennen Shiro also wirklich. »Mit wem kann ich Sie verbinden?«

»Wir hatten gestern Besuch von einer jungen Frau im Restaurant«, sage ich.

Die Dame am Telefon macht ein wissendes Geräusch. »Einen Moment«, bittet sie professionell, dann vernehme ich ein Klicken und ein weiteres Freizeichen.

Es klingelt nur einmal, dann höre ich die bekannte Stimme am Telefon. »Spicy Noodles!«, säuselt sie. »Ich wusste, dass ihr euch meldet.«

»Mein Großvater wurde entführt.« Ich sehe Akari an, die sich sehr unsicher darüber zu sein scheint, was ich da tue. »Das Restaurant wurde verwüstet.«

Sofort verschwindet der spielerische Unterton aus ihrer Stimme. »Overkill?«, will sie wissen.

»Offenbar«, sage ich. All diese Leute haben so viel mehr Ahnung davon, was vor sich geht, als ich.

»Haben sie die Essstäbchen?«

»Ja.«

Ein kurzes Schweigen am anderen Ende der Leitung. »Du weißt nicht, wer wir sind, oder?«

Muss ich das wissen? Stimmt schon, so wie Shiro von diesen Leuten geredet hat, klangen sie alles andere als vertrauenswürdig. »Ist mir egal«, sage ich trotzdem. »Ich weiß nicht, an wen ich mich sonst wenden soll. Ich brauche Hilfe, um ihn da rauszuholen.«

»Bist du allein?«

Ich sehe Akari an und überlege, wie ich das erklären soll. »Jemand von ihnen ist bei mir. Sie will uns helfen.«

»Hm«, macht die junge Frau am anderen Ende. »Das ist ein Risiko. Vertraust du ihr?«

»Ich weiß es nicht.«

Ich höre ein Stöhnen am anderen Ende des Telefons. Je länger sie wartet, umso weiter sinkt meine Hoffnung, dass sie zusagt.

»Aber sie weiß, wo sie sind.«

»Ihr solltet aber nicht gehen!«, sagt Akari eindringlich. »Es ist viel zu gefährlich. Ihr wisst nicht, was …«

»Na gut.« Dieser Stimmungsumschwung am anderen Ende der Leitung. Sagt sie zu, weil Akari es nicht will? »Warte am Restaurant. Wir sind in einer halben Stunde da.«

»Ihr helft uns?« Ich atme auf und schließe die Augen. Egal, wer diese Leute sind. Sie helfen uns. Sie helfen uns!

»Wir kriegen den alten Mann da schon raus.«

Ich fahre mir erneut durch die Haare und trete ein paar Schritte hin und her, als die Angst in mir einem Hauch Hoffnung weicht. »Danke«, sage ich mit Nachdruck. »Tausend Dank, wirklich.«

»Freu dich nicht zu früh. Erst mal sehen, ob wir das schaffen. Bis gleich.«

KAPITEL 26

WELCHE ANSICHT ICH KORRIGIEREN MUSS

Der violette Lieferwagen hat keine Fenster. Ein kleines Licht brennt über uns und wirft dunkle Schatten auf die Gesichter der zwölf jungen Männer und Frauen, die um Akari und mich herum auf den beiden gegenüberliegenden Bänken sitzen. Sie tragen schwarze Kleidung mit weißen Logos und Worten, die ich nicht kenne.

Sie alle sind jung. Auf keinen Fall ist einer über dreißig. Und irgendwie hat jeder ähnliche Gesichtszüge, obwohl alle Haar- und Hautfarben vertreten sind.

Während der Wagen über die Straßen New Yorks holpert, richte ich den Blick nervös auf mein Handy und schaue meine Nachricht an Jay ein letztes Mal an, bevor ich sie absende. *»Ich brauche leider deine Hilfe, Jay. Das Restaurant wurde überfallen und verwüstet. Kannst du Malik bitten, es als Tatort zu sichern? Es hat etwas mit Overkill zu tun. Ich muss noch etwas erledigen. Werde nicht antworten können, tut mir leid. Du hast was gut bei mir.«*

Das ist nicht gut. Aber es muss reichen, ich kann mich einfach nicht darauf konzentrieren, mir etwas Besseres einfallen zu lassen. Also sende ich die Nachricht ab, schalte mein Handy auf lautlos und schiebe es fort. Meine Finger zittern und mir ist übel vor Aufregung. Und weil der Lieferwagen so verdammt viel wackelt.

Diese Leute würden mich bestimmt verurteilen, wenn ich jetzt kotze, also strenge ich mich an, ruhig zu atmen. Ich verstehe nicht, wie Akari in dieser Situation Karamellbonbons essen kann. Aber vermutlich beruhigt es sie.

Mein Blick wandert von ihr zu der jungen Frau uns gegenüber. Mit ihren blauen Augen beobachtet sie jede unserer Bewegungen genau. Die Sommersprossen auf ihrer hellen Haut sind mir bei unserer ersten Begegnung gar nicht aufgefallen.

»Damit das klar ist«, sagt sie und lächelt humorlos. Obwohl sie so süß aussieht, hat ihr Gesichtsausdruck immer etwas Herausforderndes an sich. Als hätte sie kein Problem damit, mit jedem Menschen der Welt sofort einen Krieg anzuzetteln. »Ich mach das nur, weil du netter bist als der Alte. Und nicht für den Greis selbst.«

»Er scheint euch wirklich nicht ausstehen zu können«, murmele ich. Ich frage mich noch immer, was der Grund dafür ist. Aber vielleicht will ich es gerade auch gar nicht wissen.

»Niemand kann uns ausstehen.« Sie grinst frech. »Deswegen war ich verwundert, dass du freundlich zu mir warst. Aber wir werden unsere Leben nach seiner letzten Ansage sicher nicht für ihn aufs Spiel setzen.«

»Geht klar. Das erwarte ich auch gar nicht.« Dass diese Leute uns überhaupt helfen, ist schon mehr, als ich hätte verlangen können.

Das Wasser auf meinem Körper ist inzwischen getrocknet und hat einer Schweißschicht Platz gemacht. Ich habe mich nicht mehr so schmutzig gefühlt, seitdem ich

Overkill in dieser einen Nacht beobachtet habe. Das war also Hinata. Und vielleicht einige Leute aus seiner Firma.

Ich will mir gar nicht vorstellen, dass ich danach noch mindestens einmal mit diesen Leuten in einem Raum war.

»Wer genau seid ihr?«, will ich wissen, um mich von der aufkeimenden Panik abzulenken. Noch kann ich diese junge Frau gar nicht durchschauen. Ist sie wirklich so tough, wie sie tut? Oder steckt da etwas anderes dahinter?

Sie führt eine unbestimmte Handbewegung in Richtung ihres Teams aus. »Also das sind einige meiner Cousins und Cousinen.«

Ich ziehe die Augenbrauen in die Höhe. Ich habe schon gedacht, dass diese Leute alle ähnlich aussehen, aber das ist *wirklich* eine große Familie. Sie zählt einen Haufen Namen auf, die ich sofort wieder vergesse, weil es einfach zu viele sind. »Und der hässliche Idiot da hinten ist mein Bruder Jacob.« Sie deutet auf jemanden, der vielleicht zwei oder drei Jahre jünger ist als sie und ihr bis auf die Haare wie aus dem Gesicht geschnitten ist. Die gleichen Sommersprossen, die gleichen hellblauen Augen und ein zu nettes Gesicht für diese Situation. Eigentlich beleidigt sie sich gerade selbst. »Den könnt ihr ruhig mit reinziehen, Brüder hab ich mehr als genug.«

»Hab dich auch lieb!«, antwortet er amüsiert und einige der Anwesenden lachen.

»Wir arbeiten alle im Familienbusiness. Eine Lieferkette für Premiumfleisch.«

»Und ihr seid …« Ich presse die Lippen aufeinander, weil es mir noch schwerfällt, das auszusprechen. »Ihr seid Göttererben?«

Wieder kichern alle amüsiert, aber ich verstehe nicht, warum.

»Nur ich«, erklärt sie dann. »Theoretisch. Ich hab keine übernatürlichen Kräfte oder so.«

Sie ist wirklich undurchschaubar. Sie scheint so unberührt von allem zu sein, was um sie herum vor sich geht. Kein Zeichen der Aufregung, der Angst, der Angespanntheit. Wie kann eine Situation wie diese sie kalt lassen?

»Habt ihr einen Plan?«

Sofort wendet sie ihren Blick Akari zu. Ich folge ihr. »Von wem stammt ihr ab?«

Akari schluckt schwer. »Aus der Familie von Amaterasu.«

Die junge Frau zieht die Luft zwischen den Zähnen ein. Nicht gerade beruhigend. »Wer hat die Fähigkeiten?«

»Mein Onkel Hinata.«

»Was kann er?« Offensichtlich ist unser Gegenüber genervt davon, dass es Akari alle Informationen aus der Nase ziehen muss.

Diese senkt allerdings ihren Blick und ballt die Hände zu Fäusten. »Ich weiß es nicht genau.«

»Du *weißt* es nicht?« Sie schüttelt den Kopf. »Wie kannst du das nicht wissen? Bist du kein Teil der Gruppe?«

»Ich mache nur Verwaltungsarbeit für die Firma.«

Ich runzle die Stirn. »Und Akquise«, ergänze ich in einem vorwurfsvolleren Tonfall, als ich beabsichtigt hatte.

Die junge Frau uns gegenüber schürzt die Lippen und sieht Akari noch einige Sekunden lang skeptisch an. Sie scheint ihr wirklich nicht zu vertrauen und ich frage mich, ob ich mich ihr anschließen sollte.

Aber sie kenne ich noch viel weniger. Hier gibt es eigentlich niemanden, dem ich wirklich vertrauen kann. Doch solange wir Shiro da rausbekommen, soll es mir vorerst egal sein.

Endlich wendet sich unser Gegenüber von Akari ab, um die Gruppe anzusehen. »Wir gehen erst mal rein. Wir haben zwar keine Ahnung, was die können, aber die haben nicht mal eine Ahnung, dass wir existieren. Das sollte unser Vorteil sein. Ein zweites Team ist auf dem Weg, um den Fluchtweg für uns zu sichern und freizuhalten.« Ihr Blick wandert wieder zu mir. »Und ihr schuldet uns was.«

Ich presse die Lippen aufeinander. »Was denn?«

»Überleg ich mir noch.« Sie ruckt mit dem Kinn in meine Richtung. »Falls ihr es da raus schafft.«

»Was macht dich so sicher, dass *ihr* es da raus schafft?«

Sie sieht auf ihre weißen Chucks hinab und zieht ihre schwarze Jeans darüber zurecht. »Wird schon werden.«

Die hat ja die Ruhe weg. »Und wie sieht der Plan aus?«

Sie zuckt mit den Schultern. »Wir schauen uns das erst mal an. Dann entscheiden wir vor Ort.«

Das beruhigt mich überhaupt nicht. Haben diese Leute eine Ahnung von dem, was sie tun? Oder will sie es mir nur nicht sagen?

»Wie heißt du eigentlich?«, mischt Akari sich ein.

Stimmt, ihren Namen hatte sie uns noch gar nicht genannt.

»Cava.«

Cava. Ein schöner Name. Und sie sieht eigentlich zu süß für all das hier aus.

»Bist du gar nicht aufgeregt?«, will ich wissen. Mit jeder Minute geht mein Atem schwerer.

Sie lächelt. »Warum denn? Entweder wir schaffen es oder nicht. Kein sehr vielschichtiges Szenario. Angst und Sorge verleihen solchen Situationen eine Komplexität, die sie schwierig macht.« Sie macht eine wegwerfende Handbewegung. »Lass dir von so was nicht den Verstand zumüllen.«

Ich ziehe die Augenbrauen hoch und sehe sie an, als sie sich schon wieder abgewendet hat. Das klang eher wie eine Lektion als etwas, das aus ihrem Herzen kam. »Danke für den Tipp«, grummle ich gedehnt. »Dann höre ich einfach mal auf, Angst zu haben.«

Nachdem wir gehalten und die hintere Doppeltür des Lieferwagens geöffnet haben, lehne ich mich ein Stück über den jungen Mann, der neben mir sitzt, um einen Blick auf das Gebäude zu werfen.

Der prächtige Eingang des Gebäudes, in dem Hinatas Firma sitzt, sieht auch jetzt noch pompös auch. Wenn vielleicht auch nicht ganz so schön ausgeleuchtet wie tagsüber.

Durch die große, gläserne Doppeltür kann ich nichts erkennen. Ich weiß, dass sich dahinter der Empfang befindet, hinter dem wiederum die Fahrstühle liegen. Ich bin den Weg bereits an dem Tag gegangen, an dem ich Akari kennengelernt habe. Aber die zwei bulligen Kerle in Anzügen, die sich vor der Tür postiert haben, blockieren meine Sicht auf den Innenraum gänzlich.

Noch scheinen sie uns nicht bemerkt zu haben. Oder zumindest schenken sie uns keine weitere Beachtung. Wir parken einige Meter vom Eingang entfernt, schräg gegenüber des Eingangs. Die ganze Straße ist mit Autos zugeparkt, was uns wohl gelegen kommt, weil sie den Blick auf uns ein wenig versperren.

Nicht, dass wir in dem violetten Wagen mit der neongelben Aufschrift sehr unauffällig wären. Aber hinter einer Lieferkette vermutet hoffentlich niemand etwas Verdächtiges.

Ich lehne mich wieder zurück und versuche, mich zu beruhigen. Es gelingt mir nicht, also richte ich meinen Blick auf Cava und die Mitglieder ihres Teams, die ihre Ausrüstung und Kleidung genauestens überprüfen. Ich erkenne keine offensichtlichen Waffen. Nur einige Geräte, die ich noch nie gesehen habe.

Aber da nun das Licht gelöscht ist, ist in der Dunkelheit eh nicht viel zu sehen. Nichts, um meine Aufmerksamkeit von der Panik abzulenken, die in meinem Inneren brennt.

Womit wollen sie die bewaffneten Wachleute besiegen? Karate?

»Werdet ihr die Wachen töten?«, fragt Akari leise und sieht jeden von ihnen angsterfüllt an. Ich weiß nicht, ob ihre Furcht der Vorstellung ihrer toten Kollegen gilt, oder der Konfrontation mit ihrem Onkel, die uns bevorsteht.

»Wir versuchen, es nicht zu tun«, sagt Cava und überprüft mehrfach die Taschen, die an ihrer Jacke angebracht sind. »Wir wollen uns ja nicht die Möglichkeit verbauen, das relativ gewaltfrei zu lösen.« Einige aus ihrem Team lachen und sie bedeutet ihnen sofort, ruhig zu sein. »Wenn wir uns gut anstellen, lässt der alte Shiro uns danach vielleicht endlich in seinen Laden, also reißt euch zusammen, ja?«

Ich spanne mich an. Sind diese Leute wirklich so stark, dass sie sich zusammenreißen müssen, niemanden zu töten? Oder tun sie nur so, um ihr Selbstbewusstsein zu stärken?

»Ich würde es auch gut finden, wenn niemand ums Leben kommt«, murmele ich.

»Jaja.« Cava winkt ihrem Bruder weiter hinten im Wagen zu. »Ich gehe erst mal vor und kümmere mich um die Aufpasser am Eingang. Ihr kommt dann nach.« Sie deutet auf mich und Akari, bevor sie eine Schachtel entgegennimmt, die ihr Bruder ihr reicht, und das violette Basecap mit dem neongelben Smiley aufsetzt, das darauf liegt. »Und ihr haltet euch zurück, bis wir euch das Zeichen geben.«

»Wann wird das sein?«, frage ich. Ich weiß nicht, ob ich es aushalte, nur herumzusitzen. Obwohl ich weiß, dass ich keine Hilfe wäre.

»Wenn wir den Weg zu den Fahrstühlen gesichert haben.«

»Wir fahren mit dem Fahrstuhl hoch?«, keucht Akari. »Ist das nicht unsicher?«

»Willst du neunzig Stockwerke laufen?« Cava sieht sie kurz an, dann richtet sie ihr Basecap und steigt aus. Zielgerichtet steuert sie auf die beiden Wachen am Eingang zu. Gibt sie vor, etwas liefern zu wollen, oder was ist der Plan?

»Hey«, sagt der Kerl neben mir. »Lehn dich nicht so weit raus.«

Sofort ziehe ich mich ein Stück zurück und verstehe gar nicht, wie die anderen es ertragen, nicht hinzusehen. Nur die beiden, die am weitesten außen sitzen, verfolgen, was vor dem Eingang vor sich geht. Vertrauen sie ihr so sehr?

Cava stellt sich währenddessen vor die beiden Wachmänner, die nicht sehr alarmiert von ihrer Anwesenheit zu sein scheinen. Wäre ich vermutlich auch nicht, bei einem so hübschen Mädchen.

Eine Weltanschauung, die ich in Zukunft geraderücken werde.

Cava hält ihre Box fest in den Händen und so, wie sie sich auf ihre Zehenspitzen stellt und ein wenig herumtänzelt, scheint sie ihnen einen sehr fröhlichen Charakter vorzuspielen.

Die Kerle sagen was, das ich nicht verstehe, und sie nickt und öffnet die Box, die sie dabei hat.

Soll sie den Inhalt vorzeigen, um durch die verglaste Doppeltür hineingelassen zu werden? Damit hat sie hundertprozentig gerechnet. Keine Chance, dass sie so eine Aktion das erste Mal durchführt.

Sie muss sich beeilen. Es kann nicht mehr lang dauern, bis die Wachen innerhalb des Gebäudes bemerken, dass etwas vor sich geht.

Cava hält die Box mit einer Hand hin. Während die Wachmänner sich vorbeugen, um hineinzusehen, greift sie mit ihrer freien Hand sehr langsam an eine der Taschen ihrer Hose. Die Waffe, die sie herauszieht, kann ich auf die Entfernung nicht genau identifizieren. Noch bevor der erste Wachmann sich ihr wieder zuwenden kann, hebt sie sie und hält sie ihm an den Hals.

Ein Taser! Ich rutsche wieder ein Stück auf der Bank in Richtung der Tür, um mehr sehen zu können. Der erste Kerl geht zu Boden und der zweite zieht seine Waffe, aber Cava ist schneller. Sie lässt die Box fallen, packt seinen Arm und versetzt auch ihm einen Schlag.

»Los!«, bellt jemand aus dem Team so laut, dass ich zusammenzucke, und gleichzeitig ziehen alle Masken auf und setzen sich in Bewegung. Cava betäubt den ersten Mann ein zweites Mal, weil der erste Schock dafür wohl nicht ausgereicht hat. Dann bückt sie sich, um etwas aus seiner Brusttasche zu ziehen, das wie eine Schlüsselkarte aussieht.

Sie öffnet die Tür in dem Moment, in dem das Team bei ihr ankommt. Die Bewegungen aller Mitglieder sind so flüssig. Als sie gemeinsam in das Firmengebäude eindringen und aus unserem Sichtfeld verschwinden, sieht es eher aus, als wären sie ein Schwarm als einzelne Menschen.

Mein ganzer Körper ist angespannt. Ich will gar nicht hinsehen. Ich will nur weg von hier und darauf warten, dass die Polizei sich um alles kümmert. Oder jemand anderes, der fähiger dazu ist als ich. Aber Shiro braucht mich jetzt. Und ich habe solche Angst, dass ich meinen Blick einfach nicht abwenden kann. Ich kann nicht einmal blinzeln.

Akari legt ihre Hand auf meinen Arm. Es verwirrt mich noch, aber ich bin zu erstarrt, um etwas dazu zu sagen oder dagegen zu tun.

Bis nach einigen Sekunden Jacob seinen Kopf aus der Tür streckt und uns zuwinkt. Sie haben es so schnell geschafft, die Wachen am Eingang zu überwältigen?

Ich werfe Akari einen Blick zu. Sie ist ganz blass.

»Kennst du die Sicherheitsleute da drin?«, will ich wissen und folge ihrem Blick, als sie nicht antwortet.

»Nur vom Sehen«, flüstert sie.

»Es geht ihnen sicher gut«, antworte ich. Ich muss mich selbst noch davon überzeugen. »Komm.«

KAPITEL 27

WIE SICH ZERSTÖRUNG ANFÜHLT

Nur weil ich mir einrede, dass die acht Männer und Frauen, die von *Very Happy Meat* überwältigt wurden, noch leben, übergebe ich mich nicht vor Angst. Dass sie nur bewusstlos am Marmorboden liegen und nachher wieder aufwachen und alles gut ist.

Wenn ich zu Akari neben mir schaue, bin ich mir sicher, dass sie dasselbe denken muss.

»Kommt schon!«, ruft Jacob und bedeutet uns, dass wir ihm und den anderen zu den Fahrstühlen folgen sollen. Schwer schluckend bewege ich mich voran, ringe um Kontrolle über meine zitternden Knie. Ich muss mich endlich zusammenreißen!

Wie kann dieser Junge so unbeeindruckt von allem sein? Der ist doch höchstens fünfzehn. Und er springt über die Wachmänner hinweg, als sei dieses Schlachtfeld sein persönlicher Spielplatz.

»Wie habt ihr das gemacht?«, will ich wissen, als ich rasch zur Gruppe aufschließe.

»Ganz einfach«, sagt Cava. »All diese Leute zögern. Sie sind zwar darauf trainiert, zu schießen, aber im echten

Leben tun sie es selten. Sie überlegen und versuchen, die Situation einzuschätzen und so ein Schwachsinn. Diese Millisekunden reichen aus, um sie zu überwältigen.« Sie zwinkert mir zu. »Das reicht bei den meisten Menschen. Sie erwarten einfach nicht, dass man sich ungebremst auf sie stürzt.«

»Und«, mischt sich Jacob ein und hebt nahezu belehrend einen Finger. »Die rechnen wohl auch nicht damit, von Normalos wie uns angegriffen zu werden. Hat ein bisschen gewirkt, als hätten sie besondere Fähigkeiten erwartet.« Er kichert. »Ist für die sicher ’ne Überraschung gewesen, von einem Haufen Menschen überfallen zu werden.«

Es bereitet mir eine Gänsehaut, wie selbstverständlich sie über diese Dinge reden. Sie drehen sich nicht einmal zu den Personen um, die sie am Boden haben liegen lassen. Ich glaube nicht, dass sie überprüft haben, ob diese Menschen noch leben. Ist es ihnen egal?

Cava betätigt den Knopf und der große Fahrstuhl öffnet sich sofort. »Die haben hundertprozentig den Alarm bedient.«

»Bedeutet, die oben wissen, dass wir kommen«, sagt Jacob.

Wir treten ein und Akari und ich werden ganz hinten positioniert, als wir losfahren.

»Ich hasse es, in Gebäuden zu kämpfen«, sagt Cava. »Hier sind wir eingesperrt, falls etwas schiefläuft und wir fliehen müssen.« Sie wendet sich um. »Wie sieht’s bei Nicolas aus?«

»Team zwei sichert schon die Umgebung«, antwortet Jacob mit Blick auf sein Handy.

»Ich hoffe echt, der Alte ist es wert«, knurrt Cava. Inzwischen sieht sie zwar nicht angespannt, aber sehr konzentriert aus. Ein Bild, das ein bisschen durch ihr violettes Basecap zerstört wird. »Wenn er uns danach noch immer nicht in seinen Laden lässt, bin ich echt sauer.«

»Wenn ihr ihn hier rausbekommt, bekommt ihr so viel Essen, wie ihr wollt«, verspreche ich ihr.

Zum ersten Mal lächelt sie, ohne dass es fies aussieht. Dann wendet sie sich an Akari, die auf einem weiteren Karamellbonbon kaut. »Dein Onkel. Was sind seine Trigger?«

»Das sagt er niemandem«, murmelt sie.

»War klar«, stöhnt Cava und verdreht die Augen. »Wir sind gleich da.«

Ich werfe einen Blick auf die Anzeige der Stockwerke und denke das, was Akari im nächsten Moment ausspricht. »Wir müssen aber zwei Stockwerke weiter hoch.«

»Ich weiß.« Cava nimmt einen langen Stab in die Hand, der an ihrer Hose befestigt war, fast so lang wie ihr Oberschenkel. Ich habe ihn bisher gar nicht bemerkt. »Die letzten zwei Stockwerke gehen wir zu Fuß. Die warten bestimmt oben schon auf uns.«

»Hier vielleicht auch, wenn sie Kameras haben«, sagt Jacob und zieht seine Waffe ebenfalls.

»Was sind das für Dinger?« Ich presse mich ein Stück weiter zurück an die Wand.

Sie lächelt mir zu. »Modifizierte Viehtreiber.«

Die kleine Glocke ertönt.

Noch bevor sich die Türen ganz geöffnet haben, lassen Cava und Jacob sich ein Stück zurückfallen und stoßen die Waffen nach vorn. Da ist tatsächlich jemand! Doch sie werden von Jacob und Cava getroffen und gehen zu Boden, bevor sie überhaupt wissen, wie ihnen geschieht.

Das Team strömt aus dem Fahrstuhl, ohne eine weitere Sekunde abzuwarten. Ich höre Schreie und Stöhnen. Als ich und Akari gemeinsam hinaustreten, sind bereits alle sieben Gegner ausgeschaltet. Wenn sie hierher schon so viele Leute geschickt haben, wie viele sollen dann oben warten?

Akari streckt die Hände nach mir aus und krallt sich in meinem Hemd fest, als wir über die Bewusstlosen hinwegsteigen und auf die Tür des Treppenhauses zueilen.

Das Team bewegt sich nahezu lautlos, als einer die schwere Tür öffnet und alle anderen vorgehen lässt. Das Treppenhaus ist dunkel, nur die Notbeleuchtung ist eingeschaltet. Das macht die Bewegungen der Mitglieder vor uns noch schattenhafter.

Mit jeder steinernen Stufe, die ich nehme, pocht mein Herz schneller. Ein Teil von mir begreift noch immer nicht, was hier eigentlich passiert. Dass wir das wirklich tun.

»Wo lang?«, will Cava wissen, als wir an der Tür zum richtigen Stockwerk stehen bleiben. Jacob öffnet sie ein Stück, seine Waffe voran, um in den Flur zu spähen.

»Alles sauber«, flüstert er.

»Wir sollten einfach wieder umdrehen«, sagt Akari leise. »Noch können wir gehen.«

Cava wirbelt zu uns herum und wirft ihr einen bösen Blick zu.

»Hinata ist viel gefährlicher, als ihr denkt!«

»Sind wir auch. Also reiß dich jetzt zusammen!«

Akari senkt den Kopf. »Nach rechts«, flüstert sie widerwillig. »Dann immer weiter geradeaus. Da befindet sich ein großes Empfangszimmer für Geschäftskunden. Da ist er vermutlich.«

»Gut. Los!«

Ich bewege Akari dazu, mir schneller zu folgen, als die Gruppe sich wieder in Gang setzt. Es ist schwer, mit ihnen mitzuhalten. Im Gegensatz zu ihren flüssigen, leisen Bewegungen komme ich mir vor wie ein stolperndes Trampeltier.

Auf dem dunklen Gang wartet niemand auf uns. Das erscheint mir eigenartig, aber ich bemerke die Blicke von Cava und ihrem Team, also denken sie gewiss dasselbe: Das muss eine Falle sein. An diesem Punkt gibt es kein Szenario, in dem Hinata uns noch nicht bemerkt hat.

»Höchstwahrscheinlich erwartet uns dein lieber Onkel schon«, flüstert Cava, als wir uns weiter und weiter durch die Flure schieben, durch die Eingangshalle, die ich bereits kenne, vorbei an Akaris Büro und auf eine Tür am Ende eines langen Korridors zu.

Mit jedem Schritt schlägt mein Herz ein wenig schneller. Das Adrenalin kribbelt so intensiv in meinem Inneren, dass ich gar nicht mehr klar denken kann.

»Reiß dich zusammen, Feuerjunge«, flüstert Cava in meine Richtung. »Angst macht dumm. Wir brauchen dich jetzt.«

Ist es so auffällig, dass es mir nicht gut geht? Oder kann sie das riechen?

»Irgendwelche Tipps?«, will ich ironisch wissen. Ich weiß, dass es nichts bringt, wenn ich mich so verhalte, aber ich kann einfach nichts dagegen tun.

»Kneif dich mal«, antwortet sie überraschenderweise ernst. »Schmerz lenkt ab und kann dich klarer machen.«

»Was?«

»Keine dauerhafte Lösung, funktioniert aber«, fährt sie leise fort. »Generell hilft auch ein gesunder Lebensstil.«

»*Was?*«, wiederhole ich etwas lauter. Ist das ihr Ernst?

»Verzicht auf Alkohol, Nikotin und Koffein kann helfen, irrationale Gefühle von Angst zu verhindern. Ein regelmäßiger Schlafrhythmus und eine ausgewogene Ernährung gehören auch dazu.«

Ich frage nicht noch einmal nach. Dafür sind wir der Tür schon zu nah und ich weiß noch immer nicht, ob sie mich verarscht.

»Wie gehen wir vor?«, unterbricht Jacob unser überaus irritierendes Gespräch.

Geholfen hat es mir nicht. Ich spüre, wie der Schweiß mir von der Stirn rinnt.

»Da sie eine Geisel haben, ist das übliche Vorgehen keine Option«, murmelt Cava gerade laut genug, dass ich sie hören kann. »Nehmen wir Szenario C. Wartet auf mein Signal.«

»Was ist Szenario C?«, will ich wissen.

Cava dreht sich rasch zu mir um. Ich meine zu erkennen, dass sie Akari einen Blick zuwirft, aber ich kann es in der Dunkelheit nicht genau erkennen. »Das werdet ihr früh genug bemerken.«

Akari neben mir spannt sich noch mehr an. Cava traut ihr nicht, aber sie wollte nicht, dass wir hierherkommen. Das hätte sie nicht gesagt, wenn es wirklich eine Falle wäre, an der sie beteiligt ist. Ich muss das jetzt einfach glauben.

»Da vorn ist es«, sagt sie. Der Empfangsraum ist mit goldenen Lettern ausgeschildert.

Cava nähert sich der Tür auf leisen Sohlen. Als sie davorsteht, öffnet sie sie allerdings nicht vorsichtig, um hineinzuspähen, wie die anderen Male.

Sie klopft. Erst dann drückt sie die Klinke hinunter und schiebt ihren Kopf hinein. Ein gleißend heller Lichtstrahl fällt in den dunklen Flur. Ich sehe, dass sie an ihr Basecap fasst. »Lieferung von Very Happy Meat, meine Damen und Herren«, säuselt sie.

Ich höre nicht, ob ihr jemand antwortet, aber sie öffnet die Tür weiter und tritt, gefolgt von ihrem Team, raschen Schrittes ein. Ich folge ihnen mit so schnell schlagendem Herzen, dass mir übel wird.

Der Raum, den ich durch die Tür sehe, ist übertrieben prunkvoll. Voll mit meterhohen, dunklen Bücherregalen, die trotzdem den Blick auf die großen Fensterwände offenlassen. In der Mitte, auf dem blankpolierten Parkett, steht ein Sessel auf einem großen Teppich, vor einem niedrigen Kaffeetisch.

Und an den Sessel ist Shiro gefesselt.

Als ich ihn sehe, verfliegt ein Teil meiner Angst und weicht brennender Wut. Ich beschleunige mein Tempo, um weiter in den Raum hineinzutreten. Er ist nicht offensichtlich verletzt, sieht aber sehr geschwächt und blass aus.

»Was habt ihr mit ihm gemacht?«, will ich laut wissen.

Neben Shiro steht Hinata. Er trägt einen gut sitzenden Anzug mit einer gemusterten Weste darunter. Wie schon beim letzten Mal sieht der Arsch aus wie frisch aus dem Ei gepellt.

Im Raum befinden sich einige Wachen in Anzügen und mit gezogenen Waffen. Das Team von Happy Meat ist weit in den Raum vorgedrungen, ohne dass sie gefeuert haben. Also warten sie noch darauf, dass sie einen Befehl bekommen.

Cava wendet sich zu mir um, aber ich verstehe nicht, was sie mir mit ihrem Blick sagen will. Wie geht es jetzt weiter? Was ist der Plan?

»Toma. Schön, dass du uns mit deiner Anwesenheit

beehrst«, sagt Hinata, als würde er die Menschen um sich herum gar nicht bemerken. »Wir hätten liebend gern mit deinem Großvater verhandelt, aber er ist ein bisschen starrköpfig für unseren Geschmack. Da dachten wir, du würdest uns sicher an seiner Stelle weiterhelfen können.«

Ich spanne mich an und wage es, einen Schritt auf die Gruppe zuzutreten. Neben Hinata stehen drei weitere Personen, die keine schwarzen Anzüge tragen und meine Aufmerksamkeit erregen. Alle jung, sicher noch unter zwanzig.

Eine hat lange, schwarze Haare und trägt einen dunkelblauen Anzug. Die junge Frau neben ihr hat einen blonden Bob und sieht mit ihren Chucks, den Ripped Jeans und dem Holzfällerhemd zwischen den anderen wie eine gewöhnliche Studentin aus. Der etwas kleinere, junge Mann zwischen ihnen hat kurzes, pinkes Haar. Befänden wir uns in einem Shonen-Anime, wäre er sicher der Protagonist.

Ich erinnere mich daran, ihn in Akaris Wohnung schon einmal gesehen zu haben.

»Und da dachtest du, es würde dir eine gute Verhandlungsbasis bieten, ihn zu entführen?«, will ich wissen. Das kam überraschend flüssig über meine Lippen.

»Wie du siehst, habe ich ein paar Freunde mitgebracht«, übergeht Hinata mich. »Das sind Yuki, Cherish und Karasu.«

Karasu? Das japanische Wort für Krähe. Irgendwie habe ich eine Ahnung, was seine Fähigkeit sein könnte.

»Hast du sie mitgebracht, um mich einzuschüchtern?« Je mehr er redet, umso mehr gewinne ich an Selbstbewusstsein. Der Wunsch, einfach wegzurennen, ist inzwischen gänzlich verschwunden.

»Ich wollte nur ganz normal mit dir plauschen.« Hinata lächelt. Es sieht falsch aus. »In gemütlicher Runde.«

Ich ignoriere seinen sarkastischen Tonfall. »Warum? Was wollt ihr von mir?« Die Wachen in ihren Anzügen stehen vollkommen regungslos da, aber die einzelnen Mitglieder von Happy Meat gehen langsam durch den Raum, als wollen sie sich umsehen.

Werden sie Hinata angreifen? Die Wachen behalten jeden von ihnen angespannt im Auge, aber Hinata beachtet sie gar nicht.

»Wenn du auf unserer Seite bist, bist du nicht mehr gegen uns«, sagt er.

»Bestechende Logik«, spucke ich aus. »Mal drüber nachgedacht, dass niemand gegen euch wäre, wenn ihr nicht willkürlich Menschen töten würdet?« Vielleicht bin ich aber auch zu neu in dieser Geschichte, um die Logik dahinter zu verstehen.

»Du hast keine Ahnung, wovon du redest.«

»Und was wollt ihr, das ich für euch tue?«

»Spielt das eine Rolle?« Er sieht sich demonstrativ im Raum um. »Ich denke nicht, dass du eine Wahl hast.«

Da hat er recht. Viel kann ich wohl nicht unternehmen, außer zu versuchen, mit ihm zu verhandeln. Hat Cava einen Plan, wie wir aus dieser Sache herauskommen? Wie wir Shiro befreien?

»Wer seid *ihr* eigentlich?«, will Hinata an die Gruppe gewandt wissen. Sie tragen alle die gleiche Kleidung, also kann er keine Ahnung haben, dass Cava die Anführerin ist.

Niemand macht sich die Mühe, ihm zu antworten.

»Lasst Shiro frei«, durchbreche ich die Stille, die darauf eingetreten ist. Ich spreche so ruhig wie möglich, obwohl

Shiros Anblick es mir schwer macht. »Sobald er in Sicherheit ist, können wir uns in Ruhe miteinander unterhalten.«

Cava wirft mir einen strengen Blick zu. Hinata scheint es zu bemerken, verschränkt aber trotzdem seine Arme vor der Brust.

»Tut mir leid, aber ich bevorzuge es, das ein oder andere Ass in meiner Hand zu haben, wenn es um so heikle Themen für meine Gemeinschaft geht. Ich werde mein Druckmittel sicher nicht aufgeben.« Er rümpft die Nase und schaut sich abermals zwischen meinen Verbündeten um. Sein Blick bleibt etwas länger an Akari hängen. »Schließ dich uns an, Toma. Dann kannst du deinen Großvater gern mitnehmen.«

»Lass dich nicht von ihm erpressen, Toma!«, ruft Shiro laut, aber der Kerl neben ihm packt ihn so grob am Kragen, dass er verstummt.

Mit geballten Fäusten mache ich einen Schritt nach vorn, aber sofort regen sich alle Anwesenden auch. Als wären wir Magnete, die einander anziehen, erstarren sie wieder, sobald ich stehenbleibe.

Verdammt. Es gibt keine Chance, zu Shiro durchzudringen, wenn Happy Meat keinen Plan hat. Und wir haben noch immer keine Ahnung, was diese Leute alles können.

»Jetzt!«, schreit Cava so plötzlich, dass ich zusammenzucke. Von einer Sekunde auf die andere setzen alle Mitglieder von Happy Meat sich auf einmal in Bewegung und springen auf die Menschen mit den Waffen zu.

Einige Schüsse fallen, aber ich achte nicht darauf. Ich muss den Tumult nutzen. Meine Beine setzen sich in Bewegung, bevor ich darüber nachdenken kann, direkt auf Shiro zu. Nur wenige Meter!

Kurz denke ich, Hinata würde mir den Weg abschneiden. Stattdessen tritt er zur Seite und die junge blonde Frau in der schlichten Kleidung neben ihm springt zwischen mich und Shiro. Sie hebt ihre linke Hand und zeigt auf mich.

Zuerst denke ich, sie will die Wachen damit still anweisen, sich auf mich zu konzentrieren. Bis ich das rote Leuchten erkenne, das sich an der Spitze ihrer Fingerkuppe bildet.

Reflexartig werfe ich mich zur Seite. Genau rechtzeitig. Über mich hinweg fegt ein Lichtstrahl wie von einem Laserpointer, nur so hauchdünn, dass er kaum zu erkennen ist. Hinter mir explodiert etwas. Ich rolle mich ab und wirble herum, nur um zu sehen, dass sie in der Wand, die sie getroffen hat, einen Riss verursacht hat. Brocken aus Metall und der Verkleidung brechen heraus und versperren einen Großteil unseres Fluchtweges.

Heilige Scheiße, was war das?

»Pass auf ihn auf, Cherish«, höre ich Hinata über die Rufe und das Keuchen der anderen Kämpfenden hinweg sagen. »Wir wollen ihn doch lebend.«

Sie wollen mich also wirklich für ihre Mission? Wenn sie mich nicht töten können, ist das doch ein Vorteil für mich, oder?

Ich rapple mich mit Akaris Hilfe auf, als die Blonde bereits auf mich zukommt. »Wir müssen sofort weg!«, ruft sie und versucht, mich in Richtung Ausgang zu zerren, aber ich reiße mich von ihr los.

»Nein!«, grolle ich. Ich werde nicht ohne Shiro verschwinden, auch wenn ich keine Ahnung habe, wie ich ihn retten soll. Wut und Angst überfluten mich von oben bis unten, wischen jeden klaren Gedanken aus meinem Verstand. Bis ein einzelner Schrei ertönt.

»*Toma!*« Cavas Stimme.

Ich wirble herum und reiße gerade rechtzeitig meine Hand hoch, um zu fangen, was sie mir zuwirft. Die Essstäbchen?

Die nächsten Sekunden verlaufen wie in Zeitlupe. Die blonde Frau hebt ihre Hand, um ihre Fähigkeit wieder zu benutzen. Doch sobald ich mit der rechten Hand die Stäbchen umschließe, ist es, als würden sich all die Angst, all die Wut und all die Aufregung in meinem Inneren zu einem kribbelnden, brennenden Knoten sammeln. Bis ich ihn nicht mehr halten kann und etwas aus mir herausbricht.

Alles ist Feuer. Mit geweiteten Augen sehe ich, wie die Welle alles um mich herum zerstört; die Kämpfenden von den Beinen reißt, den Kronleuchter aus der Wand, die Bücherregale umstößt und die Fenster zerspringen lässt.

Ich schreie auf und falle wieder auf die Knie, als ein reißender Schmerz sich schlagartig von meiner Hand aus über meine ganze rechte Körperhälfte ausbreitet. Was passiert hier!?

Ich lasse die Stäbchen keuchend los, aber das Feuer, das mich und alles um mich herum verbrennt, erlischt nicht. Innerhalb von Sekunden machen die Gase und die Hitze der Flammen das Atmen schwer. Ein leichtes Tropfen auf meinem Kopf, das immer intensiver wird, lässt mich wissen, dass die Sprinkleranlage angeschaltet wird, aber die Flammen … und die Schmerzen.

»Gut gemacht«, höre ich an meinem Ohr und spüre, wie jemand Stoff an meine Seite presst. Ich schaffe es, die tränenden Augen zu öffnen, und sehe, wie Jacob seine Jacke auf die brennenden Stellen meiner Kleidung drückt, um die Flammen zu löschen. »Komm schon«, ruft er, nachdem er Erfolg hatte, packt mich grob unter dem Arm und reißt mich auf die Beine. Ich umschließe die Stäbchen wieder mit der Hand und schiebe sie zitternd in meine Tasche.

Ich verstehe noch nicht, was passiert ist. Aber ich sehe, dass Cava und ihr Team mit Shiro bereits durch die zerstörte Eingangstür sind, und lasse mir von Jacob ihnen hinterher helfen. Sie müssen meinem Großvater blitzschnell aus seinen Fesseln geholfen haben, denn er steht schon wieder wackelig auf den Beinen. Obwohl er ohne Cavas Hilfe wohl nicht in der Lage wäre, sich fortzubewegen.

»Die Behörde ist auf dem Weg hierher!«, höre ich ein Teammitglied schreien, als ich mich hektisch nach Akari umsehe. Sie ist direkt hinter uns, schließt immer weiter zu uns auf. Sie schafft es.

»Woher wissen die, dass wir hier sind?«, schreit Cava gegen den Tumult an.

»Keine Ahnung, verdammte Scheiße! Wir müssen zum Treppenhaus und hier raus!«

Ihre Rufe klären meinen Verstand, wodurch ich die Zähne zusammenbeißen und mit Jacobs Hilfe mein Tempo ein wenig beschleunigen kann.

Wieder schaue ich mich um. »Akari!«, keuche ich, als sie zu uns aufschließt. Einige aus Hinatas Gruppe folgen uns, aber sie sind ebenfalls angeschlagen und halten Abstand. Hinata selbst und seine blonde Unterstützerin sehe ich zwischen all den Flammen nicht.

Schnell jetzt! Die anderen haben sich schon fast durch die zusammengebrochene Tür gekämpft. Die Sprinkler löschen die Flammen nach und nach und wir müssen diesen Vorteil nutzen. Und wen meinte Cavas Cousin mit *Behörde?* Kommt das FBI? Das könnte unsere Rettung sein!

»Du schaffst das«, sagt Jacob nachdrücklich. »Nicht mehr weit!«

»Nicht so schnell!«

Ich will mich umdrehen, da ist wieder dieses rote Leuchten neben uns zu sehen, schrammt nur knapp an uns vorbei. Die Stelle, an der es meinen Arm streift, brennt schmerzhaft. Wenn auch nicht so wie der Rest meines Körpers.

Cava und die anderen scheinen sich davon nicht stören zu lassen, aber ich krümme mich zusammen, bin für einige Momente nicht in der Lage, weiterzugehen. Cava springt mit zu mir, will Jacob dabei unterstützen, mir zu helfen.

»Stehen bleiben!« Hinatas Stimme. Er ist also nicht bewusstlos, wie ich gehofft habe.

Nur unter Schmerzen gelingt es mir, mich aufzurichten und ihn anzusehen, als er gemächlich auf mich zutritt. Für die anderen, die die letzten Trümmer vor der Tür überwinden, scheint er sich nicht zu interessieren.

»Keinen Schritt weiter!«, ruft Jacob. Er hält mich noch immer am Arm fest, tritt aber schützend vor mich.

Nein! Wir wissen nicht, was Hinata kann. Wir dürfen nicht unvorsichtig sein. »Geh nicht näher an ihn heran!«, sage ich zu Jacob.

»Auf keinen Fall«, sagt der junge Mann. Er ist so mutig, dabei ist er sicherlich nicht älter als fünfzehn. »Bitte lassen Sie uns in Ruhe. Wir wollen nur den alten Mann retten.«

Die Flammen lodern hinter Hinata, als er nur wenige Schritte von uns entfernt stehen bleibt und uns drei ansieht. Er reibt die Finger aneinander. »Wie unglücklich. Es wäre doch gar nichts passiert, wenn du dich mir einfach angeschlossen hättest.« Er zieht die Stirn in Falten. »Ich kann dich gar nicht richtig sehen, wenn dieser Junge zwischen uns steht, Toma.« Bevor ich etwas sagen kann, meine ich, ein winziges, goldenes Leuchten in seinen Händen zu sehen. Dann wendet er seinen Blick Akari zu. »Beseitige ihn.«

Ihr Griff an meinem Arm verfestigt sich und ich wirble zu ihr herum. »Nein!«, sage ich laut.

Akari sieht mich gar nicht an, sondern nur Hinata.

Sie ist jetzt auf unserer Seite. Sie soll es ihm sagen.

»Akari«, murmele ich.

»Jacob, verschwinde da!«, höre ich Cava hinter uns schreien. »Macht, dass ihr wegkommt!«

Akari sieht Hinata noch immer an und lässt meinen Arm los. Jetzt kann ich mich nur an Jacob krallen und ihn ein Stück zu mir ziehen, damit er sich nicht mehr zwischen Hinata und mich zu stellen versucht. Wir wissen nicht, was er kann. Ich will nicht, dass …

Akari tritt neben Jacob. Will sie mich auch beschützen? Nein. Nein, sie sieht ihn so seltsam an.

Ich zerre an Jacob, der Hinata fest im Blick hält, als Akari die Hand hebt und sie sacht auf seine Wange legt.

Ich habe das schon einmal gesehen. Es ist, als würde meine Erinnerung diese Szene überlagern, als genau dasselbe passiert. Als da plötzlich nur noch Blut ist, als Jacobs Kopf in einer Explosion in Millionen Teile zerbricht. Ich kann nicht mehr rechtzeitig die Augen schließen, nicht mehr rechtzeitig den Kopf drehen. Das Blut benetzt mein Gesicht, mein weißes Hemd und die Kleidung aller Umstehenden.

Jacobs Hand an meinem Arm wird locker, als der Rest seines Körpers vor mir zu Boden gleitet.

Cavas schmerzerfüllte Schreie überlagern alles, als

mein Verstand sich leert. Die Töne um mich herum dringen plötzlich nur noch dumpf an meine Ohren, verzerrt durch ein hohes Fiepen. Ich spüre das Blut auf meinem Gesicht und an meinem Oberkörper.

Ich kann mich nicht bewegen.

Ich kann es nicht fassen.

Akari ist Overkill!

Sie hat gelogen. Sie hat uns die ganze Zeit angelogen!

Cava schreit noch immer. Ich bin nicht in der Lage, mich umzudrehen, aber ich höre, wie ihr Team ihr zuruft, dass sie mit ihnen verschwinden soll.

Akari geht einen Schritt zur Seite und Hinata sieht mich an. Hinter ihm treten nun auch die blonde Frau und der Kerl mit den pinken Haaren auf uns zu. Warum haben sie keine Verletzungen? Ja, nicht mal Schrammen?

Endlich gelingt es mir, einen Blick zurück zur Tür zu werfen. Shiro, Cava und die anderen haben es geschafft. Ich höre ihre Stimmen noch vom Flur aus zu uns dringen, aber sie sind nicht mehr zu sehen.

»Cherish«, sagt Hinata. Als ich ihn wieder ansehe, erkenne ich, dass er ebenfalls zur Tür schaut. »Hol sie dir.«

»Nein!«, schreie ich, sobald die Blonde sich in Bewegung setzen will, und stelle mich ihr in den Weg. Meine Haut schmerzt so sehr, dass ich nicht weiß, wie lang ich mich auf den Beinen halten kann. Auf meiner ausgestreckten Hand sind Brandblasen und Verbrennungen zu sehen.

Sie haben keine Chance, Shiro zu retten. Allein würden die Leute von Happy Meat es vielleicht rausschaffen, aber nicht, wenn sie den alten Mann auch noch beschützen müssen.

Nicht gegen diese Leute. Nicht gegen Cherish und nicht gegen Akari. Gegen … Overkill.

»Lass sie in Ruhe!«, schreie ich und schaue Hinata an. »Ich schließe mich dir an, wenn du sie gehen lässt!« Es ist alles, was mir einfällt. Alles, was ich noch tun kann, bevor der Schmerz mir noch mehr meiner Kraft raubt.

Ohne auch nur einen Augenblick zu zögern, überwindet Hinata die letzten Schritte zwischen uns, steigt über Jacobs Leiche und streckt seine Hand zu mir aus. Hat er gar keine Angst, obwohl ich diese Stäbchen, mit denen ich das alles ausgelöst habe, in der Tasche trage? Ist er sich so sicher, gewonnen zu haben? Soll ich es trotzdem noch einmal versuchen?

»Schwörst du?«

Wenn ich ihn jetzt angreife, greift er Shiro und die anderen wieder an. Aber sie müssen es hinausschaffen.

Es gibt keinen Weg, ihm zu vertrauen. Ich habe keine Ahnung, was er mit mir macht oder was seine Fähigkeit beinhaltet. Es besteht eine hohe Chance, dass er sie trotzdem verfolgen wird. Aber es ist alles, was ich tun kann. Ich kann nicht gegen ihn kämpfen.

Ich muss aufgeben.

Das ist der einzige Weg.

»Ja«, flüstere ich also.

»Nimm meine Hand und sag es. Sag, dass du dich Amaterasu anschließt.«

Meine Augen tränen und alles tut weh, aber ich versuche, ihn so direkt anzusehen und so gerade zu stehen wie möglich, als ich es tue. Als ich meine vollkommen verbrannte, rechte Hand nach ihm ausstrecke und seine ergreife. »Ich schließe mich Amaterasu an.«

Im ersten Moment denke ich, es wären die Verbrennungen, die den brennenden Schmerz bei der Berührung auslösen. Dann sehe ich es. Das Licht, das sich auf seiner

Hand bildet und auf meine übergeht, meine Adern, Wunden und Tattoos nachfährt und immer weiter an meinem Arm hinaufkriecht, bis unter das halb verbrannte Hemd und tief in mein Inneres hinein. Als würde er ein Brenneisen in mein Inneres schieben.

Nach einigen Sekunden, in denen ich meine linke Hand auf meine Brust presse, ist es mit einem Mal vorbei. Hinata lässt mich los und ohne jemanden, der mich auch nur halbwegs hält, gehe ich keuchend in die Knie. »Was war das?«, bringe ich über meine Lippen.

Hinata tritt einen Schritt zurück. Die Sprinkler haben inzwischen einen Großteil der Flammen gelöscht. Das Wasser fühlt sich gut auf meiner Haut an. »Dachtest du, du würdest da leicht wieder rauskommen?«

Ich blinzle durch das Wasser, das in meine Augen rinnt, zu ihm hinauf. Nach und nach kommen immer mehr seiner Anhänger dazu. Auch die schwarzhaarige, junge Frau in ihrem dunkelblauen Anzug. Sie wischt sich über die Lippen und schiebt einen kleinen Beutel in ihre Tasche. Ich sehe nicht, was es ist.

Keiner von ihnen hat auch nur einen Kratzer.

Wie kann das sein?

»Akari«, sagt Hinata und sieht mich unentwegt an. »Möchtest du deinem Freund nicht erklären, was meine Fähigkeit beinhaltet?«

Sie weiß es also. »Wobei hast du eigentlich nicht gelogen?«, frage ich sie. »Du wusstest, was seine Fähigkeit ist, und hast es uns nicht gesagt?« Wenn uns klar gewesen wäre, wozu diese Leute in der Lage sind, wären wir alles anders angegangen.

Ich erwarte, dass sie meinem Blick wieder ausweicht, aber noch sieht sie mich dauerhaft an. »Hinata kann sich mit den Menschen verbinden, die er berührt«, sagt sie leise. »Aber nur, wenn sie es zulassen.«

»Und?«, fordert Hinata.

»Und er kann … den Menschen, mit denen er sich verbunden hat, auf Distanz Schmerzen zufügen.«

»Und?«

»Und sie töten.«

Trotz der Verbrennungen wird mir eiskalt.

Hinata grinst. »Möchtest du eine Demonstration?«

Ich muss gleich wieder kotzen. »Nein, danke«, keuche ich.

»Na gut. Dann sind hier meine Forderungen.«

Ich spanne mich an und versuche, nicht auf den Toten vor mir zu sehen.

»Du wirst niemandem etwas von unserem Deal erzählen. Wenn dich jemand fragt, was hier noch gelaufen ist, sagst du ihnen, du hättest mich zurückgeschlagen. In Ordnung?«

Angestrengt nicke ich. In mir staut sich eine solche Wut, dass ich sie kaum unterdrücken kann. Er kann mich jetzt einfach umbringen? Gibt es etwas, das das unterbinden kann?

Wie konnte Akari mich so hintergehen?

»Du wirst das Restaurant wieder eröffnen und den Betrieb aufnehmen. Wir wollen die Daten aller Göttererben, die bei euch einkehren. Namen, Adressen, Kräfte. Alles, was du herausbekommst. Ich will einen wöchentlichen Bericht von dir.«

Die Daten? Ich soll unsere Gäste verraten? »Was macht ihr mit den Informationen?«

»Wir werden die Betreffenden aufsuchen und sie fragen, ob sie sich uns anschließen.«

»Und wenn sie nicht wollen, tötet ihr sie?«

Hinata hebt die Nase ein Stück. »Das soll nicht deine Sorge sein.«

Ich presse die Zähne so fest aufeinander, dass sich der Schmerz in meinem Kopf weiter intensiviert.

»Du wirst dich ruhig verhalten und Akaris Anweisungen gehorchen. Wir stellen sie dir zur Seite.« Er legt den Kopf schief und beugt sich weiter zu mir vor. »Wenn du dich gegen eine Anweisung widersetzt, werden wir dich, deinen Großvater und Akari töten.«

Ich werfe ihr einen Blick zu.

Sie sieht traurig aus. Ihre Augen sind rot, aber ich erkenne nicht, ob sie weint.

Ob sie schauspielert.

Nach ihrem Verrat kann er mir mit ihrem Tod nicht mehr wirklich drohen. Sie ist genauso ein Monster wie die anderen.

»Geht das klar?«, fragt Hinata, während eins der Mitglieder hinter ihm zu einem großen Fenster tritt und es öffnet.

»Ja.« Es kostet mich alle Anstrengung, diese Worte über meine Lippen zu bringen. Es bleibt mir nichts anderes übrig. Es gibt nichts, das ich tun kann.

»Gut.« Er tritt einen Schritt zurück. Die anderen bewegen sich im Einklang mit ihm. Nur Akari bleibt neben mir stehen. »Ich lasse dich wissen, wenn ich dich treffen will.«

Der junge Mann mit den rosafarbenen Haaren legt die Hände aneinander. Eine Art schwarze Aura scheint zuerst ihn, dann alle anderen zu umfangen. Ich traue meinen Augen nicht, als sie alle – jedes einzelne Mitglied – sich in Krähen verwandeln und als ein Schwarm aus dem Fenster hinaus in die Nacht fliegen.

Nur Akari und ich bleiben zurück. Und ich weiß nicht, was ich tun soll. Ich würde gern Wut empfinden. Verzweiflung. Oder Hass. Aber mein Inneres ist einfach leer.

Ich bin geschlagen.

KAPITEL 28

WO WASSER UND BLUT SICH VERMISCHEN

Das Wasser aus der Sprinkleranlage tropft auf mein Gesicht. Es kühlt und schmerzt gleichermaßen auf meinen Wunden. Ich liege am Boden und bewege mich nicht ein Stück.

Die Feuer um uns herum werden langsam kleiner. Das Blut aus Jacobs Körper vermischt sich mit dem Wasser.

»Toma, du musst aufstehen«, flüstert Akari eindringlich, schiebt sich zu mir und will mir auf die Beine helfen. Ich schlage ihre Hände fort und sie zieht sich ein Stück zurück.

Ich sehe sie nicht an. Und ich bin froh, dass sie nicht versucht, sich zu rechtfertigen. Ich will es nicht hören. Nichts aus ihrem Mund. Es ist mir egal, was sie zu sagen hat. Ich glaube, alles ist mir egal.

»Wir müssen hier raus«, sagt sie etwas ernster.

Aber ich kann einfach nicht. Ich will, dass das alles ein Traum ist. Wenn ich mich bewege, erkenne ich nur die Realität dieser Situation an.

Ich weiß nicht, wie lang es dauert, bis ich die schweren Schritte mehrerer Paar Stiefel vernehme.

»Toma!«

Erst der Klang einer Stimme, die ich hier nicht vermutet habe, reißt mich aus meiner Lethargie, und ich hebe meinen Kopf. Das muss wirklich ein Traum sein. In keinem anderen Universum könnte Jay sich hier befinden.

Vollkommen perplex bringe ich die Kraft auf, mich auf die Arme zu stützen und ihn anzusehen, als er auf mich zustürzt. Hinter Jay strömen einige andere FBI-Agents in den Korridor und schwärmen in unterschiedliche Richtungen aus. Eine geht direkt auf Jacobs Leiche zu.

»Overkill war hier!«, ruft die Frau.

»Die Spurensicherung ist unterwegs«, ruft jemand anderes. Ich glaube, ich kenne seine Stimme. Ist das Tate?

»Komm schon«, sagt Jay und zerrt mich auf die Beine. »Was ist mit dir passiert?«

»Warum bist du hier?«, stelle ich eine Gegenfrage, weil ich nicht weiß, wie ich seine beantworten soll. Wie kann er hier sein? Malik kann ihn doch nicht einfach mit zu seinen Einsätzen nehmen, oder?

Und was trägt er eigentlich für Ausrüstung? Hat er wirklich eine FBI-Weste an?

Jay legt meinen Arm um seine Schultern und seine Hand um meine Hüfte. Ich taste zitternd nach meiner Tasche, um mich zu versichern, dass die Stäbchen noch da sind.

Sie haben sie mir nicht weggenommen. Warum nicht?

»Ist es inzwischen sicher, den Fahrstuhl zu benutzen?«, will Jay von den anderen wissen, als wir uns durch die Trümmer auf den Flur zuarbeiten.

»Ja, alles gesichert«, sagt jemand weiter vorn und bedient den Rufknopf.

Wie lang habe ich am Boden gelegen? Ich fühle mich

ganz schwer. Und ich habe keine Motivation, mich weiter nach vorn zu schleppen. Ich weiß nicht, wofür.

»Toma, komm schon«, sagt Jay und zerrt mich in den Fahrstuhl. Das Licht, das daraus hervordringt, fühlt sich warm und verlogen an.

»Akari, geht es dir auch gut?«

Sie folgt uns in den Fahrstuhl, noch immer totenblass. Aber sie sagt nichts.

Als die Kabine sich ruckelnd in Bewegung setzt, wird mir noch schlechter. »Du brauchst dringend einen Sanitäter«, sagt Jay und lehnt mich an die Wand.

»Ja.« Eigentlich habe ich tausend Fragen an ihn, aber keine kommt mir über die Lippen. Und ich will ihm sagen, dass Akari Overkill ist. Dass sie diesen Menschen dort oben getötet hat. Dass sie sie festnehmen müssen.

Aber dann ist Shiro tot. Dann steht nichts mehr zwischen ihm und diesen Leuten. Meine Lüge ist alles, was ihn beschützt.

Die Fahrt hinab kommt mir zehrend lang vor. Deutlich länger als die hinauf. Wo sind die Leute von Happy Meat? Haben sie Shiro mitgenommen? Wurden sie gefangen oder haben sie es hinausgeschafft?

Bin ich auch gefangen?

Sobald der Fahrstuhl ankommt, packt Jay mich wieder und hilft mir hinaus in den Eingangsbereich. Zwischen all den Menschen in Uniform, die sich hier versammeln, liegen nach wie vor die betäubten Wachmänner.

Vielleicht sind sie doch tot. Ich sollte schockierter darüber sein, aber mein Inneres ist taub.

Akari fällt ein Stück hinter uns zurück, aber ich bringe die Kraft auf, mein Tempo wieder zu beschleunigen, als ich Shiro am Eingang sehe. Er sitzt auf einer verzierten

Couch mit goldenen Elementen. Ein Sanitäter hockt neben ihm und untersucht ihn eilig.

Die Erleichterung, die mich durchströmt, als ich sehe, dass er bei Bewusstsein ist und ein wenig wacher wirkt, gibt mir die Energie, mich von Jay zu lösen und wieder auf meinen eigenen Beinen zu stehen. Mein Blick gleitet durch die Halle. Ich sehe all die Menschen, die bei meinem Verhör dabei waren: Hunt, Haruo und Alivia sind hier und Tate war oben bei den anderen. Sie kommandieren einige andere Leute herum und bellen Befehle, die von den Wänden widerhallen. Einige gewöhnliche Polizisten sind auch dabei.

Aber die Leute von Happy Meat sind nirgendwo zu sehen. Sie müssen geflohen sein, bevor das FBI aufgetaucht ist. Aber warum haben sie Shiro zurückgelassen?

Und was um alles in der Welt soll ich diesen Leuten sagen, wenn sie wissen wollen, was passiert ist?

»Toma«, sagt Jay neben mir und ich wende mich verwirrt und desorientiert zu ihm um. »Overkill war hier.« Er schaut so besorgt drein, wie ich ihn seit Ewigkeiten nicht mehr gesehen habe. »Hast du ihn gesehen?«

Ich muss mich anstrengen, nicht zu Akari zu blicken. Das wäre zu auffällig. »Ich bin mir nicht sicher«, grummle ich. Mein Sichtfeld verschwimmt immer wieder. Wenn ich noch länger hier stehen muss, werde ich bald zusammenbrechen.

»Woher wusstet ihr, wo ich bin?«, will ich wissen. Ich möchte zu Shiro hinüber, aber er unterhält sich leise mit dem Sanitäter. Und bis zu ihm schaffe ich es sicher nicht.

»Wir hatten einen Tracker in dem Handy, das ich dir gegeben habe«, sagt Jay. Er beobachtet mich ganz genau, als wolle er von meinem Gesicht ablesen, was ich denke.

Ich weiß nicht genau, was meine Reaktion darauf sein soll. Vermutlich sollte ich überrascht oder schockiert sein, aber ich bin so nah an der Ohnmacht, dass ich nichts mehr fühle. Ich bin einfach leer.

»Ich bin nur so was wie ein Praktikant«, fährt er fort. »Ich … ich wollte es dir wirklich sagen, aber …«

»Jayden!«, ruft jemand von weiter hinten im Eingangsbereich. Nur schwächlich sehe ich mich um. Es ist Malik. »Bring die beiden endlich in den Wagen!«

»Okay«, ruft er so laut, dass es sich anfühlt, als würde mein Kopf gleich explodieren.

»Bin ich festgenommen?«, ächze ich, als er mich weiter nach vorn zieht.

»Was? Quatsch«, sagt Jay. »Wir bringen euch in Sicherheit. Dann können wir im Büro alles klären, ja?«

In Sicherheit. Ich weiß nicht, ob es so etwas noch gibt. »Okay«, flüstere ich und versuche zumindest die Energie aufzubringen, die letzten Meter zu überwinden.

KAPITEL 29

WAS INNEN UND AUSSEN SCHMERZT

»Department for Intelligent Extraterrestrial Targets?«, frage ich skeptisch. »D.I.E.T.?« Wir befinden uns in einem warm erleuchteten Raum, dessen Wände aus groben Backsteinen bestehen. Viele unaufgeräumte Schreibtische sind durch einige gläserne Wände zu sehen, so spät in der Nacht allesamt nicht besetzt. Wir befinden uns seit mindestens drei Stunden hier, also ist es sicher schon nach Mitternacht.

»Ja«, sagt Jay trocken.

Der Befragungsraum, in dem ich mit Jay, Akari und einigen Agents sitze, beherbergt kaum mehr als einen Tisch, einige Stühle und Pflanzen und einen überaus ausgetretenen, roten Teppich. »Echt jetzt?«, frage ich erschöpft.

»Ja.« Er ist offensichtlich auch nicht begeistert davon, dass die Behörde, für die er arbeitet, einen derart bescheuerten Namen hat. An jedem anderen Tag meines Lebens hätte ich sicher die Energie aufgebracht, darüber zu lachen. Aber nicht heute. Nicht jetzt.

»Warum außerirdisch?« Ich fühle mich nicht mehr so betäubt wie direkt nach dem Kampf. Die Zeit auf der

Krankenstation dieser Behörde hat geholfen, meine Gedanken zu ordnen und wieder ein wenig zu mir zu kommen. Aber ich kann Akaris und Jays Verrat noch immer nicht begreifen.

»Na ja, andere Dimension oder so«, murmelt Jay und zuckt locker mit den Schultern. »Schätze ich.«

Die kurzen schmerzerfüllten Blicke, die Akari mir zuwirft, prallen an mir ab. Ich hätte es wissen müssen. Es war zu gut, um wahr zu sein. *Sie* war zu gut, um wahr zu sein.

»Und warum Diät?«, will ich wissen, um mich weiter von den wirren Gefühlen abzulenken.

Der Kerl, der mir als Haruo vorgestellt wurde, fährt allerdings dazwischen. »Den Namen könnt ihr später gern privat diskutieren.« Er schaut von seinen Akten hoch. »Dein Großvater hat dich sicherlich in die Geheimnisse der Welt eingeweiht, aus der ihr beide stammt.«

Ich schlucke schwer und sehe nachdenklich an mir hinab. Die Brandwunden an meinem rechten Arm, meinem Oberkörper und meiner Wange wurden verarztet. Der Doc meinte, dass ich eine Notoperation gebraucht hätte, wären sie schlimmer gewesen.

Obwohl ich Schmerzmittel und diverse Salben bekommen habe, stechen und ziepen die Verbrennungen bei jeder einzelnen Bewegung. Die Stellen sind geschwollen und werfen Blasen.

»Ja«, sage ich nachdenklich. »Ein wenig, zumindest.« Ich muss so ehrlich wie möglich sein, wenn ich wieder rauskommen will, oder? »Ich habe ihm nie geglaubt.« So richtig will ich es noch immer nicht glauben, aber der Schmerz ist zu real, um es weiter abzustreiten.

Haruo nickt. Die Blicke von Tate und Malik liegen

ebenfalls auf mir. Wo die anderen aus dem Team sich befinden, weiß ich nicht.

»Unwissen kann ein Segen sein«, sagt Haruo und verschränkt die Arme vor der Brust. Er sieht mindestens genauso müde aus wie ich. »Bei Overkill handelt es sich also um den Geschäftsmann Hinata Ito. Ist das richtig?«

Ich will nicht lügen. Ich will aufspringen und ihnen allen sagen, dass es Akari ist. Dass Overkill zwischen ihnen sitzt.

Aber wenn ich das tue, stirbt Shiro. Und ich auch. Und vielleicht auch meine Mutter. Dann töten sie uns alle, so wie sie es schon einige Male getan haben.

Das kann ich nicht zulassen. Also nicke ich und murmele ein »Ja.«

Ob er mir das abnimmt? Er ist vom FBI, sicherlich sieht er, wenn Menschen lügen.

Wenn er es tut, lässt er es sich allerdings nicht anmerken. »Und es ist dir wirklich gelungen, ihn und seine Begleiter zurückzuschlagen?«

»Zumindest kurzzeitig« antworte ich und reibe nervös meine schwitzigen Hände aneinander. Ich weiß nicht, wie ich reagieren soll. Es *muss* ihnen auffallen, dass ich lüge. Die Sorge, dass Akari Amaterasu mitteilen kann, wie dämlich ich mich anstelle, reicht bereits aus, um mich in Todesangst zu versetzen. Mein Puls rauscht nervös. Ich kann mich kaum auf etwas anderes konzentrieren.

»Ich hatte dieses Feuer … nicht wirklich unter Kontrolle«, rede ich weiter. »Es war viel stärker, als ich dachte. Das hat diese Leute wohl auch überrascht.« Ich wende mich noch einmal zu Jay um, als Haruo sich Notizen macht. »Wusstest du, was ich kann?«

Er schüttelt den Kopf. »Ich meine, wir haben es vermutet«, erklärt er dann und senkt den Blick auf seine Hände. »Aber ich habe es auch so nicht ganz geglaubt. Eigentlich … glaube ich es immer noch nicht.«

Angestrengt schlucke ich. Diese Nacht dauert schon zu lang an, um ein Traum zu sein.

»Habt ihr eine Ahnung davon, wo Hinata sich derzeit aufhält?«, fragt Hunt. Inzwischen ist mir klar, warum sie dem Spicy Noodles so viele Besuche abgestattet hat. Wenn dort mit Shiro und seinen Freunden so viele Erben versammelt sind, kommt die Behörde sicher gut an Informationen.

Ich schüttle sofort den Kopf. Ich habe wirklich keine Ahnung.

Akari schließt sich mir an. »Ich bezweifle, dass er einfach in seine Wohnung gegangen ist«, murmelt sie. »Und bei den Personen, die ich Ihnen vorhin genannt habe, ist er sicher auch nicht. Das Problem ist Karasu.«

»Karasu?«

»Er besitzt die Fähigkeit, sich und alle in seinem Blickfeld in Krähen zu verwandeln. Sie könnten also überall sein.«

»Was für eine Scheiße«, entfährt es Haruo keuchend. »Deswegen haben wir die Drecksäcke nie geschnappt.«

»Ich will wirklich keine Krähen jagen müssen«, sagt Tate theatralisch.

»Und Hinata Ito besitzt die Fähigkeit, die Personen, die er berührt, zu töten?«, will Hunt wissen, notiert etwas auf einem Tablet auf ihrem Schoß.

Das hat Akari ihr gesagt, dabei ist es ihre Fähigkeit. Seine auch, aber … anders. Keine echte Lüge, aber auch nicht die vollkommene Wahrheit.

»Ja«, bestätige ich schwermütig. »Ich …« Ich fahre mir

durch die Haare, auch wenn jede Bewegung schmerzt. »Ich hab keine Ahnung von all diesem Zeug.«

»Schon okay«, sagt Jay vorsichtig, dann wendet er sich an Akari.

»Denkst du, dass dein Onkel wiederkommen wird?«

»Ich hoffe nicht«, sagt sie düster. »Ich befürchte aber, dass er sich nicht so leicht geschlagen geben wird.«

Entspricht das dem, was wir erzählen sollten? Hinata hat eindeutig verlangt, dass wir sagen, er wurde besiegt. Kann sie einfach auf eigene Faust davon abweichen? Hält sie es für die glaubwürdigere Lüge?

»Was genau ist seine Motivation?«, fragt Hunt und lehnt sich in ihrem Stuhl zurück. Sie kann sich offensichtlich auch Besseres vorstellen, als mitten in der Nacht hier zu sitzen.

»Nach der Zerstörung von Universal Heritage will er die Macht in New York übernehmen. Und die letzten Mitglieder des Kults ausradieren, bevor sie sich wieder sammeln können.«

Die Agents werfen einander Blicke zu. »Die Hauptfamilie von Universal Heritage ist in Gewahrsam«, sagt Haruo, ohne sie anzuschauen. »Der Haupterbe wurde ausgeschaltet. Von denen geht keine Bedrohung mehr aus.«

»Und du besitzt keine Fähigkeiten?«, mischt Hunt sich wieder ein und sieht Akari weiterhin forschend an.

Ich kann mich nicht davon abhalten, dasselbe zu tun.

Es ist kein Anzeichen auf ihrem Gesicht zu sehen, als sie lügt. Keine Veränderung in ihrer Mimik, ihrer Körpersprache. Nichts, was darauf hinweisen könnte, dass sie etwas zu verbergen hat. »Nein. Ich kümmere mich nur um Organisations- und Verwaltungsarbeit.«

Sie lügt so überzeugend, dass ich mich zusammenreißen muss, sie durch meine eigene Reaktion nicht zu verraten. Mich nicht anzuspannen, das Gesicht nicht zu verziehen oder etwas anderes zu tun, das die Agents als auffällig empfinden. Oder Jay.

Jay muss wissen, dass ich nicht die Wahrheit sage. Er kennt mich viel zu gut.

Mist. Ich weiß, dass ich die richtige Entscheidung getroffen habe. Dass es keinen anderen Ausweg gab. Aufzugeben war der einzige Weg, dort rauszukommen.

Trotzdem war es verdammt feige. Trotzdem hätte ich mich mehr wehren sollen. Mehr kämpfen, so wie es alle anderen getan haben. Sogar diese Leute von Happy Meat, die Shiro nicht mal mögen, haben mehr Einsatz gezeigt als ich.

Ich balle meine Hände zu Fäusten, aber die Bewegung schmerzt so sehr in meiner rechten Körperhälfte, dass ich es schnell wieder lasse. »Werden wir die Behörde verlassen können?«, möchte ich wissen.

Wie geht es jetzt überhaupt weiter? Wird öffentlich verkündet, dass Hinata Overkill ist, um die Bevölkerung mit einzubeziehen? Wird nach ihm gefahndet werden?

»Wollt ihr die Behörde denn verlassen?«, fragt Hunt.

»Das hängt davon ab, ob ihr euch sicher genug fühlt«, ergänzt Tate etwas sanfter. Er ist definitiv der gute Cop in dieser Runde, obwohl er gar nicht so viel sagt.

Ich sehe wieder auf meine Hände hinab und denke darüber nach, was ich antworten soll. Ich will noch nicht wieder da raus. Ich will den Laden nicht eröffnen, um die Kunden auszuspähen.

Aber wenn ich ihnen das sage, meldet Akari das an Hinata.

»Das Spicy Noodles darf keinen Tag geschlossen sein«,

murmele ich also. »Darauf besteht mein Großvater. Deswegen möchte ich es so schnell wie möglich wieder herrichten.«

»Du hast nicht vor, die Stadt zu verlassen?«, fragt Hunt.

»Nein.«

»Und du?«, will Haruo von Akari wissen.

»Ich habe nicht vor, Toma von der Seite zu weichen.«

Eine Gänsehaut überfährt mich schmerzhaft.

Haruo schürzt die Lippen und schließt die Akte vor ihm. Er lehnt sich weit in seinem Stuhl zurück, als würde er uns noch mal aus einem anderen Winkel anschauen wollen. »Ich lasse dich nur gehen, weil unsere Behörde seit Jahrzehnten eine sehr gute Beziehung zu deinem Großvater pflegt. Und weil er uns noch mal sehr detailliert berichten wird, was dort vorgefallen ist.«

Shiro kennt diese Leute also. Das wundert mich nicht. »Ist Shiro hier in Sicherheit?«

Wieder werfen die drei einander Blicke zu.

»Sicherer, als du denkst«, sagt Malik schließlich. »Ich schätze mal, Shiro ist hier sogar sicherer als wir«, fügt er an und die anderen beiden lachen.

Ich verstehe den Witz nicht, aber er scheint es ernst zu meinen.

»Ich werde ihn jeden Tag im Krankenzimmer besuchen«, versichert Jay und lächelt mild.

»In Ordnung«, murmele ich dann. »Kann ich ihn sehen?«

Nun schauen alle Haruo an, der die Lippen schürzt und nickt. Er sieht zwar ganz und gar nicht zufrieden aus, aber ich glaube inzwischen, dass das bei ihm immer so ist.

»Ja. Ja, ich schätze schon.« Er grummelt unleidlich und erhebt sich langsam. »Ich muss mich jetzt eh erst mal mit ein paar Rookie-Profilern aus Quantico zusammensetzen. Die brennen sicher schon darauf, mir den nächsten Vortrag darüber zu halten, warum der Gesuchte ein verhaltensgestörtes Muttersöhnchen mit schwerer Kindheit ist.«

Akari schnaubt leise und presst die Hand vor den Mund. »Falsch ist es ja nicht«, sagt sie und scheint ehrlich amüsiert darüber zu sein.

Ich schaue sie einfach nur an. Aber alles, was ich sehe, sind die zwei Menschen, die sie vor meinen Augen umgebracht hat. Der Letzte war noch ein Kind.

Dass ich nicht jedes Mal kotzen muss, wenn ich sie anschaue, ist nur meiner Körperbeherrschung zu verdanken.

»Shiro ist in einem unserer Krankenzimmer«, antwortet Tate und erhebt sich ebenfalls schwerfällig. »Und er ist wach. Ich bringe euch zu ihm.«

Euch. Dass Akari mitkommen soll, gefällt mir nicht, aber darum zu bitten, allein zu ihm zu gehen, würde wohl zu sehr auffallen.

Mit einem flauen Gefühl im Magen rapple ich mich auf und folge Tate aus dem Raum auf den spärlich beleuchteten Flur.

Jay springt ebenfalls auf und hält sich dicht bei mir. »Toma, es tut mir so leid, dass ich es dir nicht gesagt habe«, flüstert er. »Ich wollte es die ganze Zeit über, aber mein Bruder meinte, dass ich dir nicht von dem Job erzählen darf, weil er wohl auch noch nicht so lang in dem Team ist, und …« Er wedelt aufgeregt mit den Händen. »… ich wollte es dir so dringend sagen! Ich hab mir solche Sorgen um dich gemacht und ich wollte dich wirklich warnen, aber Malik …«

»Schon okay«, unterbreche ich ihn ruhig. »Ich habe dir ja auch Sachen verschwiegen.« Und tue es jetzt noch, also wäre es wohl heuchlerisch, ihm böse zu sein. Was nicht verhindert, dass ich trotzdem enttäuscht bin.

Jay legt seine Hand an meinen Rücken und bewegt mich dazu, mit ihm ein wenig langsamer zu gehen. Er wirkt besorgter, als ich ihn je gesehen habe, als er mich mustert und sein Blick für einige Sekunden an meinen Armen hängen bleibt. »Es ist so bescheuert. Hätte ich dir früher von meinem Praktikum hier erzählt, hätten wir über alles reden können. Dann hätten wir dir vielleicht sogar früher helfen können.«

Ich seufze, den Kopf noch immer voll wirrer Gedanken. Ich kann ihm wirklich nicht böse sein, wenn er sich so verhält. »Hättest du mich nicht warnen können? Oder mir irgendwelche Hinweise geben?«

Jay bleibt stehen und ich tue es ihm gleich. Seine Augenbrauen sind so tief zusammengezogen, dass ich für einen Moment denke, er ist den Tränen nah. »Ich bin hier erst seit zwei Wochen und kann's selbst noch nicht so richtig glauben.« Er schluckt schwer. »Ja, ich wollte dich warnen. Aber …« Er sieht sich um, als wolle er sichergehen, dass niemand uns zuhört. Tate und Akari weiter vorn im Gang haben noch nicht bemerkt, dass wir ihnen nicht mehr folgen. »Aber Malik sagte, dass jeder Overkill sein könnte. Oder zumindest, dass jeder mit ihm zusammenarbeiten könnte. Deswegen durfte ich nicht einmal etwas andeuten, das dich vermuten lassen könnte, auf welchem Stand die Ermittlungen sind.«

»Du wusstest also, was ich bin?«, frage ich tonlos. Ich kenne die Antwort, aber ich will es aus seinem Mund hören.

Jay schielt zu Malik in dem Büro hinüber. »Ja. Ich habe es erst herausgefunden, nachdem das Team dich in Maliks Wohnung befragt hat.«

»Und ihr habt wirklich in Betracht gezogen, dass ich Overkill bin?« Noch während ich diese Frage ausspreche, wird mir klar, dass ich auch niemals damit gerechnet hätte, wer es wirklich ist. Und dass sie wohl richtig damit lagen, jedem zu misstrauen.

»In unseren Augen hätte es jeder Erbe sein können.« Er kommt einen Schritt auf mich zu. »Aber ich hab das natürlich nicht gedacht! Und ich habe niemals gedacht, dass du in so akuter Gefahr schwebst.« Sein Blick ist bittend. »Das musst du mir glauben. Sonst hätte ich dich sofort gewarnt, scheiß auf die Anweisungen!«

Etwas an der Intensität, mit der er das sagt, bringt mich zum Lächeln. Er muss in den letzten Wochen fast gestorben sein, weil er über all das mit niemandem sprechen durfte.

»Ich weiß«, versichere ich ihm. »Ich hätte mich einfach bei dir und Malik melden sollen …« Mein Blick gleitet zu meinen verbrannten Händen hinab.

Jay presst die Lippen besorgt aufeinander. »Na gut. Dann haben wir einfach ab jetzt keine Geheimnisse mehr, ja?«

Ein Stich fährt durch mein Inneres, als er das sagt. Ich will nicht lügen, aber ich muss. »Geht klar«, sage ich leise. Hoffentlich durchschaut er diese Lüge nicht so schnell wie meine letzte. Ich schaffe es nicht einmal zu lächeln.

KAPITEL 30

WAS ICH LERNEN MUSS

Shiro sieht blass und schwach aus, wie er in seinem weißen Krankenbett in dem warm beleuchteten Zimmer liegt. Bis auf einige Schürfwunden hat er zwar keine Verletzungen davongetragen, aber das verhindert nicht, dass mein Herz sich schmerzend zusammenzieht, als ich ihn anschaue.

Er wirkt heute noch ein bisschen älter. Noch ein bisschen gebrechlicher, dabei tut er sonst alles, um diese Seite an ihm zu verbergen. Fast fühle ich mich schlecht dabei, ihn so zu sehen.

Jay ist sofort von seinem Bruder zurückbeordert worden, aber Tate steht noch neben uns vor der halb offenen Tür, während Shiro sich mit einer Frau unterhält, die ich nicht kenne.

»Die Strapazen waren einfach zu viel für ihn«, sagt Tate. »Er muss sich erst mal erholen. Also sagt nichts, was ihn aufregt.«

»Ich weiß nicht, ob das möglich ist«, flüstere ich. Noch haben die beiden nicht bemerkt, dass wir hier sind. »Aber ich versuche es.«

Kennt Shiro die Wahrheit? Hat er noch gesehen, dass Akari Jacob getötet hat, oder war er da schon nicht mehr bei Bewusstsein?

Ich darf mich nicht daran erinnern. Cavas Schreie hallen noch immer in meinem Kopf wider.

Aber nein. Wenn Shiro niemandem gesagt hat, dass Akari jemanden umgebracht hat, dann hat er es auch nicht gesehen. Nicht, wenn er eine so enge Zusammenarbeit mit dieser Behörde pflegt.

»Woran denkst du, Kleiner?«

Kleiner. Wenn Tate das sagt, stört es mich nicht, weil ich im Gegensatz zu ihm wirklich klein und schmächtig bin. »Ich mache mir Sorgen«, überlege ich laut. »Aber es ist gut, dass ich das Restaurant öffne. Tue ich es nicht, ist Shiro hier morgen wieder raus.«

»Ja, das Spicy Noodles darf keinen Tag geschlossen sein.« Tate lacht amüsiert und stemmt die Hände in die Hüfte.

Sogar die Leute von der Behörde kennen die Regeln. Inzwischen fühle ich mich fast dumm, dass ich so lang nichts davon geglaubt habe. Oder es bescheuert fand.

»Kriegst du das hin?«

Ich weiß es nicht. Ich weiß nicht mal, wo ich anfangen soll. »Klar«, sage ich trotzdem. »Irgendwie bekomme ich das schon hin.«

»Er ist sicher stolz auf dich.« Tate klopft mir auf den Rücken.

Ich spüre, wie mein Herz sich zusammenzieht. Ich denke nicht, dass er das wäre, wenn er wüsste, was ich getan habe. Shiro hat alles getan, um sein Restaurant zu schützen.

Und ich habe es verraten.

»Wenn wirklich die Chance besteht, dass Hinata zurückkommt, müssen wir euch natürlich in Sicherheit wissen. Wir haben mehrere Einheiten dran, um herauszufinden, wo er sich gerade aufhält, damit wir ihn endlich festsetzen können. Aber wegen der Krähen-Sache wird das sicher 'ne Weile dauern.«

Ich frage mich, was diese Leute wohl glauben, gegen Hinata und sein Team ausrichten zu können. Sicher wird diese Festnahme nicht so leicht, wie sie annehmen.

»Außerdem«, fährt Tate fort, »behalten wir euch im Auge. Also Shiro sowieso, aber ich werde dafür sorgen, dass euch in den nächsten Tagen Agents überwachen. Vielleicht kann Jay ein bisschen in der Küche helfen.«

Diese Vorstellung ist die erste, die mich ein wenig aufmuntert. Der Gedanke, doch nicht ganz allein mit Akari im Restaurant sein zu müssen, tut gut. Obwohl mich gleichzeitig die Sorge beschleicht, Jay könnte mit in die Sache hineingezogen werden, falls er dahinterkommt, was ich getan habe. »Klingt gut«, sage ich trotzdem.

Ich habe die richtige Entscheidung getroffen, oder? Es wäre doch schwachsinnig, wegen eines Restaurants mein Leben aufs Spiel zu setzen. Ich weiß, dass es so ist.

Aber ich weiß nicht, ob Shiro das auch so sieht.

»Dann lass ich euch erst mal allein«, sagt Tate. »Meld dich, wenn du fertig bist. Wir bleiben die Nacht über im Büro, also kannst du gern nach mir fragen.«

»Danke«, sage ich. Und das werde ich. Neben Jay und Malik ist der Kerl hier der netteste. Haruo sieht immer aus, als würde er jeden Moment auf etwas einschlagen wollen, und Hunt ist undurchschaubar. »Und dann kann ich gehen, oder?«

»Du hast es ja eiliger als dein Grandpa!« Er lacht amüsiert. »Aber ja, kannst du. Wir geben dir noch eine kleine Sicherheitseinweisung, bevor wir dich entlassen. Und die Stadt verlassen solltest du nicht, aber ich gehe mal davon aus, dass du das nicht vorhast.«

Ich nicke nachdenklich, als Tate sich zum Gehen wendet. Der kurze Blick, den ich daraufhin mit Akari tausche, ist unterkühlt; zumindest von meiner Seite aus. Egal, was sie jetzt tut, sie kann mich nicht noch einmal von ihrer Unschuld überzeugen. Auch nicht mit ihrem süßen Gesicht und ihren traurigen Augen.

Ich wende mich also ab und schaue wieder in Shiros Zimmer. Die Frau, die bei ihm sitzt, trägt einen beigefarbenen Overall, der sie als Hausmeisterin auszeichnet. Ihre krausen Haare sind zu einem lockeren Zopf gebunden. Sobald ich die Tür ein weiteres Stück aufdrücke, wendet sie sich halb zu mir um und ich sehe in ihr weiches Gesicht, dessen blaue Augen im Kontrast zu ihrer dunklen Haut stehen.

Shiro blickt ebenfalls auf. So vertraut, wie die beiden nebeneinandersitzen, müssen sie sich sicher lang kennen.

»Ah«, sagt die Hausmeisterin. »Ist das dein Enkel?«

»Ja«, krächzt Shiro und lächelt, was mich ehrlich erleichtert. »Er ist groß geworden, was?«

Ich trete ein Stück weiter in das kleine, warm beleuchtete Krankenzimmer und schaue die junge Frau an. »Kennen Sie mich?«, grüße ich sie unsicher.

Mit einem Grinsen erhebt sie sich von ihrem Stuhl. »Wir haben uns nie getroffen, falls du das meinst. Aber ich habe schon viel von dir gehört.«

Shiro kennt diese Leute also. Das beruhigt mich mehr, als ich mir vorgestellt habe. Dann ist er hier wirklich in Sicherheit.

»Kannst du auch so gut kochen wie er?«

»Ich versuche es«, murmele ich. Gern würde ich eine ebenso lockere Haltung einnehmen wie sie, frisch lächeln und spielerisch grinsen. Aber ich kann einfach nicht die Kraft dazu aufbringen.

»Dann lasse ich euch mal allein.« Sie tritt an uns vorbei und verlässt den Raum. Bevor sie geht, wendet sie sich allerdings noch einmal zu Shiro um. »Wir reden nachher noch mal. Halt die Ohren steif.«

»Mache ich«, sagt er, dann geht sie und ich trete an ihrer Stelle an den Stuhl neben seinem Bett heran.

»Woher kennst du sie?«, will ich wissen. Vielleicht nicht der beste Gesprächsstarter, aber es bietet sich zumindest an.

»Sie ist eine sehr alte Freundin«, säuselt er zufrieden.

Ich frage mich, wie sie das sein kann. Sie sah ja kaum älter aus als ich. Doch wahrscheinlich sollte ich gar nichts mehr infrage stellen.

»Haben sie Overkill gefasst?«, will Shiro dann wissen. Offenbar haben die Leute aus der Behörde ihm noch nicht sehr viel erzählt.

Ich strenge mich an, Akari nicht anzusehen, auch wenn ich so gern würde, um zu schauen, ob sich etwas auf ihrem Gesicht abspielt. Ob es das vielleicht immer getan hat, wenn wir über Overkill gesprochen haben. Ob ich es nur nie gesehen habe. Oder ob sie wirklich eine so überzeugende Schauspielerin ist.

»Sie kommen ihm näher«, sage ich. »Hoffentlich ist es bald so weit.«

Nicht zu Akari schauen. Nicht zu Akari schauen!

Nur aus dem Augenwinkel sehe ich, wie sie sich einen weiteren Stuhl heranzieht und sich neben uns an das Bett setzt. Ich wünschte, sie würde sich einfach in Luft auflösen.

»Wie geht es dir?«

Shiro nickt, während er mich weiterhin besorgt mustert. »Ich bin nur erschöpft. Im Gegensatz zu dir.« Er deutet auf die Wunden an meinem rechten Arm. »Hattest du es unter Kontrolle?«

Ich lache humorlos. »Wie du siehst, nicht so wirklich.« Ich schlucke schwer, weil ich sogar ihm diese Ausrede auftischen muss. »Aber ich habe sie zurückgeschlagen.« Um nicht weiter bei diesem Thema bleiben zu müssen, lenke ich sofort ab und lege meine Hand auf seinen Unterarm. »Warum haben sie dich mitgenommen? Wollen sie etwas von dir?« Etwas anderes als von mir? Vielleicht bekomme ich zumindest mehr Informationen zu dieser ganzen Sache.

Shiro richtet sich ein Stück weiter in seinem Bett auf und legt die Hände zusammen, dann sieht er Akari an. »Kann sie es dir nicht sagen?«

Die beiden tauschen einen sehr langen Blick, dann blinzelt sie und lässt die Schultern sinken. »Ich bin nicht eingeweiht«, flüstert sie. »Ich wusste nur, dass ich Toma anwerben sollte.«

»Gut, dass du jetzt auf unserer Seite bist«, murmelt Shiro. Und ich darf mir noch immer nichts anmerken lassen, als er sich wieder mir zuwendet. »Sie wollten, dass ich ihnen das Restaurant überschreibe und in Zukunft für sie arbeite und an sie Bericht erstatte.« Er verschränkt die Finger ineinander und sieht auf sie hinab. »Das Spicy Noodles ist seit seiner Eröffnung ein neutraler Ort für Götter aller Abstammungen. Sie können sich im Restaurant treffen, sich austauschen, einander helfen oder zumindest auf neutralem Grund nebeneinander verweilen.« Er lächelt versonnen. »Oder einfach nur gutes Essen genießen. Und das will Amaterasu ausnutzen.«

Allein sein Blick reicht aus, um mir zu zeigen, wie schlimm dieses Szenario für sie wäre.

Das Szenario, dem ich zugestimmt habe. »Aber … es waren ja gar nicht viele Leute da«, versuche ich einzuwenden.

»Seit Overkill in der Stadt ist«, sagt Shiro rasch. »Viele haben sich seinetwegen zurückgezogen. Aber wir hatten immer geöffnet. Damit alle wissen, dass sie zu uns kommen können, wenn sie einen Ort brauchen, an dem sie nicht allein sind.«

Mein Herz zieht sich unvermittelt zusammen. Es ist also gar nicht nur das Essen, worum es ihm geht.

»Aber die Macht von Kagutsuchi ist in mir geschwunden, sobald deine Mutter geboren wurde. Und noch mehr, als du zur Welt gekommen bist.« Er presst die Lippen so bedrückt aufeinander, wie ich es noch nie gesehen habe. Ich glaube, dass sich sogar Tränen in seinen Augen bilden, aber ich erkenne es nicht genau, weil er mich nach wie vor nicht ansieht. »Als ich noch ein junger Mann war, konnte ich meine Gäste beschützen. Ihnen war klar, dass ich es mit jedem aufnehmen konnte. Und dass ich mit denen verhandeln konnte, die meinen Kunden und Kundinnen gefährlich wurden. Dass ich für Frieden sorgen konnte.«

Er seufzt schwer und macht eine lange Pause, in der mir jedes Geräusch um uns herum genau bewusst wird. Das Surren der Geräte, die Stimmen und Schritte auf dem Flur.

»Aber jetzt bin ich alt und kann das alles nicht mehr

tun. Deswegen war das Restaurant so leer, als Overkill aufgetaucht ist.«

»Wolltest du … wolltest du deswegen immer, dass ich das Restaurant übernehme?«, murmele ich. »Damit ich deinen Platz einnehmen kann?«

Dass er mit den Schultern zuckt, überrascht mich. »Ich wollte dich nie in diese Position drängen. Aber ich habe mir gewünscht, dass es dir vielleicht auch gefällt.« Endlich sieht Shiro wieder zu mir auf und deutet in einer unbestimmten Geste in meine Richtung. »Aber das ist jetzt hinfällig. Wenn niemand kommt, der Amaterasu besiegt, ist das Restaurant Geschichte.«

Seine Worte wecken den Wunsch in mir, zu sagen, dass das nicht wahr sein muss. Dass jemand helfen wird. Dass *ich* helfen werde. Aber selbst wenn Akari nicht hier wäre, wüsste ich, dass ich nichts ausrichten kann. »Ich wünschte, ich könnte das Feuer kontrollieren«, sage ich deswegen. Ich will ihm keine falschen Hoffnungen machen.

»Ja«, murrt er. »Du kannst es nicht, weil du Zweifel und Ängste hast.«

Das überrascht mich. »Wer hat das nicht?«

»Feuer ist Leben«, sagt Shiro und öffnet seine Hand zu einer nahezu magischen Geste. »Es wird geboren, wächst, frisst, vermehrt sich und stirbt. Es ist Macht und Kreativität. Es ist eine Emotion, die aus dir herausbricht. Wenn du es nicht kontrollierst, verbrennt es dich und andere. Wenn du es nicht respektierst oder fürchtest, richtet es sich gegen dich. Es ist ein eigenes Wesen. Ein eigener Charakter, den du kennenlernen musst. Es muss zu einem Teil von dir werden. Dann kannst du es einsetzen, um zu zerstören. Oder um zu schützen.«

Ich lausche seinen Worten fasziniert, obwohl ich nicht

genau weiß, ob ich es ganz verstehe. Ich sehe auf meine Hände hinab. »Ein eigener Charakter«, wiederhole ich nachdenklich. »Genauso hat es sich angefühlt.«

Aber ich hatte es nicht unter Kontrolle. Alles andere als das. Und dann kommt mir ein anderer Gedanke. Ein neuer. »Das bedeutet, ich war damals wirklich verantwortlich für den Brand in unserer Wohnung?«

Shiro nickt gemächlich. »Leider ja. Wenn ich gewusst hätte, dass deine Kraft so groß ist, hätte ich dir die Stäbchen nicht gegeben. Als ich sie damals von meinem Vater bekommen habe, hat es Jahre gedauert, bis ich vertraut genug mit ihnen war, um das erste Mal eine Flamme zu erzeugen. Deswegen habe ich dich auch mit ihnen allein gelassen, als du ins Bett gegangen bist.«

Ich schlucke hart, als ich es endlich verstehe. Zum ersten Mal in meinem Leben verstehe ich, was damals wirklich passiert ist.

»Deswegen wusste ich gleich, dass du etwas Besonderes bist. Aber ich bin damit wohl falsch umgegangen.« Auf seinem Gesicht zeichnet sich eine tiefe Reue ab. »Ich habe unterschätzt, wie sturköpfig deine Eltern sind. Und wie sehr deine Mutter ihr Herz davor verschlossen hat, was ihr Erbe ist.«

»Hat sie dir jemals geglaubt?«

»Nie. Selbst als ich es ihr gezeigt habe, dachte sie, es wären Tricks. Wie im Zirkus. Und sie hat nie Kräfte gezeigt, wenn sie die Stäbchen berührt hat. Es hätte sicher auch bei ihr mehr Zeit gebraucht. Aber sie hat es zu schnell als Unsinn abgetan. Und irgendwann habe ich aufgehört, mit ihr darüber zu sprechen, weil ich meine Beziehung zu ihr nicht zerstören wollte.«

Ich nicke bedrückt. Alles, was Shiro zu mir gesagt hat,

als ich ein kleiner Junge war – und als ich ins Restaurant zurückgekehrt bin: Das ist wahr. Ich habe so lang geglaubt, dass er einfach nur ein seniler, alter Mann mit Wahnvorstellungen ist, dass es noch eine Weile dauern wird, bis ich das alles verarbeitet habe.

Gleichzeitig kann ich nicht umhin, eine gewisse Wut auf Mom zu empfinden. Ich verstehe ja, dass sie ihm nicht gleich geglaubt hat. Das habe ich auch nicht. Aber dass sie so offensichtliche Zeichen ignoriert, nur um weiter in ihrer kleinen, heilen Welt leben zu können? Das passt zu gut zu ihr.

Auf Shiros letzte Worte hin tritt ein bedrückendes Schweigen ein, das für meinen Geschmack viel zu lang anhält. Ich habe allerdings keine Ahnung, was ich sagen soll. Egal, wie stark diese Kräfte in mir sein sollen: Ich kann nichts tun, um das Restaurant zu retten. Wenn Shiro hier rauskommt, wird er früher oder später bemerken, dass ich es unseren Feinden überlassen habe, um ihn zu retten. Schon nach wenigen Wochen habe ich alles zerstört, was er im Laufe seines ganzen Lebens aufgebaut hat.

»Ich gehe heute Nacht in den Laden zurück«, murmele ich, als ich die Stille nicht mehr aushalte. »Um aufzuräumen und mich um alles zu kümmern.«

»Du musst das nicht machen, Junge.« Shiros Blick ist düster. Mit den dunklen Ringen unter seinen blassen Augen sieht er so schwach und müde aus, dass ich ihn am liebsten in dem Arm nehmen würde. Aber so nah stehen wir uns eigentlich noch nicht. »Ich bin bald wieder fit, dann komme ich und eröffne das Spicy Noodles wieder.«

Ich ringe mir das fröhlichste Lächeln ab, das ich zustande bringe. »Ich mach das schon. Ich eröffne den Laden. Wir bekommen das hin.«

Shiros Gesicht ist anzusehen, dass er mir gern aus Sorge widersprechen würde. Aber er entscheidet sich wohl dazu, es nicht zu tun. »Na gut«, grummelt er. »Du kannst mich ja anrufen, wenn du Fragen hast.«

»Na klar.« Das würde ich nur im allerhöchsten Notfall tun.

»Und du hast ja Unterstützung.« Er deutet auf Akari.

Ein heißer Schauer durchfährt mich. Kurz war es mir gelungen, sie zu vergessen, so leise, wie sie neben mir sitzt.

Ich lege Shiro meine Hand auf den Unterarm und er legt seine auf meine. Ich ziehe sie nicht weg, obwohl die Wunden auf meiner Haut bei der Berührung stechend brennen.

KAPITEL 31

WIE TAUB ALLES IST

Die Sonne geht über dem Spicy Noodles auf. Einige dunkle Wolken ziehen schnell über den rosafarbenen Himmel, als Akari und ich aus dem Wagen von D.I.E.T. steigen. Ohne ein letztes Wort fährt der Fahrer los und wir stehen vor dem, was vom Restaurant übrig ist.

Die Behörde hat die zerstörten Fenster mit schwarzer Folie und Brettern versehen und die Tür repariert. So sollte der Innenraum zumindest halbwegs geschützt sein.

Mein Schlüssel funktioniert noch und Akari folgt mir, als ich eintrete. Wir haben seit Stunden kein Wort miteinander gewechselt und ich wünschte, sie würde einfach verschwinden. Ich wünschte, ich könnte endlich allein sein.

Aber noch weiß ich nicht, wie weit ich bei ihr gehen kann. Was sie Hinata berichten wird.

Ich lasse die Tür offen, damit ein wenig Licht in den Innenraum fällt. Die Scherben knirschen unter meinen Schuhen. Das Regenwasser ist in den Raum eingedrungen und hat den ganzen Teppich durchweicht. Der muffige Geruch, den er sowieso schon abgesondert hat, ist noch durchdringender als sonst.

»Vielleicht müssen wir Gordon Ramsay anrufen«, murmele ich und trete gegen die Überreste eines Stuhls. »Ich habe keine Ahnung, wie ich das wieder hinbekommen soll.« Ich habe ja nicht mal Zugriff auf ein Konto, von dem ich irgendetwas bezahlen könnte.

Warum hat Hinata das Restaurant zerstört, wenn er doch will, dass ich hier für ihn spioniere? Wollte er mich einschüchtern? Zeigen, wie sehr er mich und Shiro in der Hand hat? Ich verstehe diesen Kerl nicht.

»Toma.« Zum ersten Mal, seitdem wir aus dem Hochhaus raus sind, richtet sie ihre Worte direkt an mich.

Ich lasse mir Zeit damit, mich zu ihr umzuwenden.

»Ich schätze, ich bin dir ein paar Erklärungen schuldig«, sagt Akari und sieht mich mit offenem Blick an. Sie wirkt jetzt anders. Ein wenig unsicherer.

Mir ist klar, dass ich Angst vor ihr haben sollte, nach dem, was ich gesehen habe. Aber so tief ich auch forsche, ich finde einfach keine Angst. Nur Verzweiflung darüber, dass es ihr gelungen ist, dieses kranke Spiel mit mir zu spielen.

»Du bist mir ein bisschen mehr als das schuldig.« Obwohl ich nicht weiß, ob es überhaupt etwas auf der Welt gibt, das mich jemals wieder besänftigen würde.

»Ich will nicht für Hinata arbeiten«, sagt sie frei heraus und überraschend ruhig. Als hätte sie die Worte in ihrem Kopf schon genau geübt. »Ich wollte das nie. Aber du siehst ja, wie er die Menschen in der Hand hat.«

»Aber du bist es, die diese ganzen Leute getötet hat.«

Sie reibt ihre Fingerspitzen aneinander und schließt kurz die Augen, als würde sie angestrengt etwas vergessen wollen. »Denkst du, das hat mir Spaß gemacht?«

Ich bin zu müde, um mit ihr zu streiten. Oder um intelligente Argumente vorzubringen. »Du stammst also von Amaterasu ab?«

»Nein, das ist mein Onkel. Ich stamme von einem neueren Gott ab, dessen Ursprung noch nicht ganz bekannt ist.«

»Und deswegen kannst du Menschen explodieren lassen?«

»Ich kann alles explodieren lassen. Aber ich tue das nicht, wenn ich nicht muss.«

Wenn sie nicht muss. Wie lang macht sie das eigentlich schon?

»Meine Familie ist seit Generationen Teil von Amaterasu.«

Ich habe das Gefühl, dass ich in letzter Zeit viel zu viel über Familien und Generationen gehört habe.

»Meine Eltern leben wirklich in Japan. Aber sie vertrauen meinem Onkel und der Organisation so sehr, dass sie mich hergeschickt haben. Weil sie sicher sind, dass es richtig ist.«

»Und bist du das auch?«

Sie schluckt angestrengt, dann schüttelt sie langsam den Kopf. »Ich … habe es immer gehasst. Aber ich dachte nie, dass es eine andere Option für mich gibt.« Sie kommt einen Schritt auf mich zu. »Toma, ich habe nicht mit dir geschlafen, weil ich dich reinlegen wollte. Die Zeit, die ich mit dir verbracht habe, war das Beste, was ich seit Langem erlebt habe. Und du hast mir gezeigt, dass …«

Ich hebe meine Hand, um sie zum Schweigen zu bringen. Ich ertrage dieses Gerede nicht. »Spar dir das«, murmele ich. »Ich denke nicht, dass ich je wieder etwas glauben kann, das aus deinem Mund kommt.«

Sie kommt noch einen Schritt näher. »Aber Toma, ich

meine es ernst. Ich will nicht mehr für meinen Onkel arbeiten. Vielleicht können wir …«

»Ruhe!« Sie zuckt zusammen, als das Wort lauter als gewollt über meine Lippen donnert. »Halt einfach die Klappe, okay? Du hast mir ins Gesicht gesehen und gesagt, dass wir Shiro da zusammen rausholen. Und dass du keine beschissenen Fähigkeiten hast. Und dann tötest du jemanden vor meinen Augen.« Ich schüttle fassungslos den Kopf. »Ich werde nie wieder irgendetwas glauben, das aus deinem verlogenen Mund kommt, also versuch es gar nicht erst. Okay?«

Akari schürzt die Lippen ein wenig und wendet sich ab. »Also räumen wir hier erst mal auf?«, lenkt sie das Thema sofort um.

Ich folge ihrem Blick durch den vollkommen zerstörten Raum. Ich kann mich ja kaum auf den Beinen halten. Mich jetzt hierum zu kümmern, erscheint mir unmöglich. »Ich gehe erst mal schlafen«, murmele ich also. »Du kannst heute Nachmittag wieder Überwacherin spielen.« Ich lege meinen Kopf schief und mustere sie von oben bis unten. »Oder musst du mir jetzt rund um die Uhr nachlaufen?«

»Nein, ich …« Sie schluckt angestrengt und schaut ihre Füße an. »Ich will aber nicht in meine Wohnung zurück.«

Ich lege den Kopf ein Stück zurück und rümpfe die Nase. »Ist mir egal.«

Akari schaut forschend zu mir auf und runzelt die Stirn. Hat sie es endlich begriffen? Hat sie endlich begriffen, dass keine Erklärung der Welt rechtfertigen kann, was sie getan hat?

Egal, was es ist, wortlos wendet sie sich ab, durchquert den zerstörten Gastraum und verlässt den Laden.

Noch eine ganze Weile stehe ich da und sehe die Tür an. Ich fühle mich so leer. Ich spüre, das etwas in mir schreien und weinen will, aber alles ist so taub. Und es fühlt sich an, als würde ich nicht mehr hierhergehören. Als sei dieser Ort fremd für mich geworden, sobald ich ihn verraten habe. Nicht mehr sicher.

Ich gehöre wirklich nirgendwo mehr hin.

KAPITEL 32

WEN DIE KRÄHEN BEOBACHTEN

»Guten Morgen, New York! Es ist der zwölfte April. Hier sind Janey und Ash von der NYC Fresh Morningshow für euch … hm … wie immer mit den neusten News und den freshesten Hits des Tages.«

»Du klingst heute richtig niedergeschlagen, Ash.«

»Bin ich auch. Fünf Tage hatten wir unsere Ruhe vor Overkill. Aber er ist wieder da. Ihr habt es vielleicht schon gehört oder gelesen, liebe Zuhörerinnen und Zuhörer, aber es ist ein neues Opfer gefunden worden.«

»Ich weiß gar nicht, was ich dazu sagen soll. Mich schockiert es auch. Zumal die Umstände, unter denen das neue Opfer gefunden wurde, wirklich beängstigend und seltsam sind.«

»Laut Informationen der Polizei kam es in einem Firmengebäude in Lower Manhattan gestern Nacht zu einem Großbrand. Die genaue Ursache ist nach wie vor ungeklärt. Der Brand und die Zerstörung beschränkten sich auf die Geschäftsräume der Firma Sun Corporate. Zu dieser Zeit befanden sich wohl nur Sicherheitsleute in dem Gebäude.«

»Laut Insiderinfos vom FBI, die letzte Nacht geleaked wurden, soll allerdings auch ein bisher unidentifiziertes Opfer von Overkill in den Geschäftsräumen gefunden worden sein.«

»Es gibt außerdem unbestätigte Berichte über dreizehn weitere Tote, die durch andere Methoden umgekommen sind, die noch untersucht werden.«

»Wir hoffen, es geht allen Angehörigen gut. Denn ganz ehrlich: Diese Nachricht hat mich wirklich schockiert.«

»Mich auch, Ash. Was um alles in der Welt ist da vorgefallen? Ein Opfer von Overkill, weitere Tote und ein Brand. Wie passt das zusammen?«

»Das Internet spekuliert, dass Anhänger von Overkill involviert sein könnten. Viele Menschen, die lang der Überzeugung waren, dass Overkill nicht allein mordet, fühlen sich mit diesem Bericht in ihrer Annahme bestätigt. Und ich halte diese Überlegung inzwischen auch für plausibel, obwohl ich mich lang dagegen gewehrt habe.«

»Auf jeden Fall klingt es, als wären dort mehrere Parteien aufeinandergetroffen. Und als wäre ein Brand … na ja, das darf ich nicht öffentlich sagen, sagt der Boss. Aber ihr wisst sicher, was ich meine.«

»Die offizielle Geschichte ist bisher einfach nicht stimmig und ich verstehe, dass die Bevölkerung nach Antworten verlangt.«

»Ich hoffe sehr, dass wir bald welche bekommen.«

»Den aktuellen Stand der Ermittlungen tragen wir euch natürlich wie immer auf unserer NYC-Fresh-Website zusammen. Wenn ihr weitere Infos habt, dann ruft uns an oder schreibt uns in unserer kostenlosen NYC Fresh App.«

»Uff. Ich muss mich von diesen News erst mal erholen.«

»Soll ich deinen Lieblingssong spielen, Ash?«

»Bitte.«

»Gut, dann machen wir mal weiter mit den freshesten Hits des Tages!«

Es ist verwunderlich, wie sehr man Dinge vermissen kann, die man nie zu schätzen wusste. Ich vermisse, wie das Licht der Frühlingssonne in den Gastraum fällt und meine Haut wärmt, als ich die Überreste der Tische und Stühle auf den breiten Gehweg vor dem Laden schaffe. Ich vermisse den Geruch nach Gewürzen, der die Muffigkeit des Gastraums überdeckt. Und ich vermisse Shiros konzentriertes Brummen aus der Küche. Ein wenig Musik neben der Arbeit zu hören, würde mir gewiss mehr Energie geben, aber mir ist einfach nicht danach.

Die Steine des Gehwegs sind noch nass vom Regen der letzten Nacht, aber die Sonne scheint inzwischen. Die Scherben habe ich weggekehrt. Ich weiß noch nicht, wie ich sie und den übrigen Müll abtransportieren soll. Ich denke nicht, dass das Geld aus Shiros Bürokasse für eine Abholung reicht.

»Macht's Spaß, mir zuzusehen?«, will ich wissen und werfe ein Stuhlbein in Richtung der Krähe, die mich seit einiger Zeit vom Gehweg aus beobachtet. Vielleicht drehe ich durch, aber ich bin sicher, dass es Karasu ist. Er flattert nur ein Stück zur Seite und sieht mich erst mit dem einen, dann mit dem anderen Auge an. »Ihr könntet mir wenigstens helfen, wenn ihr wollt, dass ich wieder aufmache«, grummle ich und kehre zurück in den Laden.

Vielleicht ist er das auch gar nicht. Dann rede ich seit einer ganzen Weile mit mir selbst. Aber es ist mir egal.

»Wir müssen den Teppich auswechseln«, sagt Akari und drückt sich mit einem Arm voll Müll an mir vorbei nach draußen.

»Schon klar«, seufze ich.

Amaterasu wird für diese Renovierung nicht bezahlen. Das würde sofort Shiros Aufmerksamkeit wecken, und wir müssen dieses Schauspiel irgendwie aufrechterhalten.

Ich habe ihr gesagt, dass sie sich nützlich machen soll, wenn sie will, aber dass ich nicht vorhabe, mit ihr zu sprechen. Gemessen an der Zeit, die wir inzwischen geschwiegen haben, akzeptiert sie das wohl zumindest.

Ich bücke mich und schnappe mir eine weitere Ladung Müll. Der Schmerz, der meinen Körper durchzieht, ist mir inzwischen vertraut geworden. Er ist das Einzige, das mich daran erinnert, dass ich wach bin. Ohne ihn wäre ich wohl noch mehr abgestumpft.

»Toma?«

Ich schaue auf und gehe eilig zur Tür, als Akari mich ruft. Ich rechne schon damit, dass irgendwelche Leute von Amaterasu auftauchen, aber als ich den Gehweg hinabschaue, sehe ich Henry und einige andere Kunden. Es sind bestimmt sieben. Gemeinsam kommen sie über den Gehweg auf uns zugeschlendert.

Mist. Und ich kann sie nicht bedienen. Rasch gehe ich ihnen ein paar Schritte entgegen und hebe vorsichtig die Hände. Meine Verbrennungen sehen schlimm aus, vor allem die über den Tattoos und auf der Wange, aber ich hoffe, dass sie das nicht allzu sehr abschreckt.

»Tut mir leid«, sage ich und sehe Henry an, weil er der Einzige ist, den ich etwas besser kenne. Er trägt seinen üblichen schludrigen Mantel, aber er hat seinen Bart gestutzt, was ihn zehn Jahre jünger und deutlich gepflegter aussehen lässt. »Heute können wir leider noch keine Kunden bedienen.«

Henry lacht in seiner üblichen rauen Art. »Wir sind nicht hier, um zu essen.« Er deutet die Straße hinunter, wo sich gerade ein Transporter zwischen den parkenden Autos auf uns zubewegt. »Wir wollen mit anpacken.«

Ich blinzle einige Male perplex. Diese Leute wollen helfen? Einfach so?

»Für morgen haben wir auch jemanden besorgt, der neue Fenster einbauen wird.« Er zwinkert so aufgeweckt, wie ich ihn noch nie gesehen habe. »Wir wollen ja, dass Shiro seinen Laden richtig in Betrieb nehmen kann, sobald es ihm wieder gut geht.«

Es schnürt mir die Kehle zu, dass sie ohne Nachfrage oder Aufforderung einfach vorbeikommen und so etwas auf sich nehmen. »Das stimmt.« Aus dem Augenwinkel sehe ich die Krähe an, die interessiert ein wenig näher zu uns hüpft. Ich würde sie gern treten.

Wenn ich nur wüsste, wer von diesen Leuten das ist.

Bevor ich mich wieder gefangen habe, setzt Henry sich in Bewegung und der Rest der Gruppe folgt ihm. Die älteren Männer und Frauen werfen mir alle ein verhaltenes Lächeln zu.

Meine bescheuerten Finger zittern schon wieder, weil ich weiß, dass ich diese Leute verraten muss.

»Werden du und deine Freundin kochen, während er das Bett hütet?«, will Henry wissen.

Eine Gänsehaut breitet sich schmerzhaft auf meiner Haut aus, als er Akari als meine Freundin bezeichnet. »Ich werde mein Bestes geben«, sage ich. »Die Küche haben sie zum Glück nicht verwüstet.«

»Ach, ich fand es das letzte Mal ganz gut«, lacht Henry

rau. »Wenn dir deine Freundin wieder hilft, schaffst du das bestimmt.«

Diese Leute haben mehr Vertrauen in meine Fähigkeiten als ich. »Vielleicht könnt ihr mir nachher noch sagen, was ich anders machen kann«, murmele ich. »Dann kann ich üben.«

Wir treten gemeinsam in den Gastraum und ich sehe mich um. Den Großteil der kaputten Möbel haben wir schon hinausgeschafft, aber der Teppich muss definitiv rausgerissen und ersetzt werden. Die Wände sind an vielen Stellen beschädigt. Die gerahmten Fotos, die überall hängen, werden wir aber zumindest teilweise retten können.

Henry bleibt neben mir stehen, während die anderen sich schon an die Arbeit machen.

»Er ist noch bei der Behörde, habe ich gehört?«

»Ja.«

»Seltsam«, sagt eine seiner Begleiterinnen. Sie hat blondes Haar, das langsam ins Grau übergeht, und trägt die Kleidung einer Büroangestellten, aber praktische Turnschuhe dazu. »Für gewöhnlich kümmern die sich nicht so gut um uns.«

Also hat Shiro recht. Diese Menschen sind auch alle Erben. Hinata wird von mir verlangen, dass ich sie ans Messer liefere. Verdammt, ich kann schon wieder nicht richtig atmen.

»Er ist dort in Sicherheit«, bringe ich hervor, bemüht, mir den Stress nicht allzu sehr anmerken zu lassen.

»Wenn sie ihn gerettet haben, sind sie vielleicht doch nicht so schlecht wie gedacht.«

Ich wiege den Kopf hin und her. »Eigentlich haben die Leute von Very Happy Meat Shiro gerettet.«

»Was?« Henry zieht die Augenbrauen so skeptisch zusammen, dass sich eine tiefe Falte zwischen ihnen bildet. »Diese Bastarde haben sich da eingemischt? Warum?«

Ich sehe Akari an, dann wieder diesen Kerl. »Sie haben Shiro angeboten, ihm zu helfen.«

»Und er hat angenommen?«

»*Ich* habe sie gebeten«, gestehe ich. »Als er weg war, ist mir nichts anderes eingefallen.«

»Na, wenn du da mal keinen Fehler gemacht hast«, sagt die blonde Frau und trägt etwas Holz an mir vorbei.

Henry setzt eine düstere Miene auf. »Wenn du das nächste Mal Hilfe brauchst, wende dich an uns. Mit Happy Meat ist nicht zu spaßen.«

»Was ist denn so schlecht an denen?« Henry scheint der Anführer dieser eigenartigen Gruppe zu sein. Das hätte ich nie vermutet, als ich ihn das erste Mal gesehen habe. Doch so sehr ich sein Hilfsangebot zu schätzen weiß, mir ist klar, dass ich es nicht annehmen kann.

»Sie sind die Hyänen der Stadt«, grollt er und wendet sich von mir ab, um den anderen zu helfen. »Haben keine besonderen Kräfte, aber wenn's irgendwo Kämpfe gibt, sind sie dabei.«

Ist das denn etwas Schlechtes? Sie wirkten extrem ausgebildet. »Einer von ihnen ist sogar gestorben, um Shiro zu beschützen«, murmele ich und schaue abermals zu Akari hinüber.

Sie verzieht schmerzerfüllt das Gesicht.

»Na, dann mach dich auf was gefasst, Junge«, meint Henry keuchend. »Das wird sicher ein Nachspiel haben.«

KAPITEL 33

WIE RACHE FUNKTIONIERT

»Guten Morgen, New York! Es ist der sechzehnte April, die Sonne scheint, die Vögel zwitschern und hier sind Ash und Janey von der NYC Fresh Morningshow für euch.«

»Zauberhafte Ansage, Janey. Ich vermisse dein sonniges Gemüt.«

»Und ich deine Captain-Wodka-Fanboy-Reden in den Pausen, Ash. Aber vielleicht haben wir uns ja bald wieder.«

»Wie ihr vielleicht schon an unserem Tonfall hört: Heute ist ein weiterer Tag, an dem wir über Nacht keinen Overkill-Mord zu verzeichnen haben. Der Brand in dem Firmengebäude ist die letzte Meldung, die wir zu ihm haben.«

»Im Internet wird natürlich heftig spekuliert, was dort vorgefallen sein könnte. Hat Overkill vielleicht gegen jemanden gekämpft, der oder die versucht hat, ihn aufzuhalten? Kommen so all die anderen Opfer vom Security-Service zustande?«

»Eine Theorie ist auch nach wie vor, dass Overkills Anhänger in einen Kampf mit einer anderen Gruppierung verwickelt waren.«

»Aber das sind alles natürlich nur Spekulationen. Der

Unfallhergang ist nach wie vor nicht geklärt, beziehungsweise bezieht das FBI keine Stellung dazu.«

»Es wird auch spekuliert, dass der Brand in dem Firmengebäude mit dem Überfall auf ein Restaurant in East Village in Zusammenhang steht, der nach wie vor ungeklärt ist. Hast du das mitbekommen?«

»Stimmt, das habe ich am Rande gesehen. Über Nacht wurde das gesamte Restaurant verwüstet und das Geld aus dem Tresor gestohlen. Der Besitzer wurde verletzt und befindet sich aktuell im Krankenhaus. Eine Befragung beim FBI ließ allerdings keine Rückschlüsse darauf zu, dass die beiden Ereignisse in irgendeinem Zusammenhang stehen.«

»Der Restaurantbetrieb wurde inzwischen von Mitarbeitern des Restaurants wieder aufgenommen. Menschen, die dort vorbeigeschaut haben, fiel wohl die Anwesenheit vieler Krähen vor dem Laden auf.«

»Das befeuert die Spekulationen über die Verbindung zu Overkill natürlich nur. Aber ich halte das für Unsinn.«

»Egal, wie es am Ende ist: Wir wünschen dem Besitzer selbstverständlich alles Gute und wünschen eine schnelle Besserung.«

»Und hoffen, dass die Täter schnell gefasst werden.«

»Durch die Abwesenheit von Overkill-Morden in den letzten Tagen hoffen die New Yorker jetzt natürlich darauf, dass der unbekannte Serienmörder bei diesem Vorfall aus dem Weg geräumt wurde. Das bedeutet aber nicht, dass wir unvorsichtig sein dürfen.«

»Genau. Macht es wie Ash und ich, bleibt im Home Office, so lang ihr könnt, und richtet euch weiterhin nach den Anweisungen der Behörden.«

»Wir halten euch natürlich auf dem Laufenden.«

»Und jetzt genießen wir erst mal das tolle Frühlingswetter, solange es noch hell ist, und unterhalten euch mit den freshesten Hits des Tages!«

»Du bist schon richtig gut darin geworden, das Rezept zu kochen, Toma.« Henry nimmt seine Nachfüllportion und gibt die Nudeln nach und nach in die Brühe.

»Ich hatte ja auch reichlich Kundschaft, dank dir«, sage ich und reibe die Hände aneinander. »So kann ich viel üben.«

»Sicher, dass du nur tagsüber übst?« Er deutet auf mein Gesicht und ich weiß, dass er nicht die abheilenden Wunden meint, sondern die tiefen Augenringe. »Du siehst müde aus.«

»Geht schon«, murmele ich. Dabei hat er recht. In den letzten Tagen habe ich im Grunde kein Auge zugetan und mir meine Nächte zur Ablenkung damit um die Ohren geschlagen, wieder und wieder Shiros Rezept zu kochen, um herauszufinden, was ich noch falsch mache. »Ich kann nicht so gut auf der rechten Seite liegen«, nutze ich die Ausrede, die sich am besten anbietet. Es ist nicht einmal gelogen.

»Wird schon werden«, sagt Henry und ich wende mich wieder von ihm ab, um durch den Gastraum zu sehen und zu schauen, ob einer der anderen beiden Gäste noch etwas braucht.

Die Fenster sind noch sauberer als vorher und die Möbel, die Henry besorgt hat, sind gebraucht, sehen aber sehr gut und modern aus. Der Teppich ist neu und hat eine edle, dunkelrote Farbe, die die frisch gestrichenen Wände ein wenig aufwertet. Man sieht gar nicht mehr, welches Chaos hier noch vor einigen Tagen geherrscht hat.

Und das Licht fällt durch die Fenster. Ich vermisse, wie friedlich sich das einmal angefühlt hat. Obwohl das Wetter gut ist und die Gäste zufrieden scheinen, fühlt es sich an, als wäre ein dunkler Schleier über alles gefallen. Und wann Shiro zurück sein wird, steht auch noch in den Sternen.

Ich sehe, dass die Nudeln gleich fertig sein sollten, als ich in die Küche trete. Mehr als das Nötigste rede ich nicht mit Akari. Ich wünschte, Jay wäre noch hier. In den ersten Tagen hat er in der Küche und beim Renovieren ausgeholfen. Dass er und Akari sich noch immer so gut verstehen, hat ihre Anwesenheit ein wenig erträglicher gemacht. Aber inzwischen ist nicht mehr so viel zu tun und die Behörde schickt andere Agents her, um alles im Auge zu behalten. Wohl, weil Jay sich auf andere Aspekte seiner Ausbildung konzentrieren soll.

Ich schiebe die Hände in die Taschen und fühle den kleinen Zettel, den ich dort hineingeschoben habe. Den, auf dem ich alles notiere, was ich über die Erben, die das Restaurant besuchen, herausfinde.

Obwohl es bisher nicht viel ist. Nur einige Vornamen und vage Vermutungen über Kräfte, die sie eventuell haben. Henrys vollen Namen habe ich herausbekommen, und dass er etwas mit dem Wetter zu tun hat. Das war alles.

Aber das ist vielleicht auch ganz gut. So werde ich Hinata keine Lügen auftischen müssen, wenn ich sage, dass ich nichts weiß.

Ob er mich am Leben lassen wird? Ich könnte noch einmal versuchen, mich zu wehren, wenn ich ihm das nächste Mal gegenüberstehe. Aber … Mit einem Blick auf meine verbundenen Hände gestehe ich mir ein, dass das wohl ein unmögliches Unterfangen ist.

»Ist die Krähe noch immer vor dem Restaurant?«, will Akari wissen, als ich mich neben sie stelle, um die Arbeitsfläche aufzuräumen.

»Ja«, sage ich. »Den Leuten fällt es schon auf.«

Wenn die Kunden weg sind, bewerfe ich sie mit Steinen aus dem Hinterhof. Wenigstens das wird Hinata mir wohl lassen können.

»Ich kann mit Hinata sprechen«, murmelt sie.

»Sprichst du oft mit ihm?«

»Bisher erst einmal. Du sollst morgen Abend zu mir kommen. Er will dich sehen.«

»Na, dann hab ich ja was, worauf ich mich freuen kann.« Ich will mich gar nicht mehr daran erinnern, wie gut ich mich gefühlt habe, wenn ich vor dieser ganzen Sache Zeit bei ihr verbracht habe. Wie sich das Kribbeln in meinem Bauch angefühlt hat.

Jetzt wird mir nur ein bisschen schlecht.

»Wir können ja vom Restaurant aus zusammen zu mir gehen.« Sie sieht mich nicht an. In den letzten Tagen hat sie sich wohl daran gewöhnt, dass ich auf keinen ihrer Kommunikationsversuche eingehe. Das ist mir auch lieber so.

»Können wir«, seufze ich.

Mitten in der Nacht fühlt sich das Licht in der Küche besonders kalt an. Die Dunkelheit im Gastraum und das Surren der Kühlschränke könnten aus einem Horrorfilm stammen.

Nur das leise Brodeln der Brühe in dem riesigen Topf lenkt mich ein wenig ab, während ich mich im Schneidersitz über das Tablet beuge und mir mehr Tipps zur Herstellung der Ramen durchlese.

Vielleicht sollte ich andere Teile des Schweins verwenden, um mehr Kollagen aus den Knochen und anderen Teilen zu bekommen. Shiro hat mehrere Male erklärt, dass die beste Tonkotsu-Brühe reich an Fett und gelöster Gelatine ist. Das weiche Mundgefühl und die samtige Textur der finalen Brühe gehen angeblich auf das Bindegewebe zurück, das die Schweineknochen umgibt. Hätte ich andere Stücke kaufen sollen?

Aber es kann nicht nur daran liegen.

Ich rufe den nächsten Artikel auf, der mich höchstwahrscheinlich erneut ratlos zurücklassen wird. Aber ich beschäftige mich lieber mit Rezepten als damit, wie beschissen gerade alles ist.

Ich habe das Richtige getan. Das muss ich mir weiterhin einreden, wenn ich nicht den Verstand verlieren will. Aber fuck. Die Leute hier sind so freundlich und hilfsbereit.

Ich kann sie nicht ans Messer liefern, aber ich werde es müssen.

Akari hat keinen Mucks zu ihnen gesagt. Zu meiner Überraschung, denn ich habe fest damit gerechnet, dass sie sich den Kunden aufdrängen würde, falls ich mich nicht gut anstelle. Aber vielleicht mischt sie sich auch nicht ein, weil Hinata meine Loyalität auf die Probe stellen will.

Während ich grübelnd kein Wort von dem Artikel lese, über den mein Blick fliegt, vergesse ich die Brühe so lang, dass erst das Geräusch des aus dem Topf sprudelnden Wassers meine Aufmerksamkeit erregt. Ich springe auf, lüfte den Deckel und drehe die Temperatur sofort herunter.

»Mist!«, stoße ich aus. Hoffentlich hat sie das nicht ruiniert. Wenn ich so gut werden will wie Shiro, brauche ich deutlich mehr Aufmerksamkeit und Liebe zum Detail.

Ich fahre mir mit den Fingerkuppen über die geschlossenen Lider und stoße ein schweres Seufzen aus. Ich sollte ins Bett und zumindest kurz versuchen zu schlafen. Aber …

Als ich ein Geräusch vernehme, wende ich mich um und erschrecke mich fast zu Tode. Cava steht mitten in der Küche. Ich presse mir die Hand auf die Brust und weiche einen Schritt zurück. »Bist du irre? Ich hab fast ’nen Herzinfarkt bekommen.«

Sie achtet gar nicht weiter auf mich, sondern sieht sich mit gespieltem Interesse im Raum um. »Ist deine kleine Freundin gar nicht hier?«

»Nein? Es ist mitten in der Nacht.« Ich bemühe mich um einen ruhigen Tonfall, aber sofort flutet Angst jeden Winkel meines Körpers. Ich weiß, warum sie hier ist.

»Wo ist sie?«, fragt Cava lauter und ernster. »Und was ist der Trigger, der ihre Fähigkeit auslöst?«

Ich bewege mich nicht ein Stück, während ich jede ihrer Bewegungen observiere.

»Weiß ich nicht. Warum willst du das wissen?«

»Was denkst *du* denn?«, knurrt Cava und tritt auf mich zu. Ich weiche weiter zurück. »Sie hat meinen Bruder umgebracht!«

So fest, wie sie ihre Hände zu Fäusten ballt, ist sie definitiv nicht hier, um sich ruhig zu unterhalten. Nachdem sie sich das letzte Mal selbst im Angesicht der Gefahr so entspannt gegeben hat, bereitet mir ihr Verhalten jetzt wirklich Sorge.

»Ich weiß es nicht«, wiederhole ich. »Sie hat nur …«

»Sag es mir einfach«, fordert sie und tritt weiter auf mich zu.

Ich gehe zurück, auch wenn hinter mir die Küchenzeile ist.

»Ich kann nicht«, sage ich. »Das würde uns alle in Gefahr bringen.«

Cava lacht ein Lachen, das halb amüsiert und halb verzweifelt klingt. »Ist dir nicht klar, dass du in Gefahr bist, Kleiner?«

Ihre Art macht mich wütend. »Du musst mich nicht so behandeln«, sage ich, um Ruhe ringend. »Ihr habt eure Hilfe doch freiwillig angeboten.«

Sie springt so schnell auf mich zu, dass ich unmöglich ausweichen kann, und schon in der nächsten Sekunde trifft ihre geballte Faust mein Gesicht. Der Schlag ist so hart, dass mir schwarz vor den Augen wird und ich zur Seite taumle. Noch bevor ich mich fangen kann, packt sie mich am Kragen, reißt mich herum und drückt mich schmerzhaft gegen die Wand.

Ich stöhne und greife ihre Hände, damit sie sie von meinem Hals wegbewegt, aber sie rührt sich kein Stück. Wie kann sie so stark sein? Ich schmecke Blut in meinem Mund und meine ganze linke Gesichtshälfte pocht schmerzvoll.

»Aber sie hat uns verraten«, faucht sie. »Und du hast gesagt, dass wir ihr vertrauen können, verdammte Scheiße.«

»Ich …«, will ich über die Lippen bringen, aber Cava drückt noch fester zu.

»Arbeitest du mit ihr zusammen?«

»Was? Nein!«

»Warum ist sie dann hier? Du hast doch gesehen, was sie getan hat!«

»Nein, sie …«

Fuck, ich darf Akari nicht verraten, dann bringt Hinata

mich um. Aber wenn ich mir nicht schnell was einfallen lasse, muss er das vielleicht nicht mehr.

»Sag's mir einfach.« Ihre Stimme wird leiser und sie beugt sich so weit zu mir vor, dass ihre Wange meine berührt. »Sag mir, wo die Schlampe gerade ist und was ihre Trigger sind.«

»Was willst du mit ihr machen?«

Cava lehnt sich zurück, um mir wieder in die Augen zu sehen, ohne ihren Griff zu lockern. »Mals dir gern aus.«

Vorsichtig versuche ich, mich aus ihrem Griff zu winden. Sie lässt nicht locker. »Das war nicht ihre freie Entscheidung. Ihr Onkel hat sie gezwungen!«

»Aww. Also soll ich mich lieber um ihn kümmern, meinst du?« Sie sagt das in einem Tonfall, der deutlich klarmacht, wie wenig sie davon hält.

»Das wäre doch ganz …«

»Aber ihr Onkel hat sicher auch sehr komplexe Gründe dafür, warum er tut, was er tut. Vielleicht hatte er ein furchtbares Elternhaus, das ihn zu dem gemacht hat, was er ist.« Sie setzt einen theatralisch besorgten Ausdruck auf. »Soll ich mir lieber diese Leute vorknöpfen? Oder doch lieber unsere gewaltverherrlichende Gesellschaft, die diese Form von Gewalt überhaupt erst fördert?«

»Verarsch mich nicht«, ächze ich.

»Verstehst du es nicht? Das ist nicht, wie Rache funktioniert, Süßer.« Sie packt fester zu. »Also sag mir, wie ich an sie rankomme, damit ich sie kaltmachen kann!«

»Bitte, hör mir zu, okay?«

»Warum hast du sie nicht an die Behörde verraten?«

»D.I.E.T.? Du weißt von denen?«

»*Jeder* weiß von denen. Beantworte meine Frage!«

»Wenn ich …« Kann ich es ihr sagen? Sie ist so aufgebracht, dass ich nicht darauf vertrauen kann, dass sie die Information für sich behält. Gleichzeitig glaube ich nicht, dass sie mich gehen lässt, wenn ich ihr nicht was verdammt Gutes auftische. »Ihr Onkel, er … er tötet mich, wenn ich sie verrate.«

Ihr Griff wird etwas lockerer, aber sie lässt mich noch immer nicht los. »Du hast ihn gar nicht besiegt, oder?«

Woher weiß sie, dass ich das als Lüge angegeben habe? Kennt sie jemanden bei D.I.E.T.? »Nein.«

Sie verzieht angewidert den Mund und drückt wieder zu. »Und was jetzt? Warum hat er dich gehen lassen? Arbeitest du für ihn?«

»Ich will das auch nicht! Aber er tötet Shiro, wenn ich ihm nicht gehorche!«

»Wie unheimlich«, säuselt sie.

»Ich meine es ernst! Das ist seine Fähigkeit. Wenn man sich ihm anschließt, kann er das Herz zum Stillstand bringen. Egal, wo man sich gerade befindet.«

Endlich lässt sie mich mit einem groben Ruck los. »Hast du gesehen, wie er das gemacht hat?«

»Ich habe ihn nicht gebeten, es mir zu demonstrieren.« Ich fasse mir an den Hals und das Gesicht. Es fühlt sich schon geschwollen an.

»Scheiße.« Cava dreht sich um und tritt gegen den Ofen, bevor sie ruhelos auf und ab und durch den Raum geht.

Die Herdplatte mit dem großen Topf wackelt gefährlich und ich eile darauf zu, um ihn zu stabilisieren, obwohl meine Finger zittern.

»Und wie ist dein Plan? Was wirst du gegen ihn tun?«

Ich sehe sie verwundert an. »Ich *kann* nichts gegen ihn tun. Ich habe dir doch gerade gesagt, dass …«

Ihr Blick wird wieder düsterer. »Hast du deine scheiß Stäbchen noch?«

»Ja.«

Sie schüttelt den Kopf. »Du hast echt versagt, Mann.«

»Was?«

»Du bist so schwach, dass der Kerl sich nicht mal die Mühe gemacht hat, dich zu entwaffnen.«

»Du hast doch gesehen, wie stark er war!«

»Das hat nichts mit Stärke zu tun!« Sie macht eine wegwerfende Handbewegung, bei der ich unvermittelt zusammenzucke. »Ich habe keine besonderen Kräfte, und du hast dich gerade nicht mal gegen mich gewehrt.«

Will sie das echt gegen mich verwenden? Sie und ihre Familie sind offenbar ausgebildete Assassinen. »Ich bin kein Kämpfer.« Ich zucke erneut zusammen, als sie wieder einen ruckartigen Schritt auf mich zumacht.

»Du versuchst es ja nicht mal.«

»Wie soll ich es denn versuchen? Es gibt keine Hoffnung auf einen Sieg gegen diese Leute!«

Sie rümpft angewidert die Nase. »Hoffnung ist nur hinderlich. Ihre Abwesenheit sollte deinen Handlungen mehr Dringlichkeit verleihen, anstatt dich zu lähmen, Schwächling.«

»Ich …« Ich atme schwer aus und lasse die Schultern sinken.

»Hat die Behörde dich einfach auf freien Fuß gesetzt?«

»Ja.«

»Dann ist der Direktor noch in Griechenland. Sonst hätten sie es gewusst.«

»Was?«

»Dass du sie belügst.«

Ich mache mir gar nicht die Mühe, nachzufragen. »Hör

zu, ich …« Ich fahre mir mit der Zunge über die Lippen. »Es tut mir so leid, dass dein Bruder gestorben ist. Es tut mir wirklich ehrlich leid. Ich weiß, dass das meine Schuld war.«

Irgendetwas daran scheint einen Nerv bei ihr zu treffen. Erst schaut sie verwundert, dann sinken ihre Schultern ein Stück hinab und sie atmet schwer. »War es«, murmelt sie.

»Ich weiß, dass ich nichts tun kann, um das wiedergutzumachen. Aber ich bin euch wirklich dankbar, dass ihr Shiro da rausgeholt habt. Das werde ich euch niemals vergessen.«

Cava verzieht den Mund, aber ich glaube, zum ersten Mal ehrliche Trauer auf ihrem Gesicht zu sehen. »Du bist echt ein Softie«, murmelt sie.

Ich nicke nachdenklich. Das bin ich wohl.

Überlegend sieht sie sich abermals in der Küche um. Dann wendet sie sich wieder mir zu, dieses Mal deutlich ernster, aber ohne Wut in der Mimik. »Also weil du irgendwie wie ein süßer Welpe bist, gebe ich dir eine Woche. Wenn du diesen Hinata bis dahin nicht aus dem Weg geschafft hast, töte ich deine Freundin. Ob du mir ihren Trigger nennen willst oder nicht. Verstanden?«

Ich beiße die Zähne aufeinander. »Verstanden.«

»Und dann schaue ich mal, wie zufrieden ich danach bin. Eventuell töte ich dann auch dich, klar?«

Ich seufze schwer und nicke geschlagen, als sie sich bereits gemächlich zum Gehen wendet. »Klar.«

KAPITEL 34

WIE VIEL ZEIT MIR NOCH BLEIBT

Akari und ich schweigen uns an, seitdem ihr Fahrer uns am Spicy Noodles abgeholt hat. Weder sie noch ich sagen ein Wort, während wir auf ihrer gemütlichen Couch sitzen, vor der großen Fensterwand, hinter der die Sonne langsam untergeht. Ihr warmes Licht fängt sich in den Bäumen des Central Parks.

Nach und nach wird es Sommer. Eine Jahreszeit, die ich für gewöhnlich sehr genieße. Aber in diesem Jahr wird das wohl nichts werden.

»Was hast du an deinem Gesicht gemacht?«

Als Akari die Stille durchbricht, schlägt mein Herz sofort wieder aufgeregter. Es hat mich schon gewundert, dass sie den Tag über gar nicht danach gefragt hat. Aber mit all den Gästen, die heute da waren, hatten wir alle Hände voll zu tun. Seitdem Shiro krank ist, wollen wohl viele Erben das Spicy Noodles unterstützen. Dabei sind sie schon für all die Reparaturen aufgekommen. Und Hunt ist auch noch ein paarmal aufgetaucht.

»Bin die Treppe runtergefallen.« Ich sehe wirklich furchtbar aus. Die Brandverletzungen auf der rechten

Gesichtshälfte und nun ein tiefblaues, blutunterlaufenes Auge auf der linken.

»Wenn du mir sagen würdest, was los ist, könnte ich dir vielleicht helfen.«

»Wenn ich will, dass du jemanden für mich tötest, sage ich schon Bescheid.«

Akari krault Kobe hinter dem Ohr und schüttelt frustriert den Kopf. »Du bist ein Idiot.«

»Ich weiß.« Hätte ich mich niemals auf sie eingelassen, wäre es wahrscheinlich nie so weit gekommen.

»Hallo, hallo!« Hinatas Stimme schallt durch Akaris Wohnung, und wir nehmen beide automatisch eine aufrechtere Haltung ein. Die Aufregung, die in meinem Inneren kribbelt, steigert sich ein weiteres Mal. Ich bin also doch nicht so abgestumpft, wie ich dachte.

Hinata kommt mit einem Bediensteten im Schlepptau in das offene Wohnzimmer geschlendert und setzt sich auf den Sessel uns gegenüber. Er trägt einen schwarzen Anzug, und seine Haare fallen ihm locker ins Gesicht. Der Mann, der ihn begleitet, hält ein goldenes Tablett mit zwei Gläsern Whiskey und einem Glas Rotwein in den Händen.

Hinata nimmt sein Glas und nippt sofort daran, ich stelle meins auf den kleinen Tisch zwischen uns und Akari schließt ihres in ihre Finger, als wolle sie sich daran festhalten.

»Möchtest du eine Zigarre oder Zigarette?«

Bin ich in einem Film gelandet? »Nein.«

Er winkt den Butler weg, der sich kurz ein Stück verbeugt und dann geht. »Ich dachte, du wärst Raucher?«

»Aufgehört«, grummele ich. »Mir ist in letzter Zeit nicht mehr so nach Feuer.« Tatsächlich habe ich seit dem

Kampf im Hochhaus keine Zigarette mehr angerührt, obwohl ich die Schachtel immer dabei hab.

»Und?«, will er wissen, schwenkt das Getränk in seinem Glas und schlägt die Beine übereinander, als hätte er keine Sorgen im Leben. »Wie sieht es aus?«

Ich bin mehrere mögliche Ausgänge dieses Gesprächs in meinem Kopf durchgegangen. Eine perfekte Lösung habe ich nicht gefunden, aber einige Worte habe ich mir zurechtgelegt. »Ich brauche noch Zeit. Die Leute, die ins Restaurant kommen, sind sehr verschwiegen wegen der Ereignisse der letzten Wochen. Es wird eine Weile dauern, bis sie sich sicher fühlen und mir mehr über sich anvertrauen.«

Hinata schürzt die Lippen und wippt mit dem Bein auf und ab. »Du denkst also, wir sollten uns bedeckt halten und abwarten?«

»Ja.«

Unser Gegenüber lacht in sein Glas, bevor er einen weiteren Schluck nimmt und mich dann offen ansieht. »Und ihr plant nicht zufällig einen Gegenschlag, für den ihr mehr Zeit braucht?«

Ich presse die Zähne zusammen. »Mit wem soll ich einen Gegenschlag planen? Ich habe alle erfolgreich davon überzeugt, dass ich euch zurückgeschlagen habe.«

Locker wendet er sich zu Akari um. »Ist das wahr?«

»Ja, Hinata.«

Er nickt langsam und ich spanne mich an, während ich seinen nächsten Zug abwarte. Im Grunde bleibt ihm nichts anderes übrig, als mir zu vertrauen.

Ein Geräusch von Akari reißt mich aus meinem Blickduell mit ihm und ich wirble zu ihr herum. Sie greift sich an die Brust und kneift die Augen zusammen. In der nächsten Sekunde lässt sie sich nach vorn fallen. Das Weinglas fällt ihr aus der Hand und zerbricht am Boden, und Kobe springt aufgeregt auf, um fortzurennen.

»Hey«, sage ich, stehe auf und hocke mich neben sie. »Was ist los?«

In einer fließenden Bewegung erhebt sich Hinata ebenfalls, legt seine Hand auf ihren Rücken, sieht aber mich intensiv an. »Ich glaube, dass du den Ernst der Lage nicht begriffen hast«, sagt er über Akaris wimmernde Schmerzlaute hinweg.

»Was machst du mit ihr?«, will ich wissen, lenke meine Gedanken aber sofort wieder davon ab. »Ich begreife es, in Ordnung? Ich will mich dir nicht widersetzen, ich brauche nur mehr Zeit!«

»Ich weiß, dass du dich mit den Leuten von dieser Lieferkette verbündet hast.«

»Wir sind nicht verbündet! Ihr habt einen von ihnen getötet und sie geben mir die Schuld!« Ich deute eilig auf mein Auge. »Was denkst du, wer das war? Die sind jetzt auch hinter mir her.«

»Und was gedenkst du, dagegen zu tun?«

»Ich weiß es nicht!«, rufe ich. »Hör auf damit, ja?«

Akari wimmert noch immer und krümmt sich weiter zusammen.

Hinata rückt ein Stück zu mir auf. »Wir können dich beschützen Toma, verstehst du? Du musst dich nicht mit diesen Leuten herumschlagen und auch nichts für sie tun. Wir finden heraus, wer sie sind, und kümmern uns um sie.«

Er muss auf meinem Gesicht sehen, dass ich dem Vorschlag abgeneigt bin. Akaris Schmerzensgeräusche werden lauter.

»Verstehst du, warum ich tue, was ich tue?«

»Nein!«

»Wegen unserer Fähigkeit ist meine Familie bereits seit Generationen das Opfer so vieler anderer Erben und Verbünde. So viele haben versucht, uns anzuwerben. So viele haben versucht, uns umzubringen und für ihre Zwecke auszunutzen.«

Ich wünschte, er würde schneller sprechen.

»Und meine Eltern hatten keine Lust mehr auf diese ganzen Kämpfe. Sie wollten ein friedliches Leben führen. Ohne Gewalt. Ohne Unterdrückung. Und weißt du, was ihnen das eingebracht hat?«

»Ich kann's mir denken«, presse ich zwischen zusammengebissenen Zähnen hervor.

»Sie wurden von jemandem ermordet, der sie nicht einmal zu Wort hat kommen lassen. Und als Alleinerbe der Fähigkeit von Amaterasu wurde ich von diesen Menschen entführt und mitgenommen. Es hat Jahre gedauert und etliche Leben gekostet, bis meine Verbündeten mich befreit haben.« Er rückt noch weiter zu mir auf. »Deswegen nutze ich meine Fähigkeit, um das zu schützen, was von meiner Familie übrig ist. Meine Freunde. Meine zukünftigen Nachkommen. Und erst, wenn wir so mächtig sind, dass niemand mehr eine Bedrohung für uns ist, werde ich damit aufhören. Verstanden?«

Warum erklärt er mir den Scheiß gerade jetzt? Wenn er mir nicht genug traut, um auf mein Mitleid zu setzen, ist das doch egal!

Mit Akaris leisem Weinen in den Ohren kann ich mich einfach nicht konzentrieren. Das nennt dieser Arsch *Schutz*? »Mein Großvater kennt Leute bei D.I.E.T«, sage ich so ruhig wie möglich. »Und er hat viele Freunde unter den Erben. Vielleicht kann er etwas für euch aushandeln, das ausschließt, dass weitere Menschen sterben müssen. Einen … einen Waffenstillstand!« Ich gestikuliere heftig, weil ich die Worte nicht so schnell finde, wie ich sie sagen will. »Wenn dein einziges Ziel ist, deine Familie zu beschützen, dann ist es doch auch in deinem Interesse, dir nicht so viele Feinde zu machen.«

»Das haben meine Eltern auch gesagt. Aber wer nicht zu uns gehört, gehört zu den Feinden.«

Ich schließe die Augen und ringe nach Argumenten, die einfach nicht kommen wollen. Wie kann ich ihn dazu bringen, aufzuhören?

»Und deswegen ist es in Ordnung für dich, zu dem zu werden, was du verabscheust?«

Hinata lacht vorsichtig. »Ja«, sagt er frei heraus. Die Antwort kommt so schnell über seine Lippen, dass ich sicher bin, er muss schon viel über diese Frage nachgedacht haben. »Zu gewinnen, bedeutet in diesem Fall für mich leider, das Spiel mitspielen zu müssen. Aber das ist eine Last, die ich auf mich nehme.«

Er hat bisher keinen sehr belasteten Eindruck gemacht.

»Was ist für dich das Problem, Kleiner? Wenn du einfach tust, was ich dir sage, bist du in absoluter Sicherheit. Und das gilt auch für die Leute, deren Daten du uns übermittelst.«

Ich deute auf Akari. »Das nennst du absolute Sicherheit?«

»Für jede Form von Sicherheit müssen gewisse Opfer gebracht werden.« Er lächelt mild. »Du machst dir Sorgen um sie. Bist du noch verknallt?«

Das Wort aus seinem Mund kommt mir eigenartig vor. »Ich war verknallt, bis ich herausgefunden hab, dass sie eine Serienmörderin ist.«

Er lacht schallend. »Und trotzdem möchtest du ihr helfen?«

»Ja. Also hör endlich auf damit.«

Er wiegt den Kopf hin und her, sieht von ihr zu mir und wieder zurück. Dann nimmt er seine Hand weg, erhebt sich langsam und richtet seinen Anzug.

Endlich verstummen ihre Schmerzenslaute und ich rutsche zu ihr hin, um ihr in eine halbwegs sitzende Position zu helfen. Sie krallt ihre Finger so fest in meine Kleidung, dass meine Brandwunden wieder schmerzen.

»Ich gebe dir eine Woche. Dann will ich Ergebnisse.«

»Aber Shiro kommt bald zurück und …«

Hinata schüttelt lachend den Kopf. »Dass du dich echt noch immer traust, Widerworte zu haben.« Er greift nach seinem Glas auf dem Tisch und wendet uns den Rücken zu. »Eine Woche. Sonst spielen wir dieses kleine Spiel immer wieder.«

Geschlagen sehe ich ihm hinterher.

»Und hör bitte auf, Karasu mit Steinen zu bewerfen«, ruft er, ohne sich umzudrehen. »Sein Leben ist so schon schwer genug.«

Wir lauschen seinen Schritten, bis das Geräusch der zufallenden Tür zu hören ist. Zum ersten Mal seit dem Kampf werfen wir einander einen langen Blick zu. Voller Verzweiflung.

Und voller Angst.

KAPITEL 35

WO MAN DIE STERNE SEHEN KANN

Hätte man mir vor ein paar Wochen gesagt, dass ich einmal in der Küche eines heruntergekommenen Restaurants stehen und mithilfe von magischen Essstäbchen versuchen würde, Feuerkräfte heraufzubeschwören, hätte ich höchstwahrscheinlich laut gelacht. Ich komme nicht umhin, mich selbst lächerlich zu finden, wie ich mit den Stäbchen dastehe und versuche, mich zu konzentrieren. Mich daran zu erinnern, wie ich es das erste Mal angestellt habe.

Aber es gelingt mir nicht. Vielleicht habe ich zu große Angst, wie Shiro gesagt hat. Die Wunden an meinem Körper sind noch immer zu frisch und schmerzhaft, als dass ich diese Kraft nicht fürchten könnte.

Muss ich die Stäbchen eigentlich in der Hand halten oder reicht es, wenn ich sie am Körper trage? Wäre es nicht leichter, einen Zauberspruch aufzusagen, um die Flammen zu erzeugen? Dann wäre diese ganze Sache nicht so unsicher.

Ich nehme die Stäbchen in die linke Hand und reibe die Finger der rechten aneinander. Es fühlt sich tatsächlich ungewöhnlich warm an. Wie ein kleines Knistern in meinen Fingerkuppen. Und sobald ich es mir genauer vorstelle, springen tatsächlich einige Funken aus meinen Händen.

Erschrocken reiße ich die Hand hinunter und stolpere einen Schritt zurück. Fuck, das war echt kein Traum. Ich habe magische Kräfte! Oder eher göttliche Kräfte, wie mein Großvater sagen würde.

Ich muss es noch mal versuchen. Tief durchatmend nehme ich meine Stellung wieder ein und konzentriere mich abermals auf das Prickeln in meinen Fingern. Es fühlt sich an, als würde die Energie aus meinem Arm in meine Hand und hinauf zu ihnen fließen. Während die Wärme sich sammelt, glaube ich sogar, dass der Schmerz an den verbrannten Stellen meiner Haut gelindert wird.

Die Funken springen wieder über meine Finger, aber sie schmerzen nicht, wenn sie auf meine Haut treffen, und sie verbrennen meine Kleidung nicht. Ich atme tief ein und aus und versuche, die Aufregung unter Kontrolle zu halten und meine Konzentration zu bündeln. Es hilft mir, mir vorzustellen, wie die Energie an meinem Arm hinauffließt. So lang, bis aus den Funken tatsächlich kleine Flammen werden, die sich erst über meine Fingerspitzen, dann bis zu meiner Handfläche ausbreiten.

Die Aufregung beschleunigt meinen Herzschlag, aber ich darf jetzt nicht den Verstand verlieren. Das Feuer auf meiner Haut fühlt sich ganz anders an als beim ersten Mal. Sanft, fast, als würde ich ein Seidenlaken im Wind berühren.

Vorsichtig bewege ich meine Finger, drehe meinen Arm, balle die Hand zur Faust. Das Feuer verändert sich mit jeder Bewegung und ich erwische mich dabei, wie ich die Flammen paralysiert anstarre. Das war wirklich nicht schwer.

Wenn es mir doch gelingt, diese Macht zu kontrollieren … dann kann ich es eventuell mit Hinata aufnehmen. Obwohl ich nicht weiß, wie ich gegen seine Fähigkeit ankommen soll. Und wie ich verhindern soll, dass er mein Herz einfach zum Stillstand bringt. Wenn ich mich ihm entgegenstelle.

Ein Schmerzenslaut entweicht meinen Lippen, als die Flammen sich mit einem Schlag in meine Haut fressen, als hätte ich sie mit Brandbeschleuniger übergossen. Ich stürze zum Waschbecken, kaum dass der Ärmel meines Shirts zu brennen beginnt.

Das Wasser löscht das Feuer und kühlt die Verbrennungen über den alten Wunden. Ich sauge die Luft scharf durch meine Zähne ein, als der Schmerz sich meinen ganzen Arm hinauf bis zu meiner Schulter zieht. »Fuck«, flüstere ich. Sobald meine Gedanken abgeschweift sind, habe ich die Kontrolle verloren. Angestrengt versuche ich, die Tränen fortzublinzeln. Ich weiß nicht, ob sie von Frust oder Schmerz herrühren. Wie soll ich das nur hinbekommen?

Das Wasser lindert den Schmerz an meinem Arm nicht lang, aber ich lasse es trotzdem fließen, während ich die Stäbchen noch immer mit der anderen Hand umschlossen halte. Diese Idee ist so bescheuert. Als hätte ich eine Chance gegen diesen Kerl, der sein ganzes Leben damit verbracht hat, Menschen zu terrorisieren, die deutlich stärker sind als ich. Die sich deutlich besser in dieser Welt auskennen.

Ich wische mir die Tränen von den Wangen, als das Handy in meiner Hosentasche klingelt und ich zusammenzucke. Es ist mitten in der Nacht, wer ruft denn jetzt an? Mein Herz sinkt etwas tiefer, als ich sehe, dass es Akari ist. Ich starre ihren Namen eine Weile an, bevor ich das Wasser ausdrehe und abnehme.

»Ja?« Ich gehe in die Ecke der Küche hinüber und lasse mich auf den Boden sinken, um mich gegen die Wand zu lehnen. Ich will nicht mehr stehen müssen. Ich kann einfach nicht mehr.

»Ich bin vor dem Laden«, sagt sie tonlos. »Darf ich reinkommen?«

»Seit wann rufst du denn dazu an?«

»Ich … wollte dich nicht erschrecken.« Im selben Moment höre ich das Öffnen der Eingangstür. Ich schließe sie nur nachts ab, genau wie Shiro. Wenn jemand hier dringend rein will, der mir etwas antun möchte, kommt er so oder so herein.

Ich bleibe eingesunken in meiner Ecke neben den Küchenschränken sitzen, während ich Akaris Schritten lausche. Ich weiß noch nicht, was ich davon halten soll, dass sie hier ist, aber wie Hinata sie heute gefoltert hat, hat meine Perspektive auf sie wohl etwas geradegerückt.

»Toma«, sagt sie und schaut sich kurz in der Küche um, bis sie mich entdeckt und ihr Blick an meinem angesengten Shirt und der feuerroten Haut hängen bleibt. Sie trägt ein Kleid mit goldenen Pailletten, dazu eine schwarze Strumpfhose und flache Ballerinas. Ihr düsterer Blick passt nicht zu ihrem festlichen Outfit. »Wir müssen etwas gegen Hinata tun«, übergeht sie ihre Beobachtung allerdings.

Sie sieht sicher auch, dass ich geweint habe, ich Idiot. All die Leute, die mir in letzter Zeit gesagt haben, was für ein Schwächling ich bin, haben recht. Mein Vater wahrscheinlich auch. Von Anfang an.

»Nach dem, was er dir vorhin angetan hat, glaube ich dir das sogar«, antworte ich nach einer Weile. Vielleicht ist es wieder eine Falle, aber was habe ich noch zu verlieren? In einer Woche bin ich so oder so tot.

»Soll ich dir aufhelfen?«

»Nein. Der Boden ist schön kalt.«

Akari tritt weiter in den Raum. »Wir müssen ihn daran hindern, weiterzumachen«, sagt sie leise und kniet sich vor mich.

Ich zucke mit den Schultern und halte ihr die frischen Wunden auf meiner Haut hin. »Würde ich, wenn ich könnte.«

»Ich auch. Aber zusammen schaffen wir es vielleicht.«

»Kannst du ihn nicht einfach explodieren lassen?« In meinem Gesicht sollte sie erkennen können, dass ich die Frage nicht ehrlich meine, aber sie nimmt sie trotzdem ernst.

»Er würde mich töten, sobald ich ihn erreiche«, flüstert sie. »Außerdem sind die meisten Erben bei Amaterasu stärker als ich. Der …« Sie sieht auf meine Hände hinab. »Der Gott, von dem ich abstamme, ist noch nicht so alt. Außerdem brauche ich Körperkontakt, um meine …«

»Schon okay«, unterbreche ich sie ruhig. Es ist interessant genug, dass sie sich überhaupt so viele Gedanken dazu gemacht hat. »War das vorhin seine eigene Fähigkeit?«

»Ein kleiner Teil davon«, flüstert sie.

»War das ein Schauspiel, damit ich bemerke, wie ernst die Sache ist?«

Sie hält mir ihre offenen Handflächen hin. Die Stellen, an denen sie ihre Fingernägel vor Schmerz in die Haut gedrückt hat, sind offene Wunden. »Nein. Wenn er es noch eine Sekunde länger hätte anhalten lassen, wäre ich tot gewesen.«

Ich sage nichts, damit sie fortfährt.

»Ich zähle sie«, flüstert sie. »Jedes Mal. Fünfzehn Sekunden. Das ist die Zeit, die er braucht, bis er genügend Energie in einem Körper gesammelt hat, dass es ihn tötet.«

Fünfzehn Sekunden also. »Hast du schon mal gesehen, wie er jemanden tötet?« So wie ich gesehen habe, wie sie jemanden umbringt?

»Dutzende Male.«

»Hasst du ihn?«

Sie legt ihren Kopf zur Seite und zieht die Brauen zusammen. »Nein.« Es klingt nicht, als wäre sie sich da sicher. »Aber ich denke, er muss aufgehalten werden.«

»Und wie kommst du darauf, dass ich das schaffe?«

Akari deutet auf meine verbrannte Haut. »Ich habe noch nie jemandem mit so einer Fähigkeit gesehen. Du hast deine Kraft das erste Mal eingesetzt und trotzdem viele von ihnen zurückdrängen können. Sogar Hinata war total überrascht.«

»Ich hab leider keine Ahnung, wie ich das gemacht habe.«

Sie schluckt schwer.

»Cava war gestern Nacht hier.« Ich weiß selbst nicht, warum ich ihr das erzähle. »Sie sagt, dass sie dich umbringt, wenn ich Hinata nicht innerhalb einer Woche aus dem Weg räume.«

»Eine Woche«, wiederholt sie und lehnt sich an die Küchenschränke neben uns. »Sieht aus, als wäre das die Deadline, von der jetzt alles abhängt.«

»Hm.«

»Denkst du, D.I.E.T. kann helfen?«

»Das würde Amaterasu sofort bemerken«, sage ich. Darüber habe ich auch schon mehr als genug nachgedacht. »Wenn Hinata Verdacht schöpft, dass wir ihn hintergehen, ist es vorbei.«

»Klar.«

»Was hast du ihm gesagt, warum du hier bist?«

»Ich hab ihm gesagt, du stehst noch auf mich.«

Darüber muss ich sogar leise lachen. »Er unterschätzt meinen moralischen Kompass.«

»Er überschätzt eher deine Hormone.«

Jetzt lachen wir beide. Für einen Moment fühlt es sich sogar ganz gut an.

»Ich muss ihm jeden Tag Bericht darüber ablegen, wie es hier läuft.«

»Sollst du auch Daten notieren?«

»Nein. Er will dich testen.«

»Konnte ich mir denken.« Ich bin so müde. Der Schmerz ist im Moment das Einzige, das mich davon abhält, einzuschlafen, als wir einander schweigend gegenübersitzen.

»Verstehst du jetzt, warum ich mich so verhalten musste?«

Ich zucke mit den Schultern. Die Frage ist zu schwer. Ich weiß nicht, ob ich sie jemals werde beantworten können. »Ich weiß nicht, ob ich einen Menschen töten könnte. Selbst, um mein eigenes Leben zu retten.«

»Ich muss das schon für ihn machen, seit ich acht bin.«

Mein Herz zieht sich ein wenig zusammen, als ich mir das vorstelle, aber ich weiß nicht, was ich dazu sagen soll.

»Kann ich heute hier schlafen?«, fragt Akari nach einer Weile leise. Sie sieht mich ganz ruhig an. Nicht so süß wie früher. Auch nicht bittend.

»Ich hab nur ’ne Matratze.« Ich bin so müde und versuche noch, all das wegzuschieben, was ich in den letzten vierundzwanzig Stunden erlebt habe. Vielleicht ist es eine gute Idee, nicht ganz allein zu bleiben.

»Ich schlaf auch auf dem Boden«, sagt sie. Irgendwie blickt sie auch so drein wie ich.

Wahrscheinlich fühlt sie sich genauso hilflos.

Ich starre die Decke meines Zimmers an und beobachte, wie hin und wieder die Scheinwerferlichter der vorbeifahrenden Autos daran zu sehen sind. Mein Arm schmerzt bis zur Unendlichkeit, also kann ich nur darauf hoffen, dass ich irgendwann vor Erschöpfung einschlafe.

Akari liegt ein paar Schritte von mir entfernt auf dem Boden. Sie hat sich ein langes Shirt von mir zum Schlafen übergezogen und sich in die Decke eingewickelt. Ich brauche sie sowieso nicht. Es tut nur weh, wenn sie meine Haut berührt.

»Denkst du wirklich«, sage ich leise in die Dunkelheit hinein, weil ich vermute, dass sie auch noch wach ist, »dass Hinata uns umbringen wird, wenn wir uns ihm widersetzen?«

Akari regt sich, und als ich zu ihr hinüberschaue, erkenne ich, wie sie mich ansieht, also wende ich meinen Blick wieder nach oben.

»Ja«, sagt sie leise in die Dunkelheit hinein.

Das habe ich mir gedacht. »Wenn er nicht da wäre«, murmele ich, weil ich auch noch nicht schlafen kann. »Was würdest du dann tun?«

»Ich würde die Stadt verlassen«, flüstert sie.

»Du magst New York nicht?«

»Ich mag nicht, wie laut alles ist. Und wie voll. Ich

würde lieber auf einem Dorf wohnen. Irgendwo in der Nähe eines Waldes. Und wo es warm ist.«

»Passt gar nicht zu der Wohnung, in der du jetzt lebst.«

»Die habe ich mir nicht ausgesucht.« Sie seufzt schwer. »Ich würde gern in einem kleinen Haus wohnen. In der Nähe von Familie und Freunden. Und ich … hätte gern Tiere und … vielleicht einen kleinen Stall mit Stroh.«

Mein Gesicht schmerzt, als ich lächle. »Einen Stall mit Stroh?«

»Ja, das habe ich mal in einem Film gesehen, als ich noch ein Kind war. Da lagen sie nachts in Schlafsäcken auf dem Stroh und … die Bretter der Hütte hatten große Lücken, auch im Dach. Und man konnte die Sterne sehen.«

Ich schlucke angestrengt, als sich das Bild vor meinem inneren Auge aufbaut. Es passt gar nicht zu dem, das ich bisher von ihr hatte. Eigentlich ist es sogar genau das Gegenteil.

»Was würdest du machen, wenn er nicht da wäre?«

»Hm.« Darüber habe ich mir noch nicht nachzudenken erlaubt, weil es mir so illusorisch vorkommt. »Vermutlich weiter im Spicy Noodles arbeiten und … vermutlich weiter darüber nachdenken, was meine Bestimmung im Leben ist, während ich alles um mich herum gar nicht richtig wahrnehme.« Ich bin selbst überrascht, als ich mit dem Satz fertig bin. Er war ehrlicher, als ich geplant habe. Und es klingt eigenartigerweise, als würde ich es willkommen heißen, dass mein Leben diese Wendung genommen hat, aber das tue ich nicht. »Ich finde es inzwischen eigentlich ganz schön hier. Das Kochen macht Spaß und … zu sehen, wie viel dieser Laden Shiro und allen bedeutet, finde ich toll. Ich wünschte, das hätte ich früher gelernt.«

Jetzt ist es zu spät.

»Vielleicht ist ja noch nicht alles verloren«, flüstert Akari. »Vielleicht bekommen wir es doch noch hin und … können Hinata davon überzeugen, dich in Ruhe zu lassen. Dann kannst du hier in Ruhe arbeiten.«

»Und dann ziehen wir mit dem Spicy Noodles irgendwo aufs Land, damit du deine Hütte haben kannst«, sage ich und kann mir ein Lächeln nicht verkneifen. Ich hoffe, sie sieht es nicht.

»Ja«, sagt sie leise. »Das wäre schön.«

KAPITEL 36

WOFÜR ES SICH ZU KÄMPFEN LOHNT

Akari grinst fröhlich, als sie auf die Tür des Restaurants zueilt und den Mitgliedern von D.I.E.T. mit einigen glücklichen Morgengrüßen auf den Lippen aufschließt, damit sie Shiro hineinführen können. Sie wechselt einige knappe Worte mit den Agents, während ich noch irritiert am hinteren Ende des Raumes stehe und versuche, meine Fassade aufzubauen.

Sie ist so eine verdammt gute Schauspielerin. Und sie sieht trotz der Ereignisse der letzten Tage fantastisch aus. Sogar in meinem viel zu weiten Shirt und der dünnen Jacke, die sie über die undurchsichtige, schwarze Strumpfhose gezogen hat.

»Toma!« Jays Gesicht reißt mich aus meiner Beobachtung und endlich setze ich mich in Bewegung, auf die kleine Gruppe zu.

»Schön, euch zu sehen«, sage ich vor allem an Shiro gerichtet. Er macht noch keinen sehr fitten Eindruck, aber Tate stützt ihn scheinbar mit Leichtigkeit. Hunt steht ein Stück neben allen und scheint nur zu beobachten.

»Ich wollte mal schauen, wie es so läuft«, sagt Shiro und

blickt sich im Laden um. Die neuen Stühle, die frisch gestrichenen Wände, der Teppich und die Fenster. Für einen Moment denke ich, dass ihm der Anblick das Herz schwer macht, weil ich glaube, dass seine Augen ein wenig wässrig werden. Aber dann sagt er mit brüchiger Stimme: »Es sieht wirklich alles sehr schön aus.«

Das Lächeln auf meinen Lippen fühlt sich eher bedauernd als alles andere an. »Alle deine Freunde haben geholfen. Sie haben sogar bezahlt.«

Shiro schluckt schwer. Jay, Hunt und Tate sind die Einzigen, die wirklich richtig fröhlich aussehen.

»Es war auch richtig viel los in den letzten Tagen«, sage ich. »So viele sind gekommen, um das Restaurant zu unterstützen.«

»Und weil Overkill jetzt weg ist«, sagt Shiro. Tate zieht einen Stuhl zurecht und hilft dem alten Mann, sich darauf niederzulassen. Ich weiß nicht genau, ob ich mich zu ihm setzen soll, tue es aber nach einigen Momenten, um nicht so peinlich berührt in der Gegend herumzustehen.

»Geht es dir gut, Toma?«, will Shiro leise wissen, legt seine Hand auf meinen gesunden Arm und sein Blick fällt auf das Wundtuch, das ich mir umgelegt habe. Und auf das blaue Auge, das sich in der letzten Zeit immer stärker violett färbt.

»Ja, es geht mir gut.« Ich lächle mit zusammengepressten Lippen. »Waren nur ein paar Küchenunfälle.«

»Ich hab noch nie jemanden gesehen, der sich beim Kochen so verletzt hat«, sagt Jay und stemmt die Hände in die Hüfte. Sein entspanntes Lachen lockert die Situation aber sofort auf.

Ich bin ihm dankbar. Er muss merken, dass etwas nicht

stimmt, aber er weiß, dass ich nicht darüber reden kann oder will.

»Ich rede noch mal mit Malik«, überlegt er laut. »Vielleicht kann ich doch noch mal ein paar Tage aushelfen.«

»Ach, es geht schon«, murmele ich, unangenehm berührt, weil alle Blicke auf mir ruhen. Eigentlich käme es mir sehr gelegen, aber D.I.E.T. scheint wohl zu denken, dass es reicht, wenn sie Hunt regelmäßig herschicken.

Karasu schaut interessiert durch die Fensterscheiben herein.

»Hey, wer möchte ein kühles Getränk?«, fragt Akari und wendet sich an die zwei Agents und Jay. Ihr Tonfall signalisiert, dass sie nur Shiro mit mir allein reden lassen möchte, also folgen ihr alle. »Aber die müssen bezahlt werden«, betont sie im Gehen.

Sie ist wirklich eine so viel bessere Schauspielerin als ich.

Ich schaue ihnen hinterher, und mein Blick trifft Jays. Er ruckt mit dem Kopf zu Akari und wackelt mit den Augenbrauen, wahrscheinlich ist er der Ansicht, dass wir jetzt zusammen sind. Ich erwidere seinen Blick mit einem Lächeln und wende mich kopfschüttelnd wieder ab. Wenn meine Welt nur wirklich so toll aussehen würde, wie er denkt …

»Also … ich habe noch Probleme damit, die Ramen so gut hinzubekommen wie du«, sage ich zu Shiro. Es ist nicht gelogen, auch wenn es nicht mein größtes Problem ist.

»Kaufst du jeden Tag alle Zutaten frisch?«

Ich lache beleidigt. »Na klar. Als ob ich da was Altes nehme. Aber ich bin nicht so gut darin, die besten Sachen auszuwählen, schätze ich.«

»Das zeige ich dir alles in Ruhe, wenn ich wieder da bin. Aber du kannst mir ja heute eine Portion kochen. Dann erkenne ich vielleicht, was noch fehlt.«

Das ist eine absolute Horrorvorstellung, aber vermutlich die beste Idee, wenn ich mich verbessern will.

Shiro nickt mir mit verhaltenem Gesichtsausdruck zu. Seine Augen sind noch immer wässrig.

»Ist alles gut, Grandpa?«

Er winkt ab. »Ach, ich … Es sieht hier nur sehr schön aus.« Er streckt seine Hand aus, um sie abermals auf meinen Unterarm zu legen. »Und ich bin froh, einen so tollen Enkel wie dich zu haben, Toma. Ich kann mir gar nicht mehr vorstellen, wie es war, bevor du mir hier geholfen hast.«

Ich bemühe mich, den Kloß in meinem Hals hinunterzuschlucken. »Es macht mir Spaß«, sage ich leise, damit er nicht merkt, wie brüchig meine Stimme ist. »Ich bin gern hier, also hab ich auch was davon.« Wie gern ich ihm einfach alles sagen würde. Aber Karasu behält uns noch immer genau im Auge. Ich vermute, dass er Lippenlesen kann, so wie er uns anstarrt.

»Toma, liegt dir irgendetwas auf dem Herzen?«

Ich überlege gerade, was ich mir für eine Ausrede für mein Verhalten einfallen lassen kann, als ich Henry und einige Freunde von Shiro vor den großen Fenstern entdecke. Erleichtert atme ich auf und erhebe mich. »Bei mir ist alles gut«, sage ich und deute auf den Eingang. »Aber ich glaube, da wollen dich erst mal ein paar Leute sehen.«

Shiro wendet sich um und schlägt die Hände überrascht zusammen. »Ach herrje!«, ruft er aus. »Ihr seid ja verrückt!«

Als ich ihm aufhelfe, damit er die anderen begrüßen kann, versuche ich, die Tränen zu unterdrücken.

Das ist alles viel zu gut. Wie konnte ich je in Erwägung ziehen, diese Menschen und dieses Restaurant diesem Verbrecher auszuhändigen? Während Shiro seine Freunde mit zitternden Gliedern umarmt, balle ich die Hände trotz des Schmerzes.

Ich kann diesen Ort nicht kampflos aufgeben.

KAPITEL 37

WAS GEWINNEN BEDEUTET

Nichts als die Geräusche des Wassers und des klimpernden Geschirrs durchbrechen die Stille zwischen uns, während Akari abwäscht und ich auf einem kleinen Block den aktuellen Bestand aller Zutaten notiere. Ich fühle mich ziemlich schwach auf den Beinen, aber wenigstens die Schmerzmittel helfen ein wenig.

Shiro, Tate und Jay waren nur etwa zwei Stunden im Restaurant, aber seine Freunde und Hunt haben sich noch bis zum späten Nachmittag im Laden herumgetrieben.

»Shiro war ja wirklich begeistert von unserem Gericht«, sagt Akari, ohne mich anzusehen. Ihre Hände sind schon ganz schrumplig vom Spülen. »Du bist offenbar ein Naturtalent.«

»Er wollte nur nett sein.« Ich lehne mich in den Türrahmen zum Vorratsraum. »Er hatte nicht eine Anmerkung, aber ich finde nicht, dass es so gut schmeckt wie seins.« Ich schaue sie aus dem Augenwinkel an und bin überrascht von ihrem Lächeln. Vermutlich denkt sie, ich würde es nicht bemerken.

»Alle haben dein Essen gelobt, Toma.« Sie sieht so verdammt süß in meinen Klamotten aus. Ich wünschte, sie wäre keine Serienmörderin. Und sie hätte mich nicht hintergangen. Und nicht vor meinen Augen zwei Menschen explodieren lassen. »Und sie haben ein kleines Vermögen hiergelassen.«

»Das sollte reichen, um den größeren Einkauf morgen abzudecken.« Ich wende meinen Blick ab und notiere eine weitere Zutat, die uns langsam ausgeht. Wir brauchen wirklich einiges.

»Ich kann dir auch immer was geben, wenn du willst.«

»Gibt dir Hinata denn noch Geld?«

»Klar.«

»Aber ich will sein Geld nicht.« Ich seufze. »Wir schaffen das schon.« Wir müssen ja eh nicht mehr lang durchhalten. »Ich habe den ganzen Tag nachgedacht«, sage ich. Mir ist klar, dass ich mir geschworen hatte, nicht mehr mit ihr zu sprechen. Aber ich muss meine Gedanken mit jemandem teilen und sie versteht wohl sehr gut, was in mir vorgeht.

»Ich auch.«

»Shiro bedeutet dieser Laden so viel. Und seinen Freunden und allen anderen auch.«

»Er war wirklich gerührt, als er die Renovierungen gesehen hat.«

Ich nicke nachdenklich und lege meinen Block zur Seite, um zu ihr aufzuschauen. Sie hält ebenfalls in ihren Bewegungen inne, als sie es bemerkt.

»Als ich hier angefangen habe, wusste ich nicht, wie sehr ihm der Laden am Herzen liegt. Und mir … bedeutet er inzwischen auch viel.«

Akari nimmt das Handtuch und trocknet ihre Hände ab. »Möchtest du dich Hinata stellen?«

»Ich hab keine Chance gegen ihn. Aber ich … ich will mich auch nicht einfach geschlagen geben. Ich kann nicht.« Ich trete einen Schritt auf sie zu. »Hast du denn *nie* darüber nachgedacht, ihn einfach mal in einem Moment zu erwischen, in dem ihr beide allein seid? Da hättest du doch sicher eine Chance, oder?«

»Er ist mein Onkel!«, fährt sie auf, scheint sich aber noch im selben Moment klar darüber zu werden, dass sie sich trotzdem zur Wehr setzen könnte. »Er ist …« Sie lässt den Kopf sinken. »Bisher hat er niemanden bedroht, den ich kannte oder … mochte.« Die letzten Worte kommen nur sehr langsam über ihre Lippen. »Ich war überzeugt davon, dass die Menschen, die er hat töten lassen, gefährlich waren. Eine echte Gefahr für uns. Und … vielleicht waren sie das auch, ich … ich weiß es einfach nicht.« Endlich sieht sie wieder zu mir auf. »Shiro habe ich lang beobachtet, aber ich kannte ihn nicht richtig. Aber dich kenne ich. Ich meine, ich weiß nicht alles über dich, aber du hast mir niemals etwas vorgespielt und ich glaube nicht, dass du in der Lage wärst, einer Fliege etwas zuleide zu tun.«

»Deswegen vertraust du Hinata nicht mehr?«

»Ja. Aber ich weiß auch nicht, ob ich in der Lage wäre, ihn zu verletzen.«

Ich sehe auf meine verbrannten Finger hinab. »Ich weiß nicht, ob ich in der Lage wäre, überhaupt jemanden zu verletzen.« Ich lächle mild, als die Erinnerung mich einholt. »Einmal hab ich mich geprügelt, um Jay zu verteidigen.«

»Hast du gewonnen?«

»Nein. Und als ich mit blauem Auge und Schürfwunden nach Hause kam, hat mein Vater mir einen Vortrag darüber gehalten, dass ich gefälligst gewinnen soll, wenn ich mich schon prügeln will. Wie ein *richtiger Mann.*«

»Bist du wütend auf ihn?«

»Bist du wütend auf Hinata?« Ich winke ab. »Nicht, dass das vergleichbar wäre.«

Sie lacht humorlos. »Bevor ich dich kennengelernt habe, habe ich nie etwas getan, das diese Art der Bestrafung erfordert hätte.«

Erfordert. »Du sagst das, als hättest du es verdient.« Ich habe außerdem eher das Gefühl, dass Hinata mich damit bestrafen wollte, aber wahrscheinlich ist ihr das anders vorgekommen. Schiebt sie es auf sich, dass ich mich dem Kerl so in den Weg stelle? Oder darauf, dass sie Gefühle für mich entwickelt hat?

»Findet er schon«, flüstert sie.

»Findest du auch?«

Sie weicht meinem Blick aus. »Keine Ahnung.«

War ich unfair zu ihr? Sie hat Menschen getötet, und das ist unverzeihbar. Aber sie ist noch mehr Opfer dieses Kerls als ich.

Und sie hat mir vielleicht wirklich nichts vorgespielt. Mein Blick wird etwas weicher, als ich sie ansehe. Zum Glück bemerkt sie es nicht, weil sie sich wieder dem Abwasch widmet.

»Kannst du mich trainieren?«

Abermals hält sie inne. »Willst du das wirklich?«

Ich darf nicht zu viel darüber nachdenken, sonst bekomme ich es wieder mit der Angst zu tun. »Ja«, beharre ich. »Bitte zeig es mir.«

KAPITEL 38

WIE SICH DER MORGEN ANFÜHLT

»Karasu ist heute ja gar nicht da.«

Wir gehen über die schmutzigen Wege von East Village und ich suche den Himmel und die Dächer der Häuser ab, die ich sehe. Der Himmel wird langsam heller, aber es fühlt sich wie immer noch an, als sei es mitten in der Nacht. Nur, dass die frische Luft meine Wunden kühlt, tut gut.

Akari folgt meinem Blick. Obwohl sie gestern kurz in der Firma und ihrer Wohnung war, trägt sie noch immer die Kleidung, die ich ihr geliehen habe. »Der schläft sicher noch. Als ich gestern kurz in der Firma war, hat er sich beschwert, dass kaum einer Zeit für Ersatz bei der Observierung hat.«

»Der Arme«, grolle ich und verdrehe die Augen. »Ist sicher anstrengend für ihn.«

Der Gemüsemarkt am Ende der Straße wird gerade beliefert, wie jeden Morgen um diese Zeit. Shiro hat mich schon an meinem ersten Tag dem Besitzer vorgestellt, der uns um diese Uhrzeit jeden Tag erwartet. So bekommen wir die Zutaten gleich vor der Eröffnung des Restaurants und bevor sie zu lang herumgelegen haben.

»Ich muss aufpassen, meine Arme nicht so sehr zu zeigen«, sage ich mit gesenkter Stimme, als ich dem Lieferanten zuwinke, der uns gerade entdeckt hat. »Hinata wird sicher aufmerksam, wenn ich total verbrannt durch die Gegend laufe.«

»Ich habe ihm schon gesagt, dass du mit deinen Fähigkeiten übst.«

»Was?«, keuche ich in viel zu hoher Tonlage. »Spinnst du?«

»Denkst du, das könntest du vor ihm geheim halten?«, flüstert Akari. »Er fühlt sich nicht von dir bedroht. Ich habe ihm gesagt, dass du dich damit vertraut machen willst. Wenn wir proaktiv mit Infos an ihn herangehen, ist er weniger misstrauisch.«

Ich seufze, obwohl es einleuchtend ist. Ich habe keine Zeit mehr, etwas dazu zu sagen, weil John bereits seine Kisten zur Seite gestellt hat und uns freudig entgegensieht. »Morgen!«, grüßt der weiße Mann mit dem dichten Bart und reicht uns die Hand mit seinen dicken Gartenhandschuhen. »Pünktlich wie immer. Ich dachte schon, jetzt da Shiro im Krankenhaus ist, würdet ihr nicht mehr so früh kommen.«

»Ja, ich bin selbst überrascht«, sage ich peinlich berührt. »Aber nach unserer Runde müssen wir immer schon alles vorbereiten.«

»Heute haben wir auch frische Eier.«

»Perfekt«, sagt Akari und holt ihren Zettel heraus. »Wir sollten ein paar mehr einkaufen, zurzeit ist einiges los.«

»Klasse«, grummelt John zufrieden. »Irgendwann muss ich auch mal wieder vorbeikommen.« Er deutet in den Laden, bisher nur erhellt von der kleinen Lampe hinter der Kasse. »Das meiste ist schon drin, also seht euch ruhig um.«

Wir treten wie jeden Morgen die paar Stufen hinauf in den mittelgroßen Gemüsemarkt. Wie schmutzig und kaputt die alten Fliesen hier sind, sieht man in der Dunkelheit kaum. Inzwischen weiß ich in jedem der Läden fast auswendig, wo das liegt, was wir suchen.

Akari holt ihr Handy heraus, um die Taschenlampe einzuschalten, damit wir uns die besten Stücke aussuchen können. »Ich bin dafür, dass wir heute bei mir übernachten«, sagt sie.

»Auf keinen Fall.«

»Ich will nicht mehr auf dem Boden schlafen.«

»Dann kannst du ja in dein Bett gehen.«

Sie packt mich sacht am Ärmel und sieht mir in die Augen. »Es wäre doch nur zum Übernachten. Und wir können im großen Bad trainieren, da können wir die Dusche nutzen, falls du dich wieder verbrennst.«

Sie hat recht, das wäre wirklich praktischer. Aber ich will mich nicht jeden Abend in die Höhle des Löwen begeben, in die Hinata jederzeit reinplatzen kann.

»Wenn wir bei mir übernachten, findet Hinata das bestimmt gut.«

»Denkt er, wir wären zusammen?« Ein seltsames Gefühl überkommt mich, als ich das ausspreche. Für einen Moment wünscht sich ein Teil von mir, es wäre so. Er wird allerdings schnell von all dem begraben, das zwischen uns steht.

Sie blinzelt und schüttelt leicht den Kopf. »Keine Ahnung. Ich glaube, er vermutet es.«

Ich lege das Bündel Frühlingszwiebeln wieder weg und schiebe ihre Hand von mir. Vielleicht ist es wirklich keine schlechte Idee, diese Fassade aufrechtzuerhalten, aber … »Woher weiß ich, dass das keine Falle ist?«

»Hinata muss keine Fallen stellen«, sagt sie trocken. »Er hat dich mit seiner Fähigkeit im Griff, und das weiß er ganz genau.« Sie legt den Kopf zur Seite. »Ich will dich nicht überreden. Aber bei mir haben wir beide weiche Betten, zumindest ein bisschen Sicherheit vor Cava und ärztliche Versorgung bekommen wir dort auch leichter.«

»Du hast dir das ja sehr genau überlegt.«

»Ja.« Ihre Stimme ist sicher und überzeugt. »Lass uns das machen, wenn ich dich trainieren soll.«

Ich gehe all die Möglichkeiten in Gedanken durch, aber im Grunde habe ich keine Gegenargumente bis auf meine generelle Abneigung gegen die Erinnerungen, die dort entstanden sind.

»Na gut«, sage ich schließlich und wende mich wieder den Zwiebeln zu. »Aber wir fahren da mit der Bahn und nicht mit deinem Chauffeur hin.«

»Okay.«

»Und wir sind trotzdem jeden Morgen pünktlich hier und bis abends im Laden.«

»Wie du willst.«

KAPITEL 39

WIE DER PLAN AUSSIEHT

Ich stehe in der offenen Dusche von Akaris großem Bad, die Stäbchen dieses Mal in der rechten Hand, die Kraft gebündelt auf der Linken. Akari wartet mit dem Duschkopf vor mir, bereit, mich zu löschen, falls ich wieder Flammen fange. Wegen der ganzen fehlgeschlagenen Versuche ist mein linker Arm inzwischen auch rot und geschwollen.

Und ich bin klatschnass. Meine Haare kleben an meiner Stirn und tropfen noch von der letzten Dusche.

»Tut es weh?«, fragt Akari angespannt und hebt den Duschkopf etwas höher. Sie hat die Jalousien heruntergelassen, damit Karasu uns nicht beobachten kann.

»Nein, so ist es ganz angenehm. Wenn ich ruhig bin, kitzeln die Flammen nur ein wenig.« Ich balle die Hand zur Faust. »Ich hab nur keine Ahnung, wie ich es wieder ausmachen soll.«

»Wie du es wieder ausmachst, sollte nicht deine wichtigste Sorge sein. Wichtiger ist, dass du dich nicht mehr selbst verbrennst.«

»Schon klar.« Es ist, wie Shiro in seinem Krankenzimmer gesagt hat. Ich muss ruhig bleiben. Einige Emotionen scheinen dem Feuer Leben einzuhauchen, wie Wut, Freude und Euphorie. Andere richten es gegen mich. Vorrangig Angst und Verwirrung.

Leider bin ich randvoll mit Letzterem.

Ich atme durch die Nase ein und durch den Mund wieder aus und versuche, alles um mich herum auszuschalten. Mich nur auf die Flammen an meiner Hand zu fokussieren und alles an Motivation in mir zu sammeln, das ich finde.

Die Flamme wird tatsächlich größer, ohne heißer zu werden.

»So groß war sie noch nie!«, sagt Akari, und vor Freude wird sie noch etwas höher, klettert meinen Arm hinauf.

»Okay, das ist gut. Das fühlt sich gut an.« Je größer sie wird, umso mehr Aufregung verspüre ich. Jetzt nur nicht übermütig werden.

»Kannst du es so halten?«

Ich sehe die kleinen Flammen an, die vorsichtig an meiner Haut kitzeln. »Ja. Versuch mal, mich aus der Ruhe zu bringen.«

»Ähm …« Irritiert zieht sie ihre Augenbrauen in die Höhe. »Wie?«

»Mach mir Angst.«

»Hinata wird uns höchstwahrscheinlich in drei Tagen töten.«

»Du bist nicht sehr überzeugend.« Außerdem ist diese Angst schon so tief in mir verankert, dass sie mich nicht mehr so aufregt wie vor einigen Tagen.

»Okay, dann …« Sie fährt sich mit der Zunge über die Lippen. »Dein Vater wird total ausrasten, wenn er dich jemals mit all den Brandnarben sieht.«

Allein die Erwähnung meines Vaters reicht aus, um das Feuer heißer werden zu lassen. Ich schließe die Augen und konzentriere mich, bis ich die Hitze nicht mehr wahrnehme.

»Wow, das war gut«, sagt Akari, als ich sie wieder anschaue.

»Du wirst härtere Geschütze auffahren müssen.« Sie ist auch schon ganz nass. Ich habe ihre Haare noch nie so verwuschelt gesehen, und wenn wir bei ihr sind, trägt sie noch immer das Shirt, das ich ihr geliehen habe.

»Ich will, dass du noch mal mit mir schläfst.«

»Was?« Sobald mein Herz einen aufgeregten Hüpfer macht, lodert die Flamme an meinem Arm auf, und glühendes Brennen breitet sich auf meiner Haut aus. Ich versuche, mich nicht zusammenzukrümmen, kann aber ein schmerzerfülltes Keuchen nicht unterdrücken.

Blitzschnell schaltet Akari das Wasser ein und duscht mich mit einem sanften Strahl ab. Mein brennendes Shirt und die Flammen an meiner Hand erlöschen sofort.

Sie lächelt mich unschuldig an, als ich vorwurfsvoll zu ihr aufschaue. »Da hab ich wohl 'nen Nerv getroffen«, sagt sie, das Wasser noch immer auf mich gerichtet.

Ich lasse die Arme sinken und nicke widerwillig. »Volltreffer. Leider.« Als sie das Wasser ausstellt, schüttle ich den Kopf und trete langsam aus der Dusche. »Das wird nichts, wenn so kleine Sachen mich aus dem Konzept bringen.«

»Es war aber schon viel besser als bei den letzten Versuchen!«

»Aber über die Hälfte der Zeit ist um.« Ich ziehe eins der superweichen Handtücher aus einem offenen Regal und tupfe vorsichtig meine Haut ab, reibe meine Haare trocken. Jede Bewegung schmerzt, und diese Aura legt sich schon wieder auf mein Sichtfeld. Ich brauche eine Pause. »Ich meine … Wie machst du das denn? Wie verhinderst du, dass du nicht versehentlich jeden in die Luft jagst, den du berührst?«

»Ich weiß nicht. Bei mir ist das nicht so schwer zu kontrollieren wie bei dir. Es ist eher ein kurzer Impuls, den ich auslösen muss.« Sie deutet auf meine Arme. »Ich muss die Energie nicht halten oder zügeln oder so.«

Ich stöhne und setze mich auf den kühlen Boden, um mich an die Badewanne zu lehnen. Wenn die Schmerzen noch stärker werden, falle ich vielleicht in Ohnmacht. »Wenn ich die Flammen nicht unter Kontrolle bringe, haben wir keine Möglichkeit, uns im Notfall gegen Hinata zu verteidigen. Und so eine unüberlegte Aktion wie bei Shiros Rettung können wir uns nicht noch mal erlauben.« Ich habe schon so viel darüber nachgedacht, aber ich weiß einfach nicht, was ich tun soll.

»Du willst also nach wie vor versuchen, mit ihm zu verhandeln?«

Ich sehe sie blinzelnd an. »Das werden wir müssen. Wenn wir uns noch mehr Zeit verschaffen können, wäre das Gold wert.« Ich fahre mir mit den Fingern über die Augenlider. »Aber wenn alle Stricke reißen, gelingt es mir vielleicht zumindest, ihn mit meinen Flammen abzulenken. Dann kannst du ihn mit deiner Kraft unschädlich machen.«

Nahezu schmerzverzerrt verzieht sie das Gesicht. Etwas an meiner Formulierung scheint ihr nicht gefallen zu haben. »Vielleicht«, flüstert sie. »Obwohl er sicher Verstärkung mitbringen wird, wenn er es auf einen Kampf ankommen lässt.«

»Du meinst diese jungen Leute, die schon das erste Mal bei ihm waren?«

Sie nickt. »Die mit diesem Laser heißt Cherish. Sie ist Amaterasu erst vor ein paar Wochen beigetreten, aber von dem her, was ich mitbekomme, kämpft sie leidenschaftlich für ihn.«

Den Eindruck hatte ich allerdings auch.

»Die Schwarzhaarige hast du sicher auch gesehen. Sie hat er immer dabei, wenn er denkt, dass es brenzlig werden könnte. Ihr Name ist Yuki. Sie besitzt die Fähigkeit, zu heilen.«

»Heilungskräfte?« Das könnte ich jetzt gebrauchen.

»Ich hab allerdings keine Ahnung, wie die beiden ihre Kräfte einsetzen oder welche Voraussetzungen sie brauchen.«

»Voraussetzungen?« Langsam wird es ungemütlich auf dem Boden. Ich will eigentlich nur in ein Bett, aber selbst dort bleiben mir die Schmerzen nicht erspart.

»Jeder Erbe hat einen Trigger, mit dem er seine Fähigkeiten auslösen kann. Bei dir sind es die Stäbchen. Bei mir ist es Karamell.«

So was habe ich mir schon gedacht.

»Meistens ist es etwas zu essen, aber nicht immer.« Sie legt den Kopf schief. »Wenn Hinata wirklich gegen dich antreten will, könnte es sein, dass er Taiga einspannt. Mit ihrer Fähigkeit kann sie Eis erschaffen.«

»Ach du Scheiße.« Klingt nach meinem persönlichen Todfeind.

»Sie verursacht allerdings massive Zerstörung mit ihrer Fähigkeit, also kann's auch sein, dass er sie lieber nicht einsetzt.«

Einsetzt. Als seien diese Menschen für ihn nicht mehr als Schachfiguren. Das alles fällt mir noch sehr schwer zu verarbeiten. »Du meinst mehr Zerstörung als diese Cherish mit ihrem Laser?«

»Ja.« Akari sieht mich nicht an, als sie antwortet. Ich

frage mich, ob sie schon an der Seite dieser Leute gekämpft hat. Bevor ich es aussprechen kann, rappelt sie sich allerdings auf und hält mir ihre Hand hin. »Aber lass uns erst mal Pause machen, ja? Du solltest dich dringend mal von einem Arzt untersuchen lassen.«

»Mir reicht's schon, wenn du mich gleich noch mal abduschst.« Ich ergreife ihre Hand und lasse mich auf die Beine ziehen. Sie hat recht, aber für so etwas haben wir keine Zeit.

Sie schaut auf die goldene Uhr an ihrem Handgelenk. »Übernachtest du heute wieder hier?«

»Ich hab kein gutes Gefühl dabei, den Laden allein zu lassen.« Ich wiege den Kopf hin und her. »Aber ich will auch nicht allein sein.«

»Ich auch nicht.«

»Aber Nein zu deiner Anfrage vorhin, übrigens.« Ein kläglicher Versuch, die Stimmung wieder aufzulockern, aber mir schwirren so viele Informationen durch den Kopf, dass ich eine Pause davon brauche. Zumindest eine kurze.

Sie lacht leise. »Willst du noch runter ins Restaurant, was essen gehen?«, übergeht sie den Kommentar komplett.

»Lassen die mich da rein, so wie ich aussehe?«

»Ich kann dir Kleidung bringen lassen.«

Ich ziehe die Augenbrauen in die Höhe. »Ich meine mein blaues Auge. Und den Rest.«

Akari lacht abermals und wendet sich zur Tür um. »Klar. Wir setzen uns in 'ne dunkle Ecke.«

Das Restaurant einige Stockwerke unter Akaris Wohnung ist wohl das prunkvollste, in dem ich jemals war. Riesige Fenster, noch immer weit über der Stadt. Dunkle Holzwände, ein weicher, roter Teppich und helle, gemütliche

Möbel mit verzierten Raumteilern für Privatsphäre. Die verschlungenen Lampen, aus denen das gedimmte Licht dringt, sehen eher aus wie Kunstwerke. Die Ecke, die wir uns ausgesucht haben, ist besonders warm und gemütlich beleuchtet. Eine richtige Wohltat nach dem Training der letzten Stunden.

Das Make-up, das Akari über dem Veilchen aufgetragen hat, überdeckt die violette Verfärbung meiner Haut überraschend gut. Aber gegen die Brandwunden kann ich nichts tun. Trotzdem hat niemand etwas dazu gesagt, als wir eingetreten sind. Vielleicht wegen der schwarzen Anzughose und dem blütenweißen Hemd, die Akari mir hat bringen lassen.

»Findest du das besser als das Spicy Noodles?«, will Akari leise wissen, sieht sich ebenfalls um.

Ich verziehe nachdenklich den Mund. »Im Spicy fühle ich mich wohler.« Nachdenklich schaue ich auf den dritten Teller mit winzigen Speisen hinab. »Und das Essen hier ist nicht so gut.«

»Das stimmt. Es ist lecker, aber bei Shiro will man …« Sie lächelt versonnen und sieht den Salat vor sich ebenfalls an. »Da will man einfach immer mehr essen, weil es so gut ist. Ohne schlechtes Gewissen.«

Sie nippt an ihrem Cocktail. Das sprudelnde Getränk ist – wie alles andere hier – so teuer, dass die Preise nicht einmal auf der Karte ausgeschrieben sind.

»Ja, ich meine: Was soll das?« Ich spieße eins der drei Tortellini auf meine Gabel. Der Käse darauf zerläuft fast goldfarben und es riecht nach Trüffeln. »Denken die, davon wird man satt?«

Sie zuckt mit den Schultern. »Ich denke, das ist eher Kunst. Aber nicht alle teuren Restaurants sind so.«

»Da kennst du dich besser aus.« Ich kann mir trotzdem nicht vorstellen, dass es irgendwo so gut schmeckt wie bei Shiro. »In drei Tagen will Hinata die Daten der Kunden.«

Sofort lässt Akari die Schultern sinken und rutscht auf ihrem Stuhl hin und her.

»Weißt du, was der Trigger für seine Fähigkeit ist?« Wenn er eine bestimmte Sache braucht, um sie einzusetzen, würde es dann nicht reichen, wenn wir ihm dieses Ding entwenden?

Sie nippt an ihrem Drink, um sich Zeit zu verschaffen, während ich sie aufmerksam mustere. »Ich weiß, was du denkst. Aber das ist bei ihm keine Option.«

»Was meinst du?«

Ihre Finger umschließen das beschlagene Glas. Sie hat sich die Nägel ganz kurz geschnitten, nachdem sie sie das letzte Mal vor Schmerzen in ihre Hand gegraben hat. Hat sie noch Schmerzen?

»Der einfachste Weg, einen Göttererben zu besiegen, ist, ihm oder ihr den Trigger für die Kräfte zu nehmen, wenn man weiß, was es ist. Aber Hinata stammt von Amaterasu ab. Oder zumindest von einem ihrer Nachkommen, so genau wissen wir das nicht. Du weißt vielleicht, dass Amaterasu die japanische Göttin der Sonne ist.«

Ich kenne mich nicht sonderlich gut mit Mythologie aus, aber das weiß ich.

»Deswegen ist sein Trigger Sonnenlicht.«

»Was?« Perplex schüttle ich den Kopf. »Aber er hat mich doch in der Nacht angegriffen. In einem Gebäude!«

»Mondlicht ist nur gespiegeltes Sonnenlicht. Das reicht auch aus.«

»Fuck.« Ich lehne mich zurück. »Und wenn's bewölkt ist?«

»Selbst dann …« Sie macht eine unbestimmte Geste auf ihren Körper hin. »… ist die Energie noch eine ganze Weile in ihm gespeichert. Man müsste ihn sicher eine Woche lang in einen Raum ohne Fenster sperren, damit er seine Kraft gar nicht mehr nutzen kann.«

Resigniert fahre ich mir mit den Fingern über die Schläfen, als der kurze Ausblick darauf, vielleicht doch kampflos aus dieser Sache herauszukommen, in mir erstickt. Es wundert mich immer weniger, dass ihn noch niemand angegriffen hat. »Karasu hat er sicher auch wieder dabei, oder?«

»Der ist so was wie seine rechte Hand. Also ja.«

»Vielleicht kann ich sie alle zusammen grillen, wenn er sie in Krähen verwandeln sollte.«

»Ist das dein Plan?«

Ich schürze die Lippen und stochere in meinen zwei übrigen Tortellini. »Vielleicht.«

Akari streckt ihre Hand aus und legt sie auf meine. »Es tut mir leid, dass ich dich da mit reingezogen habe.«

Ich will ihr sagen, dass das nicht ihre Schuld ist, aber ich bringe es noch nicht über die Lippen. »Ich mache das für meinen Großvater«, sage ich stattdessen. »Sie hätten uns auch ohne dich früher oder später angegriffen.«

»Aber wenn ich nicht da wäre, dann … hätte er diese schreckliche Kraft nicht zur Verfügung.«

»Deine Eltern haben dich doch zu ihm geschickt, als du noch ganz klein warst, oder?« Als ich den nächsten Bissen von meinem Essen nehme, ist es schon kalt.

»Ja.«

»Warum gibst du dir dann selbst die Schuld? Gib sie ruhig ihm.«

Abermals nippt sie an ihrem Getränk. »Wenn du die

Chance bekommen solltest … würdest du ihn dann umbringen?«

Die Frage trifft mich unvermittelt, weil ich sie bisher immer gemieden habe. »Ich weiß nicht. Ich denke nicht, dass ich jemanden töten könnte.«

»Aber du wirst es müssen, sobald du die Chance dazu bekommst.«

»Würdest du es tun?«

Sacht schüttelt sie den Kopf. »Ich hoffe noch immer darauf, dass wir das friedlich klären können. Das ist unrealistisch, aber … an alles andere will ich gar nicht denken.«

KAPITEL 40

WARUM MAN NICHT MIT FEUER SPIELT

»Du kannst dich ruhig hinsetzen, Shiro.«

Wenn er so nah bei mir steht, werde ich mir der kleinen Liste mit den Daten der Kunden in meiner Hosentasche übermäßig bewusst. Es sind wirklich nicht viele, weil ich mich entgegen meiner Abmachung mit Hinata nicht sonderlich angestrengt habe, mehr über die Gäste herauszufinden.

»Das geht schon. Behandle mich nicht wie einen alten Mann.«

Angestrengt schlucke ich und bemühe mich um Fokus. Aber so unter seiner genauen Beobachtung zu stehen, macht mich nur zusätzlich nervös.

Ich sollte die Liste verbrennen, bevor ich Hinata morgen Vormittag Bericht erstatten muss. Wenn ich die Menschen hier wirklich hintergehe, wäre ich nicht besser als Akari.

Wahrscheinlich bin ich das schon jetzt nicht. Ich habe noch niemanden getötet, aber bis auf das sind wir gleich.

»Wenn du die Nudeln abschwenkst, musst du das etwas vorsichtiger machen«, sagt Shiro und greift mit seinen zitternden Fingern an mir vorbei, um das Sieb zu nehmen. Er macht in vorsichtigen Bewegungen vor, was er meint. »Siehst du. Wenn du zu grob mit ihnen umgehst, ist das Mundgefühl nicht ganz perfekt. Und das ist einer der wichtigsten Faktoren bei guten Ramen.«

Ich lache leise. »Das sagst du über jedes einzelne Element.«

Das scheint ihn ebenfalls zu amüsieren. »Es ist ja auch jedes Einzelne wichtig.« Shiro gibt die Nudeln in eine der Schüsseln, die wir für die drei wartenden Kunden bereitgestellt haben.

»Ich weiß nicht, ob ich das jemals so hinbekomme wie du.« Vor allem nicht, wenn jede einzelne Bewegung schmerzt, aber das sage ich ihm nicht. Über den hydroaktiven Wundverbänden, die Akari mir besorgt hat, trage ich eine langärmlige College-Jacke, damit er sich keine Sorgen um mich macht.

»Ich habe fünfzig Jahre meines Lebens damit verbracht, dieses eine Rezept zu perfektionieren. Du darfst nicht erwarten, dass du es in wenigen Wochen genauso hinbekommst.« Er lacht, während er mit einer Kelle vorsichtig, aber rasch die dampfende Brühe über die Nudeln gibt. »Wenn es so wäre, wäre ich wohl beleidigt.«

»Geduld ist nicht gerade meine Stärke.« Etwas, das ich auch beim abendlichen Training bemerke.

»Sie ist aber essenziell.« Er gibt das Chashu und die Eier hinzu. Allein, wie er die Elemente auf der Schüssel anrichtet, sieht besser aus als bei mir, dabei wirkt es gar nicht schwer.

»Denkst du, ich hätte es perfektionieren können, wenn ich nicht geduldig gewesen wäre?«

Ich lehne mich an die Küchenzeile und beobachte jede

seiner vorsichtigen Bewegungen ganz genau. »Warum hast du dich eigentlich entschieden, nur dieses eine Rezept zu kochen?«

Er hält nicht in seinen Bewegungen inne, als er antwortet. Obwohl er noch schwach auf den Beinen ist, führt er jede Bewegung mit einer Präzision aus, die ich nicht einmal mit all meiner Konzentration hinbekäme. »Als ich noch ein Junge war, habe ich mit meinen Eltern in Japan ein Restaurant für Okonomiyaki besucht, in dem es nur ein Gericht gab. Das fand ich blöd, aber mein Vater hat mich trotzdem dazu angehalten, es zu versuchen.« Ein nostalgisches Lächeln tritt auf seine Züge. »Und es war das Beste, das ich je gegessen habe. Ich habe nie wieder etwas gegessen, das so gut geschmeckt hat.« Er bewegt die Finger so schnell, als er den Ramen die letzten Zutaten hinzufügt. Es sieht aus wie ein kleines Kunstwerk. »Mein Lieblingsessen war schon immer Tonkotsu-Ramen. Deswegen habe ich mir geschworen, dass ich dieses Rezept zur Vollendung bringen würde. Dass ich so lang immer wieder nur Tonkotsu-Ramen kochen würde, bis Menschen dasselbe Gefühl bei meinem Essen haben wie ich es bei diesem Gericht hatte.«

Ich lächle. »Das ist dir auf jeden Fall gelungen.«

»Hier, die sind fertig. Bring sie schnell raus.«

Rasch nehme ich die Schüsseln und trage sie in den Gastraum. Die Schmerzen zu ignorieren, ist inzwischen nahezu unmöglich geworden, aber ich versuche trotzdem, positiv und fröhlich auszusehen, als ich Henry und Hunt ihre Portionen bringe.

»Wie geht es dem Alten?«, will Hunt wissen. Sie hat Shiro hier abgeladen, will ihn aber abends mit in die Behörde nehmen.

»Er schlägt sich gut«, sage ich, füge aber leiser an: »Er ist allerdings noch recht zittrig.«

»Wir waren auch dagegen, ihn wieder in den Laden zu schicken«, seufzt sie. »Aber er hat uns ziemlich aufgemischt.«

»Die Geschichte würde ich gern mal hören.« Was er wohl getan hat, um die Leute auf Trab zu halten? Vielleicht hat er sie bekocht. Ich kann mir nicht vorstellen, dass er einfach im Bett herumlag. Vielleicht hat er sich auch mit dieser seltsamen Hausmeisterin verbündet.

»Erst mal guten Appetit. Sagt Bescheid, wenn ihr eine Nachfüllung haben wollt.«

»Werde ich«, grummelt Henry sofort. Er sieht nach wie vor deutlich gepflegter aus als an den ersten Tagen, an denen ich ihn kennengelernt habe. Es interessiert mich wirklich, was mit ihm passiert ist.

Aber ich frage nicht danach. Je weniger ich über ihn weiß, umso ehrlicher kann ich Hinata gegenüber behaupten, dass ich keine Ahnung habe. Also entferne ich mich wieder von den beiden, um mich zu Shiro in die Küche zu gesellen, der bereits die Töpfe und Pfannen reinigt.

»Hey, das musst du nicht machen«, sage ich eilig und will ihm das abnehmen. Er hält das Geschirr allerdings fest und schiebt mich zur Seite.

»Mit deinen schlimmen Händen tut dir das nur weh«, sagt er, und ich mustere ihn irritiert. »Hast du trainiert?«

Klar. Wie hätte er das auch nicht sehen sollen. Resigniert lehne ich mich an die Küchenzeile. »Ich war neugierig«, sage ich nachdenklich. »Aber ich verbrenne mich ständig.« Ob er mir Ratschläge geben kann? Wenn ich nicht zu offensichtlich danach frage, schöpft er vielleicht keinen Verdacht.

Shiro setzt ein überlegendes Gesicht auf und stellt eine der Pfannen neben sich. Ich greife mir ein Handtuch und beginne mit dem Abtrocknen. »Wenn die mich nicht mehr jeden Abend entführen, kann ich dir vielleicht ein bisschen was beibringen.«

Irgendwie stelle ich mir das toll vor. Obwohl ich nicht weiß, ob ich so lang werde durchhalten können.

»Mir ist das selbst nur ein paarmal passiert«, fährt er allerdings fort. »Mein Vater hat mich schon an das Feuer herangeführt, als ich kaum laufen konnte. Aber wie gesagt, hat es Jahre gedauert, bis ich überhaupt eine kleine Flamme erzeugen konnte. Da war ich in meinen Teenager-Jahren. Um große Flammen zu erzeugen, die sogar Fenster explodieren lassen, musste ich viele weitere Jahre trainieren.« Er legt die Stirn in Falten, als er sich abermals meine Hände ansieht. Eine weitere Pfanne ist fertig abgewaschen und ich schnappe sie mir trotz der Schmerzen sofort. »Bei dir scheint ja eher das Problem zu sein, das Feuer nicht außer Kontrolle geraten zu lassen, oder?«

»Genau.« Es fühlt sich auf eine seltsame Weise gut an, Shiro zu lauschen und ihm jedes seiner Worte zu glauben. Früher wollte ich nur weg, wenn er mit den Geschichten begonnen hat. Jetzt sauge ich alles auf wie ein Schwamm. »Und ich habe keine Ahnung, wie ich sie löschen soll. Bisher musste ich mich immer selbst löschen.«

Shiro nickt wissend. Ein kleines Lächeln nimmt seine Lippen ein, als wäre er ebenfalls froh, endlich mit mir darüber reden zu können. Wie furchtbar es gewesen sein muss, so lang von seiner Familie als Lügner abgestempelt zu werden, kann ich mir gar nicht vorstellen. »Ich hatte zwar andere Probleme, aber ich weiß, dass der Schlüssel zu allem pure, ungetrübte Willenskraft ist.«

»Ungetrübte Willenskraft?«

Er nickt gemächlich. »Ja. Das Feuer ist wie eine Manifestation. Solange du ein klares Ziel vor Augen hast und genau weißt, was du anstellen möchtest, tut es, was auch immer du willst. Wirst du abgelenkt, bist dir nicht sicher oder hast Angst, wendet es sich gegen dich.« Er lacht. »Mein Vater – also dein Urgroßvater – hat immer gesagt, dass man mit Feuer nicht spielt.«

Jetzt lache ich auch, aber eher aus Verwirrung.

»Man sagt das zwar auch Kindern, aber hier trifft es besonders zu.« Mit einem seiner schrumpeligen Finger deutet Shiro streng auf mich. »Die Art von Fokus, die man benötigt, um die Flammen ohne Risiko zu kontrollieren, kommt im Grunde nur in einem Kampf richtig auf. Ich hatte selbst immer Probleme beim Training, weil die Atmosphäre meist zu entspannt war.« Er wiegt den Kopf hin und her. »Es fehlt manchmal einfach an der richtigen Motivation.«

»Das bedeutet, in einer ernsten Situation klappt die Kontrolle besser?« Mein Herz macht einen Sprung, so sehr freut mich dieser winzige Hoffnungsschimmer.

»Genau, genau.« Sein Blick wird wieder ernster. »Aber du hast nicht vor, dich in so eine Situation zu begeben, oder?«

Der Topf fällt mir vor Schreck fast aus den Händen, aber ich versuche, es zu überspielen. »Natürlich nicht!«, lüge ich. Vielleicht kam das etwas zu intensiv über meine Lippen. »Es ist alles gut, versprochen.« Selbst wenn ich jetzt vielleicht die Chance habe, mit ihm über Hinata zu reden, kann ich es nicht riskieren. Ich kann nicht riskieren, dass er da wieder mit hineingezogen wird.

»Na, dann ist ja gut.«

Er glaubt mir nicht, ich höre es aus seinem Tonfall heraus. Aber ich kann nichts sagen, um ihn vom Gegenteil zu überzeugen.

»Akari kommt sicher gleich von ihrem Einkauf zurück«, lenke ich das Thema stattdessen schnell um. »Stell die Pfannen ruhig ab, das kann sie erledigen.«

»Das gehört genauso zum Kochen wie alles andere«, beharrt er. Aus dem Augenwinkel sieht er mich forschend an. »Ihr versteht euch wieder besser, oder?«

Er hat es also bemerkt, als er zwischendurch hier war. Oder in seinem Krankenzimmer in der Behörde.

»Ich denke schon«, murmele ich. »Es war ein ganz schöner Schock, als ich herausgefunden habe, dass ihr Onkel derjenige war, der dich bedroht hat.«

Shiro nickt langsam. »Ich habe das auch nicht kommen sehen, sonst hätte ich sie gar nicht bedient. Aber es ist schön, dass sie hier hilft.«

»Finde ich auch.« Inzwischen meine ich es sogar ernst.

»Was macht sie jetzt, da ihr Onkel fort ist?«

Bilde ich mir das ein, oder sieht er mich noch immer sehr genau aus dem Augenwinkel an, als er auf meine Reaktion wartet? Ich gebe mir Mühe, unbeeindruckt auszusehen, als ich meine einstudierte Antwort vortrage. »Jemand anderes hat die Firma übernommen und sie kann normal weiterarbeiten. Aber sie hat sich erst mal einige Zeit Urlaub genommen, um alles zu verdauen.« Es tut mir physisch weh, Shiro anzulügen. Aber ich muss ihn schützen.

Bevor er eine weitere Frage stellen kann, füge ich an: »Ich weiß, dass das gerade ungünstig ist, aber … Akari muss morgen etwas erledigen, bei dem ich ihr gern helfen würde. Deswegen würde ich mir morgen gern freinehmen.« Allein das auszusprechen und zu wissen, was es bedeutet, sendet einen schmerzhaften Schauer über meinen Körper.

»Was muss sie denn erledigen?«, fragt er unschuldig. Vermutet er etwas?

»Sie hat ein Meeting mit dem neuen Geschäftsführer, bei dem sie nicht allein sein will.«

»Wo denn?«

Warum will er das wissen? »In ihrer Wohnung.« So wenig lügen wie möglich, dann vermutet er hoffentlich nichts. »Ich weiß, das ist gerade sehr schlecht«, murmele ich. »Vielleicht kann Hunt dir ja assistieren, wenn sie dich morgen wieder begleitet.« Wahrscheinlich ist sie hier, um ihn zu beschützen, was mir zumindest ein etwas besseres Gefühl gibt. Obwohl ich keine Ahnung habe, wie sie das anstellen will.

»Alles gut, Junge«, sagt Shiro sanft. »Du bist hier nicht eingesperrt. Wenn du etwas zu tun hast, dann nur zu. Ich schaffe das schon.«

Ich weiß nicht, ob es seine Worte sind oder sein Tonfall ist, aber irgendetwas rührt mich nahezu zu Tränen. Ich darf nicht meinen Gefühlen nachgeben und ihn umarmen, auch wenn ich gern würde. Dann wüsste er sofort, dass etwas nicht in Ordnung ist. »Danke«, flüstere ich also einfach.

KAPITEL 41

WAS EIN LEBEN WERT IST

Akari und ich sitzen einander gegenüber auf den Fliesen des großen Badezimmers. Nachts sieht es aus wie in einem Spa: das warme, indirekte Licht, die handgefertigten Möbel, das Holz und der Marmor. Alles lädt zum Entspannen ein.

Hätte ich nicht die Hälfte der Badezimmerartikel verbrannt, wäre es sicher ganz idyllisch hier.

Das Wasser tropft aus meinen Haaren und mein nasses Shirt klebt mir am Körper, aber meine frischen Wunden und Blasen schmerzen nicht mehr so sehr wie das letzte Mal. Oder ich habe mich inzwischen so an den Schmerz gewöhnt, dass ich ihn gar nicht mehr richtig bemerke.

»Ich lasse nachher noch mal einen Sanitäter kommen, der sich das ansieht«, murmelt Akari. Sie hat die Knie an ihre Brust gezogen und die Arme um ihre Beine geschlungen.

Ich kann nicht aufhören, meine roten und geschwollenen Hände anzusehen. »Wie machen wir das morgen?«, übergehe ich sie. Der Gedanke, mich in ein Eisbad zu legen, fühlt sich gut an, auch wenn das tatsächlich kontraproduktiv wäre.

Akari sieht mich nachdenklich an. Ihre hellgrau gefärbten Haare zeigen inzwischen einen dunklen Ansatz. In ihren lockeren Klamotten sieht sie aus wie ein anderer Mensch als der, den ich kennengelernt habe. »Ich habe nachgedacht. Er bündelt seine Kräfte immer über die Hände. Wenn wir es schaffen, sie unschädlich zu machen, kann er sie vielleicht nicht mehr einsetzen.«

»Du willst ihn also wirklich angreifen, wenn er uns nicht noch mehr Zeit gewährt?« Ein Teil von mir hat darauf gehofft, dass ihr noch eine Möglichkeit eingefallen wäre, ihn friedlich zu überzeugen. Das werden wir trotzdem versuchen, obwohl wir keinen perfekten Plan dafür haben.

»Ich will mich ihm nicht mein Leben lang unterordnen«, sagt sie. »Ich weiß nicht, ob ich bereit bin, dafür zu sterben, aber … wenn er uns keinen Ausweg lässt, wird es besser sein, gegen ihn zu kämpfen, als sich wieder unterzuordnen.«

»Ja.« Meine einzige Sorge gilt Shiro und dem, was mit ihm passiert, wenn wir es nicht schaffen.

»Wenn wir gegen ihn kämpfen müssen, bin ich auf deiner Seite. Ich will endlich frei sein.«

Bei ihren Worten schnürt sich meine Kehle zu. Ich verstehe so gut, wie es ihr geht, aber ich weiß nicht, ob es so ein Leben für sie geben kann. Sie hat so viele Menschen umgebracht. Es wäre das Beste, wenn sie sich D.I.E.T. stellt, sollte der unwahrscheinliche Fall eintreten, dass wir erfolgreich aus dieser Sache herauskommen.

Aber das sage ich nicht, sonst überlegt sie es sich vielleicht anders.

»Wenn es zu ernst wird, solltest du aber zu fliehen versuchen.«

Ich blinzle sie an. »Was meinst du?« Ich denke nicht, dass das möglich ist.

»Es ist ja nicht nur Hinata«, sagt sie langsam. »Es sind auch Karasu, Taiga und Cherish, die uns gefährlich werden können. Cherish mit ihrem Laser oder was auch immer das ist. Und Taiga kann Eis heraufbeschwören und kontrollieren.« Sie schaut ihre Hände an. Ich unterbreche sie nicht, weil ich hören will, was sie zu sagen hat. »Wenn du kannst, solltest du gehen. Vielleicht kann ich Hinata auch allein erledigen.«

»Keine Chance«, flüstere ich.

»Aber du hast noch Menschen, für die es sich lohnt, dass es dir gut geht.«

Ich schlucke schwer. »Du hast doch auch deine Eltern.«

»Die habe ich nicht mehr gesehen, seit ich acht bin. Und ich weiß nicht, ob ich ihnen jemals wieder unter die Augen treten kann. Sie wissen nicht, was ich für Hinata tun muss.«

Als sie den Kopf senkt und ihre Haare in ihr Gesicht fallen, glaube ich das erste Mal wahrhaft zu sehen, wie sehr ihr ihr Leben zusetzt. Wie sie unter Hinata leidet. Wie sehr sie darunter leidet, dass sie Menschen töten muss, nur um ihr eigenes Überleben zu sichern.

»Ich weiß ehrlich gesagt schon lang nicht mehr, ob … ich es wert bin«, flüstert sie.

»Was wert?«, frage ich leise nach.

»Ich habe das Gefühl, dass jeder Mensch, den ich getötet habe, mehr wert war als ich. Jeder hatte Freunde und Geliebte und Familie. Menschen, die ihn vermissen. Und ich …« Sie senkt den Kopf so weit, dass ich ihr Gesicht nicht mehr sehen kann. »Ich werde so etwas nie haben.«

Mein Herz wird schwer, auch wenn ich versuche, mich von ihren Worten nicht treffen zu lassen. Doch so sehr ich mich auch bemühe, mich daran zu erinnern, auf wie viele Weisen sie mich verraten hat, ich kann einfach nicht umhin, dass eine Welle aus Mitgefühl mich überströmt. Also schiebe ich mich zu ihr hinüber und schließe sie in meine Arme.

»Ich will nicht, dass du dich so fühlst«, murmele ich in ihr wirres Haar. Ich weiß nicht, warum.

Mit ihren Fingern hält sie sich an meinem nassen Shirt fest. »Ich habe Angst«, flüstert sie. »Dabei habe ich nicht einmal mehr viel zu verlieren.«

»Ich auch.« Ich löse mich trotz ihres festen Griffs von ihr und schließe ihr Gesicht in meine Hände. »Wir schaffen das«, wispere ich. Die Worte kommen von allein über meine Lippen, dabei weiß ich noch gar nicht, ob ich sie glaube. »Wir schaffen das.«

KAPITEL 42

WORIN PLÄNE ENDEN

»Bilde ich es mir ein, oder schmeckt der Kaffee heute besonders gut?«

Eine frische Morgenbrise weht über die Veranda, während die Sonne sich über den Horizont erhebt und ihre Strahlen über den Central Park schickt.

»Ich weiß nicht.« Akari zieht ihre Füße auf ihren weich gepolsterten Stuhl. Sie trägt schwarze Leggings und ein enganliegendes Top mit geblümtem Muster. Viel simpler als ihre sonstige Kleidung. Vielleicht, damit sie sich nachher besser bewegen kann. »Du hattest ja noch nie einen aus meiner Maschine.«

Ich halte die Tasse unter meine Nase und atme den Duft tief ein. »Nein«, sage ich langsam. »Das ist der beste Kaffee, den ich jemals hatte.« Wahrscheinlich, weil ich mir sicher bin, dass es der Letzte ist, den ich jemals trinken werde. Im Licht des letzten Sonnenaufgangs, den ich jemals sehen werde.

Wie eigenartig sich die Welt aus diesem Blickwinkel anfühlt. So sonderbar und schön, als würde ich sie und jedes ihrer Details zum ersten Mal betrachten.

Meine Finger schmerzen, als ich mit meiner freien Hand in die Tasche meiner dünnen Jacke fasse und die Zigarettenschachtel hinausziehe.

»Ich denke, du hast aufgehört«, sagt Akari mit einem vorwurfsvollen Blick. Als würde es jetzt noch etwas ausmachen.

Ich ziehe eine heraus und schiebe sie mir zwischen die Lippen. »Eine Letzte.«

»Wenn wir das hier schaffen, hörst du auf?«

»Wenn wir das hier nicht schaffen, höre ich auch auf«, scherze ich mit einem Zwinkern. Ich taste noch nach dem Feuerzeug, bis ich fast über mich selbst lachen muss. Amüsiert setze ich einen Finger an die vordere Seite und erschaffe eine winzige Flamme.

Der erste Zug schmeckt widerlich nach trockenem Tabak, und ich huste. Das war vielleicht doch nicht meine beste Idee.

»Selbst schuld«, säuselt Akari, während ich die kleine Flamme an meinem Finger betrachte.

Wenigstens etwas, das ich mit meinen Kräften anstellen kann. Als Feuerzug bin ich also zu gebrauchen.

Ich spüre die Stäbchen in der Innentasche meiner Jacke überdeutlich. Sie sind auf gewisse Weise alles, was mir eine Chance gibt.

»Gibt es etwas, das du bereust?«, fragt Akari plötzlich.

»Was meinst du?«

»Du weißt sicher, was ich bereue. Aber was bereust du, wenn du auf dein Leben schaust?«

»Hm.« Ich lehne mich zurück und lasse meinen Blick über die Stadt schweifen. Über die Straßen und Wege, auf denen so viele Menschen wimmeln. Jeder Einzelne mit eigenem Leben und eigenen Sorgen.

Von hier oben aus sind sie so klein und unbedeutend. Genau wie ich.

»Ich bereue, dass ich mein Leben nie wertgeschätzt habe«, sage ich schließlich. »Das klingt jetzt schwülstig, aber … egal, was mir passiert ist und unter wem ich gelitten habe – ich hätte die guten Dinge und die Kleinigkeiten mehr zu schätzen wissen sollen. Mehr Vertrauen in mich selbst haben. Ich habe das Gefühl, jetzt ist es dazu zu spät.«

Als ich mich zu Akari umwende, ruht ihr Blick auf mir. Nachdenklich, fast neugierig. Als würde sie es nicht ganz verstehen.

»Für dich sieht das sicher anders aus«, fahre ich fort. »Meine Probleme waren nichts im Gegensatz zu deinen. Aber das ist gar nicht der Punkt.« Ich weiß nicht, ob ich das richtig artikulieren kann. »Ich wünschte, ich hätte früher gesehen, dass ich nicht machtlos bin.« Mein Blick richtet sich auf die wunde Innenfläche meiner Hand. An einigen Stellen ist die Haut bereits so verbrannt, dass ich gar keinen Schmerz mehr spüre.

»Mir geht es genauso.«

Einen Moment lang sehe ich sie nicht an, weil ich Angst davor habe, dass sich unsere Blicke treffen. Am Ende kann ich aber nicht widerstehen.

Ihre Züge sind ganz weich. Ich habe das Gefühl, da ist keine Barriere mehr zwischen ihr und mir. »Ich wünschte, ich hätte mich früher gegen Hinata aufgelehnt.«

»Du bist stark«, erwidere ich nach einigen Momenten. »Aber du warst immer allein, oder?« Woher hätte sie wissen sollen, dass es Optionen gibt?

»Dann wünschte ich, ich hätte dich früher getroffen«, murmelt sie mit einem Lächeln.

Ich erwidere es automatisch, weil es so ehrlich wirkt. »Ich bin keine große Hilfe, also …«

Sie lacht leise. Gerade öffnet sie ihren Mund, um noch etwas zu sagen, da ertönt eine Stimme aus ihrer Wohnung, und wir zucken beide zusammen. »Mist!«, flucht Akari und springt auf. »So spät schon.«

Ich nehme den letzten Zug meiner Zigarette und einen weiteren Schluck Kaffee, dann lösche ich sie in der Pfütze des Getränks.

Jetzt ist es also so weit. Der Moment, der alles entscheidet.

Durch die großen Fenster, die mich in den Innenraum schauen lassen, sehe ich, dass Hinata nicht allein wie das letzte Mal, sondern in Begleitung von Karasu und drei weiteren Anhängerinnen ist. Akari hatte recht. Er hat sich auf einen Kampf eingestellt, verdammt.

Zwei der drei jungen Frauen waren auch bei der ersten Auseinandersetzung dabei. Yuki, die Heilerin in dem dunkelblauen Anzug, und diese Cherish, gegen die ich schon einmal gekämpft habe. So abfällig, wie sie mich über die Ränder ihrer Brille hinweg ansieht, ist sie sich ihrer Sache sehr sicher. Auch heute trägt sie überraschend gewöhnliche Kleidung wie eine klassische Öko-Studentin. Ihr blondes Haar ist zu einem Zopf gebunden und ihre Chucks sind im Kampf sicherlich praktischer als Taigas High Heels.

Die dritte ist Taiga, ich erkenne sie sofort von dem Foto her, das Akari mir gezeigt hat. Ihre Kleidung ist in Weiß und Gold gehalten und höchstwahrscheinlich komplett von Versace. Ihre langen schwarzen Haare liegen perfekt glatt über ihren Schultern und haben einen leicht blauen Schimmer. Mit ihrem Eis könnte sie das größte Problem für mich werden.

Verdammt, ich darf die fünf nicht nur anstarren.

Es kostet mich einiges an Überzeugungskraft, meine Beine dazu zu bringen, einen Schritt vor den anderen zu machen und Akari in den Innenraum zu folgen. Ich muss mich locker geben.

»Guten Morgen!«, ruft Hinata mir beschwingt entgegen. »Ihr hättet euren Morgenkaffee ruhig noch genießen können.« Er wirft einen demonstrativen Blick auf die Uhr an seinem Handgelenk. »Wir sind ziemlich früh dran.«

Ich stemme die Hände in die Hüfte, auch wenn die Bewegung schmerzt. »Du hast ja dein ganzes Gefolge mitgebracht.«

Hinata legt den Kopf schief, als wolle er herausfinden, worauf ich damit abziele. Dann deutet er auf die gemütlichen Couches vor den Fenstern, auf denen wir schon das erste Mal mit ihm verhandelt haben.

Mein Herz flimmert und meine Knie zittern, als ich seinem Wink folge. Ich balle die Hände zu Fäusten, damit keiner es sieht. Das ist die letzte Chance, die Sache gewaltfrei beizulegen. Ich muss alles daransetzen, das möglich zu machen. Wir haben keinen Plan. Nur das Wissen, dass wir nicht kampflos aufgeben werden. Aber purer Wille gewinnt keine Kämpfe.

»Meine Begleiter und Begleiterinnen sind nur sehr interessiert daran, herauszufinden, wer von euren Besuchern sich uns bald anschließen wird«, sagt Hinata, nachdem er sich gesetzt und kurz auf sein Handy gesehen hat.

Zum Glück habe ich die verdammte Liste verbrannt.

»Aber erzähl doch erst mal, Toma. Wie sieht es denn im Spicy Noodles aus?« Sein Tonfall klingt total entspannt. Als würden wir uns tatsächlich wie Freunde unterhalten. Die gute Schauspielkunst hat Akari also von ihm.

»Inzwischen ist der Laden wieder wie neu«, sage ich langsam. Es gelingt mir nicht ganz, seinen lockeren Tonfall zu imitieren.

»Ja, die Zerstörung tut uns nach wie vor wirklich leid. Ihr könnt uns eure Aufwendungen für die Renovierung gern in Rechnung stellen.« Er sieht Karasu an. »Oder können wir das als Spende absetzen?«

»Sollte möglich sein«, sagt der junge Mann. »Ich informiere mich mal.«

Als Spende absetzen? Meint er das ernst oder will er mich nur in falscher Sicherheit wiegen?

»Schon in Ordnung«, sage ich rasch. Dass Shiros Freunde alles bezahlt haben, erwähne ich lieber nicht, sonst will er gleich die Namen wissen.

»Na ja, Hauptsache ist, dass es Shiro inzwischen gutgeht.« Hinata lacht. »Manchmal vergesse ich, dass alte Menschen ein bisschen gebrechlicher sind.«

Ich beiße die Zähne fest aufeinander, damit er nicht sieht, wie sehr mich diese Aussage aufregt. »Ja«, bringe ich hervor.

Ein Donnergrollen dringt durch die offene Tür zur Veranda an uns heran. Ich werfe einen kurzen Blick hinaus. Die Sonne ist inzwischen hinter einer dichten Wolkenfront verborgen, die sich rasch auf uns zuschiebt.

»Wie dramatisch«, sagt Karasu lächelnd.

»Also, Toma«, sagt Hinata, beugt sich nach vorn und legt die Fingerspitzen aneinander. »Wir würden uns heute gern vorrangig um Akquise kümmern. Was hast du für uns? Namen, Listen, Adressen, Kräfte? Wir nehmen alles.«

Ich erwidere seinen Blick standhaft. Verdammt, ich bin dieses Gespräch doch die ganze Nacht wieder und wieder durchgegangen. Warum bringe ich nichts über meine Lippen?

»Also, ich …« Shit, ich bin so ein Verlierer im Vergleich zu ihm. »Ich fände es gut, wenn wir noch mal über diese ganze Sache reden.«

Hinata und Karasu tauschen einen Blick aus. Der Himmel vor den Fenstern zieht sich weiter zu, und ein erneutes Grollen ist zu hören. Der Geruch von Regen liegt in der Luft.

»Ich würde lügen, wenn ich sagen würde, ich hätte nicht damit gerechnet, dass du wieder mit so was um die Ecke kommst.« Hinata hebt die Augenbrauen und deutet auf meine Hände. »Was war es denn dieses Mal? Hat dich das Üben zu sehr abgelenkt?«

»Nein, das war es nicht.« Ist es das Beste, wenn ich einfach ehrlich bin? Ich bin ein zu schlechter Lügner, irgendwelche ausgeklügelten Finten würden ihm wohl auffallen. »Es ist nur, dass … ich die Menschen dort nicht in Gefahr bringen will.«

Hinata schürzt die Lippen und wendet sich an Akari. Seine Begleiter regen sich, als würden sie jede seiner Bewegungen genau untersuchen. »Hast du ihm gesagt, was es für Folgen hat, wenn er sich mir widersetzt?«, fragt er sie streng.

»Ja, Hinata.«

»Hast du es ihm mit Nachdruck deutlich gemacht?«

Sie spannt sich nicht einmal an, als sie seinen Blick erwidert. Ist sie wirklich so entspannt? »Ja.«

Er wendet sich wieder mir zu, dann schüttelt er den Kopf. »Wir haben darüber geredet, Toma. Niemand ist in Gefahr, wenn er oder sie mir einfach gehorcht. Du nicht. Und deine Gäste auch nicht.«

»Und wenn sie mit deinen Methoden nicht konform gehen?«

»Dann sind sie töricht«, mischt Cherish sich ein und schlägt die Beine übereinander.

»Und deswegen verdienen sie es, zu sterben?« Ich zügle mich selbst und lege die Hände aneinander, um mich wieder zu beruhigen. Dieses Gespräch hatten wir schon, das wird nichts bringen. »Hinata, ich will wirklich überhaupt keinen Ärger mit dir. Ich habe nicht das geringste Interesse daran, gegen dich oder gegen Amaterasu zu kämpfen oder irgendeine Fehde zu beginnen.«

»Dafür sträubst du dich aber ganz schön.«

»Ich meine es ernst!«, fahre ich auf. »Ich will das nicht nur für mich selbst, sondern auch für meinen Großvater und meine Mutter und … alle anderen, die in Gefahr geraten könnten.« Und wenn diese Gruppierung wirklich so viele Mitglieder hat, wie Akari gesagt hat, wird auch D.I.E.T. nicht alle besiegen können.

»Dein Großvater, hm?«

Ein eiskalter Schauer überläuft mich schmerzhaft von oben bis unten, als Hinata abermals einen Blick auf sein Handy wirft. Fuck, warum sagt er das so?

»Es erleichtert dir sicher deine Entscheidung, zu wissen, dass wir zu diesem Zeitpunkt einige Leute vor dem Spicy Noodles haben, die damit beauftragt wurden, ihn wieder zu uns zu bringen.«

Nein, nein, nein! Wie konnte ich so dumm sein und ihn allein lassen? Warum habe ich niemandem Bescheid gegeben, dass sie ihn beschützen sollen? Seine Freunde hätten vielleicht etwas unternehmen können!

»Ich will wirklich keinen Stress mit dir, Hinata«, sage ich mit Nachdruck. Die Wut strömt so intensiv durch meinen Körper, dass ich meine Hände davon abhalten muss, Flammen zu erzeugen.

Aber es bringt nichts. Man kann mit diesem Kerl nicht verhandeln. In dem Moment, in dem seine Handfläche vorsichtig zu leuchten beginnt, treffe ich eine Entscheidung. Wenn das Überraschungsmoment auf meiner Seite ist, kann ich ihn vielleicht überwältigen!

Mit dieser Hoffnung im Herzen lasse ich den Flammen freien Lauf und setze auf ihn zu.

KAPITEL 43

WIE SICH ALLES ENTSCHEIDET

Ich bin aufgesprungen. Doch in derselben Sekunde, in der ich mich auf Hinata zubewege, hebt er die Hand, das goldene Leuchten erscheint und ich stocke in meiner Bewegung. Ein so brennender Schmerz macht sich in meinem Bauchraum breit, dass ich mit einem Schrei zu Boden krache. Als würde jemand mit einem heißen Dolch in meinen Organen herumwühlen.

Mit einer Hand stütze ich mich auf den gläsernen Tisch neben mir, mit der anderen auf dem Boden ab. Aber wenn das so weitergeht, werde ich das Bewusstsein verlieren.

Fuck, die Zeit läuft!

Eins.

Ich muss etwas tun, sonst bin ich schneller tot, als ich denken kann.

Zwei. Die Schmerzen breiten sich wie Feuer in meinem Inneren aus. Wenn ich jetzt schon sterbe, war alles umsonst. Dann sterben Shiro und die anderen auch.

Drei.

Ich sehe aus dem Augenwinkel, wie Akari sich bewegt, Hinata sie aber ebenfalls zu Boden zwingt.

Vier.

Diese Schmerzen … sind nicht viel schlimmer als die, die ich während meines Trainings erlitten habe, oder?

Fünf.

Ja! Ja, ich kann mich noch bewegen. Vor einigen Tagen hätte ich das noch nicht geschafft, aber durch die Schmerzen der letzten Tage kann ich es aushalten!

Sechs.

Ich kann mich bewegen. Ich muss mich bewegen!

Sieben.

Ich sammle alle Kraft, die mir geblieben ist, konzentriere die Flammen auf meine rechte Hand und springe auf. Hinata und mich trennt nur noch ein Schritt voneinander, also erreiche ich seine Hände, bevor die anderen zwischen uns treten können.

Acht! Und ich packe eine seiner Hände und lasse die Hitze auf ihn los. Hinata schreit auf und das Licht erlischt, doch schon in der nächsten Sekunde trifft mich etwas von der Seite.

Die Luft wird aus meinen Lungen gepresst, als ich gegen die Wand geschleudert werde und mir die Schulter halte, an der mich jemand erwischt hat. Das war Eis. Taiga!

»Du Scheißkerl!«, ruft sie und ich sehe, wie der Boden von ihr ausgehend in meine Richtung blitzschnell vereist. Ich muss mich bewegen!

Mit einem Stöhnen presse ich meine Hand auf den Boden und versuche, mich mit einem Ring aus Flammen zu schützen, den ich um mich ziehe. Ihr Eis wird dadurch aufgehalten, aber bewegen kann ich mich noch immer nicht.

Wir schaffen das nicht, aber …

Mist, das Feuer verbrennt mich und die Flammen, die mich vor dem Eis schützen, werden ein bisschen kleiner.

Konzentration. Inzwischen weckt mich der Schmerz, anstatt mich weiter aus der Fassung zu bringen, also beiße ich die Zähne aufeinander, konzentriere meine Energie wieder und bringe mich in eine sitzende Position.

Wie komme ich hier hinaus? Karasu ist bei Hinata, der sich noch immer die schmerzenden Hände hält. Aber die anderen …

Eine Bewegung zu meiner Rechten lenkt mich kurz ab, aber mein Herz macht einen überraschten Sprung, als ich sehe, dass es Akari ist. Sie stößt einen Schrei aus, wie ich ihn noch nie von ihr gehört habe, als sie ihre Hände an einen der hölzernen Raumteiler legt. Einige Teile springen explosionsartig ab und mit einem Stoß wirft sie ihn auf Taiga, die sich sofort von mir abwendet und eine schützende Schicht Eis vor sich hochzieht.

Das ist meine Chance. Ich lösche die Flammen vor mir, richte mich auf und werfe einen Blick zu Akari hinüber. Cherish setzt auf sie zu, aber Hinata ist noch immer nicht einsatzbereit. Wo ist Yuki? Meine Beine bewegen sich wie von allein, ich muss diesen Moment ausnutzen.

Über das Chaos hinweg springe ich über einen Sessel, an Taiga vorbei auf ihn zu. Doch etwas Kaltes packt mich.

»Nicht so schnell!«, ruft Taiga. Als ihr Eis sich auf meinem Arm ausbreitet, fühlt es sich im ersten Moment ganz gut an, aber mir ist klar, dass das ein Trugschluss ist.

Ich schlage sie von mir und lege die Hand mit den Flammen vorsichtig auf die kühle Schicht an meinem Arm, um sie zu tauen. Sie lässt sich von meinem Schlag allerdings nicht lang aufhalten und setzt sofort nach.

Mit einer scharfen Handbewegung erschafft sie Spitzen und Wälle aus Eis, die sich in beängstigendem Tempo auf mich zubewegen. Die Wand ist zu breit, ich kann nicht ausweichen. Ich muss darauf vertrauen, dass ich sie schmelzen kann. Also konzentriere ich meine Flammen so intensiv in meinen Händen, wie es geht, um sie nach vorn schnellen zu lassen. Ich versuche, mir vorzustellen, wie es sich angefühlt hat, als ich die Stäbchen das erste Mal berührt habe.

Und es funktioniert!

Als das Eis und die Flammen aufeinandertreffen, reißt mich allerdings eine gewaltige Dampfexplosion von den Beinen. Ich werde mehrere Meter zurückgeworfen, als ich die Glasscherben der großen Fenster zerbrechen höre. Aus den anderen Bereichen des Raumes sind Schreie zu hören, aber mein Kopf ist irgendwo angestoßen, also ist mir für einige Sekunden schwarz vor Augen. Ich blinzle heftig, als würde es mir helfen, schneller wieder klar zu sehen, als die Geräusche der Umgebung nur dumpf an meine Ohren dringen.

Hinata. Wo ist er? Wurde er unter den Trümmern begraben, die überall herumliegen? Verdammt, ich darf jetzt nicht nachlassen. Hinata und Karasu sitzen vielleicht fest, und Taiga ist auch zu Boden gegangen. Ich muss diesen Moment nutzen.

Mit aller Kraft schiebe ich einige größere Teile des Raumteilers von mir und richte mich angestrengt auf. *Wo bist du, Hinata?*

Erst eine weitere Explosion aus einer anderen Ecke der Wohnung macht mir klar, dass Akari noch immer gegen Cherish kämpfen muss. Das ist nicht gut. Ich setze mich in Bewegung, immer in Richtung der lauten Explosionen, die den Boden unter meinen Füßen beben lassen. Akari kann nichts gegen Cherishs Kräfte aussetzen, die vor allem auf Distanz nützen!

Ich finde sie in der Nähe der Küche, aber alles ist so voll mit zerstörten Möbeln, Lampen, Kronleuchtern und Glas, dass ich nur langsam vorankomme. Akari ist näher an mir dran. Während Cherish auf sie zugeht, legt Akari die Hände auf einen umgestürzten Kühlschrank vor sich und lässt ihn in tausend Teile zerspringen.

Die scharfen Splitter, die durch die Gegend fliegen, verleiten Cherish dazu, kurz in Deckung zu springen. Als ich allerdings den dünnen Lichtstrahl wieder sehe, direkt auf Akari gerichtet, springe ich nach vorn und reiße sie mit mir.

Im ersten Moment erschrecke ich, weil ich die Flammen nicht gelöscht habe. Aber sie sieht zu mir auf und scheint die Hitze gar nicht zu spüren.

Sie lässt sich von mir wegziehen und wir teilen einen kurzen Blick miteinander, ebenso schockiert wie positiv überrascht. In der nächsten Sekunde reißt Akari sich allerdings von mir los, um einen Schritt zurück in die Richtung machen, aus der wir gekommen sind.

Ich wirble herum, nur um zu sehen, dass sie nach Cherish gegriffen hat, die uns gefolgt sein muss. Diese stolpert sofort zurück und ich beuge mich hinab, um die Möbel und Teppiche zwischen uns in Brand zu setzen, damit sie sich uns nicht mehr nähern kann.

Warum ist sie so nah an uns herangekommen? Kann sie ihre Kraft nicht immer einsetzen? Hat sie einen Cooldown wie Hinata?

Wir haben keine Zeit, darüber nachzudenken. Wir müssen zurück. Vielleicht ist Hinata bewusstlos und wir können ihn …

Nein. Als wir zurück ins Wohnzimmer stürzen, hocken sowohl Karasu als auch Yuki neben Hinata, der auf seine vollkommen unversehrten Hände hinabschaut.

»Scheiße«, stoße ich aus. Yuki hat ihn geheilt und ich habe nicht gesehen, wie. Genau wie in der Firma. Aber sie schiebt wieder diesen Beutel in ihre Tasche. Was auch immer darin ist, sie scheint es zu brauchen, um ihre Fähigkeit einzusetzen. Wenn wir sie nicht aus dem Weg schaffen, ist das alles sinnlos.

Hinata hebt seine Hand erneut. Und da ist es wieder. Dieses beschissene, goldene Leuchten.

Eins.

Obwohl ich weiß, dass ich stark genug bin, dem Schmerz zu trotzen, gehe ich in die Knie. Er ist einfach zu überwältigend.

Zwei.

Akari lässt hinter mir wieder etwas explodieren. Cherish muss zurück sein.

Drei.

Warum lässt er Akari nicht auch Schmerzen spüren? Muss er sich zu sehr auf mich konzentrieren?

Vier.

Ich strecke meine vor Schmerz zitternde Hand gen Boden aus und setze den Teppich und die Trümmer zwischen Hinata und mir in Brand.

Fünf.

Die Flammen verbreiten sich unnatürlich schnell und greifen auf alles Naheliegende über. Sie wirken durch den Schmerz in meinem Inneren besonders motiviert. Sogar Metall und Steine beginnen zu brennen.

Sechs.

Der Schmerz lässt nach und ich lasse keine Sekunde

verstreichen, um mich aufzurichten und durch die Flammen auf Hinata zuzuspringen. Die Flammen selbst sind nicht heiß für mich, aber die Dämpfe und die Hitze, die sich im Raum sammeln, erschweren das Atmen.

Ich strecke meine Hand nach Hinata aus, aber bevor ich ihn noch mal erreiche, zerrt Karasu ihn auf die Beine und eine Wand aus Eis versperrt mir den Weg.

Taiga ist also noch bei Bewusstsein.

Ich will mich zu ihr umwenden, um ihren nächsten Angriff abzuschätzen, als ein ganz neues Gefühl mein Inneres vereinnahmt. Wie ein Kribbeln zunächst, dann ein Gefühl, als müsse ich mich übergeben. Schwarzer Rauch breitet sich an den Rändern meines Blickfeldes aus.

Ich will zurückweichen, die Flammen beschwören. Es funktioniert nicht! Und als ich zu meinen Händen schaue, sehe ich hinab auf dünne, schwarze Füße, besetzt mit Krallen, und schwarze Federn, wo einmal meine Arme waren.

Nein. Über das ganze Chaos haben wir Karasu zu frei agieren lassen.

Ich bin eine Krähe.

Auf einen Schlag ist alles anders. Ich sehe anders. Ich höre anders.

Taiga lässt die Eiswand vor mir zusammenbrechen und ich flattere ungeschickt mit den Flügeln, um mich von der Stelle zu bewegen. Am Rande meines Blickfeldes nehme ich eine weitere Krähe wahr, die in Richtung der zerstörten Fenster fliegt.

Das muss Akari sein. Ich bewege mich nicht halb so geschmeidig wie sie, als ich mich bemühe, ihr zu folgen. Der Wind des Sturms, der sich zusammengebraut hat, reißt an meinen Schwingen, aber es gelingt mir, die Wohnung und die Terrasse hinter mir zu lassen und Akari hinab zur Straße zu folgen.

Regen und Wind preschen mir entgegen. Ich verliere mehrere Male das Gleichgewicht, beginne zu fallen, kann mich aber jedes Mal im letzten Moment fangen, indem ich versuche, Akaris Bewegungen nachzuahmen.

Doch ein goldenes Leuchten breitet sich von meinem Bauch bis hin zu meinen Flügeln aus, und der Schmerz ist zurück.

Ich falle.

Eins.

Der Aufschlag auf dem Boden ist hart, obwohl ich nicht weit gefallen bin.

Zwei.

Ich kann mich nicht bewegen. Und ich spüre die Schmerzen, auch wenn sie jetzt anders sind. Unbeschreiblich. So wie alles an meinem Körper.

Drei.

Akari landet neben mir und versucht verzweifelt, mir aufzuhelfen. Ich krümme mich, weiß nicht, wohin mit mir. Ich bin so klein. Der Regen desorientiert mich.

Vier.

Ich winde mich mit einem Flattern meiner Flügel und sehe, wie aus einem schwarzen Wagen bewaffnete Menschen in Anzügen auf die Straße strömen. Das müssen weitere Unterstützer von Amaterasu sein.

Jetzt ist es vorbei.

Fünf.

Der Schmerz hört für einen Moment auf, ich rapple mich auf meine dünnen Beine und hüpfe zu Akari hinüber, die sich deutlich früher als ich gesammelt hat. Ihr Blick ist nach oben gerichtet.

Ich folge ihm. Da sind die anderen, auch Krähen. Im Sturzflug kommen sie zu uns herabgesegelt. Ich habe meinen Körper längst nicht genug unter Kontrolle, um mich ebenfalls wieder in die Lüfte erheben zu können, bevor Hinata, Karasu, Cherish, Taiga und Yuki auf dem Boden landen und sich innerhalb eines Augenblicks wieder in ihre menschlichen Formen verwandeln.

Hinter ihnen nähern sich die Bewaffneten. Ich flattere angestrengt mit den Flügeln, aber der Regen fängt sich in meinen Federn. Ich schaffe es einfach nicht.

Akari und ich sind ihnen schutzlos ausgeliefert.

Gibt es wirklich keinen Weg, das rückgängig zu machen? Es muss doch etwas geben.

Hinata kommt lachend auf uns zu. Akari pickt mich in den Hinterkopf und breitet die Flügel aus, als wolle sie mir zeigen, wie man fliegt. Warum flieht sie nicht einfach ohne mich? Sie soll verschwinden, jetzt!

Ich kann mich nicht damit abfinden, dass mein Leben so enden soll. Doch einige Sekunden, bevor Hinata uns erreicht, erfüllt ein gleißendes Licht mein Sichtfeld, so hell, dass ich für mehrere Sekunden nichts sehe. Die Luft ist elektrisch aufgeladen. Ich spüre es an meinen Federn. Und zwischen uns, direkt zwischen Hinata und mir, brennt ein Loch im Asphalt, glüht noch immer an den Seiten.

War das ein Blitz?

Ich habe die Frage in meinem Kopf noch nicht einmal richtig zu Ende gestellt, als ein weiterer herabfährt, dieses Mal einige Meter weiter hinten, direkt auf Karasu zu. Er scheint getroffen zu werden und geht zu Boden.

Eine Sekunde später ist da wieder dieses üble Gefühl in meinem Bauchraum. Dann stehe ich auf meinen Beinen, taumle, falle zurück, bis Akari mich keuchend auffängt.

»Fuck«, keuche ich und taste meinen Körper ab. Alles ist genauso wie vorher. Meine Kleidung, meine Wunden. Und die Stäbchen sind auch noch da! Ich konzentriere meine Kräfte und lasse die Flammen um mich herum auflodern, noch bevor ich verstanden habe, was geschehen ist.

»Toma!« Der Klang der bekannten Stimme lässt einen Schauer der Erleichterung über meinen Körper fließen. Auch wenn ich nicht erwartet habe, sie hier zu hören.

Ich wirble herum und sehe, wie drei von Shiros Freunden auf die Straße und uns zulaufen. Es sind Henry, Charlotte und noch eine Frau, die ich nicht kenne.

»Was tut ihr hier?«

Henry. Das Wetter! Das hat er doch mal erwähnt.

»Helfen«, grollt er mir entgegen. Weitere Blitze zerschlagen Hinatas Gruppe, als er vor mir stehenbleibt. »Tut mir leid wegen dem Regen, Junge, ich brauch die Blitze.«

Ich sollte nicht so überrascht sein, aber die pure Stärke seiner Kraft lässt mich für einen Moment sprachlos zurück. Ich dachte wirklich, es sei vorbei, aber jetzt keimt ein wenig Hoffnung in mir auf. »Ist eigentlich ganz schön«, ächze ich schließlich, als Akari mir auf die Beine hilft. Mein Feuer hat nach wie vor keine Auswirkung auf sie.

»Charlotte erschafft eine Illusion, damit der Kampf nicht zu sehen ist, wenn man nicht direkt hineinstolpert«, ruft er gegen ein Donnergrollen an. »Aber ihr müsst die Beschädigung der umliegenden Gebäude möglichst vermeiden!«

»Okay!«

»Wie ist der Stand?« Henry richtet seinen Blick gen Himmel. Wie konnte ich nicht bemerken, dass er dermaßen mächtig ist?

Ich will fragen, ob Shiro in Sicherheit ist, aber Cherish rappelt sich bereits wieder auf. »Kann ich nicht erklären!«, rufe ich rasch. »Kümmert ihr euch um die Anzugträger. Und sichert die, die wir kampfunfähig machen, wenn es geht. Um Hinata und seine Gang müssen wir uns kümmern!« Ich weiß nicht, ob das eine gute Idee ist, aber es ist die beste, die mir einfällt. Ohne ihnen einen Einblick über ihre Fähigkeiten zu geben, sind Kämpfe gegen die vier unsinnig. Zumal sie sich ganz auf uns konzentrieren werden.

»Okay!«, bellt Henry, hebt seine Hände und ein ohrenbetäubendes Donnergrollen ertönt. Ich spüre es bis tief in mein Inneres. Bevor ich etwas anderes tun kann, schleudere ich eine Welle aus Flammen in Cherishs Richtung, um sie kurz auf Abstand zu halten.

Henry nutzt die Chance, um sich von uns zu entfernen.

»Pass auf«, flüstere ich Akari zu. »Wir müssen uns zuerst um Yuki kümmern. Sonst heilt sie Hinata immer wieder.« Wo ist er eigentlich? Ich darf ihn nicht aus den Augen verlieren.

»Okay. Darum kann ich mich kümmern, wenn du versuchst, Taiga und Cherish hinzuhalten.«

»Sie hat irgendetwas in ihrer Tasche, das sie offenbar braucht. Wenn du es ihr nimmst, sollte sie nichts mehr ausrichten können.«

»Geht klar«, keucht Akari, zerrt mich allerdings schon in der nächsten Sekunde hinter ein Auto. Cherishs Angriff verfehlt uns nur um wenige Zentimeter. »Ich schlag mich zu ihr durch«, sagt sie und nimmt mein Gesicht in die Hände. »Und wenn ich kann, mache ich auch Hinata kampfunfähig.«

»Du schaffst das«, sage ich eilig. Ihre kühlen Finger

fühlen sich so gut auf meiner heißen Haut an. »Ich glaube an dich.«

Noch bevor ich reagieren kann, schiebt sie sich geduckt voran.

Dann geht es jetzt wohl weiter.

Ich schaue Akari nicht hinterher, um mich endlich wieder zu konzentrieren. Erst mal muss ich aus meiner defensiven Position herauskommen, um angreifen zu können. Damit ich feststellen kann, wo genau Cherish sich befindet und um sie dazu zu bringen, ihre Fähigkeit noch einmal einzusetzen, bündle ich die Flammen um meine Hand und lasse sie grob in die Richtung los, in der ich sie vermute, ohne aus meiner Deckung zu kommen.

Sofort durchbohrt ihr Licht die Karosserie des Autos, hinter dem ich mich verstecke. Es verfehlt mich nur knapp.

»Es war schöner, als du mich noch nicht töten durftest«, rufe ich ihr entgegen. Gerade habe ich mich so selbstbewusst gegeben, aber eine kluge Idee, wie ich sie und Taiga besiegen soll, habe ich nicht.

Ich zähle die Sekunden, die vergehen, in denen Cherish mich nicht angreift. Ich muss sie genauer sehen, um zu wissen, was ihre verdammte Schwachstelle ist. Hat sie auch eine Aufbauphase wie Hinata? Oder eine Einschränkung wie Yuki? Solange ich das nicht weiß, wird es schwer, etwas gegen sie auszurichten.

Aber länger tatenlos herumzusitzen, bringt auch nichts. Hinata könnte seine Fähigkeit jede Sekunde wieder einsetzen, wenn er will. Ich lege meine Hand also auf den Asphalt zu meinen Füßen und schicke eine Feuerwelle in Cherishs Richtung, bevor sie mich erreicht. Der muss sie ausweichen!

Ich springe auf und verliere keinen Moment, um auf sie zuzuspringen, während sie zurückstolpert. Ich sehe zu spät, dass die Straße zu meinen Füßen so schnell von einer Eisschicht überzogen wird, dass ich nicht mehr ausweichen kann. Ich stolpere, schlittere und falle. Sobald mein Arm den Boden berührt, klettert das Eis an ihm hinauf und umschließt ihn fest.

Ich balle die Faust und verstärke die Flammen, um freizukommen, reiße mich gerade schnell genug los und springe auf, sodass Cherishs nächster Angriff mich nicht trifft. Ihr Licht durchschneidet den gefrorenen Asphalt zu meinen Füßen mit Leichtigkeit, wird aber einige Zentimeter vor meinen Schuhen schwächer und stoppt.

Sie kann diese Kraft also immer nur für wenige Sekunden einsetzen.

Keine Zeit verlieren. Ich bin zu verletzt, um schneller zu sein als die beiden, aber ich darf nicht nachlassen. Also bündle ich meine Kraft, um sie auf die beiden loszulassen und das Eis zu schmelzen, das meine Schuhe bereits wieder umschließt. Doch während ich meinen Blick auf Cherish gerichtet habe, um ihr notfalls schnell genug auszuweichen, breitet Taiga die Handflächen gen Regen aus und setzt ein fieses Grinsen auf.

Der Regen um uns herum wird schnell zu Schnee, der sanft auf uns herabfällt, dann zu Hagel und zu immer spitzeren Kristallen, die schneller herabregnen wie winzige Messer.

Ich hebe meinen Arm, um mich kurzfristig mit den Flammen zu schützen, aber sobald ich ein wenig nachlasse, werde ich wieder getroffen. Ich spüre, wie sie meiner Haut an vielen Stellen winzige Risse und Schnitte versetzen.

Cherish macht sich für einen weiteren Angriff bereit, also richte ich die Flammen auf meine Schuhe, reiße mich los und springe zur Seite. Ich will hinter eins der parkenden Autos flüchten, aber Taiga schneidet mir mit einer Wand aus Eis den Weg ab.

Sie kann den Regen und die Wand gleichzeitig kontrollieren? Sie hatte vermutlich jahrelang Zeit, ihre Kraft zu trainieren, während ich nur eine Woche hatte. Scheiße, wie soll ich dagegen ankommen?

Ich muss meine Füße abermals vom Eis befreien, als ich einen Schrei von weiter hinten auf der Straße höre. Fuck, die anderen werden von diesem Hagel auch getroffen. Ich muss etwas tun!

Ich atme aus, als die Flammen mich wieder zu verbrennen drohen, balle beide Hände zu Fäusten, konzentriere all meine Energie und lasse los. Eine kreisförmige Welle bricht aus mir hervor, aber sie ist schwächlich im Gegensatz zu dem, was ich in der Firma veranstaltet habe. Sie reicht allerdings aus, um die beiden zumindest kurz in die Defensive zu treiben.

Ich setze nach, bücke mich und schmelze das Eis am Boden so schnell, dass es abermals zu Dampf explodiert. Cherishs Licht streift knapp an mir vorbei, durch den Nebel kann sie mich nicht genau orten. Ich sie allerdings auch nicht.

Es regnet noch immer die winzigen Messer, aber solange Cherishs Sicht behindert ist, muss ich zuschlagen. Ich laufe direkt in die Richtung, in der ich sie vermute. Aber ich habe die Zeit überschätzt, die sie braucht, um ihre Kraft zu regenerieren. Das hauchdünne Licht ist wieder zu sehen, bewegt sich auf mich zu, aber ich bin ihr schon so nah! Also springe ich zur Seite und setze weiter auf sie zu, während sie, geblendet durch den Rauch und den Hagel, auf mich zielt.

Sie erwischt mich am Oberschenkel. Ihr Licht muss ein ganzes Stück von meinem Fleisch herausgetrennt haben. Ich schreie in dem Moment auf, in dem ich nach ihrer Hand greife und mein Feuer zwinge, auf sie überzugehen.

Ihre Haut und ihre Kleidung gehen in Flammen auf, und trotz der entsetzlichen Schmerzen an meinem Bein durchfährt mich ein Gefühl der Angst, als sie zu Boden fällt.

Ich will sie nicht töten, aber ich weiß nicht, wie ich es aufhören lassen soll.

Mir bleibt keine Zeit, um Versuche anzustellen, denn Taiga hat uns ausfindig gemacht und schickt ihr Eis in einer Welle aus Spitzen und Wällen zu uns. Ich strecke meine linke Hand aus, um es aufzuhalten, und versuche, die Temperatur der Flammen so zu regulieren, dass es nicht sofort wieder explodiert, sondern sich in Wasser verwandelt. Es sprudelt über Cherish hinweg, löscht die Flammen und sie bleibt schwer verletzt und bewusstlos am Boden liegen.

Ich habe keine Zeit, stolz darauf zu sein, dass ich sie besiegt habe. Oder wie gut mein Plan funktioniert hat. Die Wunde an meinem Beim blutet so stark, dass mir bereits sekundenweise schwarz vor Augen wird. Durch den Dampf, der langsam verschwindet, sehe ich, wie Taiga sich auf mich zubewegt. Aber ich kann sie nicht angreifen.

Meine Beine geben nach und ich knie auf dem Boden, muss alles, was von meiner Konzentration übrig ist, darauf verwenden, nicht bewusstlos zu werden.

Niemand ist in meiner Nähe. Es ist durch den Hagel, den Donner und die Blitze so laut um uns herum, dass mich niemand hört, wenn ich schreie. Wenn ich nichts tue, wird sie mich töten. Ich. Muss. Aufstehen!

Gerade habe ich genügend Kraft gesammelt, um zumindest einen Fuß auf den Boden zu stellen und die kleiner werdenden Flammen höher auflodern zu lassen – da vernehme ich wieder das Stechen in meinem Inneren.

Nein. Hinata! Wo ist er?

Eins.

Fahrig sehe ich mich um, während Taiga immer näher kommt und ihre Hände hebt. Ich sehe nur sie. Niemand anderen.

Zwei.

Panik macht sich so siedend heiß in mir breit, dass das Feuer, das mich umgibt, wieder beginnt, mich zu verbrennen. Doch anstatt mich weiter zu schwächen, bringt der Schmerz mich auf eine Idee.

Drei.

Das habe ich oft in Filmen gesehen, aber ich habe keine Ahnung, ob es funktioniert. So oder so ist es meine allerletzte Idee. Ein letztes Aufbäumen.

Vier.

Ich nehme meinen Mut zusammen, lege meine rechte Hand auf den verletzten Oberschenkel und lasse die Flammen los.

Fünf.

Der Schmerz ist so groß, dass ich meinen lauten Schrei nicht zurückhalten kann und die Augen zukneife.

Sechs.

Dann lässt er plötzlich nach. Als ich die Augen öffne, sind die Flammen an meinen Händen blau und die Stelle, an der ich sie auf meinen Oberschenkel gepresst habe, schwarz und verbrannt. Nur die Wundränder tun noch weh.

Sieben.

Das hat etwas in mir ausgelöst. All der Schmerz vom Moment in der Firma an verschmilzt in meinem Inneren zu etwas Größerem. Etwas gänzlich Neuem.

Acht.

Mit einem noch lauteren Schrei bündele ich all meine Energie in meinem Zentrum und lasse los. Die blaue Explosionswelle fegt Taiga von den Beinen, lässt die Scheiben der Autos und nahegelegenen Gebäude explodieren und den Asphalt heiß und weich werden.

Neun.

Fuck, Henry hat gesagt, dass wir vorsichtig sein sollen. Das war viel zu krass! Wo sind meine Freunde? Ich hab niemanden von ihnen erwischt, oder?

Zehn.

Als das Eis wieder in Regen übergeht, weiß ich, dass ich Taiga besiegt habe. Und der Schmerz … Ja, es dauert einen Moment, bis ich es realisiere, aber der Schmerz in meinem Inneren ist auch verschwunden.

War ich das? Oder ist Akari inzwischen zu Hinata und Yuki durchgedrungen?

Ich stolpere einen Schritt nach vorn, weiter auf die Straße. Der Asphalt gibt unter meinen Schuhen nach. Der Regen kühlt meine Haut, aber ich sehe kaum etwas. Bis auf die Blitze hin und wieder und den Rauch, der von den brennenden Autos aufsteigt. Die blauen Flammen sprühen Funken. Sie werden vom Regen nicht gelöscht.

»Akari?«, rufe ich, so laut ich kann. Ich kann mich nicht mehr lang auf den Beinen halten. Ich muss sie finden.

Aber ich kann nichts tun, als ziellos über das Schlachtfeld zu stolpern.

Hat sie Hinata erwischt? Oder er sie? Ist es ihr gelungen, Yuki und Karasu unschädlich zu machen, oder braucht sie meine Hilfe? Ich darf jetzt nicht in Panik verfallen. Die blauen Flammen sind vermutlich so heiß, dass sie mich sofort bei lebendigem Leibe verbrennen, wenn ich die Kontrolle über sie verliere.

Und dann ist da wieder der Schmerz in meinem Inneren. Nein. Nein, wo ist er? Wo ist Hinata?

Eins.

Ich habe nicht die geringste Ahnung, wo er sich versteckt haben könnte. Ob er hinter mir, vor mir, oder an einem Ende der Straße ist. Und ich kann nicht mehr lang laufen. Das Adrenalin und der Schmerz haben mir einen kurzen Schub gegeben, aber ich spüre bereits, wie diese Energie nachlässt.

Zwei.

Zähle ich überhaupt schnell genug?

»Akari!«, schreie ich abermals. Keine Antwort. Nur das Donnergrollen. Und die Blitze, etwa fünfzig Meter entfernt, wo Henry und die anderen zu kämpfen scheinen. Ist er vielleicht dort?

Drei.

Ich taumle einige Schritte in die Richtung, weil ich keinen Anhaltspunkt habe.

Vier.

Ich. Darf. Keine. Angst. Haben! Ich muss die Flammen bei mir behalten, sie beschützen mich. Das haben sie bisher auch getan!

Fünf.

Sechs.

Sieben.

Acht.

Mein Atem geht schwerer und ich versuche, mich schneller zu bewegen, aber es ist, als würde ich den anderen Kämpfen gar nicht näher kommen.

Neun.

Der Schmerz in meinem Inneren zwingt mich zum Glück nicht mehr in die Knie. Er ist schwächer als der, den ich empfunden habe, als ich mir selbst das Bein verbrannt habe. Als wäre mein Inneres taub geworden.

Zehn.

Elf.

Ich darf jetzt nicht sterben. Nicht, nachdem wir schon so weit gekommen sind!

Zwölf.

Es bringt nichts. Ich muss alles auf eine Karte setzen, ich habe keine andere Wahl.

Dreizehn.

Ich konzentriere die Flammen abermals. Es wird nicht so heftig werden wie zuvor, aber vielleicht reicht es aus. Nein, es muss ausreichen.

Vierzehn.

Die Flammen, die ich loslasse, fließen in einer blauen Welle über alles in meiner Umgebung. Die Straße, die Wagen und alles in ihrem Weg.

Fünfzehn.

Der Schmerz ist vorbei.

Stöhnend lasse ich mich auf die Knie fallen. Ich kann nicht mehr, aber ich … ich habe es geschafft, oder? Bedeutet das, Hinata ist in der Nähe? Kann ich die Kraft aufbringen, noch einmal aufzustehen, um ihn anzugreifen?

Aber ich bin schon so oft über meine Grenzen gegangen. Ich kann mehr. Eigentlich verstehe ich gar nicht, wie ich überhaupt noch leben kann.

Dann setzt der Schmerz in meinem Inneren wieder ein.

Eins.

Und Hinata kriecht endlich aus seinem Versteck hinter einem Auto in meiner Nähe hervor.

Zwei.

Mit ausgestreckter, leuchtender Hand kommt er auf mich zu. Trotz der blauen Flammen, die mich umgeben, scheint er nichts mehr von mir zu befürchten. Wahrscheinlich hat er recht.

Drei.

Ich kann meine Beine und Hände einfach nicht dazu bewegen, sich zu rühren.

Vier.

»Du willst ein Göttererbe sein?«, bellt er. Sein Anzug ist an mehreren Stellen versengt. »Wie jämmerlich! Ein Gott blutet nicht so wie du.«

Fünf.

Ich schaffe es nicht, ihm zu antworten. Dafür bin ich zu sehr darauf konzentriert, zu atmen und mich nicht selbst zu verbrennen.

Sechs.

Er ist angeschlagen, ganz eindeutig. Wenn ich nur einen Finger rühren könnte. Dann könnte ich ihn vielleicht noch einmal zurückschlagen.

Sieben.

Ich rege meine Hände vorsichtig. Wir haben es doch fast geschafft. Soll es wirklich so enden?

Acht.

Ein Huschen hinter Hinata erregt meine Aufmerksamkeit. Sobald ich meinen Blick dem Schatten zuwende, der sich durch Rauch und Regen nähert, wirbelt er herum und folgt meinem Blick.

Neun.

Es ist Akari!

Sie springt nach vorn, und bevor er reagieren kann, ergreift sie seine Hände.

In der nächsten Sekunde sind an der Stelle nur noch blutige Stümpfe zu sehen. Beide sind mit Blut überströmt, das schnell vom Regen fortgespült wird.

Schreiend geht Hinata zu Boden. Das Blut, das aus den Überresten seiner Unterarme rinnt, sammelt sich im Wasser, das die Straße überströmt. Akari stolpert mehrere Meter von ihm zurück, auf mich zu.

Und ich sehe ihn an und kann es noch immer nicht fassen. Ist es … ist es jetzt vorbei?

Die Blitze zucken an der Straße hinter uns, also muss es auch Henry gut gehen. Haben wir es geschafft? Noch gelingt es mir nicht, mich in Sicherheit zu wägen. Ein Teil von mir rechnet damit, dass er seine Fähigkeit weiterhin einsetzen kann. Oder dass Taiga, Yuki, Cherish oder Karasu gleich um eine Ecke kommen, um uns zu überfallen.

Aber als Akari mich auf die Beine zerrt, ist nach wie vor nichts passiert.

Wir … wir haben es geschafft. Haarscharf zwar, aber geschafft.

Akari drückt sich weinend an mich. Selbst die blauen Flammen scheinen sie nicht zu verletzen.

»Wir müssen seine Wunden verbinden«, sage ich tonlos. »Sonst verblutet er.«

Hinata schreit noch immer. Vielleicht kann ich die

Stümpfe ausbrennen wie meine eigene Wunde. Ich habe nicht die geringste Ahnung von erster Hilfe.

»Willst du das nicht?«, fragt Akari.

Ich schaue sie skeptisch an, sage aber nichts. Allein, dass sie die Frage stellt, bedeutet wohl, dass sie sich Hinatas Tod wünscht.

Aber ich lasse sie nicht noch jemanden töten.

Unter größter Mühe gelingt es mir, einen Schritt auf ihn zuzumachen. Mir ist schlecht. Mein ganzer Körper fühlt sich tonnenschwer an und der nasse, weiche, blutgetränkte Asphalt zu meinen Füßen erscheint mir wie ein guter Ort zum Schlafen.

»Wir nehmen ihn gefangen und übergeben ihn der Behörde«, ächze ich, so laut ich kann. »Dann bekommt er seine gerechte Strafe.« Ich weiß nicht, ob ich an Gerechtigkeit glaube, aber ich weiß, dass ich ihn nicht töten oder sterben lassen kann.

Ein weiterer Schritt. Akari versucht, mich so gut wie möglich zu stützen, aber sie hat schon alle Hände voll damit zu tun, mich nicht fallen zu lassen. Auf eigenen Füßen könnte ich jetzt nicht mehr stehen.

Noch ein Schritt.

Und hinter dem Van, vor dem Hinata liegt, kommt eine Person hervor, die ich nicht erwartet habe. Cava.

»Hey!«, rufe ich ihr zu, aber ohne mich und Akari eines Blickes zu würdigen, geht sie um den Wagen herum und direkt auf Hinata zu, der inzwischen geschlagen am Boden liegt. Er ist noch bei Bewusstsein.

»Cava!«, schreie ich. Sie muss mich hören.

Aber sie ignoriert mich.

Als ich den länglichen Gegenstand in ihrer Hand sehe, wird mir schlecht. Sie zuckt nicht und zögert nicht eine

Sekunde, als sie sich über Hinata hockt, das Bolzenschussgerät zwischen seinen Augen platziert und abdrückt.

»Ups.« Sie dreht sich zu uns um und grinst breit. Kein fröhliches Grinsen. Eher bösartig. »Ich hab ganz vergessen, ihn nach letzten Worten zu fragen.«

Ich bin wie eingefroren, falle aber auf die Knie, als Akari sich von mir löst und von Cava wegtritt.

»Verschwinde hier!«, rufe ich Akari zu und hebe meinen Arm, um Cavas Aufmerksamkeit auf mich zu lenken. Ich höre, wie Akaris Schritte sich entfernen, aber Cava scheint sowieso nur Interesse an mir zu haben.

Meine blauen Flammen lodern noch, obwohl ich nicht vorhabe, sie gegen sie einzusetzen. Mein Herz pocht allerdings schneller, als sie auf mich zukommt und sich vor mir auf den Boden kniet.

»Hey«, sagt sie leise. Ich kann sie überhaupt nicht einschätzen. So kaltblütig und schnell, wie sie Hinata gerade exekutiert hat, traue ich ihr durchaus zu, dasselbe auch bei mir zu tun.

»Hey«, erwidere ich tonlos.

Vorsichtig streckt sie die freie die Hand nach meinen Flammen aus. »Die sind ja kalt.«

»Wenn du mich angreifst, sind sie das nicht mehr.« Das Feuer ist wirklich ein eigener Charakter, wenn ich mich genügend konzentriere. Aber ich weiß nicht, wie lang ich das noch kann.

Cava legt das Bolzenschussgerät neben sich ab, greift an mein durchnässtes Hemd und zieht mich so weit zu sich heran, dass unsere Wangen sich berühren. »Gut gemacht, Feuerjunge«, flüstert sie an meinem Ohr.

»Bist du zufrieden?«

»Vorerst.«

Hinter ihr sehe ich, wie ihr Team Hinata und die anderen Leichen einsammelt, um sie zu einem Wagen weiter hinten zu tragen. Sie wirken fast umsichtig dabei.

»Du bist auf jeden Fall in Sicherheit«, sagt Cava und löst sich wieder von mir, um mich anzuschauen. »Aber deine Serienmörderfreundin sollte ihr Leben lang über die Schulter sehen.« Sie lächelt. »Falls ich irgendwann doch nicht mehr … *zufrieden* bin.«

Sie rückt nicht weit von mir ab, als wir einen langen Blick miteinander teilen.

»Ich würde nicht zulassen, dass du ihr etwas antust«, flüstere ich.

»Dann solltest du mehr Zeit auf dein Training verwenden, Kleiner.«

»Werde ich.«

KAPITEL 44

WONACH SCHLACHTFELDER RUFEN

Meine Schritte über das Schlachtfeld sind schwer. Alles um mich herum ist in blaue Flammen getaucht, die auch nicht vom Regen gelöscht werden können, der in diese eigenartige Blase eindringt. Er wird stärker, durchnässt mich vollkommen, aber die Flammen brennen unbeirrt weiter.

Ich muss sie löschen. Aber ich weiß nicht, wie.

Wo ist Akari? Ich sehe sie zwischen all dem Dampf und dem Rauch nicht. Die Geräusche der Kämpfe sind leiser geworden. Wahrscheinlich sind sie ausgefochten. Wahrscheinlich haben Hinatas Anhänger keinen Grund mehr, zu kämpfen, jetzt da er tot ist.

Aber ich sehe Akari nicht.

Einen Schritt vor den anderen. Meine Kraft wird nicht mehr für viele reichen, also bleibe ich stehen und schaue mich um. Der Regen ist eine Erleichterung für meine glühende Haut. Er vertreibt den Geruch nach verbranntem Gummi und geschmolzenem Asphalt.

In einiger Entfernung fahren weitere Lieferwagen von Happy Meat vor. Ich beobachte, wie Cava sie empfängt, sich Handschuhe überstreift und die Menschen in schwarzen Uniformen anweist, die Leichen der Verstorbenen fortzuschaffen.

Was machen sie mit ihnen? Etwas in mir weiß, dass ich mir diese Frage deutlich nachdrücklicher stellen sollte, aber das Chaos um mich und in mir hindert mich daran, überhaupt noch einen intensiven Gedanken zu fassen.

»Schnell!«, höre ich sie über das Knistern der Flammen und das Rauschen des Regens hinweg rufen. »Die Behörde ist in zwei Minuten hier. Bis dahin müssen wir verschwunden sein.«

Daraufhin schwärmt ihr Team wieder aus wie beim ersten Mal, als ich sie beobachtet habe. Wie ein Schwarm, der sich über das Schlachtfeld ergießt.

Die Behörde. D.I.E.T. kommt also? Nein, sie sollen nicht herkommen, sie sollen erst einmal nach Shiro sehen!

Dieser Gedanke weckt mich, und ich setze mich wieder in Bewegung. »Akari!«, rufe ich. Ist sie gegangen?

»Ich bin hier.« Mein Herz wird etwas leichter, als ich ihre Stimme höre und rasch auf sie zusetze. Sie kniet am Boden hinter einem brennenden Auto.

»Hey«, sage ich. Ich kann mich nicht zu ihr hinabbeugen, sonst schaffe ich es vermutlich nicht mehr, aufzustehen. Also halte ich ihr eine Hand hin, um ihr aufzuhelfen.

Sie sieht sie an. Dann mich.

»Wir haben es geschafft«, sage ich. Noch fühlt es sich nicht nach einem Erfolg an. Nicht, bis ich weiß, ob es Shiro und den anderen gut geht. »Du bist frei.«

»Gleich kommt die Behörde, hat Cava gesagt.«

»Wir müssen ihnen nicht erzählen, wer du bist.« Ich weiß selbst nicht, warum dieser Satz über meine Lippen kommt. Aber sie hat mich gerettet. Mehrere Male. Sie hat ihr Leben aufs Spiel gesetzt, um mich zu beschützen. Genauso umgekehrt.

Sie hat Furchtbares getan, aber ich fast auch. Also bin ich in keiner Position, über sie zu urteilen. Oder sie zu verraten.

»Ich …« Sie schluckt schwer und ergreift meine Hand endlich, damit ich sie hochziehen kann. Der Schmerz, der meine Hand durchzuckt, reicht bis in meine Schulter hinauf. Aber das werde ich auch noch aushalten.

»Ich will aber«, sagt sie.

Eine Windböe umfängt uns, als wir einander gegenüberstehen, die Hände noch immer verschränkt, die Blicke ineinander gefangen.

»Ich werde niemals frei sein können, wenn ich nicht für meine Taten zur Rechenschaft gezogen werde.«

»Wie lang denkst du schon so?«

»Es ist mir erst im Laufe des Kampfes klargeworden.« Ihre Haare fliegen um ihr Gesicht, als uns die Hitze und die Funken der blauen Flammen umfangen. »Kommst du mit?«

Ich wende meinen Blick nicht von ihr ab und nicke.

Als wir uns in Bewegung setzen, gehen mir so viele Dinge durch den Kopf. Alles, was ich ihr sagen möchte. Wie dankbar ich ihr bin. Wie stark sie ist. Wie leid mir alles tut.

Aber ich bringe nichts davon über meine Lippen. So fest, wie sie meine Hand hält, hat sie ihre eigene Mission. Und ich denke auch, dass sie es weiß.

Hubschrauber sind zu hören, aber ich sehe sie nicht.

Am Ende der Straße fahren einige schwarze Einsatzwagen mit Blaulicht vor und mehrere Menschen in Uniformen strömen heraus. Ich sehe Hunt und Tate, die ich nur an ihrer Haarfarbe und ihrem Körperbau auf diese Entfernung erkenne.

Das Blaulicht bringt einige Gestalten aus der Umgebung dazu, sich zu bewegen, die ich zunächst gar nicht gesehen habe. Henry ist da. Er sieht noch zerfledderter aus als sonst, aber es scheint ihm gut zu gehen. Und auch die Freundin von Shiro, die die Sichtbarriere erschaffen hat.

Zu meiner Überraschung steuern sie auch auf die Agents zu.

Nur eine Person entfernt sich von ihnen. Ich erkenne ihn erst, als er mit uns auf einer Höhe ist. Das pinke Haar und die schwarze Weste. Karasu. Noch als ich mich zu ihm umwenden will, durchzuckt ein dunkles Blitzen die Umgebung und er verwandelt sich in eine Krähe, gewinnt schnell an Höhe und fliegt davon.

Er hat es also auch geschafft. Als Einziger, soweit ich erkenne. Happy Meat hatten mehrere Leichen dabei. Das müssen Yuki, Taiga und Cherish gewesen sein. Die Vorstellung, dass sie alle tot sind, wühlt meinen Magen auf, und ich stolpere ein Stück nach vorn.

Akari fängt mich auf und ich muss mich auf sie stützen, um nicht in die Knie zu gehen. Das Adrenalin verlässt meinen Körper wohl langsam. Nach und nach spüre ich die Schmerzen deutlicher und alles, was geschehen ist, dringt klarer zu mir hindurch.

Verdammt.

»Toma!«, sagt Akari und kann mich nicht mehr halten, also sinke ich doch hinab. Der Asphalt unter mir ist so heiß, dass meine Knie und Schienbeine schmerzen. Dieses Mal reicht meine Energie nicht mehr aus, um die letzten Schritte zu überwinden.

Ich sehe Jay. Er rennt mit Tate auf mich zu. Mir wird schwarz vor Augen, bevor er uns erreicht.

KAPITEL 45

WIE ZU HAUSE RIECHT

»Guten Morgen New York! Es ist der sechsundzwanzigste April und hier sind für euch, fresh wie nie, Janey und Ash von der NYC Fresh Morningshow.«

»Wir sind gut drauf, denn vor drei Tagen wurde endlich die unglaubliche Nachricht verkündet, auf die New York seit Wochen hingefiebert hat. Ach, was sage ich. Nicht nur New York, sondern die ganze Welt!«

»Ihr alle solltet es schon gehört haben, aber es macht so viel Spaß, es auszusprechen: Overkill. Wurde. Festgenommen. Das FBI gibt keine weiteren Informationen zu diesem Fall oder der Identität des Killers preis, aber es wurde inzwischen von mehreren Stellen bestätigt. Sogar vom Präsidenten der Vereinigten Staaten höchstpersönlich: Wir sind wieder sicher. Overkill ist weg.«

»Ich bin immer noch so aufgeregt vor Freude deswegen.«

»Es ist, als würde der Frühling erst jetzt richtig beginnen.«

»Und auf einen Schlag ist es wieder richtig voll auf den Straßen. Das Home Office ist für die meisten Menschen vorbei …«

»Für uns endlich auch!«

»… und trotz einiger Beschwerden, dass die Identität des Killers nicht bekanntgegeben und es keine öffentliche Anhörung geben wird, freuen sich die meisten einfach darüber, dass der Lockdown zu Ende ist.«

»Geht mir genauso. Und so lang, wie die Ermittler und Ermittlerinnen vom FBI sich mit diesem Kerl herumschlagen mussten, glaube ich voll und ganz, dass er sein Leben lang hinter Gittern landet.«

»Exakt!«

»Die Festnahme hängt wohl mit einem Vorfall in der 53rd Street bei der 5th Avenue zusammen. Anwohner berichten von eigenartigen Sichtungen, aber so richtig kann keiner beschreiben, was er oder sie gesehen hat.«

»Ich glaube, wir werden uns damit abfinden müssen, dass viele dieser ganzen Mysterien niemals geklärt werden. Theorien gibt es ja Hunderte, aber anstatt meine freie Zeit auf Twitter zu verbringen, genieße ich sie jetzt draußen. In der Sonne.«

»Ich auch. Aber falls ihr denkt, dass eure Theorie besser ist als jede andere, dann schreibt uns eine Nachricht in unserer kostenlosen App oder ruft uns an.«

»Und für alle, die schon in der Morgensonne sitzen, haben wir jetzt einen meiner aktuellen Lieblingssongs. Der klingt richtig nach Sommer. Es folgt für euch Raincoat Eater mit Gone Gone Gone!«

»Wir sind Janey und Ash von der NYC Fresh Morningshow und wünschen euch einen zauberhaften Tag!«

Meine Lider fühlen sich endlos schwer an, als ich aus einem traumlosen Schlaf erwache. Das Licht brennt so heftig in meinen Augen, dass ich sie für einen Moment wieder schließe und versuche, die Tränen zu vertreiben. Es gelingt mir nicht, also hebe ich meine Hand, um sie fortzuwischen, drücke die Fingerkuppen auf meine Lider und stöhne.

Meine Hände sind bandagiert. Ich spüre es bereits, bevor es mir endlich gelingt, die Augen richtig zu öffnen und mich davon zu überzeugen. Meine Arme sind von den Fingerspitzen bis hin zu den Schultern mit Bandagen versehen.

Ich liege in einem weichen Bett mit weißem Bezug, der nach Weichspüler riecht. Die ungemütliche Deckenbeleuchtung surrt aufdringlich.

»Toma.«

Die Stimme lässt mich zusammenzucken, weil sie so nah bei mir ertönt, noch bevor ich mich orientiert habe.

Jay? Meinen Kopf zu drehen, ist noch schwer. Mein Körper ist wie eingerostet. Jay sitzt neben Shiro. Neben ihnen ist der Tropf zu sehen, der an meinem Arm hängt.

»Hey«, krächze ich und räuspere mich, um meine Stimme unter Kontrolle zu bekommen. Shiro! »Es geht dir gut.« Schon wieder die Tränen in meinen Augenwinkeln, aber dieses Mal nicht vor Schmerz. Vor Erleichterung.

Er lebt nicht nur, er sieht auch wirklich frisch aus. Die ordentlich gepflegten Haare und das weiße Hemd lassen ihn viel jünger wirken, als ich ihn je gesehen habe. Und der Ausdruck auf seinem Gesicht. Dieses breite Grinsen, das ihn einnimmt, steckt mich an. Ich ignoriere sogar den Schmerz, den es auf meiner Wange auslöst.

»Sind wir bei D.I.E.T.?« Ich richte mich ein winziges Stück auf, um mich in dem kleinen Einzelkrankenzimmer umzusehen. Es sieht ähnlich wie das aus, in dem Shiro lag. Es steht sogar ein frischer Strauß Blumen auf dem Metallschrank neben mir.

Ich will mich aufsetzen, aber Jay drückt mich sofort zurück. Er trägt die Schutzweste mit dem FBI-Logo darauf und seine Haare sind frisch blondiert. »Ja«, sagt er und grinst ebenfalls. Bei ihm ist das allerdings nichts Außergewöhnliches. »Du hast ein paar Tage geschlafen, aber ich hab auf dich aufgepasst.«

»Was?« Ein paar Tage? Was ist alles passiert? Wo ist Akari? Abermals will ich mich aufsetzen, aber wieder drückt mich Jay zurück. Ich bin noch zu schwach, um mich gegen ihn zu wehren, also muss ich es widerwillig geschehen lassen.

»Soll ich dich fixieren lassen, oder was? Du brauchst Ruhe, Mann!«

Ich stöhne. »Wenn ich ein paar Tage geschlafen habe, habe ich wohl mehr als genug Ruhe gehabt.« Obwohl ich mich ehrlich gesagt noch immer fühle, als sei ich einen Marathon gelaufen. Aber ich brauche keine Ruhe, ich brauche Antworten!

»Einige Stellen deines Körpers waren so schlimm verbrannt, dass du operiert werden musstest«, erklärt Jay und lässt seine Hand dieses Mal auf meiner Schulter liegen, als befürchte er tatsächlich, dass ich ihm gleich entwische. »Nicht alle deine Tattoos haben es geschafft.«

Ein Lachen dringt über meine Lippen. Nicht alle meine Tattoos? »Wenn das das Schlimmste ist, dann geht's mir sonst wohl gut, oder?«

Jay presst die Lippen ernst aufeinander, nickt aber. »Die Ärzte haben erklärt, dass ein Teil deiner Haut im Gesicht und an den Armen entfernt und durch Haut von deinem Oberschenkel ersetzt werden musste. Also wundere dich nicht, wenn du dort Schmerzen hast.«

Ich schlucke. Das waren sicherlich die Stellen, die am Ende gar nicht mehr geschmerzt haben. »Okay.«

»Und«, fügt Shiro an, »du wirst ein paar Wochen Reha auf dich nehmen müssen, also stell dich schon mal darauf ein.«

»Ja, ist nicht schlimm«, murmele ich. Hauptsache, ihnen geht es gut. Ich habe so viele Fragen, dass ich nicht weiß, welche ich zuerst stellen soll. Und die beiden haben mir sicher auch viel zu sagen, aber noch mustern sie mich, als warten sie darauf, dass ich spreche.

»Was ist mit Akari?«, kristallisiert sich das als die dringlichste Frage heraus. Ich sehe zwischen den beiden hin und her, als sie wohl zu entscheiden versuchen, wer wie darauf antworten soll.

»Sie hat sich D.I.E.T. gestellt und wird zurzeit befragt«, sagt Jay am Ende. »Sie ist aber auch noch in ärztlicher Betreuung.«

»Was macht ihr mit ihr?«

»Wir werden sie wohl in Gewahrsam lassen.«

Mein Inneres ziept unangenehm, als ich mich daran erinnere, wie sie von Freiheit gesprochen hat. Sie hat sich wirklich gestellt?

»Hat sie euch gesagt, wer sie …«

»Ja, sie hat gesagt, dass sie Overkill ist.« Auf Jays Gesicht macht sich Unverständnis breit.

Auch Shiro sieht mich ernst an. »Wusstest du das?«

»Ab einem gewissen Punkt schon«, gestehe ich. Soll ich das überhaupt? Sicherlich kann jedes Wort gegen mich verwendet werden. Aber ich will und kann die beiden einfach nicht länger belügen oder ihnen Dinge verschweigen. »Ich war so schockiert, als ich es herausgefunden habe. Aber da hatte Hinata mich schon in seiner Hand und ich konnte niemandem davon erzählen.«

»Du hättest immer mit mir reden können«, flüstert

Shiro und ich schlucke schwer. Sicher fände er es nicht gut, wenn ich sage, dass ich ihn nur beschützen wollte. Aber es war so.

»Als ich herausgefunden habe, dass sie ihr Leben lang unter Hinatas Einfluss stand, habe ich mich mit ihr zusammengeschlossen, um ihn zu besiegen.«

Jay lacht unangenehm berührt. »Du hast echt 'ne Serienmörderin gedatet.« Er fährt sich durch die hellen Haare. »Obwohl sie ja ganz nett wirkt, aber … uff.«

»Wie gesagt: Sie stand unter dem Einfluss ihres Onkels«, murmele ich, obwohl er das vermutlich schon weiß. »Das bedeutet nicht, dass ich gutheiße, was sie getan hat, aber am Ende war sie auf unserer Seite.«

»Ja, das wissen wir«, sagt Shiro, wirkt aber nach wie vor sehr nachdenklich. Also hält die Behörde ihn auch auf dem Laufenden. »Aber ich begreife noch immer nicht, wie ich das nicht habe kommen sehen. Auf meine alten Jahre bin ich wohl doch nachlässig geworden.«

So wie er aussieht, glaubt er das wirklich. Es dauert eine Weile, bis ich perplex meinen Kopf schüttle. »Du warst doch derjenige, der Henry und die anderen zur Unterstützung geschickt hat!«, sage ich rasch. »Ohne sie hätten wir es niemals geschafft. Und das hast du kommen sehen, obwohl es keine Anzeichen gab.«

Endlich hellt sich Shiros Gesicht ein wenig auf. »Nein. Das habe ich kommen sehen, weil du ein sehr schlechter Lügner bist, Junge.«

Für einen Moment schweigen wir alle, dann brechen wir gemeinsam in Gelächter aus. Es schmerzt in jeder Faser meines Körpers, aber es tut so verdammt gut. Es tut gut, die beiden wohlauf zu sehen. Zu wissen, dass Akari lebt, selbst wenn sie in Gefangenschaft ist.

Mit diesem Ausgang hätte ich nie gerechnet.

Als ich mich beruhigt habe, sehe ich vor allem Jay an. »Wie geht es mit mir weiter?«

»Du hast dich unseres Wissens nach nur verteidigt.« Jay lächelt gepresst. »Aber Malik wird dir noch sagen, dass du dich erst mal von Ärger fernhalten sollst.«

»Ich habe nicht vor, in nächster Zeit weitere Verbrecherringe aufzumischen.« Das Lächeln schmerzt wieder auf der verbrannten Seite meines Gesichts. Ich habe schon jetzt Angst davor, in den Spiegel zu sehen.

»Du wirst auch noch befragt werden, aber mach dir darum keine Sorgen, ja? Es geht erst mal darum, dass du gesund wirst.«

»Klar.« Ich wende mich Shiro zu. »Und wie geht es dir? Wie bist du Amaterasu entkommen? Haben dich die Agents befreit?« Das waren wohl etwas zu viele Fragen auf einmal.

Ruhig hebt er seine Hand. »Alles gut. Ich habe mir – wie gesagt – denken können, dass etwas nicht stimmt und an diesem Tag passieren würde, an dem du frei haben wolltest. Deswegen habe ich dir Unterstützung geschickt und mir selbst welche geholt.«

Ich kann meine Erleichterung gar nicht begreifen, aber da arbeitet noch mehr in mir, das dringend hinauswill. »Aber wer ist denn jetzt im Spicy Noodles?«

»Henry passt auf.« Shiro lächelt verschmitzt. »Aber ich lasse ihn nicht lang allein. Ich bin nur hier, weil es hieß, dass du voraussichtlich heute wieder aufwachen würdest. Nachher breche ich wieder auf.«

Er war also schon länger hier und hat nur darauf gewartet, dass ich aufwache? Verdammt, mit so vielen Emotionen komme ich nicht klar. »Kann Henry das Rezept denn kochen?«, will ich wissen, um mich selbst abzulenken.

»Nein, er schenkt nur Getränke aus.« Er verschränkt die Arme und wiegt den Kopf hin und her. »Ich hoffe mal, dass er das schafft.«

Jay lacht, aber ich kann das schlechte Gewissen, das mich ergreift, einfach nicht von mir schieben. Es überflutet mich auf einen Schlag. »Es tut mir so leid, dass du in das alles reingezogen wurdest«, sprudelt es wie von allein über meine Lippen. »Dass ich dir erst nicht geglaubt habe. Und dass ich dich verraten habe.« Das wusste er ja noch gar nicht! »Ich meine, ich hatte nie wirklich vor, die Gäste …«

Mitten in meinem Satz erhebt Shiro sich von seinem Stuhl, beugt sich vor und schließt mich, so gut es geht, in seine Arme. Er riecht nach Gewürzen und Brühe. Genauso wie das Spicy Noodles.

Es riecht nach Zuhause.

Nachdem ich für einige Momente wie erfroren war, schließe ich die Augen und hebe meine Arme, um ihn ebenfalls vorsichtig zu drücken. Nicht zu stark, sonst fällt er noch nach vorn.

Abermals sammeln sich die Tränen in meinen Augen. Dieses Mal wehre ich mich nicht gegen sie.

KAPITEL 46

WAS MICH AN POMMES UND KUCHEN DENKEN LÄSST

Dass D.I.E.T. mich befragen würde, war mir klar. Aber dass sie mich schon wenige Tage, nachdem ich das erste Mal aus dem künstlichen Koma aufgewacht bin, in einen riesigen Verhörraum einladen, habe ich nicht erwartet.

Inzwischen bin ich allerdings ganz gut auf eigenen Beinen unterwegs. Wackelig, aber es geht.

Ich lehne mich in dem ungemütlichen Metallstuhl zurück und schaue Haruo mir gegenüber an, der allerdings noch intensiv die Akten studiert, die er auf dem kühlen Metalltisch zwischen uns ausgebreitet hat. Der grummelige Kerl will sicher, dass ich vor Ungeduld schmore, aber das Gefühl kann er mir so schnell nicht geben.

Mir geht es gut. Der erste Blick in den Spiegel mit den dunklen Wunden auf der rechten Wange und den wulstigen Narben am Hals hat mich zwar schockiert und mein rechter Arm sieht nicht viel besser aus, aber das sind nur kosmetische Sachen. Es geht mir gut. Shiro geht es gut und Akari wird es auch wieder gut gehen.

Mich kann nicht viel aus der Ruhe bringen, also sehe

ich mich gemächlich im Raum um. Er ist fast eine kleine Halle. Die Wände sind von einem dunklen Grau und von einer Ebenmäßigkeit, die nahezu gläsern wirkt. Eher wie aus einem glatten Kunststoff als aus Beton. Am Ende des Raumes, einige Meter hinter Haruo, gibt es eine Tür. Die einzige Lichtquelle ist eine kühle Neonröhre direkt über uns und diesem kalten Tisch.

Er weist einige Kratzspuren auf, die sicher nicht leicht in das Metall hineinzubekommen waren. Für einen einfachen Befragungsraum ist dieser Ort zu groß. Das kalte, leere Gefühl, das er erzeugt, wirkt zwar bedrohlich, aber ich werde den Eindruck nicht los, dass er zweckentfremdet wirkt.

Wofür er wohl eigentlich gedacht ist? Werden hier vorrangig Menschen mit Fähigkeiten befragt und er ist so angelegt, dass hier auch Kämpfe stattfinden können?

Können die Leute dieser Behörde überhaupt etwas ausrichten?

Genervt, weil Haruo mich noch immer ignoriert, folge ich seinem Blick auf die Akten zwischen uns. Es sind Bilder der Straße zu sehen, die wir während des Kampfes zerstört haben. Sie schieben es wohl auf eine Gasexplosion, was witzigerweise gar nicht so weit von der Realität entfernt ist.

»Worum genau soll es denn hier gehen?«, frage ich schließlich, nachdem der Kerl für meinen Geschmack viel zu lang geschwiegen hat.

»Es geht darum, dass wir entscheiden müssen, ob wir dir deine magischen Essstäbchen zurückgeben oder nicht«, erwidert er ruhig.

Ich unterdrücke meinen ersten Impuls, ihm zu sagen, dass sie nicht einfach ein Familienerbstück stehlen können. Mir wird klar, dass sie dazu wohl durchaus in der Lage sind.

»Und darum, dass wir einschätzen, wie du dich in Zukunft verhalten wirst.«

Also eine wirklich ernste Sache. Ich sollte wohl aufgeregter sein. Aber egal, aus welchem Winkel ich es betrachte: Schlimmer als das bisher Erlebte kann es nicht werden.

»Ich weise dich darauf hin, dass wir jemanden in der Behörde haben, der überprüfen kann, ob du die Wahrheit sagst oder nicht.«

»Okay.« Das verwundert mich nicht einmal. Ich kann nur die genaue Position dieser Menschen in dem Gefüge der Göttererben noch nicht einordnen, aber das werde ich im Laufe der Zeit schon herausfinden.

Wichtiger ist, dass mein Gegenüber endlich mit mir redet. Hat er nur darauf gewartet, dass ich den Anfang mache?

Haruo zieht eine Augenbraue hoch und sieht mich forschend an, einen Hauch Überraschung auf den Zügen. »Du hast kein Problem damit, dass wir deine Aussagen auf ihren Wahrheitsgehalt prüfen?«

»Ich habe nichts zu verbergen.« Ich zucke mit den bandagierten Schultern. »Womit kann ich dienen?«

Er schiebt einige der Blätter vor ihm auseinander. »Wir haben schon einiges von deinem Großvater und Akari gehört, also musst du uns nicht mehr die ganze Geschichte erzählen. Was mich noch interessiert, ist: Seit wann wusstest du, dass Akari der Serienmörder namens Overkill ist?«

Dass er diese Frage stellen würde, war mir bereits klar. Ich habe nichts zu verbergen. »Seit dem Vorfall in der Firma.«

»Danach warst du bei uns und hast nichts gesagt. Warum?«

»Weil ich zu dem Zeitpunkt noch befürchtet habe, dass sie jeden meiner Fehltritte an ihren Onkel weitergibt, der mich jederzeit nach Belieben hätte töten können. Also war es für mich das Sicherste.« Ich wiege meinen Kopf hin und her. »So wie jede meiner anderen Handlungen.«

»Aha.« Er macht sich eine Notiz auf einem Block auf seinem Schoß, sodass ich sie nicht sehe. »An welchem Zeitpunkt hat sie sich auf deine Seite geschlagen?«

»Sie hat … eigentlich vor dem Kampf in der Firma schon den Eindruck gemacht, dass sie sich Hinata widersetzen wollte, aber es nicht konnte. Ihre Hilfe hat sie mir gleich danach angeboten. Ich wusste nur lang nicht, ob ich ihr vertrauen kann.«

»Verstehe.« Wieder eine Notiz. Was schreibt er auf? Er gleicht meine Aussage sicher mit Akaris ab, um sie auf Unstimmigkeiten zu überprüfen, aber ich gehe davon aus, dass sie ihm auch die Wahrheit gesagt hat.

»Und weil du niemandem davon erzählen konntest, hast du mit ihr beschlossen, Hinata mit deiner neu erlernten Fähigkeit anzugreifen.«

»Genau.«

»Denkst du, dass du diese Fähigkeit unter Kontrolle hast?«

Ein unvermitteltes Lachen bricht aus mir hervor. »Nein. Nein, ganz und gar nicht«, gestehe ich ein. »Aber ich habe ja auch erst vor etwa zwei Wochen davon erfahren.« Ich wiege den Kopf hin und her. »Also plus die Zeit, die ich im Koma lag. Aber da war ich … bewusstlos.« Warum fühle ich mich so leicht? Ich sollte ernsthafter sein, aber zum ersten Mal seit Jahren fühle ich mich, als sei ein Gewicht von mir genommen worden, das immer unbemerkt an mir hing. In diesem Moment spüre ich es zum ersten Mal so deutlich.

»Wir mussten Spezialisten holen, um die blauen Flammen zu löschen, mit denen du die Straße bedacht hast«, sagt Haruo ernst. »Die haben sich nämlich nicht mit gewöhnlichen Mitteln löschen lassen.«

Tatsächlich? »Ich hätte nicht gedacht, dass sie weiterbrennen, wenn ich gar nicht mehr bei Bewusstsein bin«, sage ich ehrlich. »Das tut mir leid.« Mich interessiert, wie sie es am Ende geschafft haben, sie zu löschen.

»Hast du vor, deine Fähigkeiten weiterhin einzusetzen?«

Ein Lächeln nimmt meine Lippen ein. »Ich denke, beim Kochen können sie nicht schaden«, scherze ich. Das scheint mein Gegenüber aber gar nicht wertzuschätzen. »Ich würde gern üben, mit ihnen umzugehen, um die Gäste des Restaurants zu beschützen. Genau wie Shiro früher.« Ich schaue an meinen Armen hinab. »Aber das wird wohl noch eine Ewigkeit dauern.«

»Du hast also nicht vor, die Fähigkeit zu benutzen, um deinen eigenen Vorteil daraus zu ziehen?«

»Nein. Von Leuten, die auf ihren eigenen Vorteil aus sind, habe ich erst einmal genug.«

Er nickt langsam. »Und du hast vor, weiter im Restaurant zu arbeiten?«

Ich denke im ersten Moment, dass das eine Frage ist, auf die ich noch nicht klar antworten kann, oder dass ich länger über sie nachdenken muss, aber … eigentlich nicht. Mir wird klar, dass ich diese Realität bereits als meine Zukunft akzeptiert habe. Und ich freue mich mit jeder Faser meines Körpers darauf. »Ja«, sage ich schließlich und muss wieder lächeln. »Ja, das werde ich.«

»Wärst du bereit, im Notfall mit den Agents von D.I.E.T. zusammenzuarbeiten?«

Das überrascht mich. »Hat Shiro das denn getan?«

»Das war noch vor meiner Zeit. Aber ja.«

»Dann werde ich das auch.«

Abermals schaut er mich überrascht an.

»Mein bester Freund arbeitet ja auch hier. Wäre doch klasse, wenn wir zusammen Bösewichte bekämpfen.« Noch während das über meine Lippen kommt, wird mir allerdings ein wenig übel. »Obwohl ich erst mal genug von Kämpfen habe. Ich hoffe eigentlich, dass ich so etwas nie wieder erleben muss.«

»Gut.«

Gut? Ich warte einige Momente, weil ich denke, dass noch Fragen kommen müssen. Aber er schweigt.

Das soll es gewesen sein?

Vielleicht ist das meine Chance, meinerseits Fragen zu stellen.

Mit gemischten Gefühlen reibe ich die Hände aneinander. »Steht schon fest, wie es mit Akari weitergeht?«

Das lenkt seine Aufmerksamkeit wieder auf mich. »Du magst sie, hm?«

Bringt es etwas, das abzustreiten? »Wir haben zusammen einiges durchgemacht.«

»Sie erkundigt sich auch in jeder unserer Sitzungen nach dir.«

Mein verräterisches Herz macht einen für meinen Geschmack viel zu großen Hüpfer.

»Bisher ist sie extrem kooperativ und wir haben keinen Grund zur Annahme, dass sie noch einmal gewalttätig sein wird.« Er schiebt seine Papiere zusammen und stützt sich auf den Tisch zwischen uns. »Wir können allerdings auch keine Serienmörderin auf freien Fuß setzen.«

»Aber ohne den Einfluss ihres Onkels ist sie total ungefährlich.«

»Das können wir noch nicht final einschätzen. Die psychologischen Gutachten, die über sie angestellt werden, setzen einige Monate der Beobachtung voraus.«

Einige Monate. Ich hoffe, sie behandeln sie hier nicht allzu schlecht.

»Wir würden dich eventuell kontaktieren, falls sie nicht kooperativ sein sollte.«

Mich kontaktieren? Ich kann also gehen? »Wenn ich was ausrichten kann, klar.«

»Du hast sie ja dazu gebracht, sich zu stellen. Also stehen die Chancen wohl ganz gut.«

Ich nicke unsicher. »Ähm, klar … Wenn ich helfen kann, immer. Kann ich sie denn ab und an mal besuchen?«

»Wenn du dich vorher anmeldest.« Er deutet mit seinem Kugelschreiber auf mich. »Aber nur, weil dein Großvater immer gute Beziehungen zur Behörde gepflegt hat. Bekomm nicht den Eindruck, dass wir hier ein Besucherzentrum sind.«

Ich nicke eilig. »Natürlich.« Diese Leute haben mir schon zweimal geholfen, auch wenn sie an den eigentlichen Auseinandersetzungen nicht beteiligt waren.

»Ach so, eine Frage noch.«

Ich lausche auf.

»Du hast nicht zufällig gesehen, wer die Leichen der Gefallenen abtransportiert hat, oder?«

Ich schlucke schwer. Ich bin doch nicht der Erste, dem

sie diese Frage stellen, oder? Bedeutet das, dass keiner der Zeugen gesagt hat, wer es war? Dann sollte ich es höchstwahrscheinlich auch nicht verraten.

Bringt es mich in Schwierigkeiten, ihn anzulügen? »Ich weiß es nicht genau«, entscheide ich mich. Das ist keine Lüge, oder?

»Hast du eine Idee?«

»Ich habe leider noch nicht sehr viel Ahnung von dieser ganzen Welt«, weiche ich wieder aus.

Haruo zieht eine Augenbraue hoch, als wisse er genau, was ich da tue.

»Ist dir eine Lieferkette namens *Very Happy Meat* bekannt?«

Mist. Also wissen sie genau, wer es war, und wollen nur überprüfen, wie viel ich ihnen verrate. Aber ich werde Cava und die anderen nicht verraten. Sie meinte zwar, wir wären quitt, aber für die Rettung von Shiro und das Opfer ihres Bruders werde ich noch sehr lang in ihrer Schuld stehen.

»Hab ich schon mal gehört«, bleibe ich schwammig.

Wieder macht er sich eine Notiz. Ich befürchte, das wird Konsequenzen haben.

»Kennst du einen Mann namens Hilarious R. Jones?«

Was? Woher kommt das denn jetzt? »Ist das nicht der Inhaber von diesem Fast-Food-Imperium?« Eigentlich bin ich mir sicher. Diesen Namen vergisst man nicht, wenn man ihn einmal gehört hat. Wenn Haruo so offen nach dem Kerl fragt, ist der dann auch ein Erbe? »Hab da noch nie gegessen«, sage ich. »Und den Kerl kenne ich auch nicht.«

»Warst du schon einmal in der Bäckerei namens *Cosmic*?«

»Sagt mir nichts.« Das müssen alles andere Erben sein. Jetzt, da er mich auf sie hinweist, bekomme ich große Lust, sie alle mal zu besuchen. Und Hunger auf Pommes und Kuchen.

Haruo legt seinen Stift ab, die Hände auf den Tisch und mustert mich genau. »Du hast viel für die Gemeinschaft der Erben in New York getan. Die Ereignisse, die auf den Wegbruch von Universal Heritage folgten, waren fatal. Aber jetzt sollte hoffentlich wieder ein wenig Ruhe einkehren.«

Ich schlucke schwer. Ist das das Ende der Befragung? Er hat nicht halb so viel wissen wollen, wie ich ursprünglich angenommen habe. »Das hoffe ich auch.«

»Wir hoffen, dass du diesem Frieden nicht abträglich bist. Sonst sitzt du bald mit deiner kleinen Freundin in der Zelle.«

Es gefällt mir nicht, wie er mir zu drohen versucht. Das erinnert mich viel zu sehr an Hinata. Und meinen Vater. Aber mir ist klar, dass ich mich möglichst unterwürfig geben sollte, wenn ich wieder hinauskommen will. Also nicke ich vorsichtig. »Ja«, sage ich schließlich. »Schon begriffen.«

»*Wie sieht es aus?*« Ich schaue auf die Nachricht auf meinem Handy. Shiro schreibt sie mir heute schon zum dritten Mal. Und zum dritten Mal antworte ich: »*Warte noch.*« Ich hatte gehofft, heute schon wieder im Spicy Noodles aushelfen zu können, aber wenn ich noch länger im D.I.E.T. Hauptquartier warten muss, wird das wohl nichts mehr.

Die Uhr mir gegenüber an der Wand verhöhnt mich. Die Agents, die hin und wieder auf dem Flur vor dem kleinen Warteraum entlanglaufen, werfen mir mitleidige Blicke zu. Ich bin zwar nach vielen Tagen der Ruhe und einigen ersten Reha-Stunden wieder auf dem Weg der Besserung, aber hier Stunden herumsitzen zu müssen, ist doch anstrengend.

»*Kannst du nicht morgen noch mal hinfahren?*«, will Shiro wissen. »*Wir vermissen dich hier schon!*«

Ich lächle. »*Ohne die Stäbchen verschwinde ich nicht. Und einige ärztliche Berichte und Anweisungen stehen auch noch aus, also lassen die mich sicher nicht gehen.*«

»*Na gut*«, antwortet er. Dass er sich nach dieser ganzen Sache ein Smartphone zugelegt hat, ist mehr als praktisch. Im Laufe der Zeit wird er auch lernen, schneller zu tippen.

»*Ich freue mich drauf, endlich wieder in meinem eigenen Bett zu schlafen.*« Auf meiner Matratze. Aber so oder so, sie gehört mir. Ich vermisse den Geruch und die Sonne im Laden. Es ist schon viel zu lang her.

»*Das freut mich, Toma*«, antwortet Shiro nach einer Weile. Ich schiebe das Handy lächelnd wieder in meine Tasche, lehne mich zurück und lege die Füße auf dem kleinen Holztisch mir gegenüber ab. Die Blumen, die Backsteinwände, die abstrakten Gemälde und der Parkplatz vor den Fabrikfenstern – das alles habe ich viel zu lang angestarrt. Die Bahnen und Wege, die ich nehmen und gehen muss, um zum Laden zu kommen, habe ich auch schon etliche Male studiert.

Nicht einmal draußen gibt es viel zu sehen. Bis auf die Wolken, die schnell über den Himmel ziehen.

»Störe ich beim Träumen?«

Ich zucke zusammen und wirble herum. Eine junge Frau sitzt auf dem kleinen Stuhl mir gegenüber. Sie muss sich vollkommen lautlos in den Raum geschlichen haben! Ich habe ihre Bewegungen nicht einmal aus dem Augenwinkel gesehen.

Mein Herz pocht vor Schreck so aufgeregt, dass ich mir an die Brust fasse und mich erst einmal wieder gerade hinsetzen muss, um das zu verarbeiten.

»Sorry«, meint sie unschuldig lachend. »Ich wollte dich nicht erschrecken.«

Mein Blick fällt auf den beigefarbenen Overall. Die dunkle Haut und die hellen Augen – das ist doch die Hausmeisterin, die an Shiros Bett gesessen hat, als er hier im Krankenhaus war.

»Schon okay«, sage ich und bemühe mich darum, mich wieder zu beruhigen. Diese Schreckhaftigkeit muss ich ablegen. Wahrscheinlich habe ich nur zu intensiv aus dem Fenster gestarrt, und sie ist gar nicht geschlichen. »Wer bist du?«

Sie legt die Handflächen aneinander. Die lockigen Haare fallen ihr über die Schultern, als sie sich ein wenig zu mir vorbeugt. »Amber. Wir hatten noch gar nicht die Chance, uns zu unterhalten.«

»Das klingt, als hättest du darauf gewartet.« Eigentlich möchte ich gar nicht so misstrauisch klingen, weil sie eine Freundin von Shiro ist. Aber irgendwie hat sie etwas Neckisches an sich, das mich skeptisch macht. Sie bereitet mir ein ungutes Gefühl, das ich nicht ganz erklären kann.

»Shiro hat schon so viel von dir erzählt«, sagt sie. »Da dachte ich, es muss ja etwas dran sein an dir.«

»Ihr kennt euch also?«

»Schon seit er ein junger Mann war.«

Ich schürze die Lippen. So etwas in der Art hat Shiro auch gesagt. Bekomme ich jetzt die Chance, dieser Sache auf den Grund zu gehen? »Dann bist du älter, als du aussiehst?«

»Gut deduziert, Sherlock.«

»Worüber möchtest du dich denn unterhalten?«

»Hast du vor, New York irgendwann zu verlassen?«

Was für eine seltsame Frage. »Das habe ich eigentlich nicht vor.« Ist sie eine weitere Mitarbeiterin der Behörde, die mich in entspannterem Umfeld befragen soll?

»Wie sieht die Wohnung aus, in der du wohnst?«

Ich lege die Stirn in Falten. »Ich wohne über dem Spicy Noodles. Warum willst du das wissen?«

»Da zu wohnen ist sicher schön«, sagt sie versonnen.

»Warst du schon mal dort?«

»Hat es dir Shiro nicht erzählt? Ich war diejenige, die ihm im Kampf gegen Amaterasu geholfen hat.«

Das war sie? Also ist sie auch eine Erbin? »Für eine Hausmeisterin hast du dann ja sicher ziemlich was drauf.«

»Was heißt hier *für eine Hausmeisterin*?«

»Oh, ähm … Tut mir leid.«

»Also, dass du im Spicy Noodles arbeitest, ist sehr praktisch. Ich möchte dir etwas anbieten.«

»Was denn?«

Sie zieht eine dünne, goldene Kette mit einem kleinen Behältnis daran heraus und reicht sie mir. »Das sind Samen«, sagt sie sofort, als ich sie entgegennehme. »Wenn du einen in den Mund nimmst, kannst du mich zu dir holen.«

Ich nehme die Kette entgegen und betrachte die kleinen, braunen Körner. »Kann ich dich nicht auch einfach anrufen?«

»Das wäre viel zu kompliziert. Also: Wenn du mal in Schwierigkeiten bist, weißt du jetzt, was zu tun ist.« Sie deutet mit dem Finger auf den Behälter und richtet sich gemächlich wieder auf. »Du kannst mich aber auch ab und zu mal ins Restaurant holen, damit ich was essen kann.« Sie verzieht überlegend den Mund. »Oder vielleicht, wenn du in einem sehr schönen Gebäude unterwegs bist. Das würde ich mir gern ansehen.«

»Ich habe keine Ahnung, wovon du redest.«

»Musst du das?« Sie zwinkert.

»Was genau bist du?«

Sie sieht mich an, als würde sie die Frage nicht richtig verstehen. »Na, die Hausmeisterin.«

Natürlich. Als wäre das alles.

»Du wartest schon so lang. Soll ich den Agents mal in den Hintern treten, damit sie sich beeilen?«

»Solange du ihnen nicht wehtust«, erwidere ich gedehnt.

Das scheint sie lustig zu finden. »Na gut«, säuselt sie, als sie den Raum verlässt.

KAPITEL 47

WIE KOMPROMISSE GESCHLOSSEN WERDEN

Ich habe das Klimpern der Töpfe, das Zischen des kochenden Wassers, den Geruch der Gewürze und das Surren der Kühlschränke vermisst. Das denke ich jeden Morgen, wenn ich in die Küche trete, obwohl ich schon seit einigen Tagen wieder im Restaurant arbeite. Meine Hände vermissen es auch, die Arbeiten auszuführen. Die Nudeln zuzubereiten, die Knochen zu reinigen, das Gemüse zu schneiden und die Saucen zuzubereiten.

Aber ich und sie müssen sich noch gedulden. Bis dahin bleibt mir nichts übrig, als Morgen für Morgen aufzustehen, mich frischzumachen und neben Shiro in der Küche zu sitzen, um jede seiner geübten Handbewegungen genau zu studieren. Er behauptet zwar, dass mir das auch weiterhilft, aber mit jedem verstreichenden Tag befürchte ich mehr, dass ich die Bewegungen verlerne, wenn ich mich nicht bald selbst wieder an die Arbeit mache.

»Wir müssen uns Gedanken über das Logo machen«, sagt Shiro, während er das Gemüse nach und nach in den Topf gibt. »Das ist noch immer ganz überpinselt von diesen Rüpeln.«

Ich grinse still vor mich hin. Rüpel. Dafür, dass Shiro einmal so krass gewesen sein soll, hat er jetzt eine ziemlich süße Sprache drauf.

»Soll ich jemanden beauftragen, der die Wand reinigt?«

»Ach, das war ja eh ganz heruntergekommen. Ich habe überlegt, ob wir es vielleicht ganz neu machen.« Er wendet sich zu mir um. »Und ein paar Modernisierungen vornehmen, so wie du am Anfang vorgeschlagen hast.«

Ich ziehe die Augenbrauen hoch. Das war zu Beginn doch undenkbar für ihn. Woher kommt dieser Sinneswandel? Ich freue mich darüber, aber … »Wenn du das Logo perfekt fandest, wie es war, solltest du es auf keinen Fall ändern.«

»Na ja, ich denke, du hast mir gezeigt, dass ein bisschen frischer Wind uns ganz guttun kann.« Er wischt seine Hände an einem Tuch ab und packt den Deckel auf den großen Topf. »Ich will noch etwas einkaufen. Kommst du mit?«

»Klar!« Ich stehe auf und lasse Shiro vorausgehen. Durch die großen Fenster neben dem Eingang ist bereits das Morgenrot zu erkennen, das über der Stadt liegt. Der Sommer nähert sich immer weiter und je heller es morgens wird, umso weniger schwer fällt es mir, aufzustehen. Vor allem jetzt, nachdem Shiro mich mit einem richtigen Bett überrascht hat, als ich aus dem Krankenhaus gekommen bin.

»Also wenn wir das Logo verändern, sollte das ein Profi machen«, überlege ich und schnappe mir den Beutel auf dem Tresen und meine Brieftasche. Die Stäbchen habe ich wie immer in meiner Jackentasche. Eigentlich gehe ich nirgendwo mehr ohne sie hin. So fühle ich mich sicherer. »Vielleicht kann man das alte Design erhalten, aber ein bisschen modernisieren.«

»Von solchen Sachen hast du wohl mehr Ahnung als ich«, sagt Shiro. Als ich den Laden hinter ihm verlasse, empfängt uns die warme Morgenluft. Es riecht nach Abgasen und allem möglichen Unrat, aber dahinter ist der warme Geruch des Sommers zu vernehmen, der mein Herz höher schlagen lässt.

»Solange das Essen gleich gut bleibt, werden unsere Stammkunden so oder so wiederkommen«, sagt Shiro und setzt sich in Richtung der Läden in Bewegung, die wir so gut wie jeden Morgen abarbeiten.

Ich denke darüber nach, wie viel Sorge es mir am Anfang bereitet hat, dass ich Akari als Stammkundin vergraulen könnte. Am Ende ist es tatsächlich dazu gekommen.

Ich hoffe, dass ich sie bald wieder besuchen kann.

Der Gedanke an Modernisierungen bringt mich allerdings auf ein anderes Thema, das mir in den letzten Tagen vorgeschwebt ist. Ein Gedanke, den ich bereits an meinem ersten Tag im Spicy Noodles hatte.

»Shiro, ich habe eine Frage.«

»Nur zu, Junge.«

»Ich weiß nicht, ob es unpassend ist, weil ich dein Rezept ja noch gar nicht richtig raushabe.« Ich muss darauf achten, nicht zu schnell zu gehen, damit Shiro hinterherkommt. Für die Wunde an meinem Oberschenkel von der Operation ist das wohl auch besser. »Aber ich würde mich gern in meiner Freizeit daran probieren, eine vegetarische oder vegane Version des Tonkotsu-Ramen zu entwerfen.«

Shiro rümpft die Nase. »*Tonkotsu* bedeutet Schweineknochen. Das ist doch widersprüchlich.«

»Ja, ich meine …« Ich hätte mir das vorher genauer überlegen sollen. »Ich würde gern etwas entwickeln, das deinem Gericht in Cremigkeit und Geschmack gleichkommt, aber für eine größere Kundenbasis geeignet ist. Viele meiner Freunde und Freundinnen sind Vegetarier und Veganer. Ich würde ihnen auch gern einmal etwas servieren können.« Viele ist übertrieben, so viele Bekannte habe ich seit dem Abschluss gar nicht mehr. Aber ich muss meinen Punkt irgendwie klarmachen.

»Ich weiß nicht, ob es das Richtige ist, etwas kreieren zu wollen, was meinem Gericht gleichkommt«, überlegt er laut. »Denkst du nicht, dass es besser wäre, ein ganz eigenes Gericht zu erschaffen?«

»Ein … eigenes Gericht?« Ich weiß nicht, ob ich das kann.

»War nur so ein Gedanke.« Er sieht mich ernst an. »Ich erlaube es dir natürlich. Aber nur, sofern es deinen Lernprozess und deine Arbeitsleistung tagsüber nicht einschränkt.«

Ein aufgeregtes Kribbeln geht durch meinen Körper. »Natürlich!«

»Und vergiss nicht, dass wir nachts auch noch an deinen Kräften trainieren. Und die ganzen Vorbereitungen für den nächsten Tag. Übernimm dich also nicht.«

»Werde ich nicht«, sage ich entschlossen. »Versprochen.«

»Und!«

Wie viele Bedingungen denn noch?

»Ich werde das Gericht erst auf die Karte nehmen und servieren, wenn es … angemessen ist.«

Angemessen. »Das wird dann wohl ein paar Jahre dauern.«

Der alte Mann lacht rau. »Mindestens. Aber ich denke, es kann durchaus von Vorteil sein, wenn du dich in verschiedenen Richtungen weiterbildest. Also freue ich mich über deine Initiative.«

Weiterbilden kann man meine Suchen bei Pinterest wohl noch nicht nennen, aber ich freue mich trotzdem über seine Anerkennung. Vielleicht sollte ich zur Recherche mal wieder *Food Wars* schauen.

Wir biegen um die nächste Straßenecke und wie jeden Morgen sieht uns John vom Gemüseladen fröhlich entgegen. Ich habe bisher nie mehr als die üblichen paar Worte mit ihm gewechselt, dabei ist er einer der Menschen, die ich inzwischen am häufigsten sehe.

»Ich dachte außerdem, dass wir jetzt, da alles vorbei ist, eine Art Neueröffnung feiern könnten.«

Wir bleiben stehen und John bittet uns, noch ein paar Momente zu warten, bis er mit dem Ausladen fertig ist. Ich würde ihm helfen, wenn die Wunden an meinen Händen schon ganz verheilt wären. Die Ärzte haben bisher bei jedem Besuch mit mir geschimpft, weil ich mich nicht genügend schone.

»Was meinst du?«

»Na ja, eine Art Party«, erkläre ich und lehne mich an die schmutzige Hauswand hinter mir, während wir warten. »Vielleicht mit einem kleinen Programm oder so, um die Leute anzulocken. Und zu feiern, dass wir hier wieder Ruhe haben.«

Shiro verzieht überlegend den Mund. »Würde das nicht zu viel Aufmerksamkeit erregen?«

»Du meinst bei Leuten, die uns nicht wohlgesonnen sind?«

Er nickt nachdenklich.

»Denke ich nicht. Ich denke, wir sollten zeigen, dass das Spicy Noodles noch immer ein sicherer Ort für alle ist. Dann spricht sich gewiss schnell herum, wie es so läuft.« Ich grinse. »Und Jay hat gesagt, dass sich die Geschichte von meinem Kampf gegen Hinata wie ein Lauffeuer unter den Göttererben verbreitet. Also traut sich sicher nicht so schnell jemand an uns heran.«

Shiro lacht. Erst ganz leise, dann immer lauter. Er überwindet den Schritt zwischen uns und schlägt mir mit der flachen Hand so fest auf den Arm, dass es schmerzt. »Du bist schon wie ich, Junge.« Er grinst mich breit an.

Und ich glaube nicht, dass mich je ein Lob mehr gefreut hat.

KAPITEL 48

WOZU FREIHEIT MICH ERMÄCHTIGT

Die morgendliche Sommersonne, die durch die großen Fenster fällt, ist noch besser als die im Frühling. Nur mit einer lockeren Hose, einem Shirt und einigen Bandagen an meinen Händen bekleidet, warte ich mit Shiro im Gastraum auf Kundschaft, arbeite entspannt an der Website und chatte nebenbei mit dem Designer für das neue Logo.

Ob ich das Schwelgen für diesen Laden jemals wieder loswerde? Wahrscheinlich nicht, wenn ich bedenke, wie entspannt Shiro hier ist. Ihn anzusehen, fühlt sich an diesem Punkt an, als würde ich einen Blick in meine Zukunft werfen.

Halb hinter meinem Laptop ruht Kobe und lässt sich die Sonne aufs Fell scheinen. Ich habe ihn aus Akaris Wohnung geholt, nachdem sie mich bei meinem ersten Besuch bei ihr darum gebeten hat. Er macht sich wirklich gut als Restaurant-Katze. Auch wenn Henry auf ihn allergisch ist, aber das hält er schon aus.

Ich weiß gar nicht mehr, wie es ist, ohne ihn auf meinem Kopfkissen einzuschlafen.

»Das Update für das Logo kommt heute«, sage ich Shiro, der sein Gesicht mit geschlossenen Augen in die Sonne hält. »Bist du aufgeregt wegen der Neueröffnung?« Es sind nur noch wenige Tage.

»Ich hoffe, dass ich einige alte Freunde wiedersehe«, sagt er, ohne mich anzusehen.

Lächelnd nehme ich einen Schluck aus meiner Kaffeetasse. »Ich freu mich schon, sie kennenzulernen.« Noch habe ich viel zu wenig Ahnung von den Fähigkeiten all dieser Leute. So richtig in Aktion habe ich nur Henry und Charlotte gesehen.

»Vielleicht kommt Gregory endlich auch mal wieder. Er war bis vor einiger Zeit noch Stammkunde.« Shiro lacht. »Du würdest ihn sicher lieben.«

Ich löse meine Finger vom Mousepad, um mich ihm zuzuwenden. »Was kann er denn so?«

»Er ist der Erbe eines Komiker-Gottes. Er erzählt Witze, die so lustig sind, dass alle, die sie hören, vor Lachen sterben.«

Ich beobachte jede Regung auf seinem Gesicht, aber er lässt sich nicht ansehen, ob er scherzt oder nicht.

»Du verarschst mich.«

»Nein, nein«, winkt er ab, öffnet seine Augen und wendet sich mir zu. »Er wollte mal Comedian werden. Menschen zum Lachen zu bringen, ist seine große Leidenschaft. Aber leider sind bei seiner Debütveranstaltung alle vor Lachen gestorben.« Er zuckt mit den Schultern. »Es gab keinen offensichtlichen Grund für den Tod seiner Zuschauer. Deswegen ist es eine Art urbane Legende geworden.«

Ich beiße mir auf die Unterlippe, weil das so furchtbar ist und gleichzeitig so dämlich klingt, dass ich lachen will.

»Er ist deswegen ein ziemlich deprimierender Zeitgenosse. Er hat die ganze Zeit Angst, versehentlich etwas zu Lustiges zu sagen.«

Ich kann nicht mehr an mich halten und lache schallend. »Shiro!«, rufe ich und versuche so sehr, es mir zu verkneifen. »Bitte sag, dass das gelogen ist!«

»Nein! Er kommt hoffentlich ins Restaurant, dann stell ihn dir mal vor.«

Ich winke rasch ab, als sich Tränen in meinen Augen sammeln. »Nein, danke.« Klingt etwas zu riskant, ich bekomme ja jetzt schon kaum Luft.

Ob es sich lohnt? Den besten Witz der Welt zu hören, wegen dessen man sich wirklich totlachen muss? Ich werde es leider nie herausfinden.

»Und du denkst, dass ich ihn mögen werde?« Ich lache noch immer. »Klingt eher wie ’ne wandelnde Zeitbombe.«

Shiro winkt ab, grinst aber auch vor sich hin.

Doch ein anderer Gedanke kommt mir sofort, als wir schon bei diesem Thema sind. Ich sammle mich kurz und räuspere mich, um mich zusammenzureißen. »Und was ist eigentlich mit dieser Amber?« Die Kette, die sie mir gegeben hat, trage ich jeden Tag, aber ich habe bisher keinen dieser seltsamen Samen benutzt. »Sie hat gesagt, dass sie dich vor Amaterasu beschützt hat.« Jetzt, da ich es ausspreche, kommt es mir seltsam vor, das noch gar nicht angesprochen zu haben. Aber es war einfach zu viel los.

»Ah«, sagt Shiro ruhig. »Amber ist anders als die gewöhnlichen Erben. Sie ist eine Gebäudegottheit.«

»Was?«

»Von diesen Göttern gibt es sehr viele, und viele sind Hunderte oder Tausende von Jahren alt. Sie sind …« Er zuckt mit den Schultern. »Sie sind Gebäude. Man trifft sie nur sehr selten an, weil die meisten es auch vorziehen, Gebäude zu sein.«

»Was zum …« Ich schüttle den Kopf. »Ich weiß nicht, ob ich das verstehe.«

»Na, was gibt es denn da nicht zu verstehen?« Er sieht mich an, als meine er diese Frage kein bisschen ironisch. »Sie ist das Gebäude, in dem sich die Behörde befindet. Sie kann es nach Belieben verändern. Aber sie hat wohl eine Abmachung mit der Behörde, dass sie das nicht tut.«

»Warum sollte sie sich daran halten?«

Wieder hebt er die Schultern. »Ich glaube, sie mag es, bewohnt zu sein.«

Das klingt irgendwie falsch. Ich weiß nicht mal, warum. »Kann sie das Gebäude denn verlassen?«

»Nein, dann kommt es zu Verschiebungen der Raumzeit. Da gab es vor ein paar Jahren wohl mal so einen Vorfall am Times Square. Das hast du sicher in den Nachrichten gehört.«

Ich glaube, vage Erinnerungen daran zu haben, dass der mal einen Tag lang abgesperrt war. »Stimmt. Da hieß es, das sei eine Bombendrohung gewesen, die sich als Finte herausgestellt hat.«

»Ja. Das war wohl Amber.« Shiro deutet mit seinem runzligen Finger auf das kleine Behältnis an meiner Kette. »Nur mit diesen Samen und jemandem, der mit ihr zusammenarbeitet, kann sie das Gebäude verlassen. Du kannst dich glücklich schätzen. Die bekommen von ihr nur eine Handvoll Personen.«

Ich schaue auf das kleine Gefäß hinab und versuche, mir vorzustellen, wie es wohl ist, ein Gebäude zu sein.

Oder zumindest ein einzelnes Gebäude für Hunderte Jahre niemals verlassen zu können.

Es gelingt mir nicht so richtig.

Ich werde allerdings aus meinen Überlegungen gerissen, als eine Person an dem Fenster neben dem Eingang vorbeihuscht und die Tür geöffnet wird. Ich springe auf, bevor Shiro es tun kann, und will die Person freudig willkommen heißen.

Doch ich stocke mitten auf dem Weg zur Tür, als ich sehe, wer es ist. »Mom«, sage ich leise. Mit ihr habe ich so wenig gerechnet, dass ihre Anwesenheit mir einen Schlag versetzt und ich wie eingefroren stehenbleibe. Ihr Outfit mit der Jeans und der sommerlichen Bluse lässt mich darauf schließen, dass sie heute frei hat. So würde sie nicht zur Arbeit gehen.

»Was machst …«

»Toma!« Sie tritt vor und umarmt mich so stürmisch, dass es schmerzt. Mein Gesicht wird in ihren schwarzen Haaren vergraben, als sie sich an mich presst. »Was ist dir denn passiert, Schatz?«

»Nichts weiter«, murmele ich tonlos und schiebe sie vorsichtig zurück. Stimmt ja. Ich habe ihr nichts von meinen Verletzungen erzählt. Oder von der Operation. Oder von überhaupt irgendetwas. Ich folge ihrem Blick über meine bandagierten Arme. Die Narben, die sich von meinem Hals bis zu meiner Wange hinaufziehen, sehen zwar nicht mehr so schlimm aus, aber es ist wohl offensichtlich, dass mir etwas geschehen ist. »War nur ein kleiner Küchenunfall.«

Mist, das hätte ich nicht sagen sollen. Sofort schnellt ihr Kopf zu Shiro herum, der sich ebenfalls gemächlich erhebt. »Was lässt du ihn hier machen, Dad?«

»Beruhige dich, Ichika«, sagt Shiro einen Hauch zu streng. Das wird nicht helfen, also trete ich unsicher einen Schritt zwischen die beiden und hebe die bandagierten Hände. »Das hat nichts mit ihm zu tun«, sage ich eilig. »Er war an dem Tag gar nicht da. Mir geht es schon wieder gut.«

Schockiert schaut sie zwischen uns hin und her. Zuerst habe ich den Eindruck, dass sie etwas sagen will, aber sie schließt ihren Mund wieder, während der Ausdruck auf ihrem Gesicht leidvoller wird.

»Toma«, wispert sie dann.

Ich deute auf den kleinen Tisch neben uns und setze mich dann, in der Hoffnung, sie tut es mir gleich. »Ich hole euch mal Getränke«, sagt Shiro und geht langsam in Richtung Küche.

»Keine Sorge, Mom«, sage ich. »Es geht mir gut.« Ich habe eigentlich gar kein Interesse daran, ihr Gewissen zu erleichtern, weil Dad und sie diejenigen waren, die mich auf die Straße gesetzt haben. Ohne das wäre ich in all das gar nicht hineingeraten, also ist es teilweise ihre Schuld. Mehr als Shiros zumindest. Trotzdem kann ich ihr sorgenvolles Gesicht nicht richtig ertragen. »Warum bist du hier?«, frage ich, nachdem sie eine Zeit lang nichts gesagt hat.

Auf ihrem Gesicht spiegelt sich Überraschung wider. »Also ich … Ich habe noch mal mit deinem Vater gesprochen.«

Allein seine Erwähnung bereitet mir ein unangenehmes Gefühl. Diese Wunde wird wohl ebenfalls lang zum Verheilen brauchen.

»Er ist inzwischen deutlich besser gesinnt. Und er sagt, er würde dich wieder zu Hause willkommen heißen, wenn du bereit bist, dich für deine Worte zu entschuldigen.«

Meine Worte? Dieser Streit liegt inzwischen so lang zurück, dass ich mich kaum mehr daran erinnere, was ich eigentlich gesagt habe. Ich erinnere mich aber daran, dass ich im Recht war.

»Er ist inzwischen auch bereit, dir das Geld auszuzahlen, das du auf das gemeinsame Sparkonto eingezahlt hast. Natürlich auch unter der Bedingung …«

»… dass ich mich entschuldige, schon klar.« Ich fahre mir mit der Zunge über die Lippen und betrachte sie genau. Ich bin mir nicht ganz sicher, wie sie diese Sache sieht. Ob sie auch der Meinung ist, dass das nötig ist. »Wird er sich denn auch bei mir entschuldigen?«

Das kleine Runzeln ihrer Stirn sagt mir mehr als genug.

Ich wende mich zu Shiro um, der sich wohl absichtlich Zeit mit den Getränken lässt und alles genau belauscht. Was würde er in dem Fall tun?

Soll ich das Angebot annehmen und mich entschuldigen, obwohl ich finde, dass ich im Recht war? Um des Friedens willen? Das habe ich schon so oft in meinem Leben getan, würde es ein letztes Mal wehtun? Ich will nicht wieder nach Hause, aber auf gutem Fuß mit den beiden zu stehen, wäre sicher gut für meinen eigenen Seelenfrieden.

Aber …

So war es immer, oder? Immer Kompromisse schließen. Mich für Dinge entschuldigen, die ich nicht einmal getan habe. Still nicken und hoffen, so wenig Angriffsfläche wie möglich zu bieten.

Nein. Nein, das muss ich jetzt nicht mehr. Das will ich nicht mehr.

»Ich freue mich wirklich, dass du hier bist«, sage ich also. »Und es ist lieb, dass du mit ihm darüber gesprochen hast. Aber ich werde mich nicht entschuldigen.«

»Aber Liebling …«

Ich lege meine Hand an ihren Unterarm. »Ich bin hier sehr zufrieden, Mom. Ich will nicht zurück nach Hause. Ich arbeite und wohne jetzt hier.«

»Aber …«

»Es gibt nichts, was ich sonst tun will oder brauche.« Abermals sehe ich mich nach Shiro um. »Ihr könnt gern herkommen und essen. Und ich freue mich immer, euch zu sehen. Und es würde mich freuen, wenn wir Frieden schließen. Aber ich werde mich nicht entschuldigen.«

Sie lauscht meinen letzten Worten bis zum Ende ruhig. »Darüber solltest du wirklich noch mal nachdenken«, sagt sie schließlich.

Also sind meine Worte gar nicht bei ihr angekommen? Sie hat sich ihre Meinung zu dieser Situation wohl schon gebildet. Oder sie braucht mehr Zeit, um zu verstehen, dass ich die Wahrheit sage. »Glaub mir, darüber habe ich mehr als genug nachgedacht. Ihr könnt das Geld behalten und für Kaitos Ausbildung sparen.« Ihn wird Dad nicht so behandeln wie mich, er ist immerhin sein Lieblingssohn. »Ich will mich nicht mehr mit euch streiten, aber ich habe meinen Platz gefunden. Und das kann Dad nicht ändern, auch wenn er es gern würde.«

Mom lehnt sich zurück und mustert mich aufmerksam. Ein wenig, als würde sie mich mit neuen Augen betrachten. »Du hast dich verändert, Toma.« Ihre Stimme ist ganz sanft.

Ein Lächeln tritt auf meine Lippen. Zum ersten Mal, seitdem ich sie gesehen habe. Es fühlt sich ehrlich an. »Ich weiß.« Ich habe mich verändert, weil ich frei bin. Weil ich weiß, dass ich die Kraft besitze, mein Leben in die Hand zu nehmen, auch wenn es sich unmöglich anfühlt.

Alles, was ich dazu brauche, besitze ich hier und jetzt. Die richtigen Menschen an meiner Seite.

Und Vertrauen in mich selbst.

KAPITEL 49

WEN ICH VERMISSE

»Und wie geht es dem alten Shiro?«

Die Wände im Gefangenentrakt von D.I.E.T. sind hellgrau gestrichen und im Kontrast zum Rest des Gebäudes trist. Die schweren Türen zu den Zellen sehen aus, als könnten sie sogar Bombenangriffen standhalten.

»Er ist entspannt wie immer.«

Malik geht gemütlich neben mir. In seinem blütenweißen Hemd mit der FBI-Weste darüber sieht er im Gegensatz zu mir so respekteinflößend aus. Ich trage – inspiriert von Cava – die orangefarbene Regenjacke und das Basecap, beide mit dem neuen Spicy-Noodles-Logo darauf. Manchmal fühle ich mich in dem Aufzug ziemlich cool, aber in einigen Situationen komme ich mir noch lächerlich vor.

Malik hat angeboten, die Isoliertasche zu übernehmen, die ich auf meinem Rücken trage, aber nachdem ich sein komplettes Team mit Ramen versorgt habe, ist sie nicht mehr schwer.

»Der Alte ist echt zäh«, überlegt Malik laut, dann lacht er. Seine Stimme hallt von den kahlen Wänden des langen

Gangs wider. »Eine Qualität, um die man ihn beneiden kann.«

Shiro ist wirklich schwer aus der Ruhe zu bringen, das stimmt. »Aber zurzeit gibts ja nicht viel, worum er sich Sorgen machen müsste.«

Wir biegen in einen weiteren Gang und ich steuere auf die Tür zu, hinter der sie Akari gefangen halten. So richtig habe ich diese Behörde noch immer nicht durchschaut, aber neben dem Direktor, der Gedanken lesen kann, haben sie wohl diverse Möglichkeiten, um kriminelle Göttererben festzuhalten. Dabei sind die meisten Mitarbeiter gewöhnliche Menschen.

Ich lasse die Isoliertasche von meiner Schulter gleiten und hole die letzte Portion Ramen heraus. Sie wurde bereits am Eingang genau auf alle Zusätze untersucht, damit ich Akari nicht heimlich Karamell zukommen lasse. Nicht, dass ich das je vorhätte. Oder dass sie meinen Besuch ausnutzen würde.

»Wie geht es ihr?«, will ich leise wissen und reiche Malik die kleine Schüssel.

»Den Umständen entsprechend gut, denke ich. Zumindest lässt sie sich nichts anderes anmerken.«

Ich nicke bedrückt, als Malik seine Hand auf eine Fläche neben der Tür legt und nach einem Piepen die Schlüsselkarte hinterher schiebt. Die schwere Metalltür lässt ein lautes Klicken mehrerer Schlösser ertönen. »Ich gebe es ihr, dann könnt ihr ungestört reden.«

»Danke.« Natürlich lässt er uns nicht allein. In jedem Raum gibt es eine Überwachungsscheibe und mehrere Teams sind nur mit der Beobachtung der Gefangenen beschäftigt.

»Sag, wenn du rausgelassen werden willst.«

»Klar.« Wie beim letzten Mal. »Kommt Jay heute noch in die Behörde?« Vorhin war er nicht da, weil er gerade auf *geheimer* Mission in der Stadt unterwegs ist.

»Sollte bald zurück sein. Ich sag ihm, dass du hier bist.«

Nickend atme ich durch, um mich zu wappnen, dann trete ich in den Raum und die Tür wird hinter mir mit einem lauten Knall geschlossen. Ich stelle die Isoliertasche sorgfältig auf dem Boden ab, als ich mich umsehe. »Hey.«

Die Zelle, in der Akari untergebracht ist, wird durch eine dicke Glasscheibe in zwei geteilt. Die Seite, auf der ich mich befinde, beinhaltet lediglich einen Stuhl. Auf ihrer Seite gibt es ein Bett, einen niedrigen Nachttisch, einen Schreibtisch und sogar einige Bücher und einen Laptop. Das ist neu. Sie lassen sie sogar gewöhnliche Kleidung tragen.

Sie sitzt am Schreibtisch, wendet sich gemächlich zu mir um und setzt ein Lächeln auf, das glücklich aussieht. »Hey.«

In ihrem Bereich der Zelle öffnet sich eine Luke in der Wand, in die Malik die Ramen gestellt hat. Als sie das Gericht in der Pappschale mit dem gelb-roten Logo sieht, werden ihre Augen groß und Akari springt auf.

»Ich dachte, ich bringe dir mal ein Stück Außenwelt mit.«

Umsichtig nimmt sie das Essen aus der Schleuse und die Luke schließt sich mit einem Zischen. Sie lächelt noch immer.

»Danke«, flüstert sie mit zärtlichem Blick auf die Schüssel mit den zwei Stäbchen. »Das hab ich so vermisst.« Dann tritt sie an die Scheibe, die uns voneinander trennt.

»Sie lassen dich jetzt also einen Laptop haben?«, frage

ich mit einem Rucken in Richtung des neuen technischen Geräts und trete ebenfalls einen Schritt näher. Ich weiß nicht, wohin mit meinen Händen.

»Eigentlich sind alle Seiten gesperrt. Aber sie lassen mich Netflix schauen.«

Ich grinse. »Du hast dir ja einige Privilegien erarbeitet.«

Akari lacht leise, geht zur Wand hinüber, setzt sich im Schneidersitz vor die Scheibe und lehnt sich an die kahle Mauer. Ich tue es ihr gleich. »Jay hat vorgeschlagen, dass ich ein Buch schreiben könnte, um mir die Zeit zu vertreiben.«

»Wie wäre es mit einer Serienmörderin in New York?«

Ihr Ausdruck ist gleichermaßen amüsiert und empört. »In ein paar Jahren kann ich vielleicht über solche Witze lachen.«

Ich lehne meine Schulter an die Wand. »Im Ernst. Wie geht es dir?«

Sie sieht mich eine ganze Weile schweigend an, bevor sie antwortet. Das Essen hält sie noch immer regungslos in den Händen. »Gut«, sagt sie dann. Sie sieht nicht übermäßig fröhlich aus, aber auch nicht traurig. Wahrscheinlich meint sie es ehrlich. »Ich vermisse dich.«

Mein Herz wird ein wenig schwerer. Ich vermisse sie auch. Nachdem wir uns wieder zusammengerauft hatten, habe ich sie ganz neu kennengelernt und ich wünschte, es gäbe eine Möglichkeit, es noch mal mit ihr zu versuchen. Aber sie kommt hier nicht mehr raus. Das sagen alle.

»Aber sie sind sehr nett zu mir.« Erst jetzt wird mir klar, dass ich gar nichts gesagt habe. »Ich denke, ich kann mich damit arrangieren. Und wenn ich mich weiter gut verhalte, machen sie mir vielleicht noch ein paar Zugeständnisse.«

Ich schlucke hart. »Das klingt gut.« Zumindest für jemanden, der weiß, dass er sein Leben lang gefangen sein wird. »Vielleicht lassen sie dich sogar irgendwann in den Laden kommen.«

Ihr Lächeln ist nostalgisch. Sie legt ihre Finger an die Scheibe zwischen uns. »Das wäre schön.«

Ich tue es ihr gleich. Wäre das Glas nicht, würden unsere Finger sich berühren. Es wird sicher noch eine Weile dauern, bis ich über die ganze Geschichte mit ihr hinweg bin. Aber das ist okay. »Finde ich auch«, murmele ich.

KAPITEL 50

WIE DIE WELT SICH VERÄNDERT

EINIGE WOCHEN SPÄTER

»Guten Morgen, New York! Es ist der zehnte August. Hier sind Janey und Ash von der NYC Fresh Morningshow, heute mit einem Gast bei uns im Studio.«

»Studio. Ich finde es noch immer so toll, wieder hier zu sein.«

»Das sind wir doch inzwischen seit Wochen, Ash.«

»Ich liebe es noch immer, okay? Seitdem Overkill nicht mehr da ist, habe ich das Gefühl, jeden Morgen viel frischer zu sein, wenn ich aufstehe. Das Wetter mehr genießen zu können. Manchmal lächle ich sogar einfach so, wenn ich durch die Straßen gehe.«

»Klingt nach verspäteten Frühlingsgefühlen. Aber ich kenne das. Ich habe auch das Gefühl, dass ich viel dankbarer dafür bin, zumindest einigermaßen sicher auf den Straßen unserer schönen Stadt zu sein.«

»Ich habe heute auch eine Studie gelesen, in der belegt wird, dass die Kriminalität in den Straßen New Yorks nach wie vor so niedrig wie niemals zuvor ist!«

»Echt? Wie krass!«

»Ja. Zu Zeiten von Captain Wodka ist die Rate schon mal erheblich runtergegangen, und während Overkills Streifzug insgesamt auch. Vor allem gab es weniger nächtliche Überfälle, Diebstähle und so weiter. Wahrscheinlich, weil sich selbst die Kriminellen zu der Zeit nicht mehr rausgetraut haben.«

»Und das hält nach wie vor an?«

»Na ja, das FBI hat den Killer im April festgesetzt. Aber da niemals mehr über ihn bekannt gegeben wurde, haben vielleicht einige die Befürchtung, er wäre noch da draußen?«

»Ja, von diesen Theorien habe ich gehört.«

»Aber wir schweifen total ab! Ich erläutere das später noch einmal. Nun erst mal zu unserem wundervollen Gast. Ein treuer Hörer der Show hat heute eine ganz wunderbare Ankündigung zu machen. Herzlich willkommen bei uns, Toma vom Spicy Noodles!«

»Hallo, Ash und Janey. Ich freue mich so, hier bei euch sein zu dürfen. Ich verfolge eure Sendung seit der ganzen Berichterstattung zu Captain Wodka.«

»Du bist auch ein Fanboy, das hab ich schon herausgefunden.«

»Ähm, ja, das bin ich wohl. Auf jeden Fall habe ich die Berichte gehört, in denen ihr unser Restaurant erwähnt habt, deswegen dachte ich, ich nutze die Chance, auf unsere Neueröffnung hinzuweisen. Aber dass ich sogar persönlich herkommen darf, habe ich echt nicht erwartet. Ich dachte, ihr lest nur meine Nachricht aus der App vor oder so.«

»Na klar! Wir haben ja ein paarmal über euch berichtet und durch die ganzen Spekulationen zu den Overkill-Morden bist du so was wie ein Promi.«

»Ach herrje.«

»Für alle, die es nicht mitbekommen haben: Euer Restaurant, das Spicy Noodles, wurde vor ein paar Monaten komplett verwüstet. In derselben Nacht wie der sagenumwobene Firmenbrand, bei dem Overkill das letzte Mal gemordet hat.«

»Ja, das war wirklich schlimm. Zum Glück hat mein Großvater, der Besitzer des Restaurants, nur einen Schock davongetragen und ist wieder auf den Beinen.«

»Da kann man wirklich von Glück sprechen. Habt ihr es denn geschafft, alles wieder aufzubauen?«

»Ja, dank der Hilfe einiger wundervoller Freunde meines Großvaters konnten wir das Restaurant sehr schnell wieder einrichten. Und laut der Behörden wurden die Täter inzwischen auch gefasst.«

»Das ist sehr schön zu hören.«

»Gab es denn wirklich eine Verbindung zu den Overkill-Morden, wie so oft spekuliert wurde?«

»Ash, das solltest du dir doch verkneifen!«

»Sorry, du kennst mich.«

»Haha. Also nein, meines Wissens nach gibt es keine Verbindung zu Overkill.«

»Und morgen feiert ihr eure Neueröffnung?«

»Genau. Wir haben noch einige Verbesserungen vorgenommen und ich wurde weiter eingearbeitet, sodass wir an diesem wundervollen Tag offiziell unsere Neueröffnung feiern können. Heute eröffnen wir schon einmal für Freunde der Familie.«

»Warum erst einige Wochen nach dem Wiederaufbau?«

»Wir hatten durchgehend geöffnet. Es ist also eine Art symbolischer Neustart. Um die stressige Zeit hinter uns zu lassen. Und auch ein wenig, um mit einem sehr düsteren Kapitel in der Geschichte New Yorks abzuschließen.«

»Du beziehst dich damit auf Overkill.«

»Genau. Zu dieser Zeit haben mein Großvater und ich bemerkt, dass das Spicy Noodles immer leerer wurde. Dabei war es immer ein Ort, an den Menschen jeder Herkunft gekommen sind, um sich sicher zu fühlen und gemeinsam zu essen. Diese Zeiten wollen wir von jetzt an wieder einläuten. Und ein Zeichen dafür setzen, dass die Menschen sich bei uns sicher fühlen können.«

»Das klingt schon fast poetisch.«

»Haha! Ja, ich verbringe wohl ein bisschen zu viel Zeit mit meinem schrulligen Grandpa.«

»Pass lieber auf, dass er das nicht hört.«

»Nein, das sagt er selbst immer!«

»Also ihr beide klingt auf jeden Fall nach einem tollen Team. Wir wünschen euch viel Erfolg bei eurer Neueröffnung. Sagst du noch mal, wo man euch findet?«

»Klar. Unser Restaurant Spicy Noodles findet ihr in East Village auf der 9th Street. Ein kleines Haus zwischen zwei hohen Wohnblocks. Gelb-rotes Logo. Nicht zu übersehen.«

»Klingt klasse. Da müssen wir auch mal vorbeischauen.«

»Danke. Und vielen Dank, dass ich heute bei euch im Studio sein durfte. Eure Show ist echt toll, und seit Captain Wodka höre ich euch jeden Tag.«

»Hach ja. Das waren noch nettere Zeiten.«

»Werd nicht wieder nostalgisch, Ash. Jetzt ist es doch auch wieder gut.«

»Ich traue dem Frieden nicht.«

»Na ja, wer sich unsicher fühlt, kann gern ins Spicy Noodles kommen.«

»Haha!«

»Ich meine es ernst.«

»Du bist echt witzig, Toma!«

»Danke. Darf ich die Abmoderation machen?«

»Klar!«

»Oh Gott, das hat Captain Wodka vor einem halben Jahr auch gemacht. Ich kann's nicht fassen.«

»Ich liebe es, dass du auch ein Fanboy bist!«

»Also dann mal vielen Dank an New York fürs Zuhören. Ihr seid der Wahnsinn und zusammen schaffen wir alles. Hier sind Janey, Ash und Toma von der NYC Fresh Morningshow und jetzt geht's weiter mit den freshesten Hits des Tages!«

In East Village auf der 9th Street, eingepfercht zwischen zwei hohen Wohnblöcken aus Ziegelsteinen, befindet sich das Spicy Noodles. Die volle Hitze der Sommersonne brennt auf das neue Schild über dem Eingang und die Luftballons herab, die wir an dem Aufsteller befestigt haben. Schweiß rinnt mir von der Stirn, als ich mein Werk genauer betrachte.

Das Logo sieht ganz cool aus. Die Nudelschüssel mit den Stäbchen ist noch immer da, genauso wie die abgedroschene rote und gelbe Farbe. Ein bisschen wie aus dem letzten Jahrtausend, aber die Schrift sieht moderner aus, also wirkt es ziemlich frisch. Obwohl ich diesen Gedanken unter der Gewissheit hege, dass ich das vor einigen Wochen noch nicht so gesehen hätte.

Das spielt allerdings keine Rolle mehr. In den letzten Wochen habe ich vieles lieben gelernt, das ich früher als nervig empfunden habe.

Sogar die Hitze, die sich inzwischen auf die Stadt gelegt hat. Die heißen Sommertage, an denen die Luft zwischen den Gebäuden steht, das brennende Licht von den Fenstern der Hochhäuser zurückgeworfen wird und es in den Straßen nach Asphalt riecht, beflügeln mich auf gewisse Weise. Nicht einmal der Gestank in den U-Bahnen stört mich noch.

»Toma, ich brauche hier mal deine Hilfe!«

Ich reiße mich aus meinen Beobachtungen, überquere die Straße. Eine Krähe fliegt über den Laden hinweg. Jedes Mal, wenn ich eins dieser Tiere sehe, frage ich mich, ob es Karasu ist. D.I.E.T. hat ihn nie gefunden.

»Tut mir leid«, sage ich eilig, trete in den Schatten des Eingangs und schiebe mich hinter Shiro durch den vollen Gastraum auf die Küche zu.

Es ist so viel los wie noch nie, seit ich hier arbeite. Aus allen Richtungen sind Stimmen zu hören, und viele Besucher haben ihre Tische zusammengerückt oder führen quer durch den Raum Unterhaltungen. Noch vor meinem Radiointerview hat sich zwischen den Erben herumgesprochen, dass wir heute Neueröffnung feiern, also sind alle hier. Jeder Einzelne der Stammgäste, die ich in den letzten Wochen kennenlernen durfte, und auch einige neue Gesichter. Ich frage mich, ob der düstere Kerl in einer der hinteren Ecken dieser Komiker-Gott ist, von dem Shiro berichtet hat.

Und alle lachen so freundlich und grüßen mich überschwänglich. Sogar Henry scheint vollkommen erneuert.

»Ich komme kaum hinterher«, sagt Shiro und eilt zu den Töpfen und Pfannen. »Nimmst du bitte die Bestellungen auf und schenkst Getränke aus?«

Ich hole meinen kleinen Block aus der Tasche. »Klar.«

»Oh, und das Interview war toll! Wir haben es uns gerade live angehört.«

Das versetzt mir einen Schlag, weil es mir im Nachhinein doch etwas peinlich ist, wie dick ich aufgetragen habe. Irgendwie habe ich mich wohl von dem Interview mit Captain Wodka beflügeln lassen.

Sobald ich wieder in den Gastraum trete, hebt Henry sein Glas in meine Richtung. Kobe streicht ihm gerade um die Beine und er schiebt ihn vorsichtig von sich, bevor er niest. »*Wer sich unsicher fühlt, kann gern ins Spicy Noodles kommen!*«, ruft er und Gelächter bricht aus.

Ich spüre, wie meine Wangen wärmer werden. »Ich sag nur die Wahrheit.« Gibt es hier eigentlich Leute, die keine Erben sind? Wenn ja, sind die Gespräche sicher eigenartig für sie.

»Schon klar, *Sun Destroyer*.«

Ich fühle mich wie ein Superheld, auch wenn Henry den Namen ironisch benutzt und er eigentlich auch peinlich ist. Das warme Gefühl werde ich trotzdem nicht los.

»Gibt's denn was Neues von Amaterasu?«, fragt eine junge Frau mit dunkler Haut und braunen Locken, die ich hier noch nie gesehen habe.

»Alles still«, sage ich laut über die anderen Gespräche hinweg. »Aber wir behalten natürlich alles weiter im Auge.« Etwas in mir wispert hin und wieder, dass dieser Kampf noch nicht ausgefochten ist, aber ich weiß, dass ich mich davon nicht verunsichern lassen darf. »Also, wer will …«

Erst habe ich mich von den Neuankömmlingen am Eingang nicht ablenken lassen wollen, weil ich mich wirklich beeilen muss, aber als ich sehe, dass es Jay, Tate und Hunt sind, erstarre ich doch mitten in der Bewegung.

Haben sie …

Nein, das kann nicht sein. Sie haben Akari mitgebracht.

Mein Gehirn hört für einen Moment auf, zu funktionieren, und meine Gedanken werden weggefegt. Dann setze ich mich mit großen Schritten in Richtung der vier in Bewegung.

»Ich hab deine Killer-Geliebte mitgebracht«, sagt Jay grinsend, während Hunt sich bereits an mir vorbeischiebt.

Akari sieht ganz anders aus in ihrer simplen, schwarzen Jeans und dem gleichfarbigen Hemd. Der dunkle Ansatz an ihrem Haar ist inzwischen mehrere Zentimeter breit und so ganz ohne Make-up habe ich sie erst wenige Male gesehen. Sie wirkt ein wenig blasser und zerbrechlicher, aber … dieses Lächeln.

Mein Herz vollführt einen Hüpfer und sie grinst über das ganze Gesicht.

Tate macht meinem Plan, sie zu umarmen, allerdings einen Strich durch die Rechnung, indem er seinen muskulösen Körper zwischen uns schiebt.

Akari schaut rasch an ihm vorbei. »Sorry!«, sagt sie aufgeregt. »Kein Körperkontakt.«

»Und kein Karamell«, sagt Tate und sieht sich zu seiner Kollegin um, die offenbar das ganze Lokal nach der Süßigkeit absucht. Obwohl er seine Arme verschränkt hat, wirkt er eigentlich ganz entspannt. So lang, wie Akari inzwischen bei D.I.E.T. ist, müssen sie wissen, dass sie keine Gefahr mehr darstellt. Bei unseren wenigen Telefonaten hat sie zumindest geklungen, als fühle sie sich inzwischen sogar recht wohl.

Aber kein Körperkontakt, hm? Wie schade.

»Wie krass, dass ihr hier seid«, sage ich aufgeregt und umarme Jay anstelle von Akari stürmisch. Der erwidert die Geste mit einem irritierten Lachen. »Ich hab echt nicht damit gerechnet, dass ihr auch kommt.«

»Wenn sie sich auffällig verhält, müssen wir leider

wieder verschwinden.« Tate sieht sich hinter mir im Gastraum um. »Ist überhaupt noch Platz?«

»Jaja, ein paar Tische sind schon noch frei. Stühle müsstet ihr euch zusammensuchen. Und …«

»Toma!«, dringt ein Ruf aus der Küche, der mir durch Mark und Bein geht. Shiro muss gar nicht mehr sagen. Entschuldigend senke ich meinen Kopf und trete zurück, damit die drei sich einen Platz suchen können. »Wir reden später!«

»Die *Behörde!*«, höre ich Henry rufen, als ich endlich meinen Block wieder vor mich halte, um die Getränkebestellungen aufzunehmen. Er wirkt heute so viel lebhafter als sonst.

Und mit den fröhlichen Gesprächen und den aufgeregten Plaudereien im Hintergrund nehme ich Bestellungen auf und serviere die eisgekühlten Getränke. Ein Tablett nach dem anderen, und sobald ich einmal durch den Raum durch bin, kann ich wieder von vorn anfangen.

Der Gastraum heizt sich schnell auf mit so vielen Leuten auf der kleinen Fläche, aber es scheint niemanden zu stören. Und während ich herumwirbele, trifft mein Blick wieder und wieder Akaris. Sie beteiligt sich offenbar nicht an den Gesprächen wie die anderen aus der Behörde, lauscht ihnen aber gespannt.

Ich bin sowieso verwundert, dass die Leute von D.I.E.T. so freundlich von allen hier empfangen werden.

Aber ich darf mich nicht zu sehr von meinen Beobachtungen ablenken lassen, also trete ich hinter den Tresen und fülle schon einmal den nächsten Krug mit gekühltem Wasser, um den Bestellungen endlich mal wieder einen Schritt voraus zu sein.

Erst eine seltsame Stille, die sich mit einem Schlag über

den Raum legt, lenkt mich nach einigen Minuten ab. Ich wische mir den Schweiß von der Stirn und sehe angespannt auf. Die kurze Sorge, dass es etwas mit Akari zu tun hat, verfliegt allerdings sofort, als ich Cava und drei Leute aus ihrem Team in den üblichen violetten Shirts im Eingang stehen sehe.

Oder hat es doch etwas mit …

Verdammt. Ich springe hinter dem Tresen hervor und begrüße die Gruppe mit einem etwas zu überschwänglichen: »Willkommen im Spicy Noodles.« Einige Leute reden noch, aber viele der Anwesenden sind offensichtlich angespannt.

Mit einem intensiven Blick betrachtet die junge Frau mich, als ich mich zwischen den Stühlen und Menschen hindurch auf sie zubewege. Ich habe sie seit dem Kampf gegen Hinata nicht mehr gesehen. Seitdem sie ihn getötet und ihr Team seine Leiche davongezerrt hat.

Ist es überhaupt okay, dass sie hier ist, während auch Leute von D.I.E.T. anwesend sind?

Ich stelle mich neben sie und lege locker einen Arm um ihre Schultern. »Die Behörde ist hier«, sage ich leise.

»Schon gesehen«, antwortet sie und beobachtet alle Besucher im Gastraum genau. Anstalten, meinen Arm von sich zu schieben, unternimmt sie allerdings nicht.

»Bist du hier, weil du was willst?«

»Ihr habt nichts Veganes, oder?«

Also will sie wirklich nur etwas essen? Kommt sie zur Neueröffnung, weil sie Frieden schließen will?

Mein Blick fällt auf das *Very Happy Meat* Logo mit dem Schriftzug auf ihrem Shirt. »Du bist Veganerin?«

Sie grinst. »Mein Körper ist ein Tempel.«

Verdammt, mein Gericht ist leider noch nicht so weit,

serviert werden zu können. »Wir haben gekühlte Getränke«, sage ich und löse mich wieder von ihr. Die lockere Haltung, die sie danach einnimmt, lässt auch die Stimmung im Raum wieder entspannter werden. Die ersten Gespräche setzen nach und nach ein.

Nur Shiro steht noch immer in der Küchentür und späht aufmerksam zu uns herüber.

»Ich verdurste fast«, sagt sie und schaut sich zu ihrem Team um. Die zwei Frauen und der eine Kerl nicken.

»Sind das wieder Cousins oder Geschwister von dir?«, murmele ich. Ich kann nicht verhindern, dass ihre Anwesenheit mir ein wenig Sorge bereitet. Ich habe bereits mit Shiro darüber gesprochen, was wir tun, falls Happy Meat auftauchen sollte. Nach allem, was geschehen ist, müssen wir uns mit ihnen gutstellen. Aber dass sie an einem so vollen Tag auftauchen würden, hat keiner erwartet.

»Warum? Hat deine Freundin wieder vor, einen von ihnen in die Luft zu jagen?«, flüstert Cava. Ihr Blick ist auf Akari gerichtet. Sie hat offenbar nicht damit gerechnet, dass sie hier sein würde.

Ich ja auch nicht.

»Hat sie nicht. Sie ist unter Bewachung der Agents hier.«

Cava grummelt leise, schiebt sich aber dicht an mir vorbei durch den zweiten Eingang und schaut sich nach einem freien Tisch um.

Shiro nickt mir wohlwollend zu, als ich ihn fragend anschaue. Das ist das erste Mal. Das erste Mal, dass Leute von Happy Meat hereingelassen werden. Mit allem, was sie für uns getan haben, haben sie sich das wohl auch mehr als verdient, selbst wenn wir ihnen kein Essen anbieten können.

Ich und einige der Anwesenden beobachten, wie Cava und ihr Team mitten im Gedränge Platz nehmen. Ein Unbekannter von einem Nachbartisch heißt sie sogar herzlich willkommen.

Ich atme durch. Alles gut.

Hier sind alle willkommen, ich habe es selbst gesagt. Es ist an mir, das auch zu ermöglichen.

»So!«, rufe ich über die Menge hinweg. »Wer will noch was zu trinken?«

Es schnellen so viele Hände in die Höhe, dass mein Lächeln vermutlich etwas überwältigt ist.

KAPITEL 51

WAS MICH ÜBERRASCHT

EIN HALBES JAHR NACH DER NEUERÖFFNUNG

Das Schneegestöber vor den Fenstern des Restaurants erinnert mich an den Januar, der inzwischen schon zwei Jahre zurückliegt. An den nie enden wollenden Winter, die Kälte und die täglichen Berichte über Captain Wodka und ihre Aktivitäten auf den nächtlichen Straßen. Obwohl es in diesem Jahr nicht so schlimm werden soll, fühlt es sich nostalgisch an, aus den Fenstern zu schauen, um zu beobachten, wie der Schnee dick auf den weißen Gehwegen zu Boden fällt. Er glitzert in den vorsichtigen Sonnenstrahlen, die sich hin und wieder ihren Weg durch die Wolken bahnen.

Heute ist es ruhig im Spicy Noodles. Inzwischen ist es mir eine willkommene Abwechslung, wenn der Laden mal nicht so gut besucht ist. Ich bin hier. Die Vorbereitungen sind abgeschlossen. Mehr brauche ich nicht.

Die letzten Tage ohne Shiro an meiner Seite fühlen sich einsamer an. Vielleicht, weil sie mich an die einzige Zeit erinnern, zu der ich bisher allein im Restaurant war; die

Zeit, zu der er im Krankenhaus lag, während ich nicht wusste, wie ich mit Amaterasu fertigwerden soll. Obwohl es Monate her ist, habe ich manchmal noch das Gefühl, es wäre erst gestern gewesen.

Ich reiße meinen Blick von den Fenstern los und widme mich wieder dem Abtrocknen der Gläser hinter dem Tresen. Ich gönne Shiro seine Freizeit so sehr. Zum ersten Mal seit Jahrzehnten hat er sich freigenommen, um ein paar Freunde am anderen Ende Amerikas zu besuchen. Und ich habe nicht vor, ihn während seiner Abwesenheit zu enttäuschen.

Aber ein bisschen einsam ist es hin und wieder schon bei den morgendlichen Vorbereitungen, wenn der Laden noch leer ist, bis die ersten Gäste eintreffen.

Wie hat er das nur all die Zeit lang ausgehalten?

Ein Lichtblick ist, dass Jay gesagt hat, dass mich heute eine Überraschung im Laden erwarten wird, also hoffe ich darauf, ihn und Akari endlich einmal wiederzusehen. Ich darf sie seltener besuchen als erhofft.

Das Geräusch der neuen Glocke am Eingang lässt mich aufschauen. Neugierig spähe ich in den Eingangsbereich, in dem sich offenbar zwei Personen befinden, die leise miteinander reden.

»Guten Tag!«, rufe ich ihnen entgegen, um gleich auf mich aufmerksam zu machen. Als sie beide in den Gastraum und in das Licht der kleinen Tischlampen treten, sehe ich zwei junge Frauen, die hier definitiv noch nie zu Besuch waren.

Die hätte ich wiedererkannt.

Sie sind braungebrannt und wirken trotz ihrer dicken Pullover ziemlich trainiert. Ihre Jacken müssen sie am Eingang abgelegt haben.

Eine ist blond und extrem ansprechend gebaut. Ihre glatten Haare reichen ihr bis zur Hüfte und ihre stechend blauen Augen verleihen ihrem sonst so sanften Aussehen etwas Charismatisches. Ihre Begleiterin wirkt sehr durchtrainiert, hat etwas dunklere Haut und dunkelgrün gefärbte Haare, die besser an ihr aussehen als bei jedem anderen Menschen, den ich bisher getroffen habe.

Beide bewegen sich zielgerichtet auf mich zu.

»Hallöchen Toma«, sagt die Blonde und reicht mir direkt ihre Hand über den Tresen. »Ich bin Tycho.« Sie deutet mit dem Daumen auf ihre Begleiterin. »Das ist Grayson.«

»Hallo.« Unsicher schaue ich zwischen den beiden hin und her und schüttle ihre Hand. Sind sie auch Erben? Ist das die Überraschung, die Jay mir versprochen hat, oder hat Shiro sie als Aushilfen geschickt? Viel älter als ich können sie nicht sein, aber irgendwie wirken sie auch nicht wie Aushilfen. Ich weiß nicht, woran ich diesen Eindruck festmache.

Tycho lehnt sich auf den Tresen und grinst breit. »Dein Freund hat mich angekündigt. Er sagte, du seist ein riesiger Fan.«

In meinem Kopf sollten Denkprozesse einsetzen, aber noch ist er überraschend leer. Liegt es an der Müdigkeit, oder …

Moment. Die Stimme. Ich bin ein Fan.

Nein, das kann nicht sein!

»C-Captain?« Meine Augen werden größer, als ihr Grinsen breiter wird, und ich trete ehrfürchtig einen Schritt zurück. »Echt jetzt? Du bist Captain Wodka?«

»Jap.« Sie und ihre Begleiterin werfen einander einen

Blick zu. »Ich arbeite auch bei D.I.E.T. Wir waren in Griechenland, als die Action abging, aber wir haben so viel von dir gehört!«

Hitze schießt in meine Wangen und ich muss mich kurz sammeln, bevor ich eine Antwort geben kann. Unfassbar, das ist wirklich Captain Wodka! Ich habe mir erst vor einigen Tagen das Interview mit ihr zum gefühlt hundertsten Mal angehört. »Ich …« Ich atme schwer aus, um mich zu beruhigen. »Ich bin echt ein Fan.«

Sie lacht verschmitzt, und ich muss mein Bild von ihr geraderücken. Die ganze Zeit habe ich sie mir wie auf den Phantombildern vorgestellt. Etwas rüpelhaft, definitiv mit dunklen Haaren und dunklen Augen. Aber sie sieht so freundlich aus. Ihre Züge sind viel weicher als gedacht.

»Dafür gibt's gar keinen Grund«, sagt sie. »Deine Fähigkeit ist viel cooler als meine.« Sie zuckt mit den Schultern. »Ich setze sie ja gar nicht mehr ein.«

Sie ist also auch eine Erbin. »Ich habe so viele Fragen!«, sage ich und die beiden lachen wieder. »Wie wäre es, wenn ich euch eine Portion Essen zubereite, und dann unterhalten wir uns ein bisschen?« Ich weiß gar nicht, wo ich anfangen soll, aber wenn ich koche, kann ich vielleicht meine Gedanken ordnen.

»Gern!«, sagt Grayson und ich wende mich ihr unangenehm berührt zu, als ich hinter dem Tresen hervortrete.

»Oh, Entschuldigung. Ich wollte nicht unhöflich sein.«

»Ach, ich bin nur ein D.I.E.T.-Agent. Und zur emotionalen Unterstützung hier.«

Tycho legt ihr den Arm um die Schultern. »*Nur* ein God Slayer«, säuselt sie und sieht mich wieder an. »Ihr habt aber nichts Vegetarisches, oder?«

Mist. Ich muss wirklich intensiver an diesem blöden

Gericht feilen. »Ich entwickle da gerade was, aber das ist noch nicht perfekt.«

»Ich nehme es.«

»Was?« Einfach so?

»Klar, du brauchst doch sicher Testsubjekte, oder?«

Ich ziehe die Augenbrauen hoch. »Shiro reißt mir den Kopf ab.«

Sie lächelt listig. »Dann bleibt es eben unser Geheimnis, Feuerjunge.«

Feuerjunge. So nennt mich sonst nur Cava.

»Okay, dann … bereite ich mal alles vor.« Mein Herz schlägt zu schnell. Captain Wodka. In meinem Restaurant. Ich kann es nicht fassen. »Wollt ihr Getränke?«

»Können wir zusehen?«, will Grayson wissen, und ich schaue sie verwundert an.

»Wenn … es euch Spaß macht.« Dann werden meine Finger zum ersten Mal seit Ewigkeiten wieder vor Aufregung zittern.

Tycho nimmt ihren Arm von Graysons Schultern und reibt die Hände aneinander. »Auf jeden Fall. Und ich will deine ganze Geschichte hören.«

»Na, das bietet sich ja an«, sage ich grinsend. »Ich deine auch.«

ENDE

Tomas Geschichte ist vorbei.
Aber das FOOD UNIVERSE geht weiter.
Wir sehen uns in Buch 3: HAPPY MEAT!

DANKSAGUNG

Ich liebe Nudeln. Aber dass ich mal ein ganzes Buch über sie schreiben würde, hätte ich vor zwei oder drei Jahren noch nicht zu glauben gewagt. Mein erster Dank geht also an **Nudeln**. Ohne euch wäre dieses Buch nicht möglich gewesen.

Spicy Noodles hat mir in jedem einzelnen Arbeitsschritt gewaltigen Spaß gemacht. Und das, obwohl ich nicht nur während des Schreibens und Überarbeitens, sondern auch während der Recherche konstant Hunger hatte. Instant-Ramen sind zwar nicht im Ansatz mit Shiros Gericht zu vergleichen, aber ich glaube, durch dieses Buch sind sie trotzdem zu meinem Lieblingsgericht geworden. (Aber keine Sorge, ab und an esse ich auch mal was anderes.) Danke also an diverse **Instant-Ramen-Hersteller** und **Ramen-Lieferservices in Leipzig**. Ohne euch hätte ich diese Zeit nicht überstanden.

Als winzigen Teil der Recherche für dieses Buch habe ich mir jede einzelne Folge von Kitchen Nightmares mit Gordon Ramsay angesehen. Das ist wohl die feine Grenze, an der Arbeit und Prokrastination ineinander verschwimmen. Danke an **Gordon Ramsay**.

Ein großer Dank geht wie immer an meinen großartigen Agenten **Klaus Gröner**, der inzwischen wohl von meinen eigenartigen Essen-Pitches nicht mehr überrascht ist. Und an **Laura von Altrock**, meine liebe Lektorin von Bastei Lübbe, die mich zu jeder Zeit unterstützt hat und immer an meine Geschichten glaubt.

Danke an dieser Stelle bereits auch an **Louis Friedemann-Thiele**, der das Hörbuch zu Spicy Noodles einlesen wird. Zu dem Zeitpunkt, an dem ich diese Danksagung verfasse, ist es zwar noch nicht fertig, aber da er bereits meiner Neon-Birds-Trilogie seine Stimme geliehen hat, habe ich von Beginn an Toma in seiner Stimme gelesen. Ich freu mich aufs Hören.

Ein riesiger Dank geht an **Laura Kneidl** – vor allem dafür, dass die Idee für den Titel des Buches von ihr stammt. Damals war diese Geschichte nur eine lose Idee in meinem Kopf. Mit dem Titel wurde sie Realität. (Damals hätte aber noch keiner von uns gedacht, dass ich wirklich mal ein Buch mit diesem Titel veröffentlichen würde …)

Vielen Dank auch an meine anderen Freunde, die bei der ersten Spicy-Noodles-Plottingsession dabei waren, während der diese Idee Hand und Fuß bekommen hat. Ich kann mich nicht mehr genau daran erinnern, wer alles dabei war, aber ich weiß noch, dass **Bianca Iosivoni** sagte: »Die Macht muss in den Stäbchen liegen!« Und das tut sie auch.

Ich freue mich, auch in diesem Teil des Food Universe wieder **Klaudia Szabo** zu danken, meiner zauberhaften Lektorin, die mit ihrem Adlerauge winzige Logikfehler erkennt, auf die ich nie gekommen wäre, und mir (unter anderem) damit hilft, das Buch zur besten Version dieser Geschichte zu machen.

Und wo wir gerade beim Lektorieren sind: An dieser Stelle darf auch eine Erwähnung meiner lieben Testleser:innen nicht fehlen. Vielen, vielen Dank an **Francis**, **Vanessa Seewald**, **Agnes**, **Ann-Kristin**, **Lea Grahmann**, **Ásdís Adams**, **Raluca**, **Alica und Carli**. (Ich hoffe sehr, ich habe niemanden vergessen.) Durch eure Hilfe ist das Buch noch mal glatter geworden und eure Kommentare und Anmerkungen haben mich extrem motiviert.

Wie glücklicherweise sehr häufig möchte ich an dieser Stelle auch **Alexander Kopainski** einen gewaltigen Dank aussprechen, der sich mit dem Cover für Spicy Noodles (und generell das ganze Food Universe) mal wieder selbst übertroffen hat. Ich freue mich immer, wenn ich weiß, dass er ein neues Buch von mir einkleiden wird.

Ein Dank geht natürlich auch an meine Familie: **Mama**, **Papa**, **Lisa**, **Laura**, ihr seid immer für mich da und ich weiß, dass ihr mir immer helft, egal, was gerade los ist. Danke dafür. Und einen besonderen Dank an meine kleine Schwester **Laura**, die mir beim Plotten dieses Buches eine gewaltige Hilfe war!

Danke auch an meine Freunde **Laura**, **Ava**, **Tami**, **Bianca**, **Klaudia**, **Nina**, **Nicole**, **Anabelle**, **Alex**, **Jesus** und **Anne**. Dafür, dass ihr immer für mich da seid, egal, ob es um Bücher geht oder nicht. So tolle Freunde wie euch haben zu dürfen, ist ein Geschenk, und ich kann mich glücklich schätzen zu wissen, dass ich mich immer auf euch verlassen kann.

An dieser Stelle einmal wieder auch ein riesiger Dank an alle, die mich bei **Patreon** unterstützen. Durch euch habe ich deutlich mehr Zeit zum Schreiben und kann

Projekte wie dieses Buch verwirklichen und ihr könnt gar nicht glauben, wie viel besser das mein Leben macht. Für die besonders großzügige Unterstützung danke ich DARaabe, Vanessa Herrmann, Sarah, Linchen, Josephine Stöbe, Dominique Maier, Agnes, Rike, Lia-Zoé Uphoff, SkixXx, Tina Krabkrantham, Isabelle Hänni, Hendrik, Xenia, Jessica, Ered Lithui, Kerstin Barz, Ann-Kristin, Sarah Martensen, bookish.sue, Sara Ruesch, Marlo, Monika Rickert, Saskia, Barbara J., Iris Utzinger, Trudi Langer, Moorhuhn, Sandra, Ásdís Adams und Chantal. DANKE! Ich kann mir mein Leben ohne euren Support gar nicht mehr ausmalen.

Und zu guter Letzt wie immer ein Dank an meine **Leser:innen**, egal ob Fan der ersten Stunde oder ganz frisch dazugekommen. Danke, dass ihr mich unterstützt und zu mir haltet.

Eure Marie

Was ist euer Lieblingsessen? Schreibt's mir bei Instagram an @mariegrasshoff, dann können wir uns darüber unterhalten. Und wer weiß, vielleicht bekomme ich eine Idee für ein weiteres Buch der Reihe ;)

Die Community für alle, die Bücher lieben

- In der Lesejury kannst du Bücher lesen und rezensieren, die noch nicht erschienen sind
- Gemeinsam mit anderen buchbegeisterten Menschen in Leserunden diskutieren
- Autoren persönlich kennenlernen
- An exklusiven Gewinnspielen und Aktionen teilnehmen
- Bonuspunkte sammeln und diese gegen tolle Prämien eintauschen

Jetzt kostenlos registrieren: www.lesejury.de

Folge uns auf Instagram & Facebook:
www.instagram.com/lesejury
www.facebook.com/lesejury